LA VIE QU'ON M'A CHOISIE

ELLEN MARIE WISEMAN

LA VIE QU'ON M'A CHOISIE

Traduit de l'anglais (États-Unis)
par Typhaine Ducellier

Faubourg * Marigny

Titre original :
THE LIFE SHE WAS GIVEN

ISBN : 978-2-266-32027-6
Dépôt légal : mars 2022

À Benjamin et Jessica :
vous êtes ma plus grande réussite
et je vous aime au-delà des mots.

CHAPITRE 1

Lilly

Juillet 1931
Élevage de chevaux de Blackwood Manor
Dobbins Corner, État de New York

Lilly Blackwood, neuf ans, se tenait derrière la lucarne du grenier de Blackwood Manor pour ce qui lui paraissait la millième fois. Si seulement elle avait pu l'ouvrir pour sentir les odeurs de la nature ! C'était son anniversaire le surlendemain. Bien sûr, Papa lui rapporterait une nouvelle robe et un livre de son voyage en Pennsylvanie, mais il avait plu un peu plus tôt dans la journée et elle mourait d'envie de savoir si l'air du dehors était différent de celui du dedans. Elle n'aurait pas pu imaginer plus beau cadeau que d'avoir la réponse à cette question.

Elle se demandait si les gouttes de pluie adoucissaient et rafraîchissaient tout, comme l'eau sur sa peau lorsqu'elle faisait sa toilette à l'éponge. Ou alors est-ce que l'atmosphère à l'extérieur était chaude et collante, comme celle de sa chambre ? Elle avait prié cent fois Maman de changer la fenêtre afin qu'il soit possible de l'ouvrir, et de retirer les barreaux pour mieux voir, mais elle ne voulait rien entendre. Si Maman savait que Papa la laissait jouer dans une autre partie du grenier pendant qu'elle était à l'église, Papa aurait de gros ennuis. Encore pire que quand il lui avait appris à lire ou lorsqu'il lui avait offert un chat pour son troisième anniversaire.

Lilly soupira, s'empara de son télescope posé sur le rebord de la fenêtre et y colla son œil. Au moins, c'était l'été, ce qui voulait dire qu'elle n'avait pas à gratter la glace de la vitre pour voir ce qui se passait dehors.

Papa appelait ce moment de la journée le crépuscule, et c'était comme si le monde n'était peint qu'en deux couleurs : en vert et en bleu. De l'autre côté de la ferme, derrière les champs où s'ébattaient les chevaux, les pins ressemblaient au tissu en feutre que Lilly utilisait pour confectionner des couvertures pour ses poupées. Il y avait des ombres partout, qui s'obscurcissaient à chaque minute.

Lilly inspecta l'orée des bois, à la recherche du cerf aperçu la veille. Il y avait le saule tordu. Il y avait le rocher près des buissons qui devenaient rouges en hiver. Il y avait le rondin cassé à côté du muret en pierre. Il y avait le… Elle revint en arrière pour regarder au-delà du muret. Quelque chose avait changé de l'autre côté des bois, près du chemin de fer qui traversait la prairie. Elle écarta le télescope de son visage, cligna de l'œil puis regarda à nouveau dans l'oculaire. Elle poussa une petite exclamation de surprise. L'air siffla dans sa poitrine, comme chaque fois qu'elle était excitée ou contrariée.

Des guirlandes lumineuses bleues, rouges, jaunes et vertes (comme celles que Papa suspendait au-dessus de son lit à Noël) étaient accrochées au sommet d'une tente géante et brillante qui semblait être faite de tissu. D'autres guirlandes éclairaient d'autres tentes qui avaient l'air de petits fantômes grassouillets. Il y avait des pancartes aussi, aux mots formés par des ampoules colorées, mais Lilly n'arrivait pas à distinguer les lettres. Des drapeaux flottaient en haut de grands mâts et un alignement de lumières jaunes flottait au-dessus de la voie ferrée. On aurait dit les fenêtres d'un train à l'arrêt. Un très, très long train.

Lilly posa son télescope et attendit que ses poumons arrêtent de siffler, puis elle alla jusqu'à sa bibliothèque pour prendre son livre d'images préféré. Elle le feuilleta jusqu'à trouver ce qu'elle cherchait : un dessin éclatant d'un chapiteau rayé entouré de roulottes, de chevaux, d'éléphants et de clowns. Elle regagna précipitamment la fenêtre pour comparer la forme du livre à celle de la tente brillante de l'autre côté des arbres.

Elle avait raison.

C'était un cirque.

Et elle parvenait à le voir depuis sa chambre.

Normalement, tout ce qu'elle voyait par sa fenêtre, c'étaient des chevaux et des champs, et Papa et son employé qui réparaient les clôtures blanches ou la grange à chevaux. Parfois, Maman traversait la pelouse, avec ses longs cheveux blonds qui flottaient derrière elle comme un voile. D'autres fois, des camions venaient et l'employé de Papa faisait entrer ou sortir des chevaux des remorques ou déchargeait des sacs et des ballots de paille. Une fois, deux hommes en guenilles (Papa les appelait des clochards) s'étaient aventurés dans l'allée et l'employé de Papa était sorti de la grange avec un fusil de chasse. Quand Lilly avait de la chance, un cerf sortait des bois, ou des ratons laveurs filaient le long de la clôture en direction du silo à grains, ou un train passait sur les rails. Dans ces moments-là, si elle collait son oreille à la fenêtre, elle parvenait à distinguer le souffle du moteur ou le sifflement de la vapeur.

Mais là… il y avait un cirque. Un vrai cirque ! Pour la première fois de sa vie, elle voyait quelque chose de différent, et pas juste dans un livre d'images. Ça la rendait heureuse et, en même temps, elle était un peu en colère contre elle-même. Si elle n'avait pas passé l'après-midi à lire, elle aurait peut-être vu le train s'arrêter pour le déchargement. Elle aurait pu assister au montage des tentes et apercevoir les éléphants et les zèbres et les clowns. Désormais, il faisait trop sombre pour distinguer autre chose que des lumières.

Elle posa son livre et compta les planches autour de la fenêtre. Parfois, compter l'aidait à se sentir mieux. *Un, deux, trois, quatre, cinq*. Pas cette fois. Elle n'arrêtait pas de penser à ce qu'elle avait raté. Elle pressa son oreille contre le carreau. Peut-être qu'elle pourrait entendre les cris du maître de piste ou la musique du cirque.

Sur le rebord de la lucarne, Abby se réveilla et cligna des yeux. Lilly passa un bras autour de la chatte rousse tigrée et l'attira contre elle pour enfouir son nez dans sa fourrure. Abby était sa meilleure amie et le chat le plus intelligent au monde. Elle savait se tenir sur ses pattes arrière pour donner des baisers et tendre la patte pour dire bonjour. Elle sautait même sur le lit de Lilly sur demande, et en descendait quand Lilly lui en donnait l'ordre.

— Je parie que Maman va aller au cirque, dit Lilly. Elle n'a pas à s'inquiéter que les gens aient peur d'elle.

Abby ronronna.

Comment ce serait de voir un éléphant en vrai ? se demanda Lilly. *Qu'est-ce que ça ferait de toucher sa peau ridée et de regarder dans ses grands yeux marron ? Et faire un tour de manège sur un cheval rose et blanc ? Ou marcher au milieu des gens en mangeant des cacahuètes et une barbe à papa ? Et voir un numéro avec un vrai lion ?*

La nuit, quand elle se glissait dans son lit après avoir éteint sa lumière, il lui arrivait parfois que son esprit soit envahi d'images d'elle sortant de sa chambre pour aller en bas. Elle avait lu assez de livres pour savoir que les maisons avaient plus d'un niveau, et elle s'imaginait traverser les combles sans bruit, trouver un escalier, parcourir les étages inférieurs de Blackwood Manor et sortir par la porte de devant. Elle s'imaginait mettre les pieds dans la terre, prendre une grande inspiration et respirer, pour la première fois de sa vie, autre chose que l'odeur du vieux bois, des toiles d'araignée et de la poussière.

Un de ses jeux préférés pendant les visites de Papa, c'était de deviner les différentes odeurs sur ses vêtements. Parfois, il sentait les chevaux et la paille, parfois le cirage ou le tabac, parfois le pain frais ou… comment est-ce qu'il appelait ce machin qui était censé être un mélange de citron et de cèdre ? De l'eau de Cologne ? En tout cas, ça sentait bon.

Papa lui avait parlé du monde extérieur et elle avait lu des descriptions dans des livres, mais elle n'avait pas la moindre idée de ce que ça faisait de sentir les brins d'herbe entre ses orteils, ou de toucher l'écorce d'un tronc d'arbre. Elle connaissait le parfum des fleurs parce que Papa lui en apportait un bouquet à chaque printemps, mais elle voulait marcher dans un champ de pissenlits et de pâquerettes, sentir la terre et la rosée sous ses pieds nus. Elle voulait entendre le chant des oiseaux et le bruit du vent. Elle voulait sentir la brise et le soleil sur sa peau. Elle avait lu tout ce qu'elle avait pu lire sur les plantes et les animaux et aurait pu tous les nommer si on l'interrogeait. Mais à l'exception d'Abby et des souris qui couraient le long des plinthes pendant l'hiver, elle n'avait jamais vu un vrai animal de près.

Son autre jeu préféré consistait à choisir un endroit sur son livre de cartes du monde et lire tout ce qu'elle trouvait sur ce lieu, puis prévoir un voyage au moment de s'endormir, pour décider de ce qu'elle ferait et ce qu'elle irait voir une fois sur place. L'Afrique était sa destination favorite, et elle s'imaginait courir avec les lions et les éléphants et les girafes. Parfois, elle rêvait de casser la lucarne, ramper sur le toit, descendre sur le côté de la maison et se glisser dans la grange pour voir les chevaux. Parce que de tout ce qu'elle avait vu et lu, c'étaient ses animaux préférés. À part les chats, bien sûr. Non seulement les chevaux étaient beaux et forts, mais ils tiraient des wagons et des carrioles et des charrues. Ils laissaient les gens leur monter sur le dos et retrouvaient le chemin pour rentrer chez eux s'ils se perdaient. Papa disait que les chevaux de Blackwood Manor étaient trop loin de la lucarne du grenier pour les différencier, alors Lilly leur avait inventé des noms : *Gipsy*, *Aigle*, *Cannelle*, *Magie*, *Chester*, *Samantha*, *Molly* et *Candy*. Elle aurait adoré les approcher, toucher leurs crinières et traverser les champs sur leurs dos. Si seulement il n'y avait pas cette stupide grille à sa fenêtre, qui était là pour son bien, d'après Maman. Puis elle se souvenait des avertissements de Maman et ses rêves se transformaient aussitôt en cauchemars. « La grille est là pour te protéger, disait Maman. Si quelqu'un entrait, il aurait peur de toi et essaierait de te faire du mal. »

Quand elle demandait pourquoi quelqu'un pourrait bien avoir peur d'elle, Maman lui répondait que c'était parce que Lilly était un monstre, une abomination. Lilly ne savait pas ce qu'était qu'une abomination, mais ça avait l'air d'être quelque chose de très grave.

Ses épaules s'affaissèrent et elle soupira dans le silence de sa chambre. Il n'y aurait pas de cirque pour elle. Ni cette fois, ni aucune autre fois. Jamais elle ne sortirait du grenier. Son seul moyen d'observer le monde, ce serait à travers les livres. Papa disait que le monde extérieur n'était pas aussi merveilleux qu'elle le croyait, et qu'elle devrait se réjouir d'avoir un lit confortable et de quoi manger. Beaucoup de gens n'avaient pas de maison ou pas de travail, et ils devaient faire la queue pour qu'on leur donne du pain et de la soupe. Il lui avait raconté une histoire de banques et d'argent et de crash, mais elle n'avait rien compris. Et ça ne la consolait pas de toute façon.

Elle prit Abby dans ses bras et s'assit sur son lit en fer, installé dans le coin d'une alcôve au plafond arrondi. Sa lampe de chevet faisait naître de longues ombres sur le plancher. Autrement dit, il allait bientôt faire nuit et c'était l'heure d'éteindre la lumière. Hors de question d'oublier de nouveau et que Maman lui fasse la leçon. Maman lui avait répété cent fois que si quelqu'un voyait de la lumière et la trouvait là-haut, on l'emmènerait loin de la maison et elle ne la reverrait plus jamais, ni Papa ni Abby. Mais la semaine précédente, Lilly avait commencé un nouveau livre et elle avait oublié d'éteindre le soir venu.

Elle posa Abby sur son lit et examina les cicatrices sur ses doigts. Papa avait raison, la lotion faisait beaucoup de bien. Mais ce que la flamme de la lanterne de Maman avait fait mal ! « Qui aime bien châtie bien », disait toujours Maman.

Lilly avait souvent envie de demander si c'était dans la Bible, mais elle n'osait pas. D'autant plus qu'elle était censée savoir ce que disait la Bible.

— Je me demande ce que Maman ferait si elle découvrait que je lis les livres de Papa au lieu de cette vieille Bible barbante ? demanda-t-elle à Abby.

La chatte frotta sa tête contre le bras de Lilly, puis se roula en boule et se rendormit.

Lilly prit la Bible sur sa table de nuit (elle ne se hasardait pas à la mettre ailleurs), mit le marque-page quelques pages plus loin et reposa l'ouvrage. Maman contrôlait le nombre de pages qu'elle lisait chaque semaine et si le marque-page n'avait pas bougé, Lilly aurait de gros ennuis. D'après Maman, la sainte Bible et le crucifix sur le mur au-dessus de son lit étaient tout ce dont elle avait besoin pour être heureuse dans la vie.

Tout ce qu'il y avait d'autre dans la chambre venait de Papa : la table en osier dressée pour le thé, avec un napperon en dentelle, un plateau en argent et des tasses en porcelaine. Le fauteuil à bascule assorti et l'ours en peluche assis sur le tabouret bleu à côté de son armoire. La maison de poupées avec les meubles miniatures et les poupées articulées. Les figurines d'animaux de la ferme alignées sur l'étagère au-dessus de sa bibliothèque, qui regardaient toutes dans la même direction et semblaient sur le point de chanter une chanson. Les trois poupées de porcelaine avec leurs robes en dentelle dans un landau en osier, dont une avait des yeux qui s'ouvraient et se fermaient. Et bien sûr, il y avait sa bibliothèque, pleine de livres. Pendant un temps, c'était comme si Papa était prêt à lui donner tout ce qu'elle voulait… jusqu'à ce qu'elle lise *Blanche-Neige* et qu'elle demande un miroir.

Parfois, au milieu de la nuit, quand elle était sûre que tout le monde dormait et qu'il n'y avait rien d'autre que l'obscurité dehors, elle allumait la lumière et examinait son reflet dans la vitre. Tout ce qu'elle voyait, c'était un masque fantomatique, avec la grille dehors qui ondulait sur son visage comme un serpent. Elle fixait son reflet blanc et touchait son front, son nez et ses joues en quête d'une excroissance ou de quelque chose qui manquerait, mais il n'y avait ni bosse ni creux. Quand elle demandait à Papa ce qui n'allait pas chez elle, il répondait que lui la trouvait très belle et que c'était tout ce qui importait. Mais il avait une drôle d'expression quand il disait ça, et elle pensait qu'il mentait. Il aurait de gros ennuis si Maman l'apprenait, car Maman disait que mentir était un péché.

Heureusement, Lilly ne dénoncerait jamais Papa. C'était lui qui lui avait appris à lire et à écrire, et à additionner et soustraire des nombres. C'était lui qui avait décoré les murs de sa chambre avec du papier peint couvert de roses et qui lui achetait de nouvelles robes et de nouvelles chaussures quand les siennes devenaient trop petites. C'était lui qui apportait à manger à Abby et qui laissait parfois Lilly accéder au reste des combles, pour qu'elle puisse se dégourdir les jambes et marcher un peu. Une fois, il avait même apporté un gramophone et tenté de lui apprendre le charleston et le tango, mais c'était trop fatigant pour elle et ils avaient dû arrêter. Elle adorait la musique et elle l'avait supplié de laisser le tourne-disque dans sa chambre. Mais il l'avait rapporté en bas car Maman aurait été en colère si elle l'avait trouvé là-haut.

Maman amenait de la nourriture et des choses indispensables, mais pas de cadeaux. Elle venait dans la chambre de Lilly tous les matins (sauf les fois où elle oubliait) et apportait un plateau avec des tartines, du lait, des œufs, des sandwichs, des pommes et des cookies pour la nourrir tout au long de la journée. Elle montait aussi à Lilly du savon et des serviettes propres et lui rappelait de prier avant chaque repas. Chaque soir, elle se tenait près de la porte, son anneau où pendaient plein de clés à la main, et elle attendait que Lilly s'agenouille près de son lit pour demander au Seigneur de lui pardonner ses péchés et Le remercier de lui avoir donné une mère qui s'occupait si bien d'elle. À part ça, Maman ne venait jamais la voir pour simplement discuter ou jouer. Elle ne disait jamais « Je t'aime » comme le faisait Papa. Lilly n'oublierait jamais l'anniversaire de ses sept ans, quand ses parents s'étaient disputés derrière sa porte.

— Tu la gâtes trop avec tous ces présents, avait dit Maman. C'est un péché de lui donner autant de choses.

— Ça ne fait de mal à personne, avait répondu Papa.

— Il n'empêche que nous devons arrêter de dépenser de l'argent.

— Les livres ne sont pas si chers.

— Peut-être, mais si elle commence à poser des questions ? Et si elle veut descendre ou aller dehors ? Vas-tu lui dire non ?

Au début, Papa n'avait rien dit et Lilly avait senti son cœur gonfler d'espoir dans sa poitrine. Peut-être qu'il l'emmènerait dehors, en fin de compte. Puis il s'était éclairci la gorge et avait dit :

— Qu'est-ce qu'elle est censée faire d'autre là-dedans ? Le moins que l'on puisse faire, c'est d'essayer de lui offrir un anniversaire normal. Ce n'est pas sa faute si elle…

Maman l'avait interrompu dans un cri scandalisé.

— Ce n'est pas sa faute ? De qui est-ce la faute, alors ? La mienne ?

— Ce n'est pas ce que je voulais dire. Ce n'est la faute de personne. Ces choses-là arrivent parfois, tout simplement.

— Si tu m'avais écoutée dès le début, nous ne serions pas là à…

Elle avait fait un drôle de bruit, comme si les mots étaient restés coincés dans sa gorge.

— Elle n'en reste pas moins notre fille, Cora. Et à l'exception de cette chose-là, elle est parfaitement normale.

— Il n'y a rien de normal dans ce qui se tient de l'autre côté de cette porte, avait répliqué Maman d'une voix étranglée.

— Tu te trompes. J'ai parlé au docteur Hillman et il a dit que…

— Doux Jésus, dis-moi que ce n'est pas vrai ! Comment as-tu pu me trahir de la sorte ?

Maman pleurait, à présent.

— Doucement, ma chérie, calme-toi. Je n'en ai parlé à personne d'autre. J'ai simplement demandé au docteur Hillman s'il avait déjà vu…

Les sanglots de Maman avaient couvert la fin de la phrase, ainsi que le bruit de ses pas rageurs qui s'éloignaient précipitamment.

— Chérie, attends ! s'était exclamé Papa.

Le lendemain, Lilly avait arrêté de prier avant chaque repas, mais elle s'était bien gardée de le dire à Maman. Depuis, elle désobéissait à sa mère de cent façons différentes. Par exemple, Maman disait que c'était mal de regarder son corps lorsqu'on était nu et elle avait toujours forcé Lilly à fermer les yeux pendant sa toilette hebdomadaire. Maintenant qu'elle était assez grande pour se laver seule, Lilly regardait ses bras et ses jambes laiteux, elle examinait son torse et ses tétons roses. Elle avait honte ensuite, mais elle ne faisait pas ça pour être vilaine ; elle voulait tout simplement comprendre ce qui faisait d'elle un monstre. La seule chose qu'elle savait avec certitude, c'était que ses parents n'avaient pas la même apparence qu'elle. Maman avait des cheveux blonds bouclés et la peau rose et Papa avait une moustache noire, les cheveux noirs et la peau bronzée. Sa peau à elle était d'un blanc poudreux et ses longs cheveux raides avaient la couleur et la texture des toiles d'araignée. C'était comme si Dieu avait oublié de lui donner une couleur. Est-ce que c'était ça qui la rendait monstrueuse ? Ou est-ce qu'il y avait autre chose ?

Animée de l'espoir d'observer le cirque le lendemain, elle enfila sa chemise de nuit, se mit au lit et éteignit la lumière. Puis elle se rendit compte que Maman n'était pas montée pour s'assurer qu'elle disait bien ses prières.

Lilly se roula en boule à côté d'Abby et l'attira contre elle.

— Elle est sûrement au cirque, dit-elle en fermant les yeux.

La nuit suivante, le cliquetis d'une clé dans la serrure de sa porte la réveilla en sursaut. Elle s'assit dans son lit et tendit le bras pour allumer sa lampe, avant de se raviser, les doigts sur l'interrupteur. C'était le milieu de la nuit et si Maman voyait de la lumière, ça lui vaudrait de gros ennuis. Peut-être que Maman avait découvert que Lilly avait passé la journée à observer le cirque au lieu de ranger sa chambre et lire la Bible. Le cirque était minuscule à travers son télescope et elle ne parvenait pas à distinguer tous les détails, mais peu importe la sévérité de la punition qu'elle recevrait, ça valait la peine de voir les éléphants et les girafes entrer dans la grande tente. Ça valait la peine d'avoir vu la foule des badauds à l'extérieur des tentes et la parade de roulottes et de clowns et d'artistes en costumes. Ç'avait été la journée la plus excitante de toute sa vie et rien ne pouvait la gâcher. Elle éloigna sa main de la lampe et toucha ses doigts avec ses pouces, un par un. *Un, deux, trois, quatre*. La porte s'ouvrit et Maman se glissa dans la pièce, une lampe à pétrole à la main. En la voyant entrer, Lilly sentit son ventre se nouer. Maman ne venait jamais dans sa chambre si tard. Au bout du lit, Abby leva la tête, surprise elle aussi.

Maman (Papa disait que son vrai nom était Coralline) était grande et jolie, et elle retenait toujours ses cheveux de chaque côté avec des pinces. Le seul bijou qu'elle portait était son alliance à la main gauche, et elle mettait des jupes et des chaussures simples au nom de la modestie et à la gloire de Dieu. Papa disait que Maman mettait ses belles robes et ses fourrures lorsqu'elle allait à des fêtes ou des dîners importants, mais seulement parce que c'était ce à quoi les gens s'attendaient. Lilly ne comprenait pas pourquoi Maman changeait son apparence, mais Papa disait que ça n'était pas grave. Une fois, Papa lui avait montré une photo de Maman bien habillée et Lilly avait cru que c'était quelqu'un d'autre.

Papa aimait bien raconter l'histoire de la première fois où il avait aperçu Maman, entre la grange et le rond de longe. Assise sur un tonneau, elle regardait les chevaux qui jouaient dans la clairière. Le père de Maman, un pasteur pentecôtiste retraité qui avait toujours rêvé d'élever des chevaux, était venu à Blackwood Farm pour acheter un étalon. Papa pensa que Maman était la plus jolie fille qu'il avait jamais vue. Mais il dut attendre six mois pour qu'elle accepte de lui parler, et six de plus pour qu'elle accepte un dîner. Pour une raison quelconque, les parents de Maman ne faisaient pas confiance à Papa. Mais avec le temps, Maman et Papa finirent par marcher main dans la main dans le verger de pommiers, puis ils se marièrent. Quand Papa arrivait à ce moment de l'histoire, l'expression sur son visage devenait toujours triste et il disait que Maman avait eu une enfance difficile.

Maman était donc dans la chambre, et elle portait une robe à fleurs et des chaussures à talons roses. Elle avait mis du rouge à lèvres rouge et un chapeau jaune. Lilly n'arrivait pas à s'arrêter de la dévisager. Elle n'avait jamais vu Maman habillée comme ça, du moins pas en personne. Maman avait les joues rouges et elle était essoufflée, comme si elle avait monté l'escalier en courant.

Le nœud dans l'estomac de Lilly grandit. Papa devait rentrer de Pennsylvanie le lendemain. Il lui avait promis que la première chose qu'il ferait serait de lui apporter ses cadeaux. Une fois, il y a longtemps, il lui avait expliqué qu'elle ne devait pas avoir peur de rester seule quand lui et Maman sortaient, parce que son employé était toujours en bas au cas où il y aurait un appel concernant un cheval. Si « quelque chose » arrivait à Papa et Maman, il y avait unc lettre dans le bureau de Papa. L'employé la lirait, il trouverait Lilly dans le grenier et il saurait quoi faire. Lilly ne savait pas trop ce que « quelque chose » signifiait, mais elle savait que c'était une mauvaise chose. Et si Maman était là pour lui annoncer que « quelque chose » était arrivé à Papa et qu'il ne reviendrait pas ?

Lilly passa sa langue sur chacune de ses dents pour les compter en attendant que Maman parle. *Une, deux, trois, quatre...*

Maman sourit.

Maman ne souriait jamais.

— J'ai une surprise pour toi, dit-elle.

Lilly cligna des yeux. Elle ne savait pas quoi dire. Papa lui faisait des surprises, jamais Maman.

— Où est Papa ? parvint-elle à articuler.

— Habille-toi. Et dépêche-toi, nous n'avons pas beaucoup de temps.

Lilly écarta ses couvertures et sortit du lit. Abby se leva et étira ses pattes avant, puis elle se mit à pétrir la couverture avec ses griffes.

— Quelqu'un est là pour me voir ? demanda Lilly.

À l'exception de ses parents, personne n'était jamais entré dans sa chambre. Pendant un hiver, elle était tombée malade et Papa avait voulu appeler le docteur, mais Maman avait refusé, arguant que le docteur l'emmènerait et la « placerait ». Alors Papa avait passé trois jours à lui essuyer le front et à appliquer de la poudre de moutarde et des cataplasmes chauds sur sa poitrine. Elle n'oublierait jamais l'air triste sur son visage quand elle s'était réveillée et avait demandé :

— Papa, qu'est-ce que c'est, placer quelqu'un ?

— C'est quand on envoie une personne malade à l'hôpital. Mais ne t'en fais pas, tu vas rester ici avec nous.

Maman observa Lilly tandis qu'elle attrapait la robe posée sur le dossier de son fauteuil à bascule. Ses jambes étaient chancelantes. Et si quelqu'un venait pour la « placer » ?

Maman rit doucement.

— Non, Lilly, personne n'est là pour te voir.

Lilly lui lança un regard en coin, le ventre retourné. Maman ne riait jamais. Peut-être qu'elle avait bu la drôle de boisson que Papa apportait parfois dans sa chambre dans une flasque en métal. Lilly ne savait pas ce que c'était, mais ça lui donnait les yeux vitreux et une haleine bizarre. Comment est-ce que ça s'appelait, déjà ? Du whisky ? Non, c'était impossible. Jamais Maman n'aurait bu du whisky. C'était un péché de boire de l'alcool.

— Pourquoi est-ce que je dois m'habiller, Maman ?

— Parce que c'est ton anniversaire, tu te rappelles ?

Lilly fronça les sourcils. Maman n'en avait rien à faire des anniversaires.

— Oui, réussit-elle à répondre.

— Et je suis sûre que tu as vu le cirque dehors.

Lilly hocha prudemment la tête.

— Eh bien, c'est là que nous allons.

Lilly fixa Maman, bouche bée. Ses jambes flageolaient de plus en plus et ses bras se mirent à trembler aussi.

— Mais… Qu'est-ce que… et si quelqu'un me voit ?

Maman sourit à nouveau.

— Ne t'inquiète pas, les gens du cirque ont l'habitude de voir des gens comme toi. Et il n'y aura personne à part nous. Malgré mes réticences, ton père a insisté pour payer le propriétaire du cirque afin qu'il organise une représentation spécialement pour toi.

Les bras de Lilly se couvrirent de chair de poule. Elle avait un mauvais pressentiment, mais elle aurait été bien incapable d'expliquer pourquoi. Elle regarda Abby, comme si la chatte avait la réponse. Abby la dévisagea avec curiosité.

— Papa a dit qu'il ne revenait pas avant demain.

Maman souriait toujours, mais l'éclat dans ses yeux changea. Le haut de son visage avait la même expression que quand Lilly avait de gros ennuis, alors que le bas ressemblait à une personne que Lilly n'avait jamais vue de sa vie.

— Il est rentré plus tôt.

— Alors où est-il ? demanda Lilly. Il monte toujours me voir dès qu'il arrive à la maison.

— Il nous attend au cirque. Dépêche-toi maintenant !

— Pourquoi est-ce que ce n'est pas lui qui est venu me chercher plutôt que toi ?

À l'instant où les mots sortirent de sa bouche, Lilly regretta de les avoir prononcés.

Maman s'approcha d'elle et leva la main à toute vitesse. Elle gifla Lilly à la mâchoire et la fit tomber à terre. Abby sauta du lit et alla se tapir près du mur, les oreilles rabattues en arrière.

— Suppôt de Satan ! Petite ingrate ! cria Maman. Combien de fois t'ai-je répété de ne pas me questionner ?

— Je suis désolée, Maman, répondit Lilly en pleurant.

Maman la frappa violemment du pied.

— Qu'est-ce que j'ai bien pu faire pour mériter une malédiction pareille ? éructa-t-elle. Mets-toi à genoux et prie.

— Mais, Maman…

Lilly sanglotait trop fort. Elle n'arrivait pas à se relever et elle parvenait à peine à respirer. Les cheveux dans les yeux, elle rampa jusqu'à son lit et se redressa avec difficulté. L'air sifflait dans ses poumons.

— Baisse la tête et demande pardon, ordonna Maman.

Lilly joignit les mains sous son menton et compta ses doigts en les pressant les uns contre les autres. *Un, deux, trois, quatre.*

— Ô Seigneur, dit-elle, forçant les mots à sortir entre deux respirations bruyantes.

Cinq, six, sept, huit.

— Pardonnez-moi d'avoir questionné ma Maman et pardonnez-moi pour tout ce que j'ai fait qui a rendu sa vie si difficile.

Neuf, dix.

— Je promets de bien me tenir à partir de maintenant. Amen.

— Et maintenant, habille-toi. Nous n'avons pas beaucoup de temps.

Lilly se mit debout et enfila ses sous-vêtements en tremblant. Puis elle retira sa chemise de nuit et entreprit de passer sa robe par-dessus sa tête. Ses côtes lui faisaient mal à l'endroit où Maman lui avait donné un coup de pied et elle avait le nez qui coulait.

— Pas celle-ci, intervint Maman. Trouves-en une plus jolie.

Moitié marchant, moitié trébuchant, Lilly se dirigea vers son armoire. Elle attrapa sa tenue préférée, une robe jaune en satin avec un col en dentelle et des manches à volants.

— Et celle-ci ? demanda-t-elle en la montrant à Maman.

— Ça ira. Mets tes plus belles chaussures. Et brosse-toi les cheveux, aussi.

Lilly enfila la robe et noua la ceinture dans son dos. Elle se brossa les cheveux – *un, deux, trois, quatre, cinq, six coups de brosse* – puis s'assit sur son lit pour mettre ses chaussures en cuir verni. Abby s'approcha doucement et frotta sa tête contre le bras de Lilly. Lilly la caressa brièvement puis se leva et avança jusqu'au centre de la pièce. Ses côtes la faisaient souffrir et son cœur battait à tout rompre. Maman ouvrit la porte et recula d'un pas pour la laisser sortir.

Toute sa vie, Lilly avait attendu ce moment. Mais maintenant, elle désirait plus que tout au monde rester dans le grenier. Elle ne voulait pas aller dehors. Elle ne voulait pas aller au cirque. Elle se sentait de plus en plus oppressée et pouvait à peine respirer.

— Allons-y, ordonna Maman d'un ton dur. Nous n'avons pas toute la nuit.

Lilly resserra ses bras autour d'elle et avança vers la porte en respirant difficilement. Puis elle s'arrêta et se retourna pour regarder Abby, qui l'observait depuis le pied du lit.

— Ce satané chat sera encore là à ton retour, dit Maman. Et maintenant, avance.

CHAPITRE 2

Julia

Novembre 1956
Hatfield, Long Island

Julia Blackwood, dix-huit ans, inspecta l'allée de la supérette pour s'assurer que personne ne la regardait. Le magasin était petit, dix mètres sur douze environ, et elle pouvait voir par-dessus les rayons. Un adolescent acnéique était assis sur un tabouret derrière le comptoir. Il mâchouillait un chewing-gum tout en fixant une télévision en noir et blanc au-dessus de la caisse enregistreuse. Un poste de radio diffusait *Why Do Fools Fall in Love* pendant qu'une dame aux cheveux gris inspectait une boîte d'œufs afin de s'assurer qu'aucun n'était cassé.

Julia inspira profondément, mit un genou à terre et fit semblant de refaire les lacets de ses fines tennis en tissu maculées de gras. Elle inspecta de nouveau le rayon pour vérifier qu'elle était seule, attrapa une boîte de viande en conserve qu'elle glissa dans la poche de son manteau, puis se redressa et replaça ses cheveux derrière ses oreilles. L'adolescent tripotait un bouton qu'il avait au menton d'un air absent, les yeux toujours rivés à l'écran. Julia recommença à respirer et gagna le rayon adjacent à pas lents, feignant d'examiner les articles. Elle s'empara d'une petite pomme sur un présentoir, la mit dans son autre poche, et se dirigea vers le comptoir.

— Est-ce que je peux avoir la clé des toilettes ? demanda-t-elle à l'employé boutonneux.

Sans quitter la télévision des yeux, le garçon tâtonna sous la caisse enregistreuse et lui tendit une clé accrochée à une patte de lapin marron. Puis il fit claquer son chewing-gum et lui sourit.

— J'ai changé le savon ce matin.

Julia se sentit rougir et elle dut résister à l'envie de partir en courant. Il savait pourquoi elle voulait utiliser les toilettes. C'était la quatrième coupure d'eau en quatre mois dans le studio qu'elle occupait au-dessus du débit de boissons (pas à cause d'une facture impayée cette fois, mais à cause des canalisations qui avaient gelé) et cela faisait trois jours qu'elle n'avait pas pu prendre une douche ni se laver les cheveux. Certes, personne au travail ne saurait si elle s'était lavée ou non, mais qui avait envie de se faire servir ses œufs au plat ou son hamburger par une serveuse aux cheveux gras ? Le café-restaurant Chez Big Al était déjà un boui-boui, alors ce n'était pas la peine d'en rajouter. Au lieu de tourner les talons, elle ravala sa fierté, prit la clé et se dirigea vers le fond du magasin d'un pas lourd.

Il faisait froid dans les toilettes émaillées vertes et il régnait une odeur de nourriture moisie et de vieilles chaussettes. Les joints entre les tommettes cassées et dépareillées étaient couverts de crasse et de moisissure noire et une fissure jaunâtre courait le long de la lunette des WC. Julia se lava les mains dans le lavabo en alu puis les sécha avec des essuie-mains en papier marron rugueux. Elle mangea ensuite la pomme aussi vite que possible en tentant de faire abstraction des relents nauséabonds de vieille urine. Une fois le fruit terminé, elle se déshabilla jusqu'à se retrouver en sous-vêtements, plia son uniforme rouge de serveuse au-dessus de son manteau et les plaça sur le réservoir, qui était la seule surface à l'air vaguement propre. Tremblante de froid, elle frotta son visage et ses aisselles avec des essuie-mains mouillés et du savon abrasif, puis elle se lava la tête dans le lavabo en essayant de ne pas s'en mettre partout. L'eau était glacée et le savon rendait ses cheveux raides comme de la paille, mais au moins ils seraient propres. Quand elle eut fini de les rincer, elle utilisa des essuie-mains pour les essorer, se rhabilla, se démêla les cheveux et les attacha en chignon, avant d'observer son reflet dans le miroir terni.

Le passage du temps depuis qu'elle s'était enfuie de chez elle trois ans plus tôt se lisait sur ses pommettes osseuses et ses cernes. Sa peau auparavant mate et douce était devenue pâle et crayeuse à force de manquer de sommeil et de soleil. Même ses cheveux, à l'origine d'une blondeur angélique presque blanche, semblaient plus foncés et plus fins. Ses ongles étaient rongés jusqu'au sang et ses omoplates saillaient sous son uniforme. Elle approcha son visage du miroir pour examiner les dernières traces d'un hématome autour de son œil gauche. Heureusement, le coquard avait presque disparu. *Comment as-tu fait pour te retrouver dans un endroit pareil, à voler de la nourriture dans une supérette et à te laver les cheveux dans des toilettes publiques ? Tu aurais dû attendre un an de plus et partir étudier loin de Blackwood Manor. Mère aurait pris tous les frais à sa charge. Au lieu de ça, tu as préféré troquer les couvre-feux de 21 heures et les confessions du dimanche pour des rotations doubles et un petit ami autoritaire qui te frappe et dépense l'argent plus vite que tu ne peux le gagner. Peut-être que Mère avait raison. Tu n'arriveras jamais à rien, alors à quoi bon essayer ?*

Avec sa méchanceté et ses mains noueuses, Mère était aussi bien faiseuse que suiveuse de règles, et elle attendait de tout son entourage qu'il en fasse autant. Parmi les innombrables règles en vigueur à Blackwood Manor (où certaines pièces étaient fermées à clé et des étages entiers interdits d'accès), Julia devait prier trois fois par jour, maintenir sa chambre dans un état impeccable, faire ses corvées, obtenir d'excellents résultats scolaires et suivre les consignes à l'école. Elle pouvait regarder les chevaux de ses parents de loin, mais elle n'était pas autorisée à entrer dans la grange, car c'était un lieu de travail et pas un terrain de jeu. Le maquillage, les jupes à la mode, les pantalons corsaires et les pulls moulants étaient interdits, et les robes devaient être d'une longueur respectable. Et surtout, elle devait se rappeler qu'il lui arriverait malheur si elle se conduisait mal.

Après avoir passé la plus grande partie de sa vie à se demander pourquoi ses parents avaient voulu un enfant, prendre la fuite avait semblé être la solution à tous ses problèmes. Oui, elle était logée, nourrie, blanchie et ne manquait d'aucune des choses que l'argent pouvait acheter. Mais Mère était trop occupée à prier, nettoyer, cuisiner et régenter pour lui donner le moindre conseil ou lui témoigner la moindre affection. Quant à son père, qu'elle considérait comme le parent démonstratif, il la prenait dans ses bras deux fois par an : à Noël et pour son anniversaire. Le plus souvent, il était dans la grange avec les chevaux, ou en train de boire derrière les portes closes de son bureau en écoutant en boucle le même vieux vinyle grésillant, *Little White Lies*[1].

Pendant des années, elle se demanda ce que cela signifiait quand son père partait en vacances pour « récupérer » ou « se faire aider ». L'atmosphère était encore plus tendue qu'à l'accoutumée dans ces moments-là. Il fallait continuer à faire semblant, être « normaux » et ne pas faire d'histoires : les Blackwood ne se confiaient jamais sur leurs états d'âme ou leurs sentiments. Jusqu'au jour, quand Julia eut douze ans, où Mère lui expliqua que son père était alcoolique et que c'était sa faute, parce qu'elle était une enfant très difficile.

Julia repensa au jour de la mort de son père. Le ciel était bleu et sans nuages. Une douce brise soufflait et transportait le parfum des pins. Qui aurait pu prévoir que quelqu'un mourrait lors d'une si belle journée ?

1. Chanson de jazz de 1930 interprétée entre autres par Ella Fitzgerald et dont le titre signifie « Pieux mensonges ». *(Toutes les notes sont de la traductrice.)*

Elle avait esquivé la messe pour aller au lac. C'était le dernier jour d'été, une journée chaude et humide, parfaite pour aller nager, et une des filles populaires du lycée l'avait enfin invitée à venir traîner avec elle et ses amies. Au moment de partir à l'église, Julia avait fermé la porte de la salle de bains à clé et fait semblant d'être malade. Tant qu'elle était de retour avant Mère, il n'y aurait pas de problème.

Mais quand Julia arriva à la maison, une voiture de police était garée dans l'allée. Le soleil du début d'après-midi se reflétait sur les chromes et le pare-brise. Mère était sur les marches devant la maison, une main agrippée à la balustrade. Le cœur de Julia se serra dans sa poitrine. Est-ce qu'elle s'était trompée d'heure ? Est-ce que Mère était rentrée plus tôt que prévu et avait appelé la police parce qu'elle ne l'avait pas trouvée dans sa chambre ? Dans tous les cas, elle était dans de sales draps. Quand Mère l'aperçut, elle descendit les marches en trombe et se précipita vers elle, le visage déformé par la colère, sa longue jupe enroulée autour de ses jambes.

— Où étais-tu passée ? cria-t-elle d'une voix perçante.

— Je… Je… bafouilla Julia.

— Réponds !

— Je suis allée nager avec des amies. C'est le dernier jour avant la reprise des cours et elles ne m'avaient jamais invitée avant. Je savais que tu ne me laisserais pas y aller alors…

Mère la gifla violemment. La tête de Julia vola sur le côté et ses cheveux humides vinrent se plaquer sur sa joue.

— Je t'avais bien dit qu'un malheur arriverait si tu désobéissais aux règles ! hurla-t-elle.

Julia plaqua une main sur sa joue, les yeux brûlants de larmes.

— De quoi est-ce que tu parles ? Qu'est-ce qui s'est passé ?

Mère tendit la main pour s'accrocher à la balustrade du porche, soudain blanche comme un linge.

— C'est ton père. Il…

Julia se mit à trembler. Elle n'avait jamais vu Mère dans un état pareil.

— Mon père quoi ? Dis-moi !

— Il a eu un accident de voiture.

Julia retint son souffle.

— Est-ce qu'il va bien ?

Sa mère ouvrit la bouche et secoua la tête, comme si elle ne pouvait pas croire ce qu'elle s'apprêtait à dire.

— Non, il ne va pas bien. Il est mort.

Le sol parut tanguer sous les pieds de Julia et ses jambes faillirent se dérober. L'espace d'un instant, elle crut qu'elle était en train de tomber. Puis elle se rendit compte qu'elle se tenait toujours debout, sans trop savoir comment. Elle s'entendit demander, presque au ralenti :

— Qu'est-ce qui s'est passé ?

— Il était parti te chercher.

L'expression sur le visage de Mère changea. La douleur dans ses yeux se transforma en colère et en haine et sa bouche se tordit en un rictus inquiétant. Elle leva les poings et se mit à faire pleuvoir les coups sur la tête et les épaules de Julia.

— C'est ta faute ! C'est ta faute !

Julia leva les bras pour se protéger, mais les coups de Mère l'atteignaient à la tête, au visage, à la poitrine. Même après l'avoir envoyée à terre, Mère continua à la frapper. Les policiers finirent par la maîtriser, mais elle avait eu le temps de fendre la lèvre de Julia et de faire naître des hématomes sur sa joue et ses épaules.

Cette nuit-là, Julia vola l'argent de la boîte rangée dans le placard à épices. L'étiquette était décorée d'une image de Jésus, dont elle ignora le regard accusateur. Puis elle entassa des affaires dans un sac et quitta Blackwood Manor en se jurant de ne jamais y remettre les pieds. Plus de couvre-feux de bonne heure ni de règles strictes, plus de prières tous les soirs ni de confessions hebdomadaires, plus de pièces verrouillées, plus d'accusations la rendant coupable de l'alcoolisme de son père. Elle allait prendre son avenir en main. Et plus jamais elle ne laisserait qui que ce soit l'accuser de quoi que ce soit.

Sauf que les choses ne s'étaient pas passées comme prévu. Certes, c'était amusant d'être libre au début : prendre le bus jusqu'à Long Island et se faire des amis sur la promenade, mettre en gage ses bijoux et emménager dans un appartement à cinq cents mètres de la plage avec Kelly, une serveuse, et Tom, un ancien combattant de la guerre de Corée. Les premiers mois filèrent dans un tourbillon de musique, de fêtes, de bière et de marijuana. Puis Kelly repartit dans sa ville d'origine, l'hiver arriva, la promenade ferma et l'argent vint à manquer. Sans qu'elle sache trop comment, Tom et elle partirent vivre dans un studio bon marché en ville. Cela faisait déjà longtemps que la vie n'avait plus rien d'amusant. Tom avait du mal à conserver un emploi et il l'avertissait sans arrêt que ça irait mal si elle perdait le sien.

Elle sortit des toilettes de la supérette, rendit la clé au gamin à la caisse et partit.

La neige fraîche illuminait la rue. Le quartier n'en restait pas moins sordide, crasseux et jonché d'ordures, mais tout avait bien meilleure allure que la veille sous ce manteau blanc. Le café-restaurant Chez Big Al était au coin de la rue, flanqué d'un débit de boissons avec des grilles aux fenêtres et d'une boutique de prêteur sur gages avec un tapis détrempé et déchiré devant la porte.

Julia rentra la tête dans les épaules pour se protéger du froid. Tentant d'ignorer la neige fondue qui commençait déjà à tremper ses tennis, elle se mit en route. Elle palpa la boîte de conserve dans sa poche pour s'assurer qu'elle était toujours là et regretta de ne pas avoir pris autre chose pour l'accompagner. Quand elle finirait son service dix heures plus tard, un sandwich au jambon en boîte constituerait son dîner et celui de Tom, comme chaque soir depuis quatre jours. Sa paye tombait aujourd'hui, mais tout son salaire devrait passer dans le loyer. Autrement, ils seraient à la rue d'ici la fin de la semaine.

Lorsqu'elle arriva devant Chez Big Al, elle continua son chemin, tourna au coin de la rue et emprunta l'allée qui donnait derrière le café-restaurant. Pour une raison qui lui échappait, Big Al n'aimait pas que les employés entrent et sortent par la porte de devant, comme s'il tenait un restaurant chic et pas une gargote graisseuse. L'odeur du bacon et des frites flottait dans l'air froid de l'allée et, en dépit de la pomme qu'elle venait de manger, le ventre de Julia gargouilla. Un garçon en jean déchiré et tee-shirt blanc était en train de fouiller dans la benne à ordures. Derrière lui, un chien marron au corps frêle reniflait, attendant patiemment que son propriétaire lui trouve quelque chose de bon à manger. Quand le chien aperçut Julia, il agita la queue et courut vers elle, oreilles et fourrure au vent. Julia se pencha pour lui gratouiller la tête.

— Salut, toi.

Elle se redressa et, s'adressant au garçon :

— Tu sais ce que Big Al va te faire s'il te trouve ici, Danny ?

Celui-ci fit volte-face, les yeux écarquillés par la peur.

— Oh, c'est toi.

Danny avait neuf ans, des yeux noisette et des cheveux couleur café en broussaille. Julia l'avait rencontré l'année précédente, alors qu'il mendiait avec son chien devant la boutique du prêteur sur gages.

— Où est ton manteau ? demanda Julia.

Danny haussa les épaules.

— Mon frère en avait besoin.

— Ton père est de nouveau au chômage ?

Il hocha la tête.

— Oui, et Maman est malade.

Julia attrapa la boîte de conserve dans sa poche.

— Tiens, prends ça. J'essaierai de t'apporter autre chose après mon service.

Danny prit la boîte. Aussitôt, il l'ouvrit, fit tomber la viande dans sa main et mordit dedans à pleines dents.

— Merci.

Il découpa un morceau généreux et le donna au chien, qui le goba en une seule bouchée.

— De rien. Et maintenant, file.

Danny lui sourit et partit en courant, le chien sur les talons.

Julia monta les marches, frappa à la porte et recula d'un pas. À l'intérieur, des pas résonnèrent sur le carrelage. Quelqu'un trifouilla la poignée et la porte s'ouvrit brusquement. C'était Sheila, une autre serveuse.

— Où est-ce que tu étais passée ? murmura-t-elle. Tu aurais dû prendre ton service il y a deux heures. Big Al est à deux doigts de te renvoyer !

Julia fronça les sourcils.

— Qu'est-ce que tu racontes ? Je commence à 10 heures les mercredis.

Elle entra dans la réserve et retira son manteau.

— On est mardi ! répondit Sheila.

— Et merde.

Julia prit un tablier dans le panier près de la chambre froide, l'enfila et se dépêcha d'aller en cuisine. Sheila lui emboîta le pas.

Big Al fit voler les portes battantes qui séparaient la cuisine de la salle, le front couvert de sueur, ses cheveux poivre et sel gras lui tombant dans les yeux. Comme son nom l'indiquait, c'était un homme imposant, de plus d'un mètre quatre-vingt, avec de larges épaules et des jambes comme des poteaux. Mais ce qui lui avait valu le surnom de Big Al, c'était son énorme bedaine, qui pendait tel un béluga au-dessus de sa ceinture, sous son tablier blanc graisseux.

— Voyez un peu qui a décidé de nous faire l'honneur de sa présence aujourd'hui, lança-t-il avec colère.

— Désolée, répondit Julia. Je croyais qu'on était mercredi.

— Et moi, je croyais que c'était mon anniversaire, rétorqua Big Al. C'est pour ça que j'ai gagné le droit de servir les clients et cuisiner en même temps.

— Je suis désolée. Je me suis trompée. Ça n'arrivera plus.

Big Al grogna.

— Ça, tu peux y compter. Je retiens ton salaire jusqu'à la semaine prochaine. D'ici là, tu auras peut-être décidé si tu veux vraiment ce boulot ou pas.

— Mais je… S'il vous plaît, Al. J'en ai besoin pour payer le loyer.

— Tu n'avais qu'à y penser avant d'arriver en retard. Maintenant, boucle-la et va bosser.

Julia serra les dents et poussa les portes battantes pour aller en salle. Toutes les places au comptoir étaient prises et presque tous les box étaient pleins. Sheila sortit de la cuisine à son tour, tenant deux assiettes d'œufs et une de pancakes d'une main et une assiette de pain perdu de l'autre.

— Est-ce que tu peux t'occuper du comptoir, ma belle ? demanda-t-elle à Julia. Jusqu'à ce que le coup de feu du petit déjeuner soit passé.

— Bien sûr.

Julia attrapa un bloc-notes et un stylo et balaya le comptoir du regard pour repérer le client suivant. Un homme vêtu d'une veste noire et coiffé d'un chapeau mou était assis à l'autre bout, le menu fermé devant lui. Elle se dirigea vers lui.

— Est-ce que je peux ravoir du café ? lança quelqu'un sur son passage.

— Oui, monsieur.

Elle rangea son bloc-notes et son stylo dans la poche de son tablier, attrapa la cafetière, remplit la tasse du client puis alla s'occuper de l'homme au chapeau.

— Café ? offrit-elle en posant une tasse blanche devant lui.

— Oui.

Julia remplit la tasse, reposa la cafetière et ressortit son bloc-notes et son stylo.

— Mademoiselle ? lança quelqu'un à l'autre bout du comptoir. Où sont mes pancakes ?

Julia se força à sourire.

— J'arrive tout de suite.

À cet instant, la clochette au-dessus de l'entrée tinta et un homme en costume rayé tint la porte pour laisser entrer une femme et une fillette qui portaient des manteaux bleus assortis. La petite fille tenait la main de la femme et elles souriaient toutes les deux tandis qu'elles s'installaient dans un box. Elles avaient le même nez, dont le bout était rougi par le froid, tout comme leurs joues. Julia les observa, son stylo suspendu au-dessus de son bloc-notes. *Mère et fille*, songea-t-elle. La mère retira ses gants puis tendit le bras au-dessus de la table avec un sourire pour aider sa fille à ôter ses moufles. La fillette rit quand sa mère frotta ses mains entre les siennes pour les réchauffer. *Je me demande si c'est l'anniversaire de la petite fille*, se demanda Julia. La mère embrassa le bout des doigts de l'enfant et les yeux de Julia se remplirent de larmes. Elle tourna la tête vers l'homme en costume, en supposant qu'il s'agissait du père. Mais il était planté au milieu de la salle et examinait l'endroit comme s'il cherchait quelqu'un. Peut-être qu'il était perdu. Il n'avait pas l'air d'être du quartier.

— Je voudrais deux œufs tournés, dit l'homme assis au comptoir en face d'elle. Avec des toasts et du beurre.

Julia le regarda et cligna des paupières, comme si elle avait oublié où elle était. Elle secoua la tête pour se remettre les idées en place.

— Euh, oui. Désolée. Je vous apporte ça tout de suite.

Elle se dirigea vers la cuisine tout en se maudissant intérieurement de s'être laissé distraire. Il fallait qu'elle arrête de rêvasser. Si Big Al la surprenait les yeux dans le vague, elle se ferait renvoyer à coup sûr. Mais parfois, elle n'arrivait pas à faire autrement. Les gens qui s'aiment attiraient automatiquement son attention, particulièrement les parents et leurs enfants. Elle adorait voir leurs visages s'illuminer, radieux d'affection et de reconnaissance pour l'amour inconditionnel qu'ils se portaient. Elle adorait qu'ils sachent l'importance qu'ils avaient l'un pour l'autre sans avoir à se le dire. Elle se demandait ce que ça faisait.

— J'ai réclamé du ketchup il y a dix minutes, lança une femme quand Julia passa à côté d'elle.

Julia attrapa une bouteille de ketchup et la posa devant la cliente.

— Et moi l'addition, dit une autre.

— Je vais vous la chercher.

Elle laissa sa commande sur le porte-fiches de la cuisine, sonna la cloche, et demanda où étaient passés les pancakes. Big Al poussa une pile de pancakes vers elle et s'essuya le front d'un revers de bras en lui jetant un regard noir. Julia prit l'assiette bien chaude et l'apporta au client. Lorsqu'elle regagna l'autre extrémité du comptoir, l'homme en costume était toujours là, debout derrière les tabourets. Julia apporta l'addition qu'on lui avait réclamée et alla voir ce qu'il voulait.

— Est-ce que je peux vous aider ?

— Je cherche Julia Coralline Blackwood.

La bouche de Julia s'assécha immédiatement. *Est-ce qu'il est flic ? Est-ce qu'il est venu m'arrêter parce que j'ai volé à la supérette ?* La gorge nouée, elle sourit.

— Elle ne travaille pas aujourd'hui, est-ce que vous voulez lui laisser un message ?

L'homme mit la main dans la poche intérieure de sa veste et en ressortit une photographie qu'il mit sous le nez de Julia. Elle se sentit pâlir. C'était une photo d'elle, la photo individuelle du lycée, prise l'année où elle avait quitté la maison. Comment se l'était-il procurée ? Et qu'est-ce qu'il voulait ?

— Je suis détective privé, mademoiselle Blackwood. J'ai été engagé par l'avocat de vos parents.

Il mit à nouveau la main dans sa poche et en sortit une lettre, cette fois. Il la lui tendit.

— Cela fait près d'un an que je vous cherche. C'est pour vous. Je vous souhaite une bonne journée.

Il lui adressa un signe de tête et quitta le café-restaurant.

Julia fixa l'enveloppe qu'elle tenait entre ses mains tremblantes. Mère l'avait retrouvée.

CHAPITRE 3

Lilly

Lilly sortit de sa chambre avec les dents qui s'entrechoquaient et un sifflement dans la poitrine chaque fois qu'elle respirait. Elle ne voulait pas aller au cirque, en particulier sans Papa, mais elle devait obéir. Maman lui emboîta le pas, ferma la porte derrière elles et traversa le grenier. La flamme vacillante de la lampe à pétrole rebondit sur une bibliothèque vide, trois chaises cassées et les murs des combles, où Papa laissait parfois jouer Lilly quand Maman allait à l'église.

Lilly enroula ses bras autour d'elle et suivit Maman en comptant chacun de ses pas. Maman ouvrit une nouvelle porte et la tint pour Lilly, les sourcils froncés et des éclairs dans le regard comme pour lui dire « Avance, allez ! ». Lilly entra dans une partie de la maison qu'elle n'avait jamais vue auparavant et enfonça la tête dans ses épaules pour tenter de se faire plus petite. La pièce lui semblait gigantesque et trop petite à la fois, comme si Lilly se trouvait dans l'estomac d'une baleine rempli de poissons et de bateaux et de rochers qui menaçaient de l'écraser. Elle tremblait alors qu'elle avançait entre des piles de cartons et de malles et de livres poussiéreux. Maman ferma la porte à clé derrière elle, puis la guida à travers un labyrinthe de commodes couvertes de toiles d'araignée, de coffres en bois, de cadres vides et de lampes cassées. Deux vélos rouillés étaient appuyés contre une armoire bancale et de la vaisselle sale et des livres peuplaient des étagères crasseuses. Les tapis semblaient s'effriter sous les semelles de Lilly.

Tout au bout de la pièce, une longue ouverture étroite dans le sol donnait sur un escalier en bois. Maman descendit les marches et la lumière de sa lanterne disparut. Une fois en bas, elle s'arrêta devant une petite porte et leva les yeux vers Lilly.

Lilly était incapable de bouger. Elle avait le sentiment qu'elle allait vomir.

— Agrippe la rampe et descends une marche à la fois, expliqua Maman.

D'une main tremblante, Lilly attrapa la rampe et posa le pied au bord de la première marche. C'était la première fois qu'elle descendait un escalier et elle avait un peu le tournis. C'était comme quand elle sautait du tabouret qu'elle utilisait quand elle était plus petite pour regarder par la lucarne, sauf que là, c'était toute une série de tabourets. Elle avait l'impression d'être sur le point de basculer en avant et de dégringoler jusqu'en bas des marches. Elle avala sa salive et regarda Maman, qui l'observait en fronçant les sourcils. Soit elle descendait, soit Maman serait encore plus fâchée.

— Allez, ordonna Maman. On n'a pas toute la nuit.

Lilly posa les deux pieds sur la première marche. *Une.* Puis elle posa les deux pieds sur la suivante, et recommença. *Deux. Trois.* Doucement mais sûrement, elle parvint à descendre. Quand elle atteignit la dernière marche, Maman se baissa et passa une petite porte. Lilly l'imita et arriva dans un espace deux fois plus grand que son cabinet de toilette. De l'autre côté, une autre porte menait à une autre pièce. Maman intima à Lilly l'ordre d'attendre, puis verrouilla la porte qui donnait sur l'escalier et tira sur une cordelette rouge. Une tenture brillante décorée d'une maison et d'un jardin tomba et recouvrit la porte jusqu'à mi-hauteur. Ensuite, Maman plaça en dessous du rideau une petite table dont les pieds ressemblaient à des griffes et, comme par magie, la porte disparut. Maman rangea son trousseau de clés dans le tiroir de la table et amena Lilly dans une nouvelle pièce qui contenait un grand lit et des formes bizarres enveloppées de draps.

Qu'est-ce qu'il y a sous ces draps ? se demanda Lilly. Elle resta tout près de Maman. Elle avait très envie de s'accrocher à son bras, mais Maman n'aimait pas qu'on la touche, alors Lilly se retint. Elle avait aussi envie de fermer les yeux, mais elle trébucherait si elle faisait ça, et ça non plus, ça ne plairait pas à Maman.

Elles traversèrent la chambre et se retrouvèrent dans un long espace étroit au sol brillant et aux murs recouverts de photos et d'objets de décoration. Comment ça s'appelait, déjà ? Lilly tenta de s'en souvenir, mais elle n'y parvint pas. Sur un des côtés, au lieu d'un mur, il y avait une rampe métallique en spirale, comme les barreaux à l'extérieur de sa fenêtre. Elle longea le mur opposé pour rester aussi loin que possible de la rampe.

Elle était désorientée et prise de vertige, comme si elle allait tomber. Tout lui semblait trop grand, trop vaste, trop long. Elle respirait mal. Elle toucha ses doigts avec ses pouces et essaya de compter, mais elle n'arrêtait pas de s'emmêler les pinceaux. Elle toussa et Maman lui lança un regard sévère.

Si elle avait su que le bas de la maison lui ferait l'impression d'un trou géant qui voulait l'engloutir, elle n'aurait jamais émis le désir de quitter sa chambre. Elle voulait retourner à l'étage en courant, mais ça aurait mis Maman très en colère. La lumière de la lanterne de Maman se reflétait au plafond et projetait des ombres au-dessus de sa tête qui donnaient l'impression que les murs bougeaient. Lilly agrippa fermement la rampe de l'escalier de ses deux mains et descendit les marches, certaine qu'elle allait trébucher et rouler jusqu'en bas, cul par-dessus tête. D'un côté, elle voulait explorer les moindres recoins de Blackwood Manor. De l'autre, elle voulait fermer les yeux et que tout disparaisse.

Arrivée au pied de l'escalier, elle suivit Maman à travers un grand espace avec une cheminée, des étagères de livres qui montaient jusqu'au plafond et des fauteuils qui avaient l'air aussi moelleux que des coussins. Il y avait dans l'air une odeur de savon, de bois, de métal et de fleurs fanées. Des photos de montagnes, de gens et de chevaux peuplaient les murs, et un lustre en cristal étincelant pendait au plafond. Le tapis sous les pieds de Lilly avait l'air aussi épais que le matelas de son lit.

Elle n'en revenait pas de ce qu'elle voyait, de ce qu'elle respirait, de ce qu'elle ressentait. Comment était-ce possible que les plafonds soient aussi hauts, les murs si éloignés les uns des autres ? Qu'est-ce qui empêchait une maison aussi gigantesque de s'effondrer ? Et que faisaient ses parents de tout cet espace ? Cette pièce aurait pu abriter vingt personnes à elle toute seule. Lilly se sentait faible et chancelante, comme quand Maman oubliait de lui donner à manger. Elle désirait plus que tout retourner à l'étage. C'était trop.

Puis elle visualisa Maman en train de lire près des jolies fenêtres pendant que Papa fumait à côté de la cheminée. Elle les imagina, bien installés et bien au chaud, à boire du thé tout en se tenant agréablement compagnie. Alors, pour la toute première fois, un nœud de colère contre Papa se forma dans son ventre. *Comment a-t-il pu me laisser là-haut ? Pourquoi est-ce qu'il ne m'a jamais laissée descendre ici quand il n'y a personne à la maison ? S'il avait fait ça, je n'aurais pas aussi peur. Est-ce que ça lui est égal que je sois toute seule ?*

Des larmes lui montèrent aux yeux, mais elle continua à avancer. Elle n'avait pas le choix. Elle suivit Maman le long d'un autre couloir sombre, flanqué de portes de part et d'autre. La lumière de la lanterne éclairait les embrasures des portes ouvertes et Lilly se tordit le cou pour voir à l'intérieur des pièces. L'une d'elles était remplie d'étagères et de livres, une autre contenait une longue table entourée de chaises recouvertes de draps. L'extrémité du couloir débouchait sur ce qui ressemblait à une cuisine. Le bruit de leurs pas résonnait sur le carrelage noir et blanc. Des casseroles et des poêles en cuivre pendaient au-dessus d'un îlot central et une arcade en pierre abritait une cuisinière noire. Des placards blancs avec des portes en verre étaient alignés le long des murs bleus. Au-dessus des deux bacs de l'évier, un rideau à fleurs habillait une fenêtre à petits carreaux, avec des plantes en pot sur le rebord. Des odeurs de propre et de nourriture flottaient dans l'air : des oignons frits, du pain, du savon… Pour une raison qu'elle ne comprenait pas, Lilly avait envie de rester ici, d'ouvrir les portes des placards pour voir ce qu'il y a à l'intérieur, de se laisser bercer par la chaleur de la cuisinière et de faire un bon repas. Ça lui rappelait les cuisines décrites dans ses livres, où des mères et leurs filles pelaient des pommes de terre et glaçaient des gâteaux, où des familles entières se réunissaient autour d'une table pour manger et discuter. Qu'est-ce que ça faisait de se tenir devant un évier et de laver de la vaisselle dans de l'eau savonneuse, de faire cuire des biscuits dans le four et de faire mijoter de la soupe ? Qu'est-ce que ça faisait de manger en compagnie d'autres gens ?

Maman disait toujours que Lilly ne pouvait pas manger avec elle et Papa, car la voir de l'autre côté de la table leur aurait coupé l'appétit.

En repensant à ça, ce fut comme si les poumons de Lilly se fermaient. Tout à coup, elle n'arrivait plus à respirer. Elle s'arrêta et agrippa le rebord du plan de travail, tandis que l'air sifflait dans sa poitrine.

Maman jeta un coup d'œil par-dessus son épaule.

— Qu'est-ce que tu fais ?

— Je ne veux pas… dit Lilly entre deux respirations haletantes. Tout le monde va penser que… je suis un monstre ! Ils vont… ils vont…

Maman la fusilla du regard.

— Je te l'ai dit, les artistes du cirque ont l'habitude des gens comme toi. Maintenant, arrête d'être vilaine et obéis. Ton père a passé beaucoup de temps à organiser cette surprise pour toi et ça lui a coûté beaucoup d'argent, alors je ne vais certainement pas te laisser tout gâcher.

Avant que Lilly ne puisse ajouter quoi que ce soit, Maman l'attrapa par le poignet et l'entraîna dans une petite pièce attenante. Des manteaux pendaient à des crochets fixés au mur, des chaussures et des bottes étaient alignées en dessous, et une porte semblait mener à l'extérieur. Lilly compta les bottes et les chaussures pour essayer de se calmer. *Une*, *deux*, *trois*, *quatre*, *cinq*, *six*. Petit à petit, la tension dans sa poitrine se dissipa et elle recommença à mieux respirer. Maman posa la lampe à terre et attrapa un pull qui pendait à un porte-manteau. Elle l'enfila, ramassa sa lampe et posa la main sur la poignée. Puis elle se ravisa, s'empara d'une veste et la tendit à Lilly.

— Mets ça, tu risques d'en avoir besoin plus tard.

— Plus tard ? s'étonna Lilly.

Maman secoua la tête.

— Sur le chemin du retour, je veux dire.

Lilly prit la veste et la revêtit. Elle pesait lourd sur ses épaules et les manches pendaient dans le vide.

— Retrousse les manches, ordonna Maman. Et dépêche-toi. Il faut qu'on arrive avant qu'il ne soit trop tard.

Lilly obéit. Elle tremblait et transpirait en même temps. Elle voulut demander « Trop tard pour quoi ? », mais elle fut incapable de trouver les mots.

Maman ouvrit la porte et sortit dans la nuit.

Lilly resta sur le seuil, les pans de sa veste serrés contre elle. C'était le moment qu'elle avait imaginé des milliers de fois, le moment dont elle avait rêvé presque chaque nuit et qui aurait dû être l'instant le plus heureux de sa vie. Mais désormais, l'idée de sortir de la maison la bouleversait tellement qu'elle avait l'impression d'être sur le point de se détacher de son corps pour flotter vers l'obscurité du dehors. Pendant un instant, ce fut le cas, et elle se vit debout sur le seuil.

— Viens, lança Maman par-dessus son épaule. Dépêche-toi.

Elle continua sa route, sans savoir que Lilly s'était arrêtée sur le pas de la porte.

Lilly songea à faire demi-tour et courir jusqu'à sa chambre, mais Maman se lancerait à sa poursuite. Et elle la frapperait à nouveau. Ce serait pire qu'aller au cirque. Et puis, si elle n'avait plus jamais cette chance ? Elle prit une profonde inspiration en ignorant le sifflement dans sa poitrine, et elle sortit de Blackwood Manor.

Elle était dehors.

Tout lui sembla énorme, plus grand que tout ce qu'elle avait imaginé, plus vaste que tout ce dont elle avait rêvé. Elle était tremblante, surprise, effrayée et heureuse, tout ça à la fois.

Une demi-lune était suspendue dans le ciel sans nuage, rempli d'un million d'étoiles qui donnaient un éclat d'hiver à cette nuit d'été. Et les odeurs, oh, les odeurs ! Elle ne savait pas trop quels arômes parfumaient l'air, mais sûrement de l'herbe et de la terre et des arbres et de l'eau et de la boue et des insectes et des feuilles. Elle imaginait des chevaux et de la paille et des fleurs et de la pluie. Les milliers d'images qu'elle avait examinées dans ses livres lui revinrent à l'esprit, sauf qu'à présent elle était sur le point de les voir en vrai. Une brise tiède caressait son visage. La nuit était douce et chaude, comme quand on respirait sous une couverture. Elle remonta ses manches pour sentir l'air sur sa peau et la lumière de la lune se refléta sur ses mains et ses bras laiteux. On aurait dit les mains et les bras d'un fantôme.

Maman continuait à avancer. Elle marchait vite, et le cercle jaune de la lumière de sa lampe qui bondissait dans l'herbe s'éloignait de plus en plus. Une partie de Lilly avait envie de découvrir ce que ça faisait d'être entourée par l'obscurité. L'autre partie était terrifiée par l'immensité de cet espace vide. Qui savait ce qui se cachait dans le noir, à quelques mètres à peine de là où elle se tenait ? Peut-être que l'obscurité allait l'engloutir, ou qu'un animal sauvage allait l'emporter ?

Elle se dépêcha de rejoindre Maman, tout en comptant chaque pas qui la séparait d'elle. *Un*, *deux*, *trois*, *quatre*, *cinq*, *six*, *sept*… C'était à la fois étrange et excitant de marcher encore et encore sans se heurter à un mur. Elles traversèrent ensemble le jardin plein d'ombres, longèrent les silhouettes élancées des arbres et la forme imposante de la grange. Les chevaux hennirent à l'intérieur du bâtiment sombre et ruèrent contre les murs de leurs box. Un parfum doux d'herbe sèche emplit ses narines, ainsi qu'une forte odeur musquée qu'elle supposa être celle du fumier.

Maman ouvrit la grille qui donnait sur une des pâtures, laissa passer Lilly et la referma. Côte à côte, elles commencèrent à traverser le champ. Des insectes chantaient et voletaient autour d'elles. Lilly avait envie de marcher plus lentement, mais Maman était pressée. Une fois de l'autre côté, elles se penchèrent pour passer sous une clôture en bois blanc et se dirigèrent vers l'orée du bois. Le sol était plein d'ornières et Lilly n'arrêtait pas de trébucher. Sa respiration était à nouveau sifflante, mais elle n'osait pas s'arrêter pour reprendre son souffle. Elle songea à demander pourquoi elles ne prenaient pas la route, puis se rappela qu'elles ne pouvaient pas risquer d'être vues. Qui sait ce qui se passerait si quelqu'un voyait un monstre blanc se promener sur le bord de la route ?

Elle suivit Maman en direction d'un bosquet de grands pins, en faisant de son mieux pour tenir le rythme. Ses chaussures lui faisaient mal aux orteils, car elle ne les portait presque jamais. De la sueur commença à se former sur son front et son nez se mit à couler. À l'intérieur du bosquet, Maman la guida le long d'un chemin de terre tapissé d'aiguilles de pin. Une odeur fraîche lui parvint, un mélange de savon et du parfum de Papa. Lilly se demanda si ça venait des arbres. Elle eut envie de poser la question à Maman, mais elle avait déjà toutes les peines du monde à ne pas être à la traîne. Un hibou hulula au-dessus de sa tête. Elle sursauta puis se tordit le cou pour le voir et manqua trébucher.

Une fois sorties des bois, elles se trouvèrent à la lisière herbeuse d'un autre champ. De là où elle était, Lilly voyait les silhouettes sombres des tentes et des wagons du cirque. Les lumières colorées étaient éteintes, à présent, et les attractions étaient désertes. Maman l'emmena jusqu'à un grand espace recouvert de sciures. Une immense banderole annonçait LE CIRQUE DES FRÈRES BARLOW. Au-dessus de leurs têtes, des guirlandes pendaient mollement dans l'air tiède. Des stands fermés de limonade et de hot-dog bordaient le périmètre, près d'autres stands avec des pancartes portant des inscriptions comme BARBE À PAPA, GLACE et CACAHUÈTES GRILLÉES. Un dessin géant représentant des visages de clowns obstruait le ciel, accroché en haut d'un chapiteau. Les clowns dévisageaient Lilly en silence, figés dans un éclat de rire. La lumière de la lune se reflétait sur les mâts, leur conférant un éclat argenté et froid. Des ombres noires et violettes et une lumière grise quadrillaient le sol et une drôle d'odeur flottait dans l'air, un mélange de graillon et de crottin. Il y avait tant de choses à voir, tant d'effluves à respirer, que Lilly en avait le tournis.

— Où est Papa ? murmura-t-elle.

Maman lui intima l'ordre de se taire et continua à avancer.

Lilly regarda autour d'elle, s'attendant à ce que quelqu'un coure vers elles à travers le labyrinthe de chapiteaux et de stands de pop-corn et de pommes d'amour pour leur demander ce qu'elles fabriquaient ici. Si le propriétaire du cirque avait accepté d'organiser une représentation spécialement pour elle, où étaient les gens ? Où étaient les animaux et les artistes ? Pourquoi est-ce que tout était aussi sombre et silencieux ?

Quand la lumière de la lanterne de Maman balaya des banderoles géantes, Lilly eut de nouveau envie de fermer les yeux. Elle se détourna des images qui représentaient des personnes effrayantes sous des inscriptions comme : ALDO L'HOMME-ALLIGATOR, LUCIFER LE BÉBÉ DÉMONIAQUE, VIDAL LE GARÇON À TROIS JAMBES et DINA LA DEMI-FILLE VIVANTE. Sur leurs portraits, on aurait dit des personnes sorties d'un cauchemar, toutes plus terrifiantes les unes que les autres. *Où sont les clowns et les éléphants et les chevaux ?* se demanda Lilly. *Et où est Papa ?*

Elle s'arrêta près de la billetterie, à bout de souffle.

— Je veux rentrer à la maison.

Maman la rejoignit, l'attrapa par le poignet et la traîna à sa suite. Lilly trébucha et glissa, mais Maman n'en avait rien à faire.

Elles arrivèrent près d'un grand chapiteau avec des mâts et des poutres et des câbles qui partaient dans tous les sens, comme les os d'une bête géante. C'était le chapiteau principal que Lilly avait aperçu depuis la lucarne de sa chambre. Un auvent annonçait : ENTRÉE PRINCIPALE DU CIRQUE. Mais l'accès était plongé dans le noir. Quand Maman passa devant sans s'arrêter, Lilly freina des quatre fers.

— Où est-ce qu'on va ? s'inquiéta-t-elle.

Maman ignora sa question et la tira brusquement par le bras.

De l'autre côté du grand chapiteau, un train était stationné sur la voie ferrée. Une longue file de wagons de voyageurs et de marchandises s'étendait derrière une énorme locomotive noire. C'était plus grand que tout ce que Lilly aurait pu imaginer. Depuis sa lucarne, les wagons faisaient la même taille que ses animaux de la ferme miniature. Des lumières jaunes brillaient ici et là derrière des fenêtres carrées, et d'autres wagons avec des cages étaient posés à même le sol. Lilly n'arrivait pas à voir à l'intérieur car il faisait trop sombre. Sur la gauche, plusieurs formes imposantes étaient allongées sur l'herbe.

Des éléphants, pensa Lilly. *De vrais éléphants. Un, deux, trois, quatre.* Le quatrième se redressa sur ses grosses pattes, la trompe pendante comme un ver géant.

Lilly avança dans leur direction, mais Maman la tira dans l'autre sens, vers un attroupement de roulottes et de remorques décorées de peintures de chevaux ailés et de lions. Lilly essaya de se dégager de l'étreinte de Maman car elle la tirait trop fort et lui faisait mal au bras. Mais elle n'était pas de taille à lutter.

— Où est-ce qu'on va ? demanda-t-elle à nouveau. Où est Papa ?

Maman finit par ralentir. Une silhouette jusque-là dissimulée dans l'obscurité surgit de derrière une des remorques. C'était un homme assez grand, avec un cou épais et de larges épaules.

— Papa ? dit Lilly.

Puis l'homme arriva dans la lumière de la lampe de Maman. Lilly poussa un cri et Maman une exclamation de surprise.

Ce n'était pas Papa.

C'était un géant, un monstre avec un front osseux, des sourcils qui se rejoignaient au-dessus de son nez, une mâchoire qui ressemblait à celle d'un singe et une bouche comme une pelleteuse. Il avait des bras énormes et ses pieds qui semblaient aussi grands que des péniches soulevaient des nuages de poussière quand il marchait. Il avait comme une faille au milieu du visage : sa lèvre supérieure était fendue et son nez était séparé en deux morceaux déformés. Une masse rouge au milieu de son front donnait l'impression qu'il avait un troisième œil. Il avait des grandes dents grises qui se chevauchaient par endroits. Une chemise à carreaux recouvrait sa poitrine musclée, et son pantalon usé laissait voir ses mollets gros comme des troncs.

Lilly essaya de détourner le regard, mais elle n'y arrivait pas. Elle était figée sous le coup de la terreur et de l'ébahissement. Peut-être que c'était un ogre, comme dans *Le Chat botté*. Elle ne savait pas si ces choses-là étaient réelles. Maman recula d'un pas, sans lâcher le poignet de Lilly. Celle-ci alla se placer derrière elle, avec l'impression que son corps pesait des tonnes.

— S'il te plaît, Maman, dit-elle d'une voix faible. Je veux rentrer à la maison.

Puis un homme à l'aspect normal apparut à la suite du monstre, vêtu d'un pantalon noir et d'une longue veste. Il tira une bouffée sur un gros cigare et s'approcha d'elles. De la fumée sortait des commissures de sa bouche.

— Inutile d'avoir peur, dit l'homme au cigare. Viktor ne vous fera aucun mal.

Ses cheveux noirs gras étaient attachés en queue-de-cheval et son visage rappelait à Lilly des photos de la lune, avec des cratères et des reliefs rocailleux.

— Qu'est-ce que… qui est-ce ? s'enquit Maman.

— Viktor est mon attraction phare, répondit l'homme à la face de lune. Mais ce n'est pas pour ça que vous êtes venue, pas vrai ? Où est la fille ?

Maman força Lilly à sortir de sa cachette, la bouche tordue dans une grimace. L'homme alluma une lampe torche et la braqua sur Lilly. Aveuglée par la lumière, elle cligna des paupières et plissa les yeux avant de baisser la tête, le souffle court. L'air sifflait bruyamment dans ses poumons. Qu'est-ce que cet homme lui voulait ? Et comment réagirait-il en voyant son visage ?

Est-ce qu'il se sauverait en courant, effrayé, ou est-ce qu'il essaierait de lui faire du mal ? Si elle était vraiment le diable incarné, peut-être même qu'il tenterait de la tuer. Maman lui avait dit et répété qu'elle voulait simplement la protéger. Peut-être qu'elle l'avait amenée ici pour le lui prouver.

— Retirez-lui son manteau, ordonna l'homme.

Maman lui enleva le manteau et le laissa tomber à terre.

L'homme fit courir le faisceau de sa lampe sur Lilly pour l'inspecter de la tête aux pieds.

— Comment puis-je être sûr que c'est vraiment votre fille ? demanda-t-il à Maman.

Il attrapa le menton de Lilly de sa main moite et molle et lui fit relever la tête. Elle retint son souffle, ses yeux rivés aux siens, en attendant sa réaction. Elle le fixa pendant ce qui lui parut une éternité. Qu'est-ce qu'il allait faire ? Elle ne pouvait pas s'empêcher d'examiner le visage de la seule personne qu'elle avait jamais vue de près, à l'exception de Papa et Maman. À sa grande surprise, l'expression de l'homme resta calme. Pourquoi est-ce qu'il n'avait pas peur ? Elle ne lisait ni le choc ni la crainte dans ses yeux. Peut-être qu'il avait l'habitude des monstres.

— Comment osez-vous douter de ma parole ? s'indigna Maman. J'ai signé les papiers, pas vrai ?

— Ça ne veut rien dire, rétorqua l'homme.

— Si vous m'accusez de mentir, je pars sur-le-champ et je l'emmène avec moi.

L'homme éteignit sa lampe.

— Ce ne serait pas la première fois que quelqu'un essaie de faire passer un enfant pour le sien.

— Je peux vous assurer que je dis la vérité. Je suis une fervente chrétienne et je…

L'homme rit, et Viktor l'imita.

— Puis-je savoir ce qu'il y a de drôle ? s'offusqua Maman.

L'homme à la face de lune agita une main, un grand sourire aux lèvres.

— Rien du tout. Je suis certain que Dieu est ravi de savoir que vous dites la vérité quant au fait que cette enfant est votre fille.

Il se tourna vers Viktor et leva les yeux au ciel.

— J'ai une dernière question à vous poser : est-ce que votre mari est au courant de notre accord ?

Maman hocha la tête.

— Mon mari ne sera bientôt plus de ce monde. Et Lilly n'a été qu'un fardeau depuis le jour de sa naissance.

Lilly regarda Maman en fronçant les sourcils. Qu'est-ce que ça voulait dire, « bientôt plus de ce monde » ? En tout cas, ça n'avait pas l'air d'être une bonne chose.

L'homme se pencha en avant et plongea son regard dans celui de Lilly.

— Dis-moi la vérité, petite, ou tu le regretteras. Est-ce que cette femme est ta maman ?

Lilly pensa à dire non, mais elle ne savait pas qui se fâcherait le plus, l'homme à la face de lune ou Maman. Elle hocha la tête une fois et recula.

— Très bien. Il ne faudrait pas qu'on m'accuse de t'avoir volée.

Le menton tremblotant, Lilly se tourna vers Maman, qui tenait toujours son poignet d'une main de fer.

— Où est mon papa ?

Maman l'ignora.

— Alors, c'est un marché conclu, oui ou non ? demanda-t-elle à l'homme.

Un nœud se forma dans la poitrine de Lilly et sa gorge se serra. Elle n'arrivait pas à respirer.

— S'il te plaît, Maman, implora-t-elle dans un souffle. Je te promets d'être gentille… Je lirai la Bible et…

L'homme la prit de nouveau par le menton et l'éclaira avec sa lampe. Il plissa les yeux et lui fit tourner la tête d'un côté et de l'autre. Elle sentait son souffle chaud et aigre sur son visage. Elle tenta de se dégager, sans succès.

— Qu'est-ce qu'elle a ? grogna l'homme. Elle est malade ?

Maman secoua la tête.

— Non, elle a juste du mal à respirer quand elle est contrariée, c'est tout. Ça va passer.

— Si elle meurt dans les mois qui viennent, je reviendrai pour récupérer mon argent. Et ce ne sera pas joli à voir.

— Si vous n'êtes pas intéressé, les Frères Ringling viennent à Albany la semaine prochaine. Je suis certaine qu'ils seront prêts à payer plus.

L'homme fronça les sourcils et lâcha le menton de Lilly. Il fit signe au monstre, qui s'avança et l'attrapa par les bras pour l'emmener loin de Maman. Lilly cria et se tordit dans tous les sens et donna des coups de pied pour tenter de se libérer.

— Maman… s'il te plaît… !

Maman fit comme si elle ne l'entendait pas.

— Ne… me… touchez… pas ! cria Lilly en tapant aussi fort que possible dans les jambes du monstre.

Il grogna, plaqua une main sur sa bouche, puis il la colla contre son ventre, son gros bras transpirant en travers de sa poitrine. Lilly essaya de le mordre, mais ça ne servait à rien. Elle fixa Maman, le souffle court, les yeux écarquillés par la terreur et remplis de larmes.

L'homme sortit un étui brillant de sa poche pour en extraire une liasse de billets qu'il tendit à Maman.

— Tout y est. Vous pouvez vérifier si vous voulez.

Maman prit l'argent et compta les billets.

— Une dernière chose. Ne revenez jamais ici. C'est la dernière fois que je loue mon terrain à un cirque.

— Compris.

Lilly essaya de hurler, de supplier Maman de ne pas la laisser ici, mais seul un petit cri aigu et étranglé sortit de sa gorge.

Maman resta là un moment, à fixer Lilly, l'argent à la main.

— C'est mieux comme ça, finit-elle par dire.

Puis elle s'en alla.

CHAPITRE 4

Julia

Après le coup de feu du petit déjeuner, Julia se rendit dans aux toilettes et verrouilla la porte derrière elle. Elle s'assit sur le couvercle baissé et ouvrit l'enveloppe du détective privé engagé par l'avocat de sa mère, les mains tremblantes.

Cabinet d'avocats
Scognamiglio & Carr

Chère mademoiselle Blackwood,

J'ai l'immense regret de vous annoncer le décès de votre mère, Coralline Livingston Blackwood, le 21 septembre 1955. En ma qualité d'avocat de vos parents, il est de mon devoir de vous informer que, suivant les dernières volontés de votre mère et son testament, vous êtes l'unique héritière de l'ensemble des biens de vos parents, en tant que seule enfant vivante de Coralline et Howard Blackwood.

L'élevage de chevaux de Blackwood Manor a continué son activité sous la supervision attentive de son gérant, Claude Miller, et d'un vétérinaire de la région, Fletcher Reid. Bien qu'un certain nombre de chevaux aient été vendus avant la mort de votre mère, elle a expressément manifesté le désir que ces hommes continuent à être payés jusqu'à ce que nous soyons en mesure de vous localiser pour que vous preniez la tête de l'élevage, ou jusqu'à ce que l'argent vienne à manquer. Par chance, grâce au sens des affaires de votre père et à une bonne planification, le domaine de vos parents devrait être viable financièrement pour de nombreuses années.

L'élevage de chevaux de Blackwood Manor vous revient de droit si tel est votre souhait. Cependant, il y a une condition. Pour devenir la propriétaire légitime de Blackwood Manor et bénéficier des avantages financiers qui s'y rattachent, vous êtes dans l'obligation de retourner à Albany et de résider dans la propriété. Je vous prierais de bien vouloir contacter mon cabinet dans les meilleurs délais afin que nous puissions dûment signer les documents nécessaires.

Dans l'attente d'une réponse de votre part, je vous prie d'agréer mes sincères salutations.

Wallace Carr

Julia fixa la lettre pendant ce qui lui sembla une éternité, en tentant d'assimiler ce qu'elle venait de lire. Mère était morte. Et elle était l'unique héritière de Blackwood Manor. Elle se mit à trembler de tout son corps, choquée et un peu attristée que sa mère soit partie depuis près d'un an sans qu'elle en ait rien su. Les gens d'une même famille n'étaient-ils pas censés être au courant lorsqu'un parent mourait ? N'étaient-ils pas censés ressentir un manque aussi soudain qu'immense quand un être aimé quittait cette Terre ? Puis elle se rappela qu'elle était en train de nager avec des amies au moment où son père était mort. Elle était joyeuse et insouciante, ignorant que la seule personne qui semblait l'aimer venait d'être tuée dans un accident de voiture. Peut-être que les membres d'une même famille pressentaient la mort d'un parent uniquement quand ils partageaient un amour sincère et une véritable affection.

Ses yeux se remplirent de larmes. Elle était officiellement orpheline, à présent. Sa mère et son père n'étaient plus de ce monde. Et pourtant, ce n'était pas tant leur mort qui la peinait, mais l'absence d'une famille aimante. Mais comment une chose qu'elle n'avait jamais connue aurait-elle pu lui manquer ?

Quelqu'un frappa à la porte.

— Julia, tu es là ?

C'était Sheila.

— J'arrive, répondit Julia.

Elle s'essuya les joues et se leva, les jambes flageolantes. Elle fourra le courrier dans la poche de son tablier et examina son reflet dans le miroir fendu au-dessus du lavabo. Comment pourrait-elle retourner à Blackwood Manor, avec tous les mauvais souvenirs et tous les secrets jalousement gardés qui peuplaient cet endroit ? Et en même temps, comment pourrait-elle rester ici ?

CHAPITRE 5

Lilly

Viktor suivit l'homme à la face de lune en direction du train, sa grande main moite plaquée sur la bouche de Lilly, qu'il tenait fermement contre sa poitrine. Lilly se débattait et essayait de crier, mais elle pouvait à peine respirer et commençait à faiblir. Le monstre la serra plus fort. Quand ils arrivèrent au train, il la posa en haut d'un petit escalier entre deux wagons de marchandises et il attendit. Une lampe à pétrole était suspendue à un crochet près de la porte coulissante d'un des wagons. L'homme à la face de lune s'empara de la lampe, fit glisser la porte et les fit entrer à l'intérieur. D'un côté du wagon, un enclos abritait des chèvres et des lamas, tandis que des ballots de paille et des piles de sacs en toile de jute longeaient la paroi opposée.

Viktor suivit l'homme jusqu'au bout du wagon et attendit qu'il ouvre une cage métallique. Quand il relâcha son étreinte et se pencha pour la mettre dedans, Lilly lui mordit la paume de toutes ses forces. Il poussa un cri et elle en profita pour s'échapper d'entre ses bras. Mais l'homme à la face de lune l'attrapa par la peau du cou et la poussa dans la cage. Elle trébucha, tomba et se retrouva à quatre pattes. Viktor claqua la porte et l'homme à la face de lune la verrouilla avec un cadenas en jurant entre ses dents.

Le fond de la cage était couvert de paille sale, et une odeur horrible emplit ses narines. Elle rampa jusqu'à la porte et agrippa les barreaux, essoufflée.

— Laissez-moi sortir ! cria-t-elle.

— Désolé, chérie, dit l'homme à la face de lune. Tu viens de me coûter une belle petite somme et au cas où tu ne l'aurais pas encore compris, tu m'appartiens maintenant.

— S'il vous plaît ! Je veux rentrer chez moi !

— Tu es chez toi et je suis ton tuteur légal, désormais.

Lilly eut un haut-le-cœur et tenta de reprendre son souffle. Elle était en train de faire un cauchemar. C'était forcément ça. Pourquoi est-ce que Maman lui aurait fait une chose pareille ? Pourquoi ?

— Non… mon papa… mon papa va venir me chercher.

— Je crains bien que non, petite. Ton papa est en train de mourir et ta mère a signé les papiers. Tout ça est parfaitement légal.

— Ce n'est pas vrai ! Mon père est en Pennsylvanie. Il revient demain… et quand il rentrera, il me cherchera !

— Crois ce que tu veux si ça peut te consoler, mais ce n'est pas ce que ta mère a dit.

Lilly lâcha les barreaux et s'écroula, trop faible pour se tenir assise.

— Qu'est-ce que vous… qu'est-ce que vous allez me faire ?

— Quand je l'aurai décidé, tu en seras la première informée.

Il prit la lampe, fit signe à Viktor de le suivre et commença à s'éloigner.

— S'il vous plaît ! cria Lilly. Je vous en supplie. Laissez-moi sortir.

— Patron, vous voulez que je reste ici et que je garde un œil sur elle ? demanda Viktor.

Il avait une voix grave et rocailleuse, comme si sa gorge était pleine de cailloux.

— Non, répondit l'autre. Elle ne peut aller nulle part.

Il se dirigea vers la sortie. Lilly hurla jusqu'à en perdre le souffle et avoir la gorge en feu. Les chèvres et les lamas bêlaient et grattaient le sol à l'intérieur de leur enclos.

L'homme à la face de lune revint sur ses pas et la fusilla du regard.

— Crie autant que tu veux, personne ne t'entendra. Et même si on t'entendait, personne n'en aurait rien à faire.

Il donna un coup de pied dans la cage avant de s'en aller, suivi de Viktor. La porte s'ouvrit et se referma avec fracas, et l'intérieur du wagon fut plongé dans l'obscurité. Lilly prit une inspiration tremblante et hurla à nouveau en secouant les barreaux de la cage. Elle passa les mains à travers et tira sur le cadenas de toutes ses forces. Elle cria jusqu'à en avoir mal à la gorge puis s'effondra dans la paille, à bout de souffle. Elle avait les coudes et les genoux sales, et l'odeur puante d'urine lui brûlait les narines. Elle se roula en boule et se mit à sangloter. Des larmes roulèrent sur ses joues, se mélangeant à la transpiration.

Depuis toujours, elle avait rêvé de voir le monde extérieur. À présent, elle aurait donné n'importe quoi pour retourner à Blackwood Manor. *S'il Vous plaît, mon Dieu*, pria-t-elle. *Si Maman revient me chercher, je ferai tout ce qu'elle me dira. Je prierai dix fois par jour et j'apprendrai les versets de la Bible. J'arrêterai de jouer avec mes poupées et mes livres et tout ce qu'elle voudra. J'arrêterai de rêvasser et de réclamer une fenêtre qui s'ouvre. J'aime Maman et je suis désolée d'avoir été méchante. S'il Vous plaît, Dieu, s'il Vous plaît. Je ferai n'importe quoi. Mon papa et Abby me manquent.*

Elle imagina Abby roulée en boule sur son lit, à l'attendre tout en se demandant pourquoi elle l'avait laissée toute seule. Elle ne supportait pas l'idée qu'Abby soit triste et puisse croire qu'elle l'avait abandonnée. Qu'est-ce qui lui arriverait maintenant ? Qui lui donnerait à manger, qui l'aimerait, qui la caresserait ? Certainement pas Maman, elle n'aimait pas les chats. Puis elle imagina Papa arriver à l'étage pour lui offrir son cadeau d'anniversaire et trouver une chambre vide. Il voudrait savoir où elle était. Quand Maman lui dirait ce qu'elle avait fait, il courrait jusqu'au train du cirque pour venir la secourir.

Si Maman disait la vérité.

Si Papa n'était pas en train de mourir.

À cette pensée, quelque chose se tordit dans la cage thoracique de Lilly et une horrible douleur explosa en elle. Tout à coup, elle sut qu'elle allait être malade. Elle se pencha sur le côté et vomit, toussant et s'étouffant. Elle cracha encore et encore, puis s'essuya la bouche et s'allongea. Elle avait le tournis, comme la fois où

Papa lui avait mis de la moutarde et des cataplasmes chauds sur la poitrine pendant trois jours. Puis tout se mit à tournoyer autour d'elle et tout devint noir.

Un sifflement perçant réveilla Lilly en sursaut. Elle ne savait pas où elle était, ni pendant combien de temps elle avait dormi.

— Papa ? appela-t-elle d'une voix faible. Je suis là, Papa !

Une faible lumière filtrait à travers les lattes en bois et se reflétait sur les barreaux d'une cage. Des brins de paille lui piquaient les bras et les jambes et le bruit sourd d'un moteur résonnait dans le lointain.

Soudain, tout lui revint.

Elle était enfermée dans une cage dans le train d'un cirque. Et Papa n'était pas là.

Les yeux de Lilly se remplirent de larmes. Elle s'assit, la gorge et les poumons en feu, le cou raidi. Quand elle parvint à prendre une respiration sans tousser, elle s'agenouilla et se brossa pour retirer la paille de ses vêtements. Tous ses muscles lui faisaient mal, sa peau la démangeait et elle avait envie d'aller aux toilettes. Son ventre semblait sur le point d'exploser. Elle remonta le bas de sa robe jusqu'à sa taille, baissa sa culotte au niveau de ses genoux et s'accroupit dans un coin de la cage. L'urine coula le long de sa jambe et dans sa chaussure. Maintenant, non seulement elle était sale et gelée, mais elle sentait mauvais, aussi. Elle attrapa la paille déjà souillée et essuya sa jambe du mieux qu'elle put, puis elle remit sa culotte. Elle s'assit dans le coin opposé et commença à compter les barreaux en essayant de ne pas pleurer.

Les chèvres et les lamas étaient allongés dans leur enclos. Certains dormaient, d'autres broutaient de la paille. Elle regarda entre les lattes du wagon pour tenter d'apercevoir ce qu'il y avait dehors, mais elle ne voyait rien. Un coup de sifflet retentit quelque part. Le wagon trembla et fit une embardée vers l'avant, et le train se mit à bouger. Les lamas et les chèvres se levèrent et regardèrent nerveusement autour d'eux. Lilly agrippa les barreaux de la cage de ses mains tremblantes.

— Non ! cria-t-elle. On ne peut pas partir ! Mon papa doit venir me chercher !

Petit à petit, le train prit de la vitesse et s'éloigna de plus en plus de Blackwood Manor. Lilly se laissa retomber dans la paille dégoûtante et sanglota. Comment est-ce que Papa la retrouverait, à présent ? Des vagues violentes et implacables de terreur et de nostalgie la submergèrent. Elle ne pouvait rien faire, à part attendre et prier. Maman disait toujours que Dieu n'exauçait les prières que quand elles étaient sincères. Lilly avait supplié Dieu de faire en sorte que Maman revienne la chercher, mais Maman n'était pas revenue. Lilly était toujours là, enfermée dans cette cage. Si Dieu n'avait pas trouvé ces prières-là sincères, alors quand l'écouterait-Il ?

***

Après ce qui lui sembla des milliers d'heures, le train ralentit. Les roues en fer crissèrent contre les freins encore et encore, et les pistons chuintèrent de plus en plus longtemps, de plus en plus fort. Enfin, le train s'immobilisa dans un grand tremblement et un sifflement de vapeur retentit. Les chèvres et les lamas se dressèrent sur leurs pattes, chancelants. Lilly s'assit, tremblante de peur et de froid.

Dehors, on soulevait des loquets en acier, on ouvrait des portes coulissantes, des hommes parlaient et criaient. Des rampes et des passerelles percutaient bruyamment le sol. Quand la porte du wagon s'ouvrit, Lilly se blottit dans un coin de la cage et se roula en boule pour se faire toute petite. La lumière du soleil éclaira les particules de poussière et de paille qui flottaient dans l'air et les bruits du dehors s'intensifièrent. Lilly plissa les yeux et couvrit ses oreilles de ses mains, tremblant de plus belle. La silhouette d'un homme apparut dans l'encadrement de la porte. Il grimpa dans le wagon, s'étira et bâilla, puis se dirigea vers l'enclos pour inspecter les animaux. Une barbe grise de trois jours couvrait sa peau burinée, et il avait un chapeau melon noir délavé sur la tête. Il gratta un des lamas derrière les oreilles puis alla vérifier les autres cages. Quand il arriva au niveau de Lilly, il se pencha pour vérifier la rangée contre la paroi opposée à la sienne.

Lilly s'approcha et s'accrocha aux barreaux.

— Monsieur ? appela-t-elle tout bas.

L'homme sursauta et fit volte-face. Quand il la vit, il écarquilla les yeux.

— Bon Dieu de bois ! Qui tu es, toi ?

— Je m'appelle Lilly. Vous pouvez me laisser sortir ? S'il vous plaît ?

Elle scruta son visage, pour voir s'il avait peur d'elle.

— Nom d'un chien, qu'est-ce que tu fabriques là-dedans, petite ?

Le cœur de Lilly cognait si violemment dans sa poitrine qu'elle arrivait à peine à parler. Est-ce qu'il faisait semblant de ne pas avoir peur, comme Papa ? Ou est-ce qu'il se sentait fort et courageux parce qu'elle était en cage ? Elle avala sa salive et retrouva sa voix.

— On m'a enfermée.

L'homme retira son chapeau et frotta son crâne chauve d'une main parsemée de taches de vieillesse.

— Qui ça ?

— Un monsieur avec une face de lune et une queue-de-cheval, et quelqu'un qui s'appelle Viktor. On aurait dit… on aurait dit…

Un nœud brûlant se forma dans sa gorge et l'empêcha de finir sa phrase.

— Un monstre ?

Elle hocha la tête et des larmes se mirent à rouler sur ses joues.

L'homme remit son chapeau et se releva, les sourcils froncés. Il resta là un moment, à réfléchir en se grattant la joue, puis il courut jusqu'à la porte du wagon et cria :

— Oh, Dante, viens là deux secondes, tu veux ?

Un homme au gabarit imposant avec une barbe rousse grimpa dans le wagon.

— Qu'est-ce qui se passe, Leon ?

Leon montra Lilly du doigt et sourit, dévoilant des dents jaunes et de travers.

— Regarde un peu ce qu'on a là.

Dante s'agenouilla et regarda dans la cage.

— Tiens donc, voyez-vous ça. On dirait bien qu'on a une passagère clandestine.

Il sourit et glissa ses doigts à travers les barreaux pour toucher les cheveux de Lilly. Elle recula jusqu'au fond de sa cage, à la fois effrayée et surprise. Peut-être que Maman avait raison. Peut-être que les gens du cirque avaient l'habitude des monstres.

— Elle dit que c'est Viktor qui l'a mise là, expliqua Leon en se penchant pour la dévisager. Et un homme avec une face de lune et une queue-de-cheval.

Dante se redressa.

— Dans ce cas-là, on ferait mieux de la laisser là où elle est. Pas envie qu'on ait des problèmes.

Leon tourna les talons et se dirigea vers d'autres cages.

— Désolé, petite. Je suis là uniquement pour nourrir les bestioles et préparer leur déchargement.

— S'il vous plaît ! cria Lilly. Vous ne pouvez pas me laisser ici. Mon papa me cherche et je…

Leon se figea et la regarda par-dessus son épaule, le front plissé par des rides d'inquiétude.

— On t'a kidnappée ? demanda Dante.

Lilly secoua la tête.

— Maman… Elle…

Les mots restèrent logés dans sa gorge. Leon revint sur ses pas et s'accroupit à côté de la cage.

— Quoi ? insista-t-il. Qu'est-ce que ta mère a fait, ma puce ?

— Elle a pris l'argent de l'homme à la queue-de-cheval, réussit-elle à répondre. Et après, elle m'a laissée ici.

Elle recommença à pleurer, les épaules secouées par les sanglots.

— J'étais sûr que Merrick avait quelque chose à voir là-dedans, dit Dante à Leon. Elle lui appartient, maintenant.

Lilly avala difficilement sa salive et dévisagea Leon.

— Qu'est-ce qu'il va me faire ?

— Il ne t'a rien dit ?

Lilly secoua la tête. Son menton tremblait.

— Merrick s'occupe des attractions pour le Cirque des Frères Barlow, le Plus Grand Spectacle au Monde, expliqua Leon. On dirait bien que tu as rejoint le cirque, gamine.

Il attrapa un ballot en haut de la pile et entreprit de distribuer du foin aux chèvres et aux lamas.

— Leon a raison, renchérit Dante. Mais ne pleure pas, ce n'est pas si mal. Peut-être même que tu vas te plaire ici.

Les sanglots de Lilly redoublèrent.

Deux autres hommes grimpèrent dans le wagon et Dante s'éloigna de la cage. C'était Viktor et l'homme à la face de lune.

— Ne lui faites pas peur, les garçons, ordonna l'homme.

— Bonjour, Merrick, dirent Leon et Dante en chœur.

— C'est un bien bon jour, en effet, répondit Merrick. Les dieux sourient au Cirque des Frères Barlow aujourd'hui. Regardez un peu le splendide spécimen qu'ils nous ont envoyé. Elle est magnifique, pas vrai ?

Les hommes acquiescèrent. Merrick et Viktor se dirigèrent vers Lilly. Elle se colla aux barreaux du fond.

— Voyons de quoi elle a l'air à la lumière du jour, dit Merrick.

Viktor déverrouilla le cadenas, s'agenouilla et tendit le bras à l'intérieur. Lilly se réfugia dans un coin pour échapper à sa main géante. Il jura et glissa la tête par l'ouverture. Lilly lui donna un coup de pied dans la figure. Sa chaussure percuta son nez déjà déformé et elle entendit un craquement.

— Nom de Dieu ! cria Viktor.

Il porta une main à son visage et recula. Du sang coulait sur sa bouche. Puis il se glissa à nouveau dans la cage, attrapa Lilly par le bras et la força à sortir. Lilly hurla et se tortilla pour essayer de s'échapper.

— Ne reste pas planté là à regarder bêtement ! cria Merrick à Dante. Aide-le !

Dante agrippa l'autre bras de Lilly. Elle donnait des coups de pied et se débattait dans tous les sens pour se libérer, mais ça ne servait à rien. Elle n'était pas de taille à lutter contre deux hommes, et ses poumons étaient déjà en train de se refermer. Elle cessa de s'agiter, suffocante.

Merrick s'approcha d'elle, les yeux brillants.

— Tu es une battante. C'est bien. Mais je n'apprécie pas trop que tu donnes un coup de pied dans la tête de mon attraction phare, même si elle est déjà défigurée.

— Laissez-moi partir ! cria Lilly. Je veux… rentrer… chez moi !

— C'est la dernière fois que je te le dis : tu es chez toi. Et tu ferais bien d'apprendre à être gentille, parce que tu ne vas nulle part.

— C'est faux ! Mon papa va venir me chercher et…

— Désolé de te décevoir, mais personne ne va venir te chercher, chérie.

Lilly toussa et tenta de prendre de grandes bouffées d'air. Puis, pour une raison quelconque, elle se rappela soudain que les chats feulent et que les lamas crachent quand ils ont peur. Elle inspira aussi profondément que possible, ferma la bouche pour rassembler sa salive et cracha au visage de Merrick. Une masse blanche atterrit sur sa joue et glissa vers sa mâchoire, laissant une trace humide sur sa peau.

Il sursauta comme si on l'avait giflé, puis sortit un mouchoir de sa poche et s'essuya en la fusillant du regard. Sans un mot, il se dirigea vers le mur et attrapa ce qui ressemblait à un petit fouet noir accroché à un clou. Son expression s'assombrissait de seconde en seconde.

— Retournez-la, ordonna-t-il à Viktor et Dante.

— C'est bon, Merrick, dit Dante. Vous n'êtes pas obligé de faire ça. Elle a peur, c'est tout.

— Ferme ton clapet à ordures et fais ce que je dis, ou je te fais jeter du train en marche ! hurla Merrick en postillonnant.

Les deux hommes s'exécutèrent. Les doigts de Viktor s'enfonçaient dans la chair de son bras, mais Dante la tenait plus délicatement. Leon observait la scène avec de la tristesse et de l'inquiétude dans le regard.

— Je suis désolé, lui murmura Dante. Contente-toi de lui obéir, à partir de maintenant.

Puis le fouet s'abattit sur elle. Elle arqua le dos et cria. C'était comme si ses omoplates étaient en feu. Merrick grogna et la fouetta à nouveau. Une fois. Deux fois. Trois fois. La douleur était brûlante et violente, comme la flamme de la lampe de Maman. À l'agonie, elle sentit quelque chose de chaud couler le long de sa jambe. Sa vue s'obscurcit et ses jambes se dérobèrent sous elle, mais Viktor et Dante la retinrent. Merrick grogna une nouvelle fois et elle sentit qu'il relevait le fouet.

Dante s'interposa, protégeant le corps de Lilly avec le sien.

— Ça suffit, intervint-il d'une voix calme. Vous allez la tuer.

— Il a raison, dit Leon. Ce n'est qu'une petite fille.

— Remettez-la dans sa cage ! gronda Merrick.

Viktor la traîna jusqu'à la cage et la jeta à l'intérieur. Elle atterrit lourdement sur le dos et se cogna la tête. Un éclair de douleur la transperça. Elle roula sur le côté dans la paille, les épaules en feu et le souffle court. Viktor referma la porte et verrouilla le cadenas.

Merrick jeta le fouet à terre et se mit à faire les cent pas, les poings serrés. Puis il donna un coup de pied dans la cage, si fort qu'il déforma les barreaux.

— Je te laisserai là-dedans le temps qu'il faudra.

Il montra Leon du doigt.

— Le Vieux Leon peut t'amener à manger pendant des semaines s'il le faut. Tu as compris qui était le chef ici, maintenant ?

Elle hocha la tête et tenta de reprendre son souffle.

— Tu as beaucoup de choses à apprendre, petite, continua Merrick. Et si tu crois que tu devrais avoir peur de nous, essaie donc de t'échapper, tu verras bien sur qui tu tomberas. Il y a des hommes dehors qui n'attendent que ça d'examiner et disséquer quelqu'un comme toi. Plus d'une bête curieuse s'est fait découper et mettre en bocal pour être exposée ensuite.

Il recommença à arpenter le wagon, avant de s'arrêter et de se tourner vers Leon, qui avait repris la distribution de foin.

— Dis donc, Leon. Qu'est-ce que tu penses que les braves gens de cette charmante ville feraient s'ils voyaient cette jeune fille flâner dans le voisinage ?

Leon plaça de la paille dans une cage, évitant le regard de Merrick.

— Je ne sais pas trop.

— Bien sûr que si, insista Merrick avec un sourire mauvais. Vas-y, dis la vérité à mademoiselle Lilly. C'est pour son bien.

Leon interrompit sa tâche et dévisagea Lilly, l'air triste.

— Je suppose que les gens auraient peut-être peur. Ils se moqueraient sûrement d'elle, aussi.

— Exactement. Peut-être même qu'un abruti essaierait de la tuer juste parce qu'elle n'est pas comme les autres. N'est-ce pas, Leon ?

Leon haussa les épaules.

— Allez, mon vieux. Raconte à Lilly ce qui est arrivé à ta fille.

Les épaules de Leon s'affaissèrent et il agrippa la porte de la cage devant laquelle il se tenait. Il fixa longuement ses pieds, avant de rejoindre Merrick.

— Il a raison, mademoiselle Lilly, déclara-t-il enfin. C'est dangereux là dehors, pour les gens comme vous.

Ses yeux tombants étaient remplis de larmes.

— Dis-lui pourquoi, insista Merrick.

— Parce que les gens ont peur de ce qu'ils ne comprennent pas. Ma fille et moi, on travaillait depuis trois ans pour Merrick et M. Barlow. C'était la femme à barbe la plus belle qu'on ait jamais vue. Elle avait les yeux bleus comme l'océan, des cheveux blonds doux comme de la soie. Mais elle a commis l'erreur de tomber amoureuse d'un gars de la ville et de croire qu'elle pouvait mener une vie normale. Je l'ai mise en garde en lui expliquant que les gens de la ville ne laisseraient jamais une bête curieuse épouser un des leurs. Et… ça ne s'est pas bien passé.

— Finis l'histoire, ordonna Merrick.

Leon sortit un bandana rouge de sa poche et s'essuya le front et les yeux.

— Une semaine après le mariage, son mari…

Il s'interrompit et son visage parut se fermer. Puis il posa les yeux sur Lilly. Son menton tremblait.

— Son mari l'a trouvée ligotée aux marches de l'église. On lui avait rasé la barbe et tranché la gorge.

Lilly avala sa salive et ferma les yeux. La pensée qu'une personne puisse en égorger une autre lui donnait envie de vomir. Elle se souvint de la fois où Papa était allé dans les bois avec un fusil de chasse. Il était revenu avec plusieurs lapins morts. Il avait expliqué que les chasseurs tuaient pour manger, mais l'image des lapins lui avait quand même retourné l'estomac. Là, c'était encore pire. Est-ce que c'est pour ça que Maman la gardait dans le grenier ? Pour empêcher quelqu'un de l'égorger ? Et si c'était quelqu'un du cirque ? Et si Papa ne la retrouvait pas bientôt et qu'elle ne pouvait pas s'échapper de peur que quelqu'un ne lui tranche la gorge, est-ce qu'elle allait passer le restant de ses jours enfermée dans cette cage ? Entre son dos lacéré et l'idée de ne jamais rentrer à la maison, c'était plus que ce qu'elle pouvait supporter. Elle cacha son visage dans ses mains et se sentit partir à la dérive, vers un endroit où tout disparaissait.

Merrick donna un autre coup de pied dans la cage.

— Réveille-toi.

Elle écarta ses mains et leva la tête vers lui.

— Qu'est-ce que… Qu'est-ce que vous allez me faire ?

— Tu travailles pour moi, maintenant, répondit Merrick. Je m'occupe du musée des monstres. C'est surtout pour ça que les gens viennent. Ils emmènent peut-être les gosses voir les éléphants et les lions, mais ce qui les intéresse vraiment, ce sont les bêtes curieuses. Et j'ai ce qui se fait de mieux. Les gens seront prêts à payer le prix fort pour voir quelqu'un comme toi.

— Mais Maman disait que les gens risquaient d'avoir peur de moi.

— On ne va pas tarder à le savoir. Maintenant, si tu es disposée à coopérer, je veux bien te laisser sortir. On va te laver et te donner quelque chose à manger. Qu'est-ce que tu en dis ? Tu arrêtes de mordre et d'essayer de t'échapper ? Plus de coups de pied ni de cris ?

Lilly hocha la tête.

— Si tu tentes quoi que ce soit, je te remets en cage aussi sec. Compris ?

Lilly acquiesça une nouvelle fois.

— Dante, va chercher Glory.

— Oui, monsieur, répondit Dante.

Il lança un regard inquiet à Lilly avant de sortir.

Merrick alla se planter au milieu du wagon et alluma un gros cigare.

— Si on y réfléchit, je te rends service, en réalité. Tes parents ne veulent pas de toi, et personne d'autre n'accepterait de s'occuper de toi. Beaucoup de gens méprisent les forains. On ne nous fait pas confiance. Mais un cirque, c'est un endroit où une personne peut gagner sa vie même en ayant perdu ce que la société traditionnelle lui dicte d'avoir. Parfois, il y a des personnes qui perdent tous leurs points d'ancrage. Peut-être qu'elles ont eu des problèmes, peut-être qu'elles ne sont pas faites pour travailler de 9 heures à 17 heures, ou peut-être qu'elles n'ont pas leur place parmi les honnêtes gens.

Il tira une bouffée sur son cigare puis s'approcha de Lilly. De la fumée s'échappait d'entre ses lèvres.

— Ou peut-être que leur famille ne veut plus d'elles. Et quand elles essaient de trouver du travail ailleurs, souvent, on leur ferme la porte au nez. Mais ici, on accepte ces gens-là, tous autant qu'ils sont. Même ceux qui sont comme toi. Pour eux, la vie sur la route vaut sûrement mieux que ce qu'ils ont laissé derrière eux. Alors tu vois, tout dépend du point de vue auquel on se place.

Lilly ne savait pas de quel point de vue il parlait. Tout ce qu'elle savait, c'était qu'elle voulait plus que tout au monde rentrer à la maison.

Deux minutes plus tard, Dante revint accompagné d'une femme qui portait une jupe rose et un haut sans manches scintillant. Un bandeau en perles retenait ses cheveux courts ondulés. Elle avait un visage doux et rose, mais le reste de son corps était recouvert de dessins multicolores. Des lions, des anges, des croix, des crânes, des cœurs et des fleurs décoraient le moindre centimètre carré de peau visible sur ses bras et ses jambes. Chaque motif fusionnait avec les autres pour créer une espèce de grande fresque. Lilly n'arrivait pas à la quitter des yeux. Quand la femme la vit dans sa cage, elle poussa une exclamation de surprise.

— D'où vient-elle ? demanda-t-elle.

— On l'a récupérée à l'arrêt précédent, expliqua Viktor.

— Récupérée ? Comment ça, récupérée ?

La femme s'agenouilla près de la cage. Lilly guetta sa réaction, mais elle ne lut que de l'inquiétude sur son visage. Peut-être qu'elle faisait semblant, comme tous les autres.

Merrick lança un regard noir à Viktor.

— On ne l'a pas récupérée. On l'a sauvée. Exactement comme quand j'ai sauvé Viktor de cet orphelinat, vous vous souvenez ? Bref, Glory, je te présente notre toute nouvelle attraction, annonça Merrick en montrant Lilly.

Glory sourit à Lilly.

— Comment t'appelles-tu, ma chérie ? demanda-t-elle d'une voix douce.

— Je veux mon papa, répondit Lilly alors que les larmes lui montaient aux yeux.

Glory tourna la tête vers Merrick et fronça les sourcils.

— Sauvée, hein ?

— Mêle-toi de tes affaires, Glory. C'était une transaction tout ce qu'il y a de plus légale et je suis son tuteur, désormais. Tu as l'intention de m'aider, ou alors il faut que je demande à Josephine ?

Glory se releva d'un bond.

— Non. Ne la mets pas dans les pattes de Josephine. Je vais la laver et lui donner à manger.

— C'est bien ce que je pensais. Viktor, laisse-la sortir.

Viktor déverrouilla le cadenas, ouvrit la porte et recula.

Glory se pencha, souriante, et recroquevilla son index pour inviter Lilly à sortir.

— Tout va bien, dit-elle. Tu n'as pas à avoir peur.

— Méfie-toi, avertit Viktor. C'est une vraie petite sauvage.

Le souffle court, Lilly fixa Glory. Est-ce qu'elle pouvait faire confiance à cette femme à l'aspect étrange ? À l'exception des drôles de dessins sur sa peau (comment ça s'appelait, déjà ? Elle n'arrivait pas à s'en souvenir), Glory avait l'air normal et son regard semblait gentil et doux. Lilly rampa lentement dans la paille en direction de la porte. Glory recula pour lui laisser de la place et Lilly sortit de la cage et se mit debout. Elle avait mal à la tête, tremblait sur ses jambes, et les marques de coups de fouet lui faisaient affreusement mal. Glory referma la porte et lui tendit la main. Lilly s'entoura de ses bras et recula, les yeux baissés.

— Viens, ma chérie. Je ne vais pas te faire de mal.

Lilly secoua la tête. À l'exception de Viktor qui l'avait écrasée contre son torse et des deux hommes qui l'avaient maintenue par les bras, on ne l'avait pas touchée depuis qu'elle était toute petite, à l'époque où elle n'arrivait pas encore à se laver ni à s'habiller toute seule. Papa ne lui tenait jamais la main, il ne la serrait jamais dans ses bras et il ne l'embrassait jamais, pas même pour son anniversaire. Quand il lui avait fait la surprise de lui offrir un chaton, elle était si heureuse qu'elle s'était précipitée vers lui pour lui faire un câlin, mais il s'était écarté. Quant à Maman, elle ne la touchait que pour la frapper. En pensant à ses parents, Lilly sentit tout son corps se ramollir, comme si elle était sur le point de s'effondrer. Est-ce qu'elle les reverrait un jour ?

— Tout va bien, répéta Glory. Tu ne me connais pas encore, mais bientôt, on sera amies, toi et moi. Tu verras.

Lilly la dévisagea en essayant de ne pas pleurer.

Glory lui fit signe de la suivre en direction de la porte du wagon et Lilly obéit. Mais lorsqu'elle parvint à la porte, elle recula, aveuglée, et mit ses mains sur ses oreilles. Les bruits étaient assourdissants et la lumière lui faisait mal aux yeux.

C'était comme si une ville de chapiteaux et de gens et d'animaux occupait un champ entier d'herbe brunie. Une toile était étalée à terre et des hommes s'affairaient autour, assemblant des pans et nouant des attaches. Un éléphant transportait de longues poutres qu'il tenait dans sa trompe. Des hommes tiraient sur des cordes attachées à des poteaux pour les mettre debout, aidés par un autre éléphant qui les poussait avec son front. Des groupes d'employés formaient des cercles et se relayaient pour enfoncer des pieux de tente dans le sol à grands coups de maillets qui semblaient très lourds. De gigantesques mâts sortaient de terre, comme un insecte géant avec des dizaines d'antennes. Les hommes criaient pour se faire entendre au-dessus du bruit. Plusieurs travailleurs à la peau sombre tentaient d'accrocher d'immenses banderoles devant une tente qui présidait une rangée de stands à rayures rouges et blanches proposant pommes d'amour, pop-corn et hot-dogs. Des chevaux de trait tractaient des wagons, du matériel et des cages qui renfermaient des singes, des ours, des lions et des tigres. Sur les wagons avec des roues en forme de soleil, des inscriptions en lettres rouges et dorées disaient : LE CIRQUE DES FRÈRES

BARLOW, LE PLUS GRAND SPECTACLE AU MONDE. Deux hommes à cheval passèrent devant le wagon au galop, laissant des nuages de poussière derrière eux.

Glory descendit et sourit à Lilly.

— Tout va bien. Tu peux venir.

Lilly n'avait aucune envie de sortir, mais elle ôta ses mains de ses oreilles et descendit à son tour. En sentant quelquc chose de chaud sur ses bras et son visage, elle leva la tête et plissa les yeux. C'était le soleil. Elle mit une main en visière sur ses yeux et regarda autour d'elle. Le ciel était plus vaste que tout ce qu'elle avait imaginé. Des oiseaux passaient au-dessus des chapiteaux et des gens, comme des flèches noires. Le train s'étendait si loin sur les rails qu'elle n'en voyait pas la fin. Il se composait de wagons de marchandises, de wagons plats et de voitures de passagers avec des fenêtres. Un tas d'hommes et de femmes en sortaient et se dirigeaient vers une tente rehaussée d'un drapeau orange. Juste à côté, de la vapeur jaillissait d'un gros réservoir.

— Une fois que tu l'auras débarbouillée et nourrie, ramène-la au train, lança Merrick derrière elles. On la montrera à M. Barlow.

Glory hocha la tête et se mit en route. Lilly la suivit, observant les nuages de poussière formés par les pas de la jeune femme, les touffes d'herbe, les pissenlits et les cailloux. Une abeille se posa sur un trèfle desséché et un petit papillon blanc voleta juste sous son nez. Elle faillit trébucher trois fois, incapable de détacher ses yeux de tout ce qui se passait autour d'elle. Un homme passa près d'elle à cheval et Lilly sentit le sol vibrer sous ses pieds. Les cris et les coups de maillet des ouvriers devenaient de plus en plus bruyants, mais elle résista à l'envie de se boucher les oreilles. De temps à autre, un ouvrier lui lançait un regard, et son estomac se nouait chaque fois. Et si quelqu'un voulait lui trancher la gorge ? La tête rentrée dans les épaules pour se faire toute petite, elle continua à avancer en étant aussi proche que possible de Glory sans toutefois la toucher. Il y avait tant de choses à voir (des chapiteaux et des gens et des animaux et des drapeaux et des banderoles et des affiches) et elle ne voulait rien louper. Mais dans le même temps, elle ne voulait pas regarder. Tout était trop. Trop près, trop grand, trop assourdissant.

— Ça va ? demanda Glory.

Lilly se mordit la lèvre et acquiesça.

Une fois arrivées devant une enfilade de tentes tout au fond de l'enceinte, derrière ce qui ressemblait au grand chapiteau, Glory s'arrêta devant l'une d'elles, souleva un rabat et attendit que Lilly entre à l'intérieur. Dans la tente, des rangées de seaux étaient alignées devant des valises, des malles et des portants débordant de tenues multicolores. Des coiffeuses et des miroirs occupaient la paroi du fond. Le cœur de Lilly bondit dans sa poitrine. Est-ce qu'elle allait se voir pour la première fois ? Elle baissa les yeux, partagée entre l'envie d'aller se regarder et celle de sortir de la tente en courant.

Glory la guida jusqu'à un seau, attrapa un gant et une savonnette sur une coiffeuse, et se mit à genoux. Elle trempa le gant et le savon dans l'eau et s'approcha de Lilly pour lui laver le visage. Lilly recula, tête baissée.

— Tout va bien. Je vais juste te débarbouiller un peu.

Lilly fixa Glory. Pourquoi est-ce qu'elle n'avait pas peur ? Est-ce que c'était parce que, elle aussi, elle était différente ?

Glory soupira, puis sourit et lui tendit le gant. Lilly s'en empara avec des gestes prudents et se mit en devoir de se nettoyer la figure. Ça faisait du bien.

— Comment tu te sens ? demanda Glory. Je sais que c'est un grand changement et tout doit te sembler très effrayant.

Lilly serra les dents pour empêcher son menton de trembler et haussa les épaules.

— Est-ce que Merrick t'a vraiment recueillie dans un orphelinat ?

Lilly ne savait pas trop ce qu'était un orphelinat, mais elle secoua la tête quand même.

— Un hôpital ?

Elle secoua la tête à nouveau.

— Est-ce qu'il t'a prise à ton papa ?

Les yeux de Lilly se remplirent de larmes. Elle secoua la tête une troisième fois.

Glory fronça les sourcils.

— Où est-ce qu'il t'a trouvée, alors ?

Elle prit le gant, le rinça et le redonna à Lilly.

— Tu veux bien me le dire ?

— Il… Il a donné de l'argent à Maman et Maman m'a laissée avec lui.

Glory poussa une exclamation de surprise.

— Il t'a achetée ?

Lilly acquiesça.

— Il t'a achetée à ta mère ?

Le visage de Glory devint aussi écarlate que le cœur dessiné dans son cou.

— Mais pourquoi aurait-elle…

Lilly haussa une épaule et se mit à pleurer.

— Oh, ma chérie, je suis vraiment désolée.

Elle tendit les bras vers elle, mais Lilly fit un pas en arrière.

Glory laissa retomber ses bras et lui adressa un petit sourire triste.

— Ça ne fait rien. Je comprends. Tu n'es pas obligée de me laisser te prendre dans mes bras. D'ailleurs, tu n'es pas obligée de laisser qui que ce soit te prendre dans ses bras, ou même te toucher. Si quelqu'un essaie de te forcer, tu cours aussi vite que tu peux et tu viens me prévenir, d'accord ?

Lilly acquiesça et ravala ses larmes, en se demandant si elle devait confier à Glory que Merrick l'avait fouettée. Maman lui interdisait toujours de le raconter à Papa lorsqu'elle la punissait et lui disait qu'autrement, ce serait pire la prochaine fois. Si Merrick apprenait qu'elle avait répété à Glory qu'il l'avait battue, ça serait peut-être pareil. Lilly reprit le gant et ôta la saleté de ses bras et de ses jambes.

Glory se redressa et alla soulever le couvercle d'une des malles.

— Il faut qu'on t'enlève cette robe dégoûtante. Tu peux emprunter une des robes de Tina jusqu'à ce que l'homme du lundi t'en fournisse une. Ça ne la dérangera pas.

Elle sortit de la malle une robe bleue toute simple, avec des manches bouffantes et une ceinture blanche.

— Ça devrait faire l'affaire. Tu veux que je t'aide à la mettre ?

Lilly secoua la tête et attrapa la robe. Elle déboutonna le col de celle qu'elle portait, puis se figea et regarda vers l'entrée de la tente. Et si quelqu'un entrait et la voyait toute nue ?

— Ne t'inquiète pas, la rassura aussitôt Glory. Tout le monde est en train de prendre le petit déjeuner.

Lilly la fixa et attendit.

— Oh, excuse-moi, dit Glory en se retournant. Préviens-moi quand tu as terminé.

Lilly ôta sa robe et la laissa tomber à terre. C'était sa préférée, la seule chose qui lui restait de chez elle, et maintenant elle était fichue. Elle enfila la robe propre par-dessus sa tête, passa ses bras dans les manches, puis se rendit compte qu'elle n'arrivait pas à atteindre les boutons dans le haut du dos. Si Glory l'aidait à les attacher, elle risquait de voir les traces du fouet de Merrick. Peut-être qu'elle ne se rendrait pas compte que les boutons n'étaient pas fermés ?

— J'ai terminé, dit Lilly d'une petite voix.

Glory fit volte-face.

— Oh, comme tu es jolie ! Elle te va parfaitement. Je peux te la boutonner dans le dos ?

Lilly regarda ses pieds. Glory s'agenouilla devant elle et lui sourit.

— Ne t'en fais pas. Tu peux avoir confiance en moi.

Lilly serra les poings et pivota sur elle-même.

Avec des gestes délicats, Glory attacha le premier bouton. Puis elle se figea et poussa un cri.

— Qui t'a fait ça ?

Lilly ferma les yeux. C'était un péché de mentir, mais à cet instant, elle s'en moquait.

— Maman, murmura-t-elle.

Glory ne répondit pas et finit de boutonner le dos de la robe. Quand Lilly se retourna, Glory avait les yeux brillants.

— Écoute-moi bien. Il faut que tu obéisses à Merrick, d'accord ?

Lilly acquiesça. Mais comment est-ce que Glory savait que c'était Merrick qui l'avait battue ?

— Promets-le-moi. À partir de maintenant, tu fais ce qu'il te dit.

— Promis.

Glory lui sourit faiblement et se leva. Lilly avait envie de lui poser une question, mais elle ne savait pas si elle pouvait. Elle ouvrit la bouche, puis la referma.

— Quoi ? demanda Glory. Tu veux me dire quelque chose ?

— Je peux vous poser une question ?

— Bien sûr. Tout ce que tu voudras.

— Comment ça se fait que vous n'ayez pas peur de moi ?

Glory fronça les sourcils.

— De quoi est-ce que tu parles ? Pourquoi est-ce que j'aurais peur de toi, voyons ?

Lilly gratta l'herbe du bout de sa chaussure et Glory s'agenouilla à nouveau devant elle.

— Qu'est-ce qui se passe, ma chérie ? Tu peux tout me dire. On est amies, tu te souviens ?

Lilly releva la tête et plongea son regard dans celui de Glory.

— Maman a dit que j'étais une abomination, expliqua-t-elle d'une voix tremblante. Elle a dit que je rendrais les gens malades de peur, et que c'était pour ça qu'il fallait que je me cache. Parce que je suis un monstre et que je suis maudite.

Glory pinça les lèvres. Puis elle tenta de sourire, mais ses yeux se remplirent de larmes.

— Oh, ma chérie. Tu n'es pas un monstre. Loin de là. Et tu n'es pas maudite. Je suis désolée de te dire ça, mais ta mère t'a menti.

— Mais Maman dit toujours que c'est un péché de mentir.

Glory se remit debout.

— Viens ici. J'aimerais te montrer quelque chose.

Elle se dirigea vers les miroirs. Lilly était incapable de bouger. D'un coup, ses mains devinrent moites et elle se mit à trembler. Toutes ces nuits, toutes ces heures passées à scruter son reflet dans la lucarne pour tenter de discerner son visage, et désormais, elle aurait voulu se sauver et disparaître. Et si Maman avait raison et qu'elle ressemblait vraiment à un monstre ? Et si sa propre apparence la faisait hurler de peur ? Et si elle ressemblait à Viktor ? Elle passa sa langue sur ses dents (*un, deux, trois, quatre, cinq*) et tenta de réfléchir. Si elle avait un troisième œil, elle l'aurait senti en se palpant le front. Si sa bouche était tordue ou que son nez était coupé en deux, elle s'en serait rendu compte aussi. Néanmoins, elle n'était pas sûre de vouloir se regarder dans une glace. Elle avait la bouche sèche comme du sable.

— Ça va aller, dit Glory. Je te le promets.

Lilly garda les yeux baissés pour ne pas se voir avant d'être prête, et elle suivit lentement Glory jusqu'à une coiffeuse couverte de plumes colorées, de peignes, de brosses, de boucles d'oreilles, de colliers et de flacons en verre de toutes les formes et de toutes les tailles. Elle les compta pour essayer de se calmer. *Un, deux, trois, quatre, cinq*. Rien à faire. Ses poumons rétrécissaient. Elle n'arrivait pas à respirer. Elle posa une main sur sa poitrine et sentit les muscles de son cou se contracter tandis qu'elle tentait de reprendre son souffle.

Glory s'accroupit devant elle.

— Ça va aller, dit-elle d'une voix douce. Détends-toi et essaie de respirer lentement. Inspire profondément et expire, comme ça.

Elle prit une grande inspiration et expira longuement.

— Une de mes amies a le même problème quand elle a peur. Fais comme moi et ça va passer.

Lilly riva ses yeux à ceux de Glory et essaya de l'imiter. Après six ou sept respirations, ses poumons se relâchèrent et sa gorge se desserra. Les battements de son cœur reprirent un rythme normal et elle parvint à respirer sans s'étrangler.

— Ça va mieux ? demanda Glory.

Lilly hocha la tête.

— Est-ce que tu me fais confiance, maintenant ? On est amies ?

Lilly acquiesça encore.

— Dans ce cas, est-ce que tu veux bien que je te coiffe ?

Lilly réfléchit un moment. Elle ne se rappelait pas la dernière fois que Maman lui avait lavé, et encore moins peigné ou simplement touché les cheveux. Et quand Maman le faisait, elle tirait toujours. Mais pour une raison qu'elle ne s'expliquait pas, Lilly pensa que Glory ne serait pas aussi brusque. Elle se tourna et attendit, les poings serrés, les bras le long du corps.

Glory prit une brosse sur la coiffeuse, rassembla délicatement les cheveux de Lilly et se mit à défaire les nœuds et retirer les brins de paille. C'était bizarre et étrangement agréable de se faire toucher les cheveux par quelqu'un. Sa peau se couvrit de chair de poule et les battements de son cœur ralentirent. Une fois les nœuds et la paille éliminés, Glory lui brossa les cheveux pour dégager son visage et ébouriffa les côtés et le haut de sa tête du bout des doigts. Puis elle alla se placer devant Lilly et sourit, la main sur la hanche.

— Tu es prête ?

Lilly inspira profondément et hocha la tête.

— Ferme les yeux et tourne-toi.

Lilly baissa les paupières et pivota pour faire face au miroir.

— Ouvre les yeux.

Lilly serra et desserra les doigts un par un (*un, deux, trois, quatre, cinq, six, sept, huit, neuf, dix*). Elle ouvrit les yeux et, très lentement, elle releva la tête pour regarder dans la glace. Quand elle vit son reflet, elle retint son souffle.

Une petite fille à la peau immaculée l'observait. Elle avait les cheveux de la couleur de la neige et les yeux de la couleur d'un ciel d'été. La seule marque sur son visage était une petite cicatrice au niveau de son menton, qui datait de la fois où Maman l'avait poussée et fait tomber contre sa tête de lit. Ses lèvres étaient d'un rose si pâle qu'elles étaient presque invisibles et ses cils et ses sourcils semblaient saupoudrés de flocons de neige. La robe bleu marine semblait noire contre sa peau laiteuse. Lilly se pencha en avant et toucha le miroir. Est-ce que c'était un tour de magie ? Mais la fille dans la glace bougea aussi, et le bout de leurs doigts se touchèrent à la surface. La couleur de leur peau était parfaitement identique. Mais il y avait autre chose dans son reflet. Une chose qui la bouleversa au plus profond d'elle-même.

Elle avait l'air d'une poupée.

Une poupée d'une beauté parfaite.

Elle n'avait rien d'un monstre.

Elle n'avait rien d'une abomination.

Elle n'aurait rien susceptible de rendre les gens malades.

Maman avait menti. Et Papa aussi.

Elle fixa longuement son reflet et des larmes lui montèrent aux yeux. Pourquoi est-ce que Maman l'avait retenue prisonnière, enfermée dans le grenier ? Et pourquoi est-ce que Papa l'avait laissée faire ? Est-ce qu'ils la détestaient parce que Dieu avait oublié de lui donner des couleurs ? Était-ce vraiment si terrible ? Et s'ils avaient uniquement voulu la protéger, pourquoi ne pas la laisser aller au rez-de-chaussée ? Pourquoi est-ce qu'ils ne passaient jamais du temps avec elle ? Pourquoi est-ce qu'ils ne l'embrassaient pas, ne la prenaient pas dans leurs bras ? Comme Maman l'avait dit, personne au cirque n'en avait quelque chose à faire de son apparence. Alors pourquoi Maman, si ? Et Papa ? Pourquoi est-ce que les deux personnes censées l'aimer plus que tout avaient dissimulé son existence au reste du monde ? Est-ce qu'ils avaient peur ? Est-ce qu'ils avaient honte ? Est-ce qu'ils étaient méchants ? Bouleversée, elle couvrit son visage de ses mains et s'effondra au sol, les épaules secouées de sanglots. Glory s'agenouilla près d'elle.

— Tu vois, ma chérie. Tu n'es pas un monstre. Tu es même tout le contraire.

— Mais je ne comprends pas. Qu'est-ce qui ne va pas chez moi ?

— Rien du tout. Tu es parfaitement normale, à l'exception de la couleur de ta peau. C'est tout. Et tu sais quoi ? Il existe d'autres personnes comme toi. On les appelle des albinos.

Lilly leva les yeux vers elle.

— Il y a d'autres gens comme moi ?

Glory acquiesça en souriant.

— J'ai rencontré une autre albinos il y a quelques années, au cirque des Frères Ringling. Mais elle était très loin d'être aussi jolie que toi. Elle disait que sa peau manquait de quelque chose qui lui donnait de la couleur et qu'elle était née comme ça, exactement comme toi. Je ne me rappelle pas comment ça s'appelait, mais à part le fait qu'elle était pâle et devait éviter de rester au soleil, elle était en parfaite santé.

— Alors pourquoi Maman et Papa…

Lilly ne parvint pas à finir sa phrase. Son chagrin était comme un voile qui l'empêchait d'y voir clair. Elle n'arrivait pas à réfléchir. Elle voulait s'allonger et dormir, pour oublier ce cauchemar.

Glory prit un mouchoir sur la coiffeuse et le lui tendit.

— Je vais te raconter une histoire. Quand j'avais onze ans, je me suis sauvée de chez moi pour rejoindre le cirque. Il fallait que je gagne ma vie, bien sûr, alors pendant les premières années, j'ai travaillé pour Josephine. Je nettoyais sa chambre, je cousais ses costumes… En gros, j'étais son esclave. Puis, en grandissant, Merrick m'a donné ces tatouages et m'a autorisée à travailler pour lui comme bête curieuse. C'est là que je lui ai demandé d'aider mon frère. Mes parents l'avaient envoyé dans un endroit horrible. Il était enfermé, exactement comme toi. Merrick l'a sorti de là et lui a sauvé la vie, et jamais je ne pourrai assez le remercier. Maintenant, Viktor est une de nos attractions phare et moi, je suis…

Elle marqua une pause et fronça les sourcils, comme si elle réexaminait ce qu'elle s'apprêtait à dire. Puis elle soupira et reprit la parole.

— Ce que j'essaie de te dire, c'est que Merrick voit quelque chose en toi, Lilly. C'est pour ça qu'il t'a achetée à ta maman. Il pense qu'il peut faire de toi une vedette. Il pense que tout le monde va t'adorer.

— Je ne veux pas être une vedette, répondit Lilly en pleurant. Je veux rentrer à la maison avec mon chat.

— Je sais. Mais c'est ici, ta maison, maintenant, tu te souviens ?

Lilly enfouit son visage dans ses mains et ses pleurs redoublèrent.

CHAPITRE 6

Julia

Les arbres qui entouraient Blackwood Manor étaient noirs et dépouillés de leurs feuilles, donnant à la propriété un air encore plus gris. La maison semblait aussi écrasante que lorsque Julia l'avait quittée, sinistre et massive, de la couleur d'un ciel d'hiver. C'était une construction victorienne néogothique à trois étages, avec des fenêtres à croisée, des lucarnes au niveau du grenier, trois cheminées et une toiture à pente raide. Des tas de neige sale et de feuilles mortes bordaient la fondation en pierre et la haie qui séparait le jardin des bois, ainsi que la clôture qui entourait la grange abritant les écuries.

Julia sortit du taxi et prit plusieurs profondes respirations pour se calmer. L'air humide sentait la boue et la moisissure, le foin et le fumier. Exactement comme dans ses souvenirs. Son départ remontait-il vraiment à trois ans ? C'était comme si c'était hier. Aujourd'hui, elle portait un pantalon rose et un pull moulant, comme pour défier le fantôme de sa mère et la maison lugubre. Le chauffeur de taxi ouvrit le coffre, donna sa valise à Julia puis repartit, la laissant seule dans l'allée.

Les arbres sans feuilles se reflétaient dans les fenêtres de la maison. Ils avaient l'air plus grands et moins beaux qu'avant. Peut-être qu'ils avaient besoin d'être taillés. Était-elle vraiment déjà en train de réfléchir aux choses à faire dans la propriété ? La maison lui appartenait, à présent, avec ses douze chambres, ses hauts plafonds, les grands escaliers, l'énorme cuisine avec ses dalles usées à force de marcher dessus. Enfin… Elle était à elle uniquement si elle décidait de rester. C'était ce que Mère avait voulu, et même dans la mort, elle entendait bien se faire obéir. Néanmoins, Julia ne pouvait pas s'empêcher de se demander s'il s'agissait d'un test. Si elle partait, tout serait vendu et l'argent serait reversé à des associations caritatives. Mais elle n'était pas sûre d'être capable de vivre dans le manoir jusqu'à la fin de ses jours. Cela dit, les terres ne manquaient pas et il y avait bien assez d'argent pour construire une nouvelle maison. Elle éprouva un étrange sentiment de satisfaction en pensant qu'en dépit des efforts de Mère, celle-ci n'était pas en mesure de tout contrôler.

Elle observa la propriété, en se demandant quoi faire de tout cet espace. Est-ce que les pièces lui sembleraient vides et silencieuses ou, au contraire, résonneraient-elles de mauvais souvenirs ? Elle se représenta le service en cristal de Mère dans le buffet de la salle à manger, étincelant à la lumière du lustre. Elle imagina les bouteilles de whiskey de son père, alignées sur le bahut dans son bureau. Enfant, elle s'était faufilée dans la pièce pour regarder les carafes et les flasques mystérieuses, tentant de comprendre pourquoi son père aimait tellement le liquide qu'elles contenaient. Elle avait même retiré les bouchons pour sentir l'odeur. Mais ensuite, Mère l'avait surprise, et elle n'était jamais retournée dans le bureau, ni dans aucune pièce où elle n'était pas autorisée à entrer. Une bonne correction avec une branche de saule avait le don de vous rappeler qu'il était préférable d'obéir.

À présent, elle pouvait aller où bon lui semblait : dans le bureau de son père, dans les chambres du deuxième étage, dans l'écurie. Maintenant que le taxi était reparti, elle n'entendait que le silence. Le silence dans les arbres et dans la maison. Celui dans la grange et dans les champs. Où étaient les chevaux ?

Un frisson la parcourut et elle enroula ses bras autour d'elle. La maison avait l'air d'attendre patiemment le moment où elle pourrait l'engloutir. Avait-elle commis une erreur ? Que faisait-elle ici, toute seule, à trois bons kilomètres du voisin le plus proche ? Et comment allait-elle bien pouvoir diriger un élevage de chevaux alors que ses parents ne l'avaient jamais laissée entrer dans la grange et qu'ils ne lui avaient jamais parlé de sa gestion ? Puis elle se rappela qu'elle avait de l'argent, beaucoup d'argent même, et qu'elle pouvait très bien payer quelqu'un pour s'occuper des chevaux. De plus, il était hors de question de retourner chez Big Al et dans son petit appartement minable au-dessus du magasin d'alcools. Elle ne supportait plus de voler, ni de subir les violences de Tom. Elle se sentait coupable d'être partie sans dire au revoir, mais quand elle était rentrée chez eux le jour où elle avait reçu la lettre, il était vautré dans le canapé, inconscient après une énième beuverie.

C'était mieux comme ça, au final. Elle n'avait pas eu à s'expliquer ni à mentir et désormais, elle était débarrassée de lui pour de bon. Elle attrapa sa valise, enroula ses doigts autour de la clé de la porte d'entrée dans la poche de son manteau, et avança vers Blackwood Manor, déterminée à tirer le meilleur parti de ce qui l'attendait.

À l'intérieur, le manoir lui sembla plus petit que dans ses souvenirs, mais il n'en restait pas moins énorme. Rien que l'entrée faisait cinq fois la taille de son ancien studio. Il faisait froid et humide et elle se demanda s'il y avait toujours des rats dans le grenier. Mère et Père avaient toujours refusé d'admettre que la maison était envahie, mais en grandissant, Julia les entendait la nuit courir d'une pièce à l'autre et dans le plafond, grattant et rongeant les vieux plâtres et le bois pourri. Les bruits de cette vieille bâtisse l'avaient toujours empêchée de dormir (les poutres qui craquaient, les canalisations qui grinçaient) et avaient poussé son esprit d'enfant à imaginer que quelqu'un ou quelque chose vivait dans les murs.

Elle posa sa valise en bas de l'escalier et alla dans la cuisine. Ses pas résonnaient sur le plancher. Elle n'avait pas mangé depuis la veille au soir et elle mourait de faim. Lorsqu'elle avait averti l'avocat qu'elle voulait bien prendre la relève du domaine, il avait appelé Claude, le gérant des écuries, pour que celui-ci fasse livrer des courses. Dommage que Claude n'ait pas également allumé la chaudière.

Les odeurs de son enfance lui revinrent à mesure qu'elle progressait dans la maison : les parfums de chêne, de sols en pierre et de feu de bois, de meubles poussiéreux et de nettoyant pour l'argenterie. Elle traversa la grande salle à manger et imagina Mère trônant comme une reine en bout de table, lançant un regard froid à quiconque faisait du bruit en buvant sa soupe ou l'interrompait quand elle parlait. Dans le salon, des cendres moisies recouvraient les grilles de foyer de la cheminée, et la boîte en métal rouge qui contenait les allumettes était toujours à la même place. Des lunettes étaient posées sur un livre ouvert sur la petite table d'appoint, près du fauteuil à bascule préféré de Mère, à croire qu'elle venait juste de les laisser là et qu'elle était partie faire une sieste à l'étage. Soudain, Julia se sentit mal à l'aise d'être seule dans la maison, comme si elle allait se retourner et voir Mère sur le pas d'une porte, un sourire acide sur son visage ridé, ses cheveux teints en blond.

Dans la cuisine, elle rinça la bouilloire en cuivre, la remplit d'eau et la mit à chauffer sur la cuisinière. L'eau du robinet avait la même odeur qu'avant : un mélange de fer et de pierre mouillée avec une pointe d'algues. Rien à voir avec l'eau chlorée de la ville. Combien de fois avait-elle fait la vaisselle et aidé Mère à faire à manger dans cette cuisine ? Combien de fois avait-elle supplié qu'on la laisse faire autre chose que couper les légumes ou le fromage, qu'aller chercher la farine dans le garde-manger ou le lait et les œufs dans le réfrigérateur ? Elle voulait pétrir le pain et faire dorer la viande pour la soupe. Elle voulait glacer le gâteau et dérouler la pâte à tarte. Mais Mère craignait qu'elle ne gâche ce qu'elles étaient en train de préparer, alors elle ne l'autorisait jamais à faire ces choses-là. Après tout, c'était un péché que de gaspiller de la nourriture.

Julia attrapa une pomme dans le saladier en bois sur l'îlot central et resta plantée devant l'évier à regarder par la fenêtre, la tête rentrée dans les épaules pour lutter contre le froid. Dehors, le jardin d'hiver était un enchevêtrement de plantes mal en point et de mauvaises herbes. Mère se serait retournée dans sa tombe en voyant ça.

Julia se sentait plus seule que jamais. Sa mère et son père n'étaient plus là, rien n'avait été résolu et, désormais, rien ne le serait jamais. Pendant des années, elle s'était démolie, morceau par morceau, à force de se demander pourquoi elle se sentait si mal-aimée et pourquoi ses parents semblaient toujours lui cacher des choses. Quelque part au fond de sa mémoire se trouvaient des souvenirs flous de Mère la bordant et l'embrassant sur la joue, et elle revoyait encore les cheveux blonds et les lèvres rouges de Mère tandis qu'elle lui chantait des berceuses et la cajolait pour l'endormir. Mais quelque chose avait changé quand Julia avait grandi, et elle n'avait pas la moindre idée de ce que c'était.

Lorsque Julia eut neuf ans, Mère lui raconta combien elle avait prié pour avoir une fille. Elle avait passé la majorité de sa grossesse au lit par peur de la perdre. Puis elle s'était lancée dans une tirade sur l'immense déception qu'elle éprouvait en constatant que le seul but de Julia était de lui désobéir et de se disputer avec elle. Parfois, c'était comme si ses parents menaient une existence parallèle qui n'avait rien à voir avec elle, ou comme si elle était née dans la mauvaise famille. Elle s'imaginait souvent qu'elle avait été adoptée, ou que ses parents étaient des agents secrets, ou qu'ils avaient dû changer d'identité pour échapper à la pègre. Mais c'était uniquement pour se distraire et oublier sa tristesse. Peut-être qu'elle ne le saurait jamais.

Des coups frappés à la porte la firent sursauter. Ils reprirent, plus insistants. Elle posa sa pomme sur le plan de travail et se dirigea vers la porte du vestibule adjacent à la cuisine. Par la fenêtre, elle vit qu'un homme d'un certain âge avec un chapeau mou en tweed et une veste marron se tenait sur les marches en pierre.

— Il y a quelqu'un ? appela-t-il.

Julia entrouvrit la porte.

— Est-ce que je peux vous aider ?

— Je venais juste voir si vous étiez bien installée, mademoiselle Blackwood.

Il était petit et mince, avec le visage buriné par le temps et des yeux bleu clair.

— J'imagine que vous ne vous souvenez pas de moi.

— Je suis désolée, mais non, répondit Julia en baissant la tête.

L'homme semblait mal à l'aise, comme s'il s'acquittait d'une tâche déplaisante mais nécessaire. Il regarda par-dessus son épaule, tel quelqu'un qui réfléchissait à un moyen de se sauver.

— Claude, je suis le gérant des écuries et le gardien. Je travaillais pour vos parents depuis près de vingt-sept ans.

Julia sourit et ouvrit la porte en grand.

— Nous n'avons jamais été présentés officiellement, je crois. Je n'avais pas le droit d'aller à l'écurie quand je vivais ici.

Claude s'éclaircit la gorge.

— Eh bien… Je… Euh… Je me souviens de vous. Vous étiez môme quand je vous ai connue. Et je vous voyais jouer dans la cour. Votre père parlait de vous sans arrêt, paix à son âme.

Cette remarque abasourdit Julia. Son père parlait d'elle ? Sans arrêt ? Peut-être que Claude essayait juste d'être gentil. Peut-être qu'il avait peur de perdre son travail.

— Comment vont les chevaux ? demanda-t-elle, ne sachant pas quoi dire d'autre.

— Ils vont bien, mademoiselle Blackwood. Très bien même. On continue à avoir les meilleures juments reproductrices de la région et cinq des meilleurs étalons.

— Formidable. J'ai hâte de les voir.

Claude baissa brièvement les yeux et gratta la marche du bout de sa botte. Quand il releva la tête, un éclat d'inquiétude, ou peut-être de crainte, brillait dans son regard.

— Vous avez prévu de tout refaire ? Vendre les chevaux ou les terres, quelque chose comme ça ?

Julia haussa les épaules.

— Je ne sais pas. Je n'ai pas encore eu le temps d'y réfléchir.

Il lui offrit un petit sourire forcé.

— D'accord. Je suis curieux, c'est tout.

— Peut-être que nous pouvons nous voir demain ou après-demain pour faire le point.

Il hocha la tête.

— Merci d'avoir fait les courses. Et merci d'être resté et de prendre soin des chevaux. Je suis sûre que vous avez fait de l'excellent travail.

Le compliment parut le gêner. Il baissa la tête et acquiesça brièvement.

— Bon, si vous n'avez besoin de rien, je vais rentrer à la maison. Toutes les clés sont dans ce tiroir, indiqua-t-il en montrant le placard près de la cuisinière. Y compris la clé de la Buick dans le garage.

— Je crains que la voiture ne me serve pas à grand-chose. Je n'ai pas le permis. Ça aussi, Mère me l'avait interdit.

— Oh.

Claude hésita, l'air peu enthousiaste.

— Si vous avez besoin d'aller en ville ou autre, dites-le-moi et je vous y conduirai, finit-il par proposer.

— Merci beaucoup, c'est gentil.

— Faites-moi signe s'il vous manque quelque chose. Bonne soirée.

— D'accord. Bonsoir.

Il la salua avec le majeur et l'index, descendit les marches d'un pas lourd et traversa la cour.

Après son départ, elle se réprimanda de ne pas lui avoir demandé comment allumer la chaudière. Quelle idiote. Elle regarda par la fenêtre pour voir si elle pouvait encore le rattraper, mais il était déjà au volant de son pick-up. Elle se rappela alors qu'il y avait une cheminée dans le salon. Elle avait froid et faim, elle était épuisée et bouleversée. Elle aurait tout le temps de découvrir le fonctionnement de la chaudière et du reste le lendemain. Elle sortit des œufs et du lait du réfrigérateur et se prépara des œufs brouillés, qu'elle mangea sur des tartines de pain grillées, debout devant l'îlot central, puis elle partit dans le salon.

Un tas de vieilles bûches était posé près de l'âtre. Des insectes et des toiles d'araignée occupaient les fissures et les crevasses du bois. Après avoir allumé le feu, elle retira ses chaussures et se pelotonna sur le canapé. Les coussins s'affaissèrent sous elle et le silence de la maison résonna à ses oreilles. La nuit allait être longue.

CHAPITRE 7

Lilly

Après avoir vu son reflet dans le miroir pour la toute première fois, Lilly resta assise par terre, avec le tournis et la nausée. Pendant tout ce temps, elle avait cru qu'elle était un monstre. Pendant tout ce temps, ses parents lui avaient menti. Pendant tout ce temps, elle avait été enfermée au grenier sans raison. Elle finit par se relever, les jambes tremblantes, et épousseta les brins d'herbe sur sa robe, la vue brouillée par les larmes.

— Est-ce que ça va ? lui demanda Glory.

Lilly hocha la tête.

— Viens, on va aller prendre le petit déjeuner. Tu te sentiras mieux après. Tu dois être morte de faim.

Lilly se sentait incapable d'avaler quoi que ce soit, mais elle suivit Glory à l'extérieur de la tente. Elle songea à se sauver en courant, mais pour aller où ? À la maison ? Personne ne voulait d'elle là-bas. À la ville la plus proche ? Merrick et Leon l'avaient prévenue que, là non plus, elle ne serait pas la bienvenue, sauf si quelqu'un voulait mettre son cerveau en bocal pour l'exposer. Elle n'avait nulle part où aller.

Collée à Glory, elle passa devant un tas de stands et de wagons, tout en essayant de ne pas penser à ce qui arriverait ensuite. C'était déjà assez dur de mettre un pied devant l'autre. Derrière une des rangées de wagons, trois éléphants étaient enchaînés par les pattes arrière à des poteaux plantés dans le sol. Près d'eux se tenaient un homme vêtu d'une salopette et un garçon avec une casquette sur la tête. Éléphants et hommes avaient la tête baissée et examinaient quelque chose à terre. C'était gris et rond, comme un gros caillou. L'homme était appuyé contre un long bâton et le garçon se pencha en avant, les mains sur les genoux et un sourire aux lèvres. Puis il s'assit et le caillou bougea. Il se mit debout sur ses pattes, secoua ses petites oreilles et agita sa petite trompe de bas en haut. C'était un bébé éléphant.

Lilly ralentit, incapable de détacher son regard. Le garçon rit et l'homme frotta affectueusement la patte du gros éléphant. Le garçon passa la main sur le front du bébé, puis le long de sa trompe. Le bébé posa ses pattes avant sur les épaules du garçon, puis se laissa tomber à genoux et roula sur le côté comme un gros chien, la tête enroulée entre ses pattes. Lilly n'en croyait pas ses yeux. Le garçon rit plus fort et gratta le ventre du bébé éléphant à deux mains. Puis il leva les yeux vers l'homme, qui avait remarqué sa présence et celle de Glory. Il suivit son regard et, à la surprise de Lilly, il agita la main dans leur direction, toujours souriant.

Lilly baissa les yeux et accéléra le pas. Est-ce qu'elle l'avait observé trop fixement ? Était-elle censée agiter la main en retour ? Elle ne savait pas quoi faire. Qu'avait-il pensé en la voyant ? Avait-il remarqué la couleur de sa peau, ou était-il trop loin ? Il avait l'air un peu plus âgé qu'elle, mais elle n'avait jamais vu d'autres enfants, et encore moins un garçon jouant avec un bébé éléphant. Il devait faire partie du cirque, autrement il n'aurait pas été là. Peut-être qu'il avait l'habitude de voir des gens différents. Mais pourquoi est-ce qu'il lui avait fait signe ?

— Ne t'occupe pas de lui. Les gens comme eux ne se mêlent pas aux gens comme nous.

— Les gens comme eux ?

— Les têtes d'affiche. Ils ne fricotent pas avec les gens des attractions secondaires.

Lilly fronça les sourcils.

— Ils ne fricotent pas ?

Glory sourit et balaya sa question d'un geste de la main.

— Je t'expliquerai quand tu seras plus grande.

Un peu plus loin se trouvaient six wagons d'animaux. Chacun renfermait un lion. Deux des lions étaient assis, tandis que les autres somnolaient au soleil. Un des lions dormait avec la tête appuyée contre la paroi de sa cage, et sa crinière brune en bataille dépassait des barreaux. Quand Glory et Lilly passèrent devant lui, il releva la tête, battit des paupières et les regarda passer, tressaillant des moustaches. Lilly ralentit et riva ses yeux à ceux du lion, marron et tristes. Il était d'une beauté parfaite et il était enfermé dans une cage. Elle étudia sa fourrure épaisse, ses gros coussinets, ses dents acérées, sa truffe noire. D'un coup, elle se revit cloîtrée dans sa chambre et la nostalgie la submergea. La douleur était si horrible et pesante, les sensations si fortes qu'elle faillit tomber à genoux. C'était presque comme si elle pouvait ressentir l'envie de liberté du lion, aussi nettement qu'elle percevait son propre chagrin et sa propre peur. Peut-être qu'il rêvait d'être allongé dans de l'herbe fraîche ou de courir dans la savane africaine, comme quand elle s'imaginait s'enfuir de sa chambre et aller dehors. Peut-être que sa maison lui manquait, à lui aussi.

Les yeux remplis de larmes, elle résista à l'envie d'ouvrir les cages. Car une fois libres, le sort des lions ne vaudrait pas mieux que le sien. S'ils tentaient de se sauver, on les rattraperait. S'ils tentaient de se défendre, on leur ferait du mal ou on leur tirerait dessus. Elle s'approcha de la cage, comme poussée par une force invisible. Elle voulait le toucher, lui montrer que si ça ne dépendait que d'elle, il aurait été en liberté.

— Qu'est-ce que tu fais ? cria Glory. Recule !

La voix de Glory fit sortir Lilly de sa transe. Elle se figea.

— Je voulais juste…

— Les lions sont des mangeurs d'homme. Il pourrait t'arracher la main d'un seul coup de dents !

Lilly s'éloigna du lion et reprit sa route avec Glory, sans toutefois le quitter des yeux. Elle était triste que Glory parle des lions de la même façon que Maman parlait d'elle. Comme si c'étaient des créatures qu'il fallait détester et craindre. Ils n'étaient que des animaux sauvages qui voulaient qu'on leur rende leur liberté et qu'on les laisse tranquilles. C'était tout.

Elles se dirigèrent vers le fond du terrain, en direction d'une tente presque aussi large que le chapiteau principal, mais pas aussi haute. Plus elles approchaient et plus Lilly traînait les pieds et se faisait distancer par Glory. Les pans des parois étaient roulés sur eux-mêmes et des éclats de voix et de rire flottaient dans l'air. La tente était remplie de gens installés à des tables. Des gens qui risquaient de la dévisager et se moquer d'elle, des gens qui risquaient d'avoir peur et d'essayer de lui faire du mal. La poitrine de Lilly se serra et elle arrêta de marcher. Elle avait du mal à respirer. Glory s'approcha d'elle.

— Tout va bien. Il n'y a aucune raison d'avoir peur. C'est le réfectoire, c'est là que tout le monde mange. Tu vas vite comprendre une chose : le cirque est un estomac sur pattes. C'est dans la nourriture qu'on trouve notre énergie.

Elle montra du doigt un drapeau en haut de la tente.

— Tu vois ce drapeau ? Quand il est orange, le réfectoire est ouvert. Quand il est bleu, il est fermé.

Lilly se fichait du réfectoire et des drapeaux. Elle ne voulait pas y aller. Glory s'agenouilla dans l'herbe.

— Écoute-moi bien. S'il y a une chose que tu dois savoir concernant les gens du cirque, c'est qu'on est des étrangers partout où on va. On ne peut compter sur personne d'autre que nous. Bien sûr, on a nos propres règles de façon que tout le monde s'entende bien et, parfois, certaines personnes ne les respectent pas. Mais dans les moments difficiles, on protège les nôtres. Et tu es une des nôtres, maintenant. Personne ne va te faire de mal. Je sais que c'est difficile, mais essaie de te calmer et de respirer doucement.

Lilly eut envie de répondre à Glory que Merrick lui avait fait du mal, mais elle n'arrivait pas à parler. Ses poumons étaient trop contractés et sa gorge trop serrée. Elle inspira tant bien que mal et expira lentement, encore et encore, en comptant chaque respiration.

Après ce qui lui parut une éternité, les battements de son cœur ralentirent et sa poitrine se relâcha.

— Ça va mieux maintenant ? demanda Glory.

Lilly hocha la tête. Glory lui adressa un petit sourire puis elle se remit en route. Lilly lui emboîta le pas.

Dans le réfectoire, un rideau en toile divisait le chapiteau au milieu. D'un côté du rideau, les tables étaient couvertes de nappes à carreaux, avec de l'argenterie, des salières et des poivrières, et des bouteilles de moutarde et de ketchup. De l'autre côté, il n'y avait pas de nappes, le dessus des tables en bois était taché et abîmé. Des groupes d'hommes et de femmes mangeaient et discutaient, installés autour des tables avec les nappes et l'argenterie, tandis qu'il n'y avait que des hommes à celles sans nappes. Tous avaient le visage brillant de sueur, les mains sales, des chemises crasseuses et des salopettes déchirées. Lilly fut étonnée de voir qu'il y avait aussi des enfants assis du côté des tables avec les nappes. Et à l'exception des hommes en veste et tablier blanc de l'autre côté du buffet, tout le monde était habillé normalement, alors qu'elle s'était imaginé que les gens porteraient des costumes.

Une odeur de graisse et de friture flottait dans l'air et des gens avec des plateaux faisaient la queue devant un buffet composé d'œufs, de bacon et de tartines grillées. Alors que Lilly suivait Glory pour s'insérer dans la file, elle remarqua un homme immense au bout d'une table. Même assis, il faisait plusieurs têtes de plus que ses voisins. À côté de lui, il y avait un autre homme, squelettique, dont la peau semblait s'étirer sur son visage. À une autre table couverte d'assiettes de pancakes et de bacon, une grosse femme avec un nœud violet dans ses cheveux blonds bouclés occupait un banc entier à elle toute seule. En face d'elle, une fille minuscule avec des cheveux noirs brillants se tenait debout sur un tabouret et donnait à manger à un homme qui n'avait pas de bras.

Lilly baissa les yeux. Elle avait mal au ventre et sa poitrine se contracta à nouveau. Comment est-ce qu'on pouvait vivre sans bras ? Et pourquoi cette fille était si petite ? Sa tête semblait trop grosse pour son cou, et ses jambes et ses bras paraissaient démesurément courts et dodus. Est-ce que c'était un elfe, ou une poupée vivante ? Lilly avait envie de quitter le chapiteau en courant et de ne plus jamais revenir. Il y avait trop d'images, de sons et d'odeurs, trop de visages et de corps bizarres, tous entassés au même endroit. Elle voulait rentrer chez elle. Elle voulait être en sécurité dans sa petite chambre avec Abby. En repensant à elle, sa gorge et ses yeux la brûlèrent. Est-ce que quelqu'un s'occupait d'elle ? Ou est-ce que Maman la laissait mourir de faim dans le grenier ?

Faisant de son mieux pour ne pas pleurer devant tout le monde, elle attrapa de ses mains tremblantes l'assiette en fer-blanc bosselée que Glory lui tendait.

– Prends ce que tu veux. Il y a des saucisses et des œufs, du pain et de la confiture, des pancakes, des galettes de pommes de terre et du jambon.

Lilly se sentait incapable d'avaler quoi que ce soit. Des crampes de peur, d'angoisse et de chagrin lui tordaient l'estomac. Néanmoins, elle prit un pancake et une tartine pour être bien élevée. Au bout de la queue, assis sur un tabouret, un homme aux cheveux gras avec un cigare au coin de la bouche collectait des tickets. Quand Glory et Lilly arrivèrent à son niveau, il observa la petite fille de la tête aux pieds.

— Qui c'est ? demanda-t-il en fronçant les sourcils.

— Elle est avec moi, répondit Glory.

— Où est son ticket ?

— Elle n'en a pas, Bob, et si ça te pose un problème, tu n'as qu'à aller trouver Merrick.

Bob scruta Lilly, les yeux plissés. Il marqua une longue pause, puis s'empara du ticket de Glory et fit un brusque mouvement de tête pour leur indiquer de débarrasser le plancher.

Les mains toujours agitées de tremblements, Lilly agrippa son assiette et accompagna Glory jusqu'au fond du réfectoire. Des têtes se soulevèrent sur son passage. Des femmes murmuraient, la main devant la bouche, des enfants gloussaient et la dévisageaient. Elle avait le sentiment que des milliers d'yeux la suivaient à travers le chapiteau.

Enfin, elles parvinrent à une table vide avec une nappe à carreaux. Lilly faillit laisser tomber son assiette en s'installant. Elle la posa sur la table et mit ses mains sur ses genoux, contente d'être assise. Glory prit place à côté d'elle. Son assiette débordait de tartines et de saucisses.

— C'est bien qu'on soit à l'écart de la ville, loin des péquenauds. Autrement, on serait en train de rôtir dans un chapiteau fermé. Car Dieu nous préserve que les gars de la ville voient une bête curieuse sans payer pour ça.

Les yeux rivés sur sa nourriture, Lilly ne répondit pas. Sa poitrine se serrait à nouveau et elle commençait à avoir le tournis. Elle n'arrivait pas à respirer correctement.

— Est-ce que ça va ? s'inquiéta Glory.

Lilly se mordit la lèvre et hocha la tête. Elle ne voulait surtout pas attirer l'attention. Elle inspira aussi profondément que possible, retint son souffle une seconde, puis expira, en essayant de se calmer. Glory attrapa son couteau et entreprit de découper une saucisse dans son assiette.

— Écoute, je sais que tu as peur. J'aurais peur aussi, à ta place. Mais presque tout le monde est gentil ici, et je te dirai qui ne l'est pas.

Elle montra le fond de la tente du bout de son couteau.

— Comme Josephine, par exemple. Il vaut mieux garder ses distances avec elle.

La femme que Glory venait de lui indiquer était seule à une table, en train de boire un café tout en surveillant ce qui se passait autour d'elle. Ses lèvres et ses ongles étaient peints en rouge, des bagues scintillaient à chacun de ses doigts et un arc-en-ciel de bracelets ornait chacun de ses poignets. Elle portait une robe à fleurs et des pinces à cheveux brillaient dans ses fines anglaises grises. Son grand nez crochu et ses yeux rapprochés rappelaient à Lilly une histoire qu'elle avait lue sur un rat géant. Un homme mince aux cheveux noirs s'approcha de sa table, plaça une assiette devant elle puis resta sur le côté, avec les mains dans le dos comme un serviteur.

— Reste toujours avec moi, d'accord ? insista Glory en voyant que Lilly fixait Josephine.

Lilly hocha la tête. Elle aurait aimé demander pourquoi elle ne devait pas s'approcher de Josephine, mais elle ne trouva pas les bons mots. Il fallait s'habituer à tant de choses, il y avait tant à apprendre et à redouter… Elle arrivait à peine à se tenir droite sur sa chaise et à respirer.

À ce moment-là, deux filles en robes jaunes arrivèrent et s'assirent en face d'elles. Elles étaient exactement pareilles, avec les mêmes pommettes hautes, les mêmes mouches au-dessus de la bouche et les mêmes cheveux roux, avec la raie au milieu et une mèche cachant un de leurs yeux bleus.

— Qui est-ce ? demandèrent-elles à l'unisson à Glory.

Elles attrapèrent leurs fourchettes et se mirent à manger. Le contenu de leur assiette aussi était strictement identique : des galettes de pommes de terre, du bacon et des œufs brouillés.

— Je vous présente Lilly. Lilly, je te présente Ruby et Rosy. Ce sont mes amies, tu peux leur faire confiance.

Les jumelles posèrent leurs fourchettes et tendirent le bras par-dessus la table pour serrer la main de Lilly.

— Enchantées de te rencontrer, dirent-elles en chœur.

Lilly tenta de sourire, mais laissa ses mains sous la table.

Les jumelles reculèrent et échangèrent un regard perplexe. Puis l'une d'elles expliqua :

— Nous aussi, on fait partie des attractions. Parfois, on travaille avec le musée des horreurs, parfois avec le spectacle de la danse du berlingot.

Glory fronça brusquement les sourcils.

— Ruby !

Ruby haussa les épaules.

— Quoi ? Les péquenauds savent tous ce que c'est.

Elle se pencha en avant et sourit à Lilly.

— C'est le spectacle de charme, au cas où tu te poserais la question.

— Bon sang, Ruby, les enfants du cirque savent ce que c'est, mais Lilly n'a pas grandi dans un cirque.

Je dirais même qu'elle n'y est sûrement jamais allée, pas vrai, Lilly ?

Lilly secoua la tête.

— C'est bien ce que je pensais, dit Glory en regardant sévèrement Ruby et Rosy. Merrick l'a récupérée à l'arrêt précédent. Et ce n'était pas la décision de Lilly.

Un voile de tristesse s'abattit en même temps sur le visage des jumelles.

— Oh, dirent-elles.

— Comme vous dites. Alors allez-y doucement, d'accord ?

— Désolée, lança Ruby avant de recommencer à manger.

— Alors, petite, qu'est-ce que tu penses de ce gueuleton ? demanda Rosy. Pas mal, hein ? On ne gagne pas grand-chose, mais on a trois repas par jour garantis.

— J'ai entendu dire qu'il y avait beaucoup de monde par ici, dit Ruby. Alors les choses vont peut-être s'emballer tout à l'heure. Je suppose que les patrons ont dû bien graisser les élus du coin hier soir, et pas qu'un peu, alors ça ne va pas être une partie de catéchisme. Mais Josephine n'est pas contente parce que m'sieur Barlow a promis deux de ses filles au shérif sans lui demander son avis.

— Josephine n'est jamais contente si ce n'est pas elle qui commande, fit remarquer Glory. Elle voudrait toujours décider de tout.

Rosy se tourna vers Lilly.

— Celle-là, tu ne t'en approches pas, tu m'entends ? D'abord, elle va t'amadouer comme si c'était ta meilleure amie, et l'instant d'après, elle utilisera ce qu'elle sait de toi pour faire de toi une de ses…

— Rosy, pas tout de suite, interrompit Glory en lui lançant un regard dur.

— Oh. Désolée.

— Est-ce que tu sais ce que tu vas faire comme numéro ? demanda Ruby à Lilly.

De l'autre côté du chapiteau, l'homme et le garçon que Lilly avait vus avec les éléphants faisaient la queue pour le buffet, un plateau dans les mains. Ils donnèrent leur ticket à Bob puis se dirigèrent vers les tables avec les nappes et les salières. Lilly ne pouvait pas s'empêcher de les regarder. Le garçon avait touché un bébé éléphant, il avait joué avec. Il devait être spécial. Alors pourquoi diable est-ce qu'il lui avait fait signe ? Est-ce qu'il croyait qu'elle était normale ?

— Lilly ? appelèrent Rosy et Ruby en même temps.

Lilly battit des paupières et se tourna vers les jumelles.

— Je me demandais si tu savais ce que tu allais faire, reprit Ruby. Quel genre de numéro ?

Elle fourra un morceau de bacon dans sa bouche et se mit à mastiquer. La mouche noire au-dessus de ses lèvres rouges bougeait en rythme, formant des petits cercles.

Lilly haussa les épaules et regarda Glory d'un air interrogateur.

— On ne sait pas encore, expliqua Glory. Merrick n'a pas décidé. Il veut la montrer à M. Barlow après le petit déjeuner.

Lilly eut le sentiment que Glory avait l'air inquiet, ou peut-être un peu triste.

L'homme qui avait apporté sa nourriture à Josephine apparut à leur table et hocha la tête en direction de Glory.

— Josephine veut savoir ce que la petite fait là.

La peau de ses joues était tirée et ses yeux semblaient plus gros que la normale, comme s'ils allaient lui sortir de la tête.

— Elle est avec Merrick.

— D'où est-ce qu'elle vient ?

— Si ça l'intéresse tellement, elle n'a qu'à poser la question à Merrick, rétorqua Glory.

L'homme sourit mais ne répondit pas. Puis il fit un clin d'œil à Lilly et s'éloigna.

Lilly reporta son attention sur sa nourriture, de plus en plus nauséeuse. Elle faillit dire à Glory qu'elle ne pouvait rien manger, mais elle finit par attraper sa tartine pour grignoter la croûte, en essayant de ne pas vomir.

Après le petit déjeuner, Glory ramena Lilly au train. Sur la route, elles passèrent devant une tente entourée de meules de foin et de seaux d'eau, et devant un hangar ouvert. Plusieurs hommes étaient là, et un éléphant. Trois hommes tiraient sur des cordes attachées à une poulie, elle-même accrochée à un poteau, au-dessus de la tête de l'éléphant. Puis ils attachèrent les cordes autour des pattes avant de l'éléphant et de la base de sa trompe. Un quatrième homme qui tenait un bâton ordonna à l'éléphant de s'asseoir et les trois hommes tirèrent sur les cordes, soulevant les pattes avant et la tête de l'éléphant dans les airs. Deux autres hommes glissèrent un tabouret rond sous le derrière de l'animal et le forcèrent à s'asseoir.

Lilly s'arrêta et mit une main sur son ventre. Elle ressentit à nouveau l'angoisse d'être enfermée et la nostalgie de la maison, comme avec le lion. Mais cette fois, il y avait aussi autre chose, quelque chose qui ressemblait à de la terreur et de la douleur.

Glory arrêta d'avancer à son tour et se tourna vers Lilly.

— Qu'est-ce qui ne va pas ?

— Qu'est-ce qu'ils font à cet éléphant ?

— Ils essaient de lui apprendre de nouveaux tours, expliqua Glory. Ils ont du mal avec celle-ci.

— On dirait… on dirait qu'ils la torturent.

— Ça ne lui fait pas mal.

Lilly dévisagea Glory, les larmes aux yeux.

— Comment tu le sais ?

Glory l'observa longuement.

— Je n'en sais rien, finit-elle par dire tout bas.

Elle se remit en route. Lilly baissa la tête et la suivit. Elle ne voulait pas regarder l'éléphant. Comme avec le lion, elle ressentait sa peur, sa douleur, sa détresse. Les émotions de l'animal pesaient sur elle de tout son poids, comme si elle était en train de se faire engloutir par des sables mouvants.

À l'approche du train, Glory ralentit le pas.

— Écoute-moi bien. On ouvre dans quelques heures et avant l'ouverture des portes, M. Barlow est toujours de l'humeur d'un ours qui se serait coincé la patte dans un piège. Alors tu ne parles pas à moins qu'on ne t'adresse la parole.

Merrick les attendait à l'extérieur d'un wagon. Il faisait les cent pas en se tordant les mains. Contrairement aux autres wagons de voyageurs, qui étaient verts, marron ou gris, celui-ci était peint en rouge brillant et décoré de volutes noires. Des rideaux à glands pendaient aux fenêtres sous une inscription en lettres d'or qui disait : LE CIRQUE DES FRÈRES BARLOW. Deux hommes se tenaient de part et d'autre des marches du wagon. L'un était chauve, avec un regard méchant et des bras poilus. L'autre était grand comme un cheval et sa chemise à manches courtes était distendue sur son torse, comme si elle allait se déchirer. Ses cheveux noirs étaient attachés en chignon au sommet de son crâne.

— Tu vois ces hommes ? marmonna Glory entre ses dents. Ne t'avise jamais de leur chercher des noises. Ce sont les molosses de M. Barlow. Ils le protègent et servent de tampons quand ça chauffe avec les citadins.

Lilly se contenta de hocher la tête.

— Tu as mis le temps ! râla Merrick.

Sans laisser à Glory le temps de répondre, il attrapa Lilly par le bras et lui fit grimper les marches en métal qui menaient jusqu'à une plateforme entre le wagon de M. Barlow et le suivant. Glory commença à monter derrière eux, mais Merrick lui ordonna d'attendre dehors. Il releva le menton, s'éclaircit la gorge et tapa à la porte. Lilly attendit près de lui, le cœur battant comme un fou dans sa poitrine.

— Entrez, lança une voix de baryton.

Merrick ouvrit la porte et poussa Lilly devant lui. De belles appliques décoraient les montants en bois brillants, et le wagon accueillait deux fauteuils, un sofa en velours, une table ronde et des tapis fleuris éparpillés ici et là sur le sol. Un petit évier, un plan de travail et des placards étaient alignés le long d'un mur, et deux ventilateurs en bois ronronnaient au plafond. Derrière un rideau en perles, une embrasure de porte donnait sur une autre pièce. Le mélange de fumée, de vieux bois et de poussière chaude qui flottait dans le wagon rappela à Lilly l'odeur de sa chambre. Une vague de nostalgie la submergea et elle eut l'impression de tomber, comme si sa tête pesait trop lourd pour son cou et l'entraînait dans sa chute. Elle parvint néanmoins à rester bien droite et serra les dents jusqu'à ce que ça passe.

Un homme en costume avec des boutons de manchette et des chaussures brillantes était assis dans un fauteuil rouge, une assiette d'œufs brouillés et un café posés sur la table ronde devant lui. Sa moustache blonde cirée tressaillit au-dessus de dents grises qui semblaient trop grandes dans sa bouche.

— Qu'est-ce que c'est ? demanda-t-il.

— J'ai trouvé un nouveau numéro lors de notre dernière étape. Quelque chose que nous n'avons jamais eu avant.

— Avance, somma M. Barlow.

Lilly obéit. Elle avait l'impression d'avoir la bouche pleine de sciure.

— Comment va-t-elle s'appeler sur le programme ?

— Je ne suis pas sûr. Tu as des idées ?

M. Barlow leva un doigt en l'air pour ordonner à Lilly de tourner sur elle-même. Elle s'exécuta, lentement, pour ne pas avoir encore plus le tournis.

M. Barlow but une gorgée de café et la dévisagea en tapotant du bout des doigts sur la table. Puis il se leva.

— Alana ! cria-t-il, faisant sursauter Lilly. Viens voir !

Un grognement se fit entendre dans l'autre pièce et des ressorts de lit grincèrent.

— Quoiii ? geignit une voix de femme.

— Viens ici. Et ne me fais pas répéter.

— Ah là là, je vous jure, marmonna la voix.

Puis, d'une voix toute joyeuse, elle lança :

— J'arriiive !

Des bruits résonnèrent dans la chambre (des pas, un gros soupir, le tintement de bijou, un tiroir qu'on ouvrait et qu'on fermait). Après une longue minute, une femme écarta le rideau de perles et les rejoignit, vêtue d'un peignoir blanc ouvert sur des sous-vêtements en dentelle. Du rouge à lèvres vermillon colorait sa bouche et ses longs cheveux formaient une masse emmêlée de boucles blondes. On pouvait voir ses tétons roses à travers le fin tissu de son soutien-gorge. Un petit chien marron trottait derrière elle.

Elle sourit à M. Barlow.

— Que se passe-t-il, chéri ?

Lilly baissa les yeux. Tout le monde se fichait donc qu'elle soit presque nue ?

Quand le chien aperçut Merrick, il se mit à aboyer et courut vers lui en montrant les dents et en grognant, les poils hérissés. Puis il se figea brusquement et observa Lilly. Il baissa alors la tête, avança jusqu'à elle, s'assit et leva les pattes avant, comme pour supplier qu'on l'attrape et le cajole.

— Ça alors. C'est bien la première fois qu'elle fait ça. Chi-chi déteste tout le monde à part moi.

La femme vint s'agenouiller près de la chienne et leva les yeux vers Lilly.

— Tu veux la caresser ?

Lilly hocha la tête, posa un genou à terre et effleura la petite tête de la chienne. Chi-chi roula sur le dos pour exposer son petit ventre brun. Elle remuait la queue dans tous les sens. Lilly lui frotta le ventre et, pour la première fois depuis ce qui lui semblait une éternité, elle sourit.

— Je ne l'ai jamais vue se comporter comme ça, dit Alana. Elle essaie même de mordre Syd s'il l'approche de trop près. N'est-ce pas, chéri ?

— Si cette idiote de chienne me mord, je la réduis en bouillie, répondit M. Barlow.

Elle l'ignora et reporta son attention sur Lilly.

— Est-ce que tu as toujours su t'y prendre avec les animaux ? s'enquit-elle en gratouillant la poitrine de Chi-Chi de ses longs ongles roses.

Lilly haussa les épaules.

— Je crois que nous n'avons pas eu l'honneur d'être présentées. Comment t'appelles-tu, ma jolie ?

Avant que Lilly puisse répondre, M. Barlow reprit la parole.

— Nous essayons de lui trouver un nom de scène. C'est pour ça que je t'ai demandé de venir, Alana, pas pour jouer avec cette idiote de chienne.

Alana leva les yeux au ciel, sans cesser de gratter le ventre de Chi-Chi.

— Quel numéro va-t-elle faire ? Où va-t-elle travailler ?

— À ton avis ? rétorqua M. Barlow avec agacement. Au musée des horreurs !

Alana pinça les lèvres et cessa de caresser la chienne. Elle se releva et ferma son peignoir, qu'elle noua à la taille.

— Appelle-la comme tu voudras. C'est ce que tu vas faire, de toute façon.

— Parfois, je me demande vraiment pourquoi je te garde, bon sang !

Alana lui sourit froidement et se dirigea vers la chambre.

— Tu sais très bien pourquoi tu me gardes.

M. Barlow l'attrapa par le bras.

— Reste ici. Il me faut des idées.

Alana se dégagea et se laissa choir sur le divan en velours, une moue aux lèvres. Chi-Chi bondit sur ses pattes, trottina jusqu'au canapé et sauta dessus pour prendre place à côté de sa maîtresse. Alana prit une cigarette dans un étui en métal, la glissa entre ses lèvres écarlates, l'alluma et recracha la fumée plus fort que nécessaire.

— Elle est parfaite, dit-elle. Quand je l'ai vue, j'ai tout de suite pensé à une poupée de porcelaine.

Elle prit une autre bouffée, croisa les jambes et se pencha en avant.

— Qu'est-ce que tu dirais de « La seule poupée en porcelaine vivante au monde » ou « La poupée de porcelaine qui bouge et qui respire » ?

— Ça manque d'exotisme, répondit M. Barlow. On veut choquer et étonner le public, pas le faire bâiller d'ennui.

Alana leva à nouveau les yeux au ciel, tout en continuant à fumer.

— Et « La fille cygne » ? Ou alors on pourrait l'habiller en mariée et l'appeler « La fiancée fantôme ».

— Je pense que le mot « princesse » devrait apparaître dans son nom, intervint Merrick.

— Ça pourrait marcher, dit Alana. Elle est différente à cause de la pâleur de sa peau, alors il faut quelque chose qui ait un lien avec ça, comme « La princesse des neiges » ou « La princesse des glaces ».

— J'ai trouvé ! s'exclama M. Barlow. « La princesse des glaces d'une autre planète » !

Alana secoua la tête et se laissa aller contre le dossier du canapé. M. Barlow ignora sa réaction et se tourna vers Merrick.

— C'est parfait, non ?

Merrick haussa les épaules et marmonna quelque chose dans sa barbe.

— Quoi ? demanda M. Barlow.

— Rien du tout.

— Il a dit que c'était stupide, interjeta Alana.

— Boucle-la, Alana, asséna M. Barlow.

Le visage d'Alana se tordit sous l'effet de la colère. Elle écrasa sa cigarette dans un cendrier et retourna dans la chambre. Chi-Chi sauta à bas du canapé et la suivit.

— Tu penses que c'est stupide ? insista M. Barlow.

— Non, dit Merrick. Mais je ne suis pas sûr qu'il y ait un lien entre être une princesse des glaces et venir d'une autre planète. Qu'est-ce qu'elle est censée être, une extraterrestre ? Ce n'est pas ce que j'avais en tête.

— Ce cirque s'appelle peut-être Le Cirque des Frères Barlow, mais je suis le seul frère qui reste, fit remarquer M. Barlow. Sans parler du fait que c'est moi qui paie les salaires ici. À ta place, je ferais en sorte de ne pas l'oublier.

Merrick crispa la mâchoire.

— Tu sais pertinemment que ton frère avait l'intention de me céder sa moitié.

— Peut-être, mais peut-être pas. La seule chose que je sais avec certitude, c'est qu'il n'a pas eu le temps de changer son testament entre le moment où il a fait des avances à Alana et celui où il s'est noyé dans cette rivière. Tu es mon cousin, Merrick, et seulement un cousin issu de germain par-dessus le marché. Tu peux t'estimer chanceux que je te laisse t'occuper du musée des horreurs.

— Il est à moi.

— Certainement pas, mon cher. Certains des artistes t'appartiennent peut-être et Viktor fera toujours preuve de loyauté envers toi, mais les chapiteaux et les banderoles et les scènes m'appartiennent. C'est moi le propriétaire des billetteries, et c'est moi qui emploie les gens qui y travaillent.

— Peut-être, mais Lilly est à moi. C'est moi qui devrais choisir le nom de son numéro.

M. Barlow se redressa et s'approcha de Merrick.

— Écoute-moi bien, pochtron. Sans moi, tu n'aurais pas de cirque pour ton numéro. Je possède le grand chapiteau, les animaux, les wagons. Je paie les gens qui installent. Je possède même le train qui transporte ton pauvre cul d'une ville à l'autre. Alors maintenant, dégage d'ici avant que je te jette dehors.

Merrick se dirigea vers la porte en tapant des pieds et l'ouvrit brusquement, le visage aussi pourpre qu'une betterave. Il ordonna à Lilly de sortir et claqua la porte derrière eux. Glory était là, qui partageait une cigarette avec l'homme chauve en les attendant.

— On y va, grommela Merrick.

Il avança en trombe vers l'autre bout du train. Glory donna la cigarette à l'homme fort et pressa le pas pour le rattraper. Lilly l'imita.

— Qu'est-ce qui s'est passé ?

Merrick ignora Glory et continua à marcher, les poings serrés. Puis il s'arrêta et lâcha un chapelet de jurons.

— Ce bâtard arrogant sait peut-être de quoi il parle quand il s'agit du grand chapiteau. Mais il n'y connaît strictement rien au musée des horreurs.

— Qu'est-ce qu'il a dit ?

— Je n'ai pas envie d'en parler, répondit Merrick en se remettant en route.

— Je dois me préparer pour mon numéro. Je vais conduire Lilly au wagon des jumelles. Elle peut rester avec elles pour l'instant, elles ont de la place.

Merrick secoua la tête.

— Non. Elle reste avec nous.

— Mais…

— Il n'y a pas de mais, l'interrompit-il en la fusillant des yeux. Je ne vais sûrement pas lui donner la possibilité de se sauver.

— Se sauver pour aller où ? Ce n'est qu'une petite fille.

— Ça m'est égal. Elle reste dans notre wagon, là où on peut garder un œil sur elle, point final. C'est ça ou le wagon à bestiaux avec les chèvres et les lamas.

Glory couva Lilly d'un regard inquiet.

— D'accord. Mais elle reste avec moi dans la loge pendant que je me prépare.

— Non, tu n'auras pas le temps de revenir au train avant le début du spectacle sans que les péquenauds te voient.

Dans les traces de Merrick, Glory et Lilly longèrent trois wagons, puis montèrent l'escalier du quatrième et attendirent qu'il ouvre la porte. À l'intérieur, la disposition ressemblait à celle du wagon de M. Barlow, sauf que les meubles étaient vieux et abîmés, les boiseries défraîchies, et qu'il n'y avait pas de ventilateur au plafond. Un petit évier était rempli de verres sales, et de longs rideaux jaunes tachés étaient accrochés au-dessus de l'encadrement de porte qui séparait les deux pièces. L'atmosphère était étouffante et collante, comme dans la chambre de Lilly en plein été.

L'endroit déplut aussitôt à Lilly.

Merrick avança à pas lourds jusqu'à un buffet, ouvrit une bouteille et versa du liquide brun dans un verre. Glory ramassa un journal et une couverture froissée qui traînaient sur le canapé et rajusta les coussins.

— Tu peux dormir là, indiqua-t-elle à Lilly.

Elle ôta un cendrier qui débordait au sommet d'une pile de magazines et épousseta des cendres qui étaient tombées sur la table.

— Désolée, c'est vraiment le bazar.

Lilly était toujours sur le seuil, figée. Elle ne savait pas quoi dire ni quoi faire. C'était sa nouvelle maison, que ça lui plaise ou non. Elle pensa à son ancienne chambre, son lit inconfortable, son oreiller taché, Abby qui dormait sur sa couverture en laine. Elle comprit soudain que c'était définitif, qu'elle ne reverrait plus jamais rien de tout cela, qu'elle ne reverrait jamais Abby. Cette prise de conscience lui fit l'effet d'un coup de massue. C'était le pire sentiment au monde. Ses yeux s'emplirent de larmes et ses poumons commencèrent à se contracter. Elle tenta de compter les lattes de plancher pour se calmer, en vain. Glory vit ce qui se passait et vint s'agenouiller à côté d'elle.

— Ça va aller. Respire. Je sais que ça fait beaucoup de changements d'un coup, mais je vais bien m'occuper de toi, je te le promets.

Après de longues minutes passées à batailler contre le manque d'oxygène, la poitrine de Lilly se détendit enfin. Elle tituba jusqu'au canapé et s'affala dessus, le visage barbouillé de larmes et de sueur. Elle ferma les yeux pour arrêter de voir flou. Elle était épuisée et avait envie de dormir pour tout oublier, mais les pensées se bousculaient dans sa tête. Il fallait qu'elle trouve un plan, un moyen de quitter cet endroit et de rentrer à la maison.

Peut-être que quand les portes ouvriraient cet après-midi et que Glory et Merrick partiraient travailler, elle pourrait se glisser dehors et longer les rails dans la direction opposée, vers Blackwood Manor. Elle n'avait pas la moindre idée de combien de temps il lui faudrait pour effectuer le trajet à pied, mais ça lui était égal. Peut-être qu'elle pourrait voler un peu de nourriture et une couverture, et dormir dans les bois la nuit. Au moins, on n'était pas en hiver. Elle s'imagina traverser les champs et la cour de ses parents, monter les marches et frapper à la porte. Papa viendrait ouvrir, surpris et heureux de la voir. Maman serait en colère au début, mais si Lilly promettait d'être sage, si elle promettait d'arrêter de réclamer des choses impossibles et d'apprendre la Bible et de réciter ses prières tous les soirs, peut-être que Maman la laisserait rester. Puis une autre pensée lui traversa l'esprit et elle se mit à trembler.

Et si Papa n'était pas content de la voir ? Et s'il savait depuis le début que Maman allait la vendre au cirque ? Il laissait Maman l'enfermer au grenier, après tout. S'il l'aimait vraiment, il n'aurait pas fait ça. Et si c'était vrai qu'il ne serait « bientôt plus de ce monde » ? Et s'il était vraiment en train de mourir ?

Elle eut l'impression de tomber du haut d'une falaise. Elle enfouit son visage dans un coussin en sanglotant.

Glory la rejoignit.

— Pleure, vas-y. C'est normal que tu sois triste et en colère et effrayée et toutes ces choses-là. Ce n'est pas juste, ce que ta maman t'a fait. Quand mes parents ont laissé Viktor à l'asile, j'avais six ans et lui cinq, et je me rappelle avoir pensé à quel point j'étais contente qu'ils le laissent lui et pas moi. Parce qu'il pleurait si fort et je…

Merrick posa bruyamment son verre sur le buffet.

— Nom de Dieu, Glory, grogna-t-il. Arrête avec tes pleurnicheries. La représentation commence dans une heure et il faut que tu te prépares.

Glory se releva et essuya ses paumes sur sa jupe.

— Tu ne crois pas qu'on pourrait annuler mon numéro ce soir ? D'autres ont déjà raté des représentations. Je ferais mieux de rester ici avec Lilly et…

Merrick traversa la pièce à toute vitesse et la gifla violemment. Glory chancela mais parvint à rester sur ses pieds. Lilly se redressa, le souffle court. Glory porta une main à sa joue et resta bouche bée face à Lilly, les yeux écarquillés par la honte et la peur. Puis, sans un mot, elle baissa la tête et se rendit dans l'autre pièce.

— Tu ferais surtout mieux de rassembler tes affaires ! lui cria Merrick avant de se servir un autre verre.

Lilly observait la scène depuis le canapé, les doigts agrippés aux coussins.

Au bout de quelques instants, Glory réapparut avec, à la main, ce qui ressemblait à une petite valise. Une trace de main rouge lui barrait la joue et elle lança à Lilly un regard vitreux.

— Je serai de retour dès la fin de la représentation. Je suis désolée.

Lilly aurait tout donné pour que Glory reste, mais elle ne pouvait rien y faire. Elle la regarda partir, puis se roula en boule dans un coin du canapé en se demandant ce qui se passerait ensuite. Merrick verrouilla la porte derrière Glory et disparut dans l'autre pièce. Une porte s'ouvrit et se referma. Lilly retint son souffle et tendit l'oreille. Y avait-il une autre issue ? Tout ce qu'elle entendait, c'étaient les battements effrénés de son cœur et un bruit d'eau qui coulait. Elle se leva, traversa le salon sur la pointe des pieds et tenta d'ouvrir la porte du wagon, même si elle savait qu'elle était fermée à clé. Elle essaya aussi les fenêtres. En vain. Tout était verrouillé. Elle se rassit et tenta de réfléchir.

Puis une porte s'ouvrit et se referma à nouveau dans l'autre pièce. Merrick allait et venait en sifflant. Quelques minutes plus tard, il revint vêtu d'un costume et d'une cravate, les cheveux plaqués en arrière, dégageant son visage grêlé. Une odeur de cirage et d'eau de Cologne flottait derrière lui, rappelant à Lilly l'odeur de Papa. Merrick se resservit à boire, vint se planter devant elle et lui sourit de toutes ses dents. Elle avala sa salive et recula.

— On va gagner beaucoup d'argent, toi et moi. Mais pour l'instant, il faut que j'aille m'occuper des attractions.

Il avala d'un trait le contenu de son verre et se dirigea vers la porte.

La tension qui nouait les épaules de Lilly se dissipa un peu en le voyant s'éloigner. Après son départ, peut-être qu'elle pourrait cogner à la fenêtre pour attirer l'attention de quelqu'un, ou la casser et sortir du wagon. Puis Merrick se rendit compte qu'il avait encore son verre à la main et retourna le poser sur le buffet. Elle se crispa à nouveau. Alors qu'elle croyait qu'il allait partir, Merrick se jeta sur elle, toutes griffes dehors. Elle hurla et tenta de sauter du canapé, mais il l'attrapa par les bras et la traîna dans l'autre pièce. Elle se débattit, se tordit dans tous les sens, tenta de le griffer, mais il n'y avait rien à faire.

Elle aperçut un fauteuil où s'empilaient des vêtements et un lit avec des couvertures entremêlées. Merrick ouvrit une porte en bois et la jeta dans une petite pièce. Elle vacilla et tomba entre un mur et des toilettes. Il claqua la porte et la pièce fut plongée dans l'obscurité. Une odeur immonde emplit ses narines et elle eut la nausée. Elle se mit debout et cogna à la porte, en lui criant de la laisser sortir.

— Désolé, gamine, dit-il à travers la paroi. Mais le spectacle doit continuer.

Chapitre 8

Julia

Le matin suivant son arrivée à Blackwood Manor, Julia se réveilla en sursaut, la tête inclinée à un drôle d'angle sur l'accoudoir trop rembourré du canapé. Au début, elle ne se rappela pas où elle était. Puis elle reconnut la cheminée en marbre et le plafond étamé à fleurs du salon de ses parents. Désormais, ce salon lui appartenait, de même que le reste de la maison d'ailleurs. C'était aussi surréaliste que déconcertant. Elle s'assit, s'étira et massa sa nuque endolorie. Tout semblait gris dans la pièce et il faisait si froid que son souffle formait de la buée. Le feu s'était éteint pendant la nuit. Elle se leva, se dirigea vers les fenêtres et ouvrit les rideaux en velours. De chauds rayons de soleil traversèrent les carreaux, illuminant l'air poussiéreux et formant des taches de lumière sur le tapis persan. Un vent violent faisait grincer les montants de fenêtres. Les rosiers morts de Mère griffaient les carreaux.

Dehors, le jardin à l'herbe brunie paraissait s'étendre à l'infini. D'un côté, il allait jusqu'à une rangée de chênes imposants, une clôture en bois blanc et la route à une voie qui menait à la ville, et de l'autre, jusqu'aux contreforts des monts Adirondacks. Une nuée d'hirondelles occupait les branches qui ondulaient dans le vent. Un pick-up gris avançait lentement le long de la route, le gaz d'échappement formant des tourbillons glacés dans l'air. Même sous le soleil, tout semblait froid et esseulé.

Après avoir relancé le feu dans la cheminée, Julia alla dans la cuisine et mit la bouilloire en route. La première chose à faire sur sa liste était de découvrir comment allumer la chaudière. Ensuite, l'exploration pourrait commencer. Elle ouvrit le tiroir près de la cuisinière et fixa l'un des plus grands mystères de son enfance : les clés de Mère. Elle les voyait encore pendre à son tablier, elle entendait encore le cuivre et le fer cliqueter alors qu'elle montait et descendait les escaliers ou qu'elle traversait les pièces et les couloirs, comme un chat avec une clochette accrochée à son collier. En grandissant, Julia s'était souvent demandé pourquoi l'anneau comportait tant de clés, et où Mère les rangeait la nuit. Avaient-elles toujours été dans ce tiroir ? Combien de fois avait-elle vu sa mère lire ou tricoter, tout en vérifiant d'une main que le trousseau était toujours bien accroché à son tablier ?

Julia inspira profondément et toucha les clés, en s'attendant presque à ce que la voix de Mère la réprimande et lui ordonne de les laisser où elles étaient. Mais il n'y eut pas de remontrance cassante, pas de gifle punitive assénée par une main fantomatique froide et invisible. Elle attrapa l'anneau et fut étonnée par son poids. Il y avait dix-sept clés, toutes différentes les unes des autres. Certaines étaient courtes, d'autres longues, il y en avait en cuivre et en fer, fines et épaisses, décorées et simples. Et maintenant, elles lui appartenaient aussi, comme tout ce qui se trouvait ici. Les clés à la main, elle partit chercher sa valise dans l'entrée et monta jusqu'à son ancienne chambre.

Le premier étage comportait un long couloir central, avec un corridor de chaque côté. La chambre de Julia était sur le palier, la première porte à gauche. Naturellement, elle était verrouillée. Elle essaya cinq clés différentes avant de trouver la bonne, tout en songeant que c'était tout de même étrange de ne pas savoir quelle était la clé de sa propre chambre. Enfin, elle parvint à ouvrir la porte. La pièce était gelée et exactement dans le même état que la nuit de son départ, à l'exception des toiles d'araignée sur l'éléphant en peluche gris posé sur l'étagère au-dessus de la tête de lit, et de la poussière qui recouvrait tout, y compris les photos de chats et de chiens collées sur le miroir de sa commode.

Debout au milieu de la pièce, tremblante, sa valise à la main, elle fut soudain assaillie par mille souvenirs. C'était là qu'elle avait passé des heures et des heures toute seule, punie pour la moindre désobéissance aux règles de Mère. Là qu'elle faisait ses devoirs en regrettant de ne pas avoir un frère ou une sœur, là qu'elle sanglotait dans son oreiller quand on s'était moqué d'elle à l'école. Après une longue minute, elle tourna les talons et sortit. Rien ne l'obligeait à dormir dans cette pièce. Elle pouvait très bien s'installer dans une autre. Après tout, il y en avait six rien qu'à cet étage.

Elle ferma la porte, mit la clé dans la serrure et commença à la tourner, puis changea d'avis. Il n'y avait plus de raison de tout fermer à clé. Cela dit, il n'y avait jamais eu de raison. Simplement, Mère insistait pour qu'il en fût ainsi. Elle porta sa valise jusqu'au bout du corridor, avec les clés qui cliquetaient contre sa hanche. Le bruit lui rappelait quand Mère vérifiait toutes les portes chaque soir, alors que Julia était au lit. Dans quel but, la jeune femme n'en avait pas la moindre idée.

Elle s'arrêta devant la porte en face de la chambre de ses parents. La « salle de jeux », comme Mère l'appelait, était la seule autre pièce où elle avait le droit d'entrer. Et comme auparavant, elle n'était pas fermée à clé. À l'intérieur, une lumière grise s'infiltrait à travers les rideaux, et un tapis vert menthe décoré de roses et de feuilles couvrait le plancher. Un canapé-lit en cuivre avec des coussins à volants et recouvert d'une couverture blanche était adossé contre un mur, en face d'une armoire peinte en bleue qui se dressait entre deux grandes fenêtres. Contrairement à sa chambre, la salle de jeux avait été entretenue. Il n'y avait ni poussière ni toiles d'araignée.

Enfant, elle avait passé des heures ici, à peigner ses poupées, à leur donner le biberon, à les bercer pour les endormir et à les embrasser sur le front. En y repensant, son cœur se serra dans sa poitrine. C'était Mère qui lui avait appris à cajoler les poupées et à les mettre au lit. C'était elle qui lui avait expliqué qu'il fallait leur tapoter le dos et leur chanter des berceuses pour qu'elles s'endorment. À présent, cela lui paraissait impensable. Elle fit sortir l'image de Mère de son esprit et se concentra sur l'instant présent. Ça ne changerait rien de tenter de comprendre la femme qui l'avait mise au monde à un âge où la plupart des mères marient leurs enfants ou les envoient à l'université. Mère était comme elle était, et désormais, elle n'était plus là.

Elle posa sa valise près de l'armoire, ouvrit les rideaux et regarda par la fenêtre. La salle de jeux donnait sur la cour latérale, où six pommiers noueux encerclaient une petite étendue de pelouse. Chaque fois que Julia faisait trop de bruit ou qu'elle agaçait Mère pendant les vacances d'été, on l'envoyait jouer là pendant que les adultes buvaient du thé glacé et du whiskey sur la terrasse. Au-delà des pommiers, on pouvait apercevoir l'écurie et les enclos blancs entourés de champs bruns. Trois chevaux paissaient dans un rond de longe, sous les yeux de deux hommes. L'un était debout, les mains sur les hanches, tandis que l'autre avait un pied et le dos appuyés sur la clôture, les bras croisés. L'homme avec les mains sur les hanches ressemblait à Claude, mais elle n'avait pas la moindre idée de qui pouvait être l'autre. Puis elle remarqua que le pick-up gris aperçu sur la route un peu plus tôt était garé dans l'allée de l'écurie. Peut-être qu'il s'agissait du vétérinaire.

Elle ouvrit sa valise et en sortit un gros pull qu'elle enfila. Est-ce que Claude savait mettre la chaudière en route ? Elle ne savait même pas si la maison était chauffée au bois ou au charbon, ni où se trouvait le thermostat. En même temps, elle n'était qu'une adolescente lorsqu'elle avait quitté les lieux. Ces choses-là ne l'avaient jamais intéressée et même si elle avait posé la question, personne ne lui aurait rien expliqué. Elle avait un vague souvenir de son père qui allait au sous-sol pour « ajuster les valves », mais elle ignorait ce que cela signifiait exactement. Si Claude ne savait pas comment faire, alors elle devrait se débrouiller toute seule, ou engager quelqu'un. Elle se brossa les cheveux devant le miroir et les attacha en queue-de-cheval avant de retourner au rez-de-chaussée. Dans la cuisine, la bouilloire sifflait bruyamment. De l'eau bouillante s'échappait du bec et faisait grésiller la flamme en dessous. Elle éteignit le brûleur et, sans réfléchir, attrapa la poignée.

— Merde !

Elle reposa la bouilloire et gagna l'évier pour faire couler de l'eau sur sa paume rougie. Comment parviendrait-elle à s'occuper de cet endroit si elle n'était même pas capable de faire du thé sans se brûler ? Elle fixa le filet d'eau en se demandant si elle ne ferait pas mieux d'abandonner tant qu'il en était encore temps. Quelqu'un frappa à la porte et elle sursauta.

— Merde, grommela-t-elle à nouveau.

Elle coupa l'eau, s'essuya les mains sur son pantalon et se rendit dans le vestibule. Peut-être que c'était Claude, auquel cas elle pourrait lui demander pour la chaudière. Elle ouvrit la porte. Ce n'était pas Claude.

Un homme avec des bottes en caoutchouc, un chapeau noir et un manteau vert se tenait en haut des marches. Il lui tournait le dos et regardait les chevaux dans le rond de longe.

— Est-ce que je peux vous aider ? demanda Julia.

L'homme se retourna et ôta son chapeau.

— Excusez-moi, j'étais perdu dans mes pensées. Fletcher.

Il lui sourit et tendit la main.

— Fletcher Reid. J'aimerais voir Mlle Blackwood.

Il était grand et mince et semblait avoir moins de trente ans. Il avait une mâchoire carrée et des yeux couleur chocolat. Ses cheveux blonds partaient dans tous les sens autour de son visage hâlé.

Elle lui serra la main. Sa poignée de main était ferme, sa peau calleuse.

— C'est moi, dit-elle.

Il haussa les sourcils.

— Vous êtes la nouvelle propriétaire ?

— Oui.

— Mais vous êtes si… si…

Elle sentit le rouge lui monter aux joues.

— Je sais. Je suis trop jeune pour être la propriétaire de cet endroit.

Il sembla aussitôt pris de remords.

— Oh, non. Je suis désolé. Ça ne me regarde en rien. Pardonnez-moi.

Il regarda derrière lui comme s'il réfléchissait à un plan d'évasion, puis il lui adressa un grand sourire.

— Euh… Est-ce qu'on peut recommencer de zéro ?

Elle haussa les épaules.

— Pas de problème.

Il lui serra à nouveau la main.

— Je suis le vétérinaire.

Ce fut son tour d'être étonnée. Pour une raison quelconque, elle pensait que le vétérinaire serait un homme d'un certain âge, comme Claude, avec un visage hirsute et des taches de vieillesse sur les mains. Elle n'aurait pas pu être plus loin du compte. Il ressemblait aux surfeurs qu'elle avait l'habitude d'observer à Long Island.

— Ravie de vous rencontrer. Je m'appelle Julia.

— Enchanté, Julia. Claude et moi nous demandions si vous souhaitiez venir à l'écurie pour voir les chevaux.

— Moi ?

Il hocha la tête.

— Est-ce qu'il y a un problème ? Car je ne…

— Non, pas du tout, répondit-il. Un acheteur est intéressé par deux de nos… enfin, de vos étalons. On se demandait si vous vouliez vendre ou non.

Elle fronça les sourcils. Pourquoi lui demandaient-ils déjà de statuer sur ce genre de choses ? Elle venait à peine d'arriver et elle n'y connaissait strictement rien aux chevaux.

— Je ne sais pas. Je…

Elle retint un grognement. Soudain, elle était incapable d'aligner deux mots. *Il va me prendre pour la dernière des idiotes.*

— Faites ce qui est le mieux pour l'élevage. J'ai confiance en vous et Claude pour prendre la bonne décision.

— Très bien. Je sais ce que Claude en pense, mais il a dit que nous devrions d'abord vous demander votre avis. Vous êtes sûre que vous ne voulez pas venir jeter un coup d'œil ? Ils font partie de nos meilleurs étalons. Des bêtes parfaites issues de la plus célèbre lignée de Blackwood Farm. Vous comprendrez ce que je veux dire en les voyant.

Elle réfléchit un instant, puis haussa à nouveau les épaules. Ça ne pouvait pas lui faire de mal d'aller voir, et il faudrait bien qu'elle se rende à l'écurie à un moment ou à un autre, sans compter qu'elle devait demander à Claude comment mettre la chaudière en route.

— D'accord.

— Vous feriez mieux de mettre un manteau. Il fait sacrément froid aujourd'hui.

Elle ouvrit grand la porte et recula.

— Entrez vous mettre au chaud pendant que je vais le chercher.

Il avança dans le vestibule, ferma la porte derrière lui et attendit sur le seuil de la cuisine, son chapeau à la main.

— Belle maison, lança-t-il derrière elle. La cuisine est impressionnante.

Elle attrapa son manteau dans l'armoire de l'entrée et s'empressa de le rejoindre.

— Vous n'êtes jamais entré ?

Il secoua la tête.

— Mme Blackwood était une drôle de bonne femme. Elle ne nous autorisait jamais à entrer dans la maison. Si on avait besoin de quelque chose, on devait l'appeler depuis le téléphone de l'écurie.

Julia enfila son manteau et le boutonna.

— C'est bien son genre. Ma mère adorait les règles.

Fletcher grimaça.

— Excusez-moi, je ne savais pas que l'ancienne propriétaire était votre mère. Je croyais que c'était une tante éloignée ou quelque chose comme ça.

— Ne vous en faites pas, répondit-elle avec un sourire. S'il y a bien quelqu'un qui sait à quel point ma mère était bizarre, c'est moi.

Elle faillit sortir son bonnet en laine de la poche de son manteau, mais se ravisa. Il était sale et le bord était décousu. Puis elle songea que son manteau n'était pas beaucoup mieux. Si Fletcher et Claude savaient quel genre de vie elle avait mené au cours des trois dernières années, ils ne la prendraient jamais au sérieux. Soudain, elle se rendit compte qu'elle ne pouvait pas aller dans l'écurie avec ses petites tennis aux pieds. Elle examina le vestibule à la recherche d'une autre paire de chaussures et, pour la première fois depuis son arrivée, remarqua que les bottes de ferme de Mère étaient sous le banc, à leur emplacement habituel. Elle ôta ses tennis et glissa ses pieds dans les bottes en caoutchouc comme si elle avait fait ce geste des centaines de fois, et ce même si elles étaient deux pointures trop grandes. Elle eut l'impression de faire quelque chose de mal en les mettant. Néanmoins, elle se redressa en tentant d'ignorer les trous et les bosses des semelles, déformées par des années d'usure et par les oignons que Mère avait aux pieds.

— Claude ne vous a pas expliqué que j'étais la fille de Coralline ? demanda-t-elle en affichant l'air le plus calme et détaché possible.

— Non. S'il y a bien une chose qu'il faut reconnaître à Claude, c'est qu'il fait son travail sans rien dire. Il ne se mêle jamais des affaires des autres et n'enfreint jamais les règles.

— C'est bon à savoir. Mais dans ce cas, pourquoi ne pas m'avoir appelée depuis le téléphone de l'écurie ?

— La ligne a été coupée après la mort de Mme Blackwood, enfin, de votre mère, et Claude a pensé que ça ne servait à rien de la réinstaller avant votre arrivée.

— Ça me semble logique. Je m'occuperai de la faire rétablir, dit-elle en se dirigeant vers la porte.

Il sourit, remit son chapeau et ouvrit la porte pour elle. Ils sortirent de la maison et se dirigèrent vers l'écurie, côte à côte. Le vent glacé faisait voler les cheveux de Julia devant ses yeux et elle avait le nez qui coulait. Elle regretta de ne pas avoir mis son bonnet, en dépit de son aspect. Peut-être qu'elle en trouverait un en meilleur état dans la maison.

Visiblement indifférent au froid mordant, Fletcher traversait le jardin à grands pas, les yeux posés sur l'horizon. Il tourna la tête vers elle et lui sourit, comme s'ils allaient tous les jours ensemble à l'écurie. À l'inverse de Julia, qui détestait les silences et tentait toujours de les combler, il paraissait parfaitement à l'aise, comme si marcher côte à côte était suffisant.

Cela dit, elle n'aimait pas non plus échanger des banalités, alors elle était contente qu'il ne lui parle pas du paysage ou du temps qu'il faisait. La vie était trop courte et trop précieuse pour parler de la pluie et du beau temps ou des derniers ragots. Ce que Julia aimait découvrir, c'était comment les gens se sentaient avec eux-mêmes et avec les autres, s'ils étaient heureux ou tristes. Elle s'intéressait à leur passé, à ce qui les avait menés là où ils étaient, à leurs relations avec leurs parents et leurs frères et sœurs. Elle voulait savoir si elle était la seule personne à se sentir perturbée et profondément seule. Mais elle ne pouvait pas poser ces questions-là à Fletcher, et elle ressentait le besoin de dire quelque chose.

— Depuis combien de temps êtes-vous à Blackwood Manor ? finit-elle par demander.

— Je ne travaille pas seulement ici. Je travaille dans des fermes de tout le comté.

— Je vois. Alors depuis combien de temps êtes-vous le vétérinaire de Blackwood Manor ?

Il plissa les yeux.

— Trois ans, je crois, répondit-il après un instant de réflexion.

— Dans ce cas, vous avez dû commencer juste après la mort de mon père.

— Quelques mois avant, si mes souvenirs sont bons. Votre père était incroyable avec les chevaux. Il s'y connaissait.

Elle sourit, sans trop savoir quoi dire. Elle avait parfois aperçu son père partir à l'écurie ou réparer des clôtures ou des équipements, mais elle ignorait tout de sa vie d'éleveur.

— Si je peux me permettre de vous poser cette question, où étiez-vous au cours des dernières années ? À l'université ? Claude n'a jamais mentionné que M. et Mme Blackwood avaient une fille.

Julia déglutit péniblement. Elle ne voulait pas lui mentir, mais elle n'avait pas envie de lui dire la vérité non plus.

— Je préférerais ne pas en parler.

— Pas de problème. Désolé, dit-il en fourrant ses mains dans ses poches. À quand remonte la dernière fois que vous avez vu les chevaux ?

— Ça fait longtemps. Je n'avais pas le droit d'aller dans la grange quand j'étais petite.

Il tourna brusquement la tête vers elle, les yeux écarquillés.

— Quoi ? Pourquoi ?

Elle rentra la tête dans les épaules pour se protéger du froid… ou peut-être que c'était pour se protéger de ses émotions ?

— Je vous l'ai dit, ma mère adorait les règles. Elle disait que c'était trop dangereux pour une petite fille d'être dans une écurie, que c'était un lieu de travail, pas une cour de récré. Elle pensait sûrement que je mettrais le bazar ou que j'abîmerais quelque chose.

Fletcher continua à marcher en fixant ses bouts de pieds, les sourcils froncés.

— C'est vraiment dommage. La plupart des petites filles adorent les chevaux. Ç'aurait pu être bénéfique pour vous.

Elle l'observa du coin de l'œil. Qu'est-ce qui lui faisait croire qu'elle avait besoin de quelque chose de bénéfique ? Elle avait l'air si déprimée que ça ?

Ils arrivèrent près du rond de longe. En l'apercevant, Claude inclina sa casquette dans sa direction.

— Bonjour, mademoiselle Blackwood.

— Je vous en prie, appelez-moi Julia.

Fletcher s'appuya contre la clôture.

— Alors, qu'est-ce que vous en dites ?

À l'intérieur du rond, trois chevaux couraient, leurs queues relevées comme des drapeaux flottant dans le vent. Leurs robes brillaient et leurs sabots piétinaient la poussière si fort que Julia sentait la terre trembler sous ses pieds.

En voyant les chevaux de si près, un souvenir lui revint. Elle avait neuf ans et elle n'était pas allée à l'école parce qu'elle était malade. Normalement, Mère était toujours à la maison dans la journée, mais ce jour-là, elle avait un rendez-vous important en ville. Père était supposé passer voir Julia vers midi en revenant de l'écurie, mais il alla dans son bureau comme d'habitude et verrouilla la porte. Quand Julia se glissa dans la cuisine pour boire quelque chose, elle regarda par la fenêtre au-dessus de l'évier et vit un cheval noir dans le jardin, qui écrasait les tomates et mangeait les laitues et les carottes. Elle courut jusqu'au bureau de son père et commença à frapper à la porte, avant de s'arrêter, les jointures sur le bois. Son père était en train de pleurer tout en écoutant son disque préféré (*Little White Lies*) à plein volume.

Elle resta immobile un moment, effrayée et hésitante quant à ce qu'elle devait faire. Puis elle retourna en courant à la cuisine, mit ses chaussures et sortit. Elle attrapa une poignée de trèfles dans l'herbe, alla au jardin et s'approcha lentement de l'animal, la main tendue. Le cheval releva la tête et s'ébroua, surpris par sa présence. Julia fit un pas vers lui, puis un autre, sans faire de mouvements brusques, en lui parlant doucement. Le cheval finit par avancer dans sa direction pour grignoter les trèfles. La bouche de l'animal était comme du velours contre la paume de sa main. Quand il vint plus près et plongea ses yeux marron dans les siens, Julia fit un pas en arrière et le cheval la suivit. Elle continua jusqu'à arriver à un enclos vide à l'extérieur de l'écurie, ouvrit la grille et entraîna le cheval à l'intérieur. Elle posa le reste des trèfles à terre, ferma la grille et retourna près du cheval pour passer ses doigts dans sa robe noire. Il hennit et frotta sa tête imposante contre Julia, ravie de cette caresse.

Bouleversée par l'affection que l'animal lui témoignait, elle enroula ses bras autour de son cou musclé et pressa son nez contre son flanc chaud. C'était la première fois qu'elle touchait un cheval et il lui sembla qu'elle sentait sa force qui irradiait et traversait sa peau comme la chaleur du soleil. Elle n'avait jamais éprouvé une chose pareille auparavant. Sur le chemin de la maison, la confusion envahit son esprit. Pourquoi est-ce que ses parents l'empêchaient d'approcher des créatures aussi merveilleuses ? Ça n'avait pas de sens.

Après cette rencontre, elle regarda par la fenêtre de sa chambre tous les jours. Elle aurait adoré être avec les chevaux. De temps en temps, les rares fois où Mère n'était pas là, elle se faufilait jusqu'aux clôtures qui longeaient l'arrière de l'écurie quand Père ne faisait pas attention. Parfois, les chevaux venaient manger des trèfles dans sa main ou se laissaient caresser, mais à d'autres moments, ils étaient trop occupés à paître, à courir et à dormir. Ça n'avait pas d'importance, néanmoins. Elle était heureuse de simplement être près d'eux. Quand elle s'était enfuie de la maison trois ans plus tôt, les chevaux étaient la seule chose de Blackwood Manor qui lui avaient manqué.

À présent qu'elle était près de ses étalons, elle était surprise de sentir cette nostalgie ressurgir avec une force implacable.

— Ils sont magnifiques, dit-elle en sentant un nœud se former dans sa gorge.

— Nous avons un acheteur intéressé par le noir et celui avec la tache blanche, indiqua Fletcher. Mais c'est vous qui décidez si vous souhaitez vendre ou pas.

— Je ne sais pas si vous êtes au courant, intervint Claude, mais de son temps, votre père a élevé de nombreux vainqueurs de concours. C'est Mme Blackwood qui avait acheté le premier cheval au départ. Ceux-là sont parmi nos meilleurs étalons à ce jour. Vous n'avez qu'un mot à dire pour qu'on les garde et qu'on se refasse une réputation.

Julia ne savait absolument pas quoi faire. Entre les souvenirs, les doutes et les incertitudes, elle avait le tournis. Bien sûr qu'elle voulait garder les chevaux, mais était-elle réellement capable de gérer cet élevage ? Saurait-elle prendre soin de ces superbes animaux et faire les bons choix pour leur avenir ?

Elle bafouilla et remarqua que Fletcher la fixait, comme s'il essayait de lire dans ses pensées. Elle se sentit rougir d'embarras.

Fletcher lui sourit et se tourna vers Claude.

— Peut-être qu'on devrait donner une minute à Mlle Blackwood pour reprendre son souffle. Elle vient juste d'arriver, après tout. Je sais que vous avez dit à l'acheteur qu'on lui donnerait une réponse aujourd'hui, mais il peut bien attendre un peu.

Claude fronça les sourcils et glissa ses pouces dans sa ceinture.

Julia poussa un soupir silencieux de soulagement et sourit à Fletcher avec gratitude.

— Est-ce que je peux prendre un jour ou deux pour y réfléchir ? Je n'ai même pas encore défait ma valise.

Le froncement de sourcils de Claude s'intensifia.

— C'est vous la patronne. Mais croyez-moi, ce serait une grosse erreur de vendre ces étalons.

Fletcher lança un regard perplexe à Julia avant de reporter son attention sur Claude.

— Je suis sûr que Julia tiendra compte de votre avis. Je vais contacter l'acheteur pour le prévenir qu'on reviendra vers lui dans quelques jours.

Puis il adressa un clin d'œil à Julia.

— Puisque vous êtes là, que diriez-vous de visiter l'écurie ?

— Je veux bien, oui.

Elle attendit de voir si Claude allait ajouter quelque chose, mais il était occupé à bouder en silence tout en tassant de la terre du bout de sa botte.

— Je suis désolée de ne pas encore avoir la réponse, mais je vais y réfléchir. Et je sais que vous avez beaucoup de travail, mais est-ce que vous pourriez me montrer comment allumer la chaudière quand j'aurai fini de visiter l'écurie ? Il fait un froid glacial dans la maison.

Claude prit le chemin du manoir, l'air sombre.

— Oui, m'dame. Je m'en occupe tout de suite.

— Vous n'êtes pas obligé de le faire maintenant.

Claude l'ignora et continua son chemin, la tête baissée.

Quand il fut hors de portée de voix, elle dévisagea Fletcher.

— J'ai dit quelque chose de mal ?

Fletcher haussa les épaules.

— Aucune idée. Mais je dois reconnaître que c'est sûrement la première fois que je le vois aussi grincheux.

CHAPITRE 9

Lilly

Le souffle court, Lilly donnait des coups de pied et des coups de poing dans les murs de la petite salle de bains du wagon de Merrick. Le bois arrachait la peau de ses jointures et l'odeur suffocante et rance d'urine lui donnait des haut-le-cœur.

— Laissez-moi sortir ! cria-t-elle.

Des voix étouffées lui parvenaient depuis l'extérieur tandis que les artistes et les employés quittaient le train pour aller au travail. Elle hurla à nouveau, puis se força à rester immobile sur ses jambes tremblantes, pour guetter les bruits autres que celui de sa respiration entrecoupée. Rien. Elle ferma les yeux et tenta d'emplir ses poumons d'air sans avoir envie de vomir. *Ils vont revenir*, pensa-t-elle. *Ils vont revenir à la fin de la représentation*. Elle pressa l'ongle de ses pouces contre le bout de ses doigts (*un, deux, trois, quatre*), encore et encore, pour tenter de se calmer. Après ce qui lui parut une éternité, ses poumons s'ouvrirent et sa respiration redevint normale. Mais peu après, tous ses muscles se contractèrent de nouveau et le brusque manque d'oxygène lui donna le tournis. Elle chercha le siège des toilettes à tâtons et s'assit sur le couvercle, les dents serrées et le dos courbé.

Un peu plus tard, des bruits lointains se mirent à lui parvenir, vraisemblablement en provenance du grand chapiteau. De la musique, des gens qui sifflaient et applaudissaient, des cris, des exclamations nerveuses ou admiratives. Un éléphant barrit et des enfants rirent. Pour se distraire, Lilly tenta de s'imaginer le cirque, les clowns et les zèbres et les éléphants et les ballons. Mais ce qui avait été un rêve s'était maintenant transformé en cauchemar et tout ce qu'elle voulait, c'était rentrer à la maison et retrouver Abby. Elle se prit la tête entre les mains. Tout ce qu'elle pouvait faire, c'était attendre.

Au bout d'un moment, les bruits changèrent. Les rires et les cris de joie devinrent des murmures et des cliquetis lointains de portes métalliques. La représentation était finie. Avec un peu de chance, Glory serait bientôt de retour. Lilly se leva et recommença à cogner à la porte, même si elle savait que personne ne l'entendrait. Elle avait mal à la mâchoire à force de serrer les dents et une douleur violente lui vrillait les tempes. Elle pouvait à peine respirer et elle ne savait pas ce qu'elle ferait si on ne la laissait pas sortir bientôt. Enfin, elle perçut des éclats de voix étouffés à l'extérieur du wagon, des bruits de pas qui montaient les marches, et la porte qui s'ouvrait. Elle colla son oreille à la porte.

— Lilly ? Où es-tu ?

C'était Glory.

— Je suis là ! cria Lilly d'une voix rauque.

Elle cogna contre la porte avec ses poings.

Des pas rapides traversèrent le wagon. La poignée de la porte s'agita.

— Attends. Je vais te faire sortir.

De nouveaux bruits de pas. Lilly distingua la voix étouffée de Glory qui demandait :

— Merrick, où est la clé ?

Merrick répondit quelque chose, mais Lilly ne distingua pas quoi.

Enfin, on introduisit une clé dans la serrure et on tourna la poignée. Enfin, la porte s'ouvrit et de la lumière entra dans la salle de bains. Lilly battit des paupières et se couvrit les yeux d'une main tremblante, aveuglée pendant un instant. Puis elle se mit à courir à travers la chambre et le salon, en direction de la sortie. Merrick lui bloqua le passage et l'attrapa par les épaules.

— Tu crois que tu vas où, comme ça ?

Elle se dégagea de son étreinte et alla se cacher derrière Glory.

— Laisse-la tranquille, dit celle-ci à Merrick.

— Elle voulait encore s'échapper !

— Parce que tu l'as enfermée dans la salle de bains ! cria Glory.

Merrick approcha son visage tout près du sien, les narines dilatées par la colère.

— Il faut qu'elle apprenne qui est le patron ici, comme toi quand tu es arrivée.

Glory recula et faillit écraser les orteils de Lilly au passage.

— Tu n'as pas besoin de l'enfermer comme un animal pour qu'elle comprenne.

Merrick fronça les sourcils et sembla lutter contre l'envie de la frapper à nouveau. Puis il lui tourna le dos et retira sa veste en grommelant entre ses dents. Il desserra son nœud papillon et s'affala dans son fauteuil.

— J'ai besoin d'un verre.

Glory lança un regard en biais à Lilly et hocha le menton en direction du canapé, avant de servir un verre de whiskey à Merrick. Lilly gagna le divan et s'assit, les mains glissées sous ses cuisses, incapable de contrôler ses tremblements. Glory lui jeta un regard inquiet et pinça les lèvres. Lilly ne savait pas si Glory lui faisait signe de se taire, ou si autre chose la préoccupait, mais elle comptait bien garder le silence de toute façon. Glory apporta son verre à Merrick, approcha un tabouret de son fauteuil, lui retira ses chaussures et posa ses pieds sur le tabouret, avant de s'agenouiller près de lui.

— Est-ce que je peux faire autre chose ? Tu as faim ?

Merrick but une longue gorgée de whiskey, puis il regarda Glory d'un air amusé. Au début, Lilly crut qu'il allait la remercier ou l'embrasser. Au lieu de ça, il se redressa d'un coup et lui balança le contenu de son verre au visage. Lilly sursauta et se ratatina dans le canapé, le cœur battant. Glory poussa une exclamation de surprise et cligna des yeux, bouche bée.

— Oui, lui dit Merrick d'un ton moqueur. Tu peux faire autre chose pour moi. Tu peux arrêter de me dire ce que j'ai à faire.

Il posa le verre vide sur l'accoudoir du fauteuil, se leva et sortit en trombe de la pièce.

Toujours à genoux, Glory regarda Lilly avec des yeux tristes et remplis de larmes. Elle avait les cheveux et la figure trempés et son mascara coulait sur ses joues. Lilly baissa la tête et se mit à pleurer.

Après l'épisode de la salle de bains, Merrick garda Lilly enfermée dans son wagon pendant trois jours. Glory lui apportait de l'eau propre depuis les loges pour faire sa toilette, de la nourriture depuis la cantine et des vêtements propres de l'homme du lundi, qui volait des vêtements sur les cordes à linge de presque toutes les villes où le cirque s'arrêtait. Quand Merrick finit par la laisser sortir, c'était uniquement parce que le moment était venu pour elle de se mettre au travail.

Après avoir pris le petit déjeuner dans le chapiteau du réfectoire, Merrick l'emmena au musée des horreurs pour lui montrer la banderole toute neuve qui annonçait son numéro devant le chapiteau. Quand ils arrivèrent, M. Barlow (en haut-de-forme et en costume) et Alana (en peignoir bleu pastel) étaient là, qui observaient le peintre tandis qu'il apportait les dernières touches à l'image gigantesque. En la voyant, Merrick jura entre ses dents.

Lilly fixa la banderole, sans trop savoir quoi en penser. Sur le dessin, elle faisait trois mètres de haut, avec le menton fièrement dressé et un sceptre brillant dans sa main pâle, comme une version toute blanche de la méchante sorcière dans *La Belle au bois dormant*. Un paysage d'hiver l'entourait, avec en arrière-plan un vaisseau spatial couvert de glace et un igloo. Elle ne comprenait pas pourquoi M. Barlow voulait faire croire aux gens qu'elle venait d'une autre planète. Qu'était-elle censée faire et comment était-elle censée se comporter ? Et que se passerait-il si tout le monde découvrait qu'ils mentaient ? Elle eut envie de poser la question à Merrick, mais se retint. Elle demanderait à Glory plus tard.

— C'est parfait, n'est-ce pas ? demanda M. Barlow, sans s'adresser à quelqu'un en particulier.

Alana était à côté de lui, les mains et le cou ornés de bijoux. Elle passa un bras sous le sien et fit la moue.

— Je ne sais pas trop, chéri. Ça semble légèrement… comment dire… inadapté.

— Non, non. C'est exactement ce que je voulais.

— Pour mon spectacle, intervint Merrick.

— Oui, c'est exactement ce que je voulais sur ma banderole, pour mon chapiteau, dans mon cirque, répliqua M. Barlow sans même lui accorder un regard.

Il jura tout bas, puis tourna les talons et s'en alla en agitant une canne à l'extrémité argentée.

— Viens, Alana. Allons fêter ça avec un peu de champagne.

Alana le suivit et Merrick les regarda s'éloigner, le visage cramoisi. Il attrapa Lilly par le bras et l'entraîna jusqu'aux loges des artistes du musée des horreurs.

— Tu as intérêt à faire du bon travail, ou tu le paieras cher.

La représentation commençait dans quelques minutes. Elle se retrouva en sous-vêtements, tremblante et plantée devant un miroir, pendant que Glory fixait une couronne en faux diamants sur sa tête grâce à des pinces. Puis elle attacha des perles dans ses cheveux, qu'elle lui avait préalablement lavés et bouclés au fer. Ils tombaient en cascade sur ses épaules comme un voile de mariée.

— On va nous apporter ta robe d'une seconde à l'autre, dit Glory.

— Qu'est-ce que je suis supposée faire ? demanda Lilly, dont les dents s'entrechoquaient.

— Rester debout et laisser les péquenauds te regarder. C'est tout. Je serai juste à côté de toi et il n'y aura qu'un rideau en toile entre nous. Si tu as besoin de quelque chose, je serai là en deux secondes chrono.

Lilly eut envie de lui demander de quoi elle pourrait avoir besoin, mais elle ne trouva pas les mots. Elle fixa son reflet et se concentra sur sa respiration. Tout chez elle était blanc ou argenté : ses cheveux, les perles, sa peau, la couronne. La seule autre couleur était celle de ses yeux, qui avaient l'air de deux pierres bleues. Dans le miroir, elle vit la toile de la tente s'écarter derrière elle. Une naine entra, une paire de chaussures à talons dans les mains et une robe brillante enroulée autour de ses épaules. Elle avait les cheveux aussi blancs que ceux de Lilly et le visage couvert d'une épaisse couche de maquillage.

— C'est de la part de Merrick, dit-elle en montrant les chaussures à Glory. Il veut qu'elle ait l'air plus grande.

— Lilly, je te présente Penelope Dupree, notre très talentueuse couturière, doublée d'une artiste extraordinaire.

Lilly tenta de sourire à Penelope, mais ça ressemblait sans doute davantage à une grimace.

— Ah, oui, j'ai entendu parler de toi. Lilly Blackwood, c'est ça ? Mme Benini, qui tient le stand de granitas et de barbe à papa avec son mari Tony, veut t'inviter à dîner un soir. Elizabeth Webb, qui tient la cantine, a dit que tu pouvais jouer avec ses enfants quand tu voulais. Et Mme Daisy Hubert du Queens, notre gitane diseuse de bonne aventure aussi connue sous le nom de Madame Zelda, dit que tu es du signe du Lion et que la vie te réserve des choses merveilleuses.

Lilly tenta de sourire à nouveau, sans savoir quoi dire. Penelope était très gentille (comme toutes les personnes qu'elle avait rencontrées à part Merrick), mais tout ce qu'elle voulait, c'était retrouver sa chambre et Abby.

Les deux femmes l'aidèrent à enfiler la robe. Elle était blanche et argentée, avec de longues manches ornées de perles et un jupon à crinoline. Glory boutonna le dos et Lilly glissa ses pieds dans les chaussures, en se tenant à la coiffeuse pour ne pas perdre l'équilibre. C'était la première fois qu'elle portait des talons hauts et elle faillit tomber quand elle se redressa.

Glory l'attrapa par le bras et lui sourit.

— Tu t'habitueras, tu verras.

— Je n'ai jamais aimé ces trucs-là, dit Penelope.

Elle souleva sa jupe pour montrer ses pieds à Lilly. Ses longs ongles rouges ressemblaient à des griffes qui dépassaient du bord de ses sandales à talons. Interdite, Lilly la dévisagea, bouche bée. Elle n'aurait pas imaginé que Penelope puisse porter des chaussures normales, et encore moins des talons. Penelope rit et laissa retomber sa jupe, avant de s'agenouiller pour inspecter l'ourlet de la robe de Lilly.

— Tu es superbe, dit-elle en se redressant. On dirait une vraie princesse.

Lilly se regarda dans le miroir. Même si elle avait les mains moites et l'impression d'avoir des pierres dans l'estomac, elle décida que Penelope avait raison. Elle avait l'air d'une princesse de conte de fées. Mais qu'est-ce que les gens de la ville penseraient d'elle (comment Glory les appelait-elle, déjà ? les péquenauds ?) en voyant sa peau blanche et ses cheveux aussi fins que des toiles d'araignée ? Auraient-ils peur ? Les rendrait-elle malades ? La détesteraient-ils, comme Papa et Maman ? Elle pressa ses pouces contre le bout de ses doigts, encore et encore. *Un, deux, trois, quatre. Un, deux, trois, quatre.*

— Rappelle-toi, dit Glory. Nos attractions sont ouvertes jusqu'au début de la représentation dans le grand chapiteau. Le numéro de cirque dure environ deux heures. Ensuite, on ouvre à nouveau à la fin pour les gens qui n'ont pas eu le temps de venir la première fois.

Lilly hocha la tête et suivit Glory hors des loges, en essayant de respirer normalement et de ne pas se tordre les chevilles. Derrière le grand chapiteau, les artistes et les animaux se préparaient pour le spectacle. Il y avait des femmes en tutu et en collants roses, des hommes en costumes rouges ou en justaucorps blancs et dorés. Il y avait aussi des clowns au visage peint en blanc avec des perruques de crâne chauve et des chaussures trop grandes, d'autres en uniformes de pompier, d'autres encore avec des chapeaux troués et des pantalons rapiécés avec des cheveux rouges et orange qui partaient dans tous les sens. Des femmes et des fillettes en tenues à paillettes s'entraînaient à faire des figures sur le dos de chevaux blancs avec des panaches de plumes blanches et roses entre les oreilles. Des chevaux de trait harnachés à des attelages dansaient nerveusement sur place.

Il y avait des lamas et des zèbres et des dresseurs, des lions et des ours et des singes en cage, des girafes aux jambes immenses et des éléphants avec des chapeaux à pompons. Le garçon qui avait fait signe à Lilly le premier jour était là aussi. Il portait un smoking et se tenait à côté du bébé éléphant.

Malgré sa nervosité, Lilly ralentit, incapable de quitter la scène des yeux. Le soleil se reflétait dans l'océan scintillant de paillettes et de bijoux qui semblait recouvrir tout et tout le monde. C'était comme un livre d'images qui prenait vie, mais en mille fois plus coloré. Elle remarqua que le garçon en smoking la regardait et tourna la tête. Qu'est-ce qu'il pouvait bien penser en la voyant se diriger vers le musée des horreurs déguisée en princesse ? Est-ce qu'il trouvait qu'elle était jolie, ou qu'elle ressemblait à une bête curieuse ? Pourquoi est-ce qu'elle ne pouvait pas être comme lui et le reste des têtes d'affiche, belle et normale, admirée pour ce qu'elle savait faire et non pas jugée sur son apparence ?

— Dépêche-toi, Lilly, dit Glory. Il ne faut pas qu'on soit en retard.

Lilly souleva le bas de sa robe et accéléra le pas en se concentrant pour ne pas trébucher. Elle avait toutes les peines du monde à mettre un pied devant l'autre, et pas seulement à cause de ses chaussures. Maman disait toujours qu'elle était monstrueuse et que les gens auraient peur d'elle en la voyant, et à présent, Merrick la faisait monter sur scène pour l'exposer au monde entier. Et si Glory et tous les autres lui mentaient ? Et si Maman avait raison et que Lilly était une abomination ?

Les jambes flageolantes, elle suivit Glory le long d'un couloir étroit mal éclairé bordé d'une succession de rideaux en toile. Glory appelait ça « les coulisses ». Il faisait chaud et il régnait une odeur de renfermé et d'humidité, ainsi que de drôles d'effluves de fumée. Lilly dut résister à l'envie de faire demi-tour et se sauver en courant. Elle n'avait aucune envie de monter sur scène, ni maintenant, ni jamais. Les talons de ses chaussures s'enfonçaient dans la terre et elle devait soulever sa robe pour ne pas marcher sur l'ourlet. Glory s'arrêta devant un des rideaux et l'écarta, révélant une estrade couverte d'un tapis à fleurs. Une femme avec une barbe noire était assise sur une chaise placée au centre de la scène. Elle portait une jupe aux motifs zèbre et un soutien-gorge orné de fausses pierres précieuses. Sa jupe était remontée pour dévoiler ses cuisses drues, ses sourcils étaient sombres et broussailleux et des poils fournis couvraient ses bras et son dos.

— C'est mon amie Hester, annonça Glory. Aussi connue sous le nom de la Femme Singe.

Hester agita une main poilue.

Lilly hocha la tête et essaya de lui sourire.

Derrière le rideau suivant, une femme sans jambes était perchée sur un piédestal rond. Elle avait les cheveux bouclés et portait un collier de perles et un chemisier rose. Le bas de son torse occupait tout le dessus du piédestal, comme un vase ou une lampe trop grande. Elle prit appui sur ses mains pour pivoter et les saluer. Le piédestal vacilla d'avant en arrière et Lilly redouta qu'il bascule.

— C'est Dina, la Demi-Fille Vivante, annonça Glory.

— Enchantée de te rencontrer, dit Dina.

— Moi aussi, répondit Lilly d'une petite voix.

Derrière un autre rideau, Aldo l'Homme-Alligator ne portait rien d'autre qu'un short argenté qui semblait deux tailles trop petit. Des écailles marron recouvraient sa tête chauve et son corps mince. Il sourit et fit signe à Lilly.

Ensuite, il y avait une femme vêtue d'une longue jupe et d'un soutien-gorge vert, avec un voile blanc par-dessus la tête. Quand elle se tourna et souleva son voile pour dire bonjour, Lilly poussa une exclamation de surprise et recula. Un bébé pendait au niveau son ventre, les bras et les jambes inertes, la tête profondément enfoncée dans son estomac.

— Ne t'en fais pas, ce n'est pas réel, murmura Glory. Le bébé est en caoutchouc et il est simplement collé à sa peau. C'est Belinda, la Femme à Deux Corps et Une Tête.

Lilly hocha la tête et tenta de paraître amicale, mais elle n'arrivait pas à arrêter de la dévisager. Pourquoi est-ce que Belinda faisait exprès de se transformer en monstre ? Est-ce qu'elle voulait faire peur aux gens ? Et si quelqu'un essayait de l'enfermer et de l'égorger ? Et si les gens voulaient exposer les parties de son corps ? Après avoir quitté Belinda, elle demanda à Glory ce qui arriverait si les péquenauds découvraient que le bébé était faux.

— Chut. Il y a des numéros faux dans tous les musées des horreurs, répondit-elle tout bas. Simplement, on ne le dit pas tout haut. Jamais. On appelle ça une arnaque, ou faire une Margarite Clark.

— Une Margarite Clark ?

— Ne t'inquiète pas, tu comprendras bien assez tôt. N'en parle pas, c'est tout. Pas jusqu'à ce que tu aies l'habitude du jargon, en tout cas.

— Mais… et si le faux bébé fait peur à quelqu'un ? murmura Lilly. Et si les gens ne veulent pas le voir ?

Glory gloussa.

— S'ils ne voulaient pas voir ce genre de choses, alors ils ne paieraient pas pour entrer dans ce chapiteau.

Lilly pencha la tête, perplexe.

— Au musée des horreurs, ça ne fait rien si les péquenauds voient des choses qu'ils ne sont pas censés voir, expliqua Glory. Ils paient pour entrer et pour regarder. Heureusement, d'ailleurs, autrement on serait au chômage.

Lilly dut réfléchir quelques instants à ce que Glory venait de lui dire. Même en y réfléchissant, elle ne comprenait pas, mais ça n'avait pas d'importance. Elle avait des choses plus pressantes à gérer en ce moment, comme par exemple ne pas rendre son petit déjeuner.

Glory la présenta à tout le monde : Zurie le Garçon Tortue, Dolly la Femme la Plus Grosse du Monde, Mabel la Femme à Quatre Jambes, Magnus l'Homme le Plus Laid du Monde, Spear le Squelette Vivant, Stubs l'Homme le Plus Petit du Monde, Brutus le Géant Texan et Miles la Merveille Sans Bras. Derrière un des derniers rideaux, Ruby et Rosy se tenaient dos à dos. Elles portaient des perruques blondes et des robes couleur lavande assorties qui se rejoignaient au niveau de la hanche, comme si les jupons avaient été cousus ensemble pour ne faire qu'un seul vêtement.

— Tu connais déjà Ruby et Rosy. Aujourd'hui, ce sont les Sœurs Siamoises, annonça Glory.

Les jumelles lui firent signe.

— Coucou, Lilly, dirent-elles en même temps. Hardi, ma belle !

Lilly n'était pas sûre de ce que ça voulait dire, mais elle se força à sourire et à agiter la main en retour. Glory laissa retomber le rideau et continua à avancer.

— Qu'est-ce que c'est, des siamois ? demanda Lilly.

— Ce sont des jumeaux qui naissent avec une partie du corps attachée, comme la hanche ou l'épaule ou la tête.

— Mais Ruby et Rosy ne sont pas nées comme ça, chuchota Lilly.

— C'est dur de trouver des vrais jumeaux siamois.

— Alors ça aussi, c'est une Margarite Clark ?

Glory sourit.

— C'est ça. Tu apprends vite.

Elle s'arrêta devant l'avant-dernier rideau.

— Voilà ton stand. Et n'oublie pas que je suis juste à côté.

— Où est Viktor ? Je croyais qu'il était une des attractions du chapiteau.

— Viktor est l'attraction vedette du Dix pour le Prix d'Un. C'est un numéro pour ceux qui ont le cœur bien accroché.

Glory baissa à nouveau la voix.

— Tu devrais voir les arnaques que Merrick leur montre là-bas. Des monstres en bocal, une fausse sirène, un bébé diabolique momifié dans un petit cercueil, avec une queue et des cornes. Les péquenaudes manquent de s'évanouir quand elles voient ça.

Lilly eut envie de demander ce qu'étaient des monstres en bocal, mais elle finit par changer d'avis. Elle avait du mal à imaginer des scènes plus choquantes que ce qu'elle venait de voir. Et à cet instant précis, ça lui était égal. Dans quelques minutes, une foule de gens entrerait dans le chapiteau pour voir les bêtes curieuses et l'observer. Elle saurait bientôt si elle était un monstre ou si ses parents lui avaient menti pendant tout ce temps. Glory écarta le rideau et lui tint la main pour l'aider à monter les marches de l'estrade. Une fois en haut, elle se tourna vers Glory, l'estomac complètement retourné.

— Et maintenant, je fais quoi ?

— Imagine que c'est un jeu. Tu viens d'une autre planète, tu te souviens ? Regarde les péquenauds comme si tu n'avais jamais rien vu de pareil de toute ta vie.

Lilly faillit lui répondre qu'elle n'avait réellement jamais rien vu de pareil de toute sa vie, mais ce n'était pas le moment. Elle arrivait à peine à tenir debout.

— Est-ce que je bouge ou est-ce que je reste immobile ?

— Tu peux bouger, mais comporte-toi comme une princesse, comme si les péquenauds étaient des êtres inférieurs et que tu avais mieux à faire que leur consacrer du temps. Et tu n'es pas censée parler notre langue, alors ne leur adresse pas la parole. Si quelqu'un tente quoi que ce soit, crie et je serai là dans la seconde.

— Qu'est-ce que… Qu'est-ce que tu veux dire ? Qu'est-ce qu'ils pourraient tenter ?

Glory haussa les épaules.

— On ne sait jamais. Les péquenauds sont bizarres, parfois. Mais ne t'en fais pas, tout va bien se passer.

Elle laissa retomber le rideau et Lilly se retrouva seule.

Tremblante de tout son corps, elle alla se placer au centre de la scène et regarda autour d'elle. Des draps blancs, des rubans argentés et des étoiles pleines de paillettes décoraient les parois de son stand, et des monticules de coton et de feutre blanc recouvraient le sol. Un fauteuil blanc et une table ornée de perles étaient installés près d'un lustre en cristal brillant qui lui rappela celui qu'elle avait aperçu dans le salon de ses parents. En pensant à leur maison, quelque chose de froid et de dur se tordit dans sa poitrine. Elle avait l'impression que ça faisait une éternité qu'elle avait quitté sa chambre. Dans tous ses fantasmes d'évasions et de voyages imaginaires, jamais elle ne s'était imaginé finir comme ça : une bête curieuse dans un cirque.

La zone réservée aux spectateurs derrière la corde située devant la scène était vide, dans l'attente d'être envahie par des gens de la ville désireux de l'examiner de leurs propres yeux. Elle fixa la fosse, la gorge nouée. Le lieu lui paraissait sombre, immense et glauque, comme une bouche grande ouverte prête à l'engloutir tout entière. Elle détourna le regard et entreprit de compter les étoiles sur le mur. *Une*, *deux*, *trois*, *quatre*, *cinq*, *six*, *sept*, *huit*, *neuf*…

Derrière elle, le rideau en toile se souleva et elle sursauta.

C'était Glory.

Glory lui sourit et lui montra du doigt un bâton enveloppé de rubans blancs et de perles argentées, appuyé contre une des parois.

— J'ai failli oublier. Votre sceptre, ma reine.

Lilly s'empara du bâton d'une main tremblante et remercia Glory d'un hochement de tête. Au moins, elle pourrait toujours s'appuyer là-dessus si elle se sentait mal.

Un coup de sifflet retentit dehors et quelqu'un cria :

— Les portes !

— C'est parti ! dit Glory avant de disparaître.

À l'extérieur de la tente, des centaines de pieds se mirent à piétiner et à courir. Des enfants riaient et criaient. Des adultes les grondaient et leur ordonnaient de ralentir. Un homme sur une estrade placée près de l'entrée s'apprêtait à réciter son discours aux nouveaux arrivants. Glory lui avait expliqué qu'on l'appelait le Professeur, et que son travail consistait à attirer les péquenauds en leur donnant un aperçu de ce qu'ils verraient dans le chapiteau.

— Mesdaaaames et messieuuurs, cria le Professeur. Entrez et observez les merveilles qui vous attendent à l'intérieur. La grande représentation commence dans une heure, une heure ! Ce qui veut dire que vous avez tout le temps de voir les étrangetés qui se cachent derrière ces murs. Il y en a pour tout le monde et c'est le spectacle que vous attendiez, celui dont vous parlerez sans arrêt pendant la semaine à venir. Nous allons vous montrer des choses dont vous vous souviendrez toute votre vie ! Nous avons la demi-fille qui rit et parle et marche. Votre esprit n'arrivera pas à croire ce que vos yeux vont voir ! Elle n'est pas là en entier, mais elle est bel et bien là, et elle est bien vivante ! Venez admirer Zurie le Garçon Tortue, qui a une tête humaine et un corps de tortue. Connaissez-vous Stubs, l'Homme le Plus Petit du Monde ? Et Belinda, la Femme à Deux Corps et une Tête ? Ils sont tous là, bien vivants, qui vous attendent à l'intérieur ! Connaissez-vous Dolly, la Femme la Plus Grosse du Monde ? Vous n'en reviendrez pas de la taille de ses cuisses ! C'est le plus grand spectacle au monde, et pour une somme dérisoire. Entrez ! Rien n'est payant à l'intérieur et rappelez-vous, vous pouvez rester autant que vous voulez et partir quand vous le désirez. Mais attendez, ce n'est pas tout ! J'ai failli oublier ! Nous avons un nouveau numéro, m'sieurs-dames, un tout nouveau numéro. Vous ne verrez ça nulle part ailleurs. Nous sommes le seul cirque au monde à présenter un numéro pareil : Lilly, la Princesse des Glaces Venue d'une Autre Planète. Notre très cher Syd Barlow l'a capturée dans un des recoins les plus lointains de la terre et elle est ici, à l'intérieur, bien vivante. Ne ratez pas cette chance unique de la rencontrer ! Vous parlerez d'elle jusqu'à la fin de vos jours, m'sieurs-dames !

Lilly entendait les péquenauds se rapprocher encore et encore, elle entendait leurs voix excitées, leurs rires et leurs cris. Les ombres sur les parois du chapiteau grandissaient, les formes des chapeaux et des têtes et des ballons et des enfants qui se bousculaient devenaient plus précises. Ses paumes devinrent moites et ses genoux flageolèrent. Elle voulait quitter la scène, fuir vers le fond du chapiteau et continuer à courir jusqu'à ne plus sentir ses jambes. Elle agrippa le sceptre d'une main et se mit à compter les rayures de la toile derrière la fosse. *Une, deux, trois, quatre*. Mais quand bien même elle parviendrait à s'échapper du chapiteau, où irait-elle ? Et que ferait-elle une fois arrivée à destination ? Peut-être qu'elle finirait assassinée, comme la fille de Leon. Ou peut-être que Merrick enverrait Viktor à sa poursuite. *Cinq, six, sept…*

Dehors, le Professeur continuait à s'époumoner.

— Allons donc, m'sieurs-dames, approchez. Mon bon ami vous donnera un ticket et vous fera de la monnaie si besoin. Voilà, faites la queue, juste là. Pas la peine de vous bousculer, les bêtes curieuses ne vont nulle part. Elles resteront là jusqu'à ce que vous les ayez toutes vues.

Puis la toile de l'entrée s'ouvrit et un rayon de lumière éclaira la fosse. De là où elle se trouvait, Lilly ne voyait pas l'entrée, mais c'était comme si elle pouvait sentir les péquenauds arriver dans le chapiteau. L'air se raréfia et se réchauffa. Un millier d'odeurs envahit l'espace d'un coup : eau de Cologne, pop-corn, sueur, fumée de cigarette, cacahuètes grillées, hot dog, savon, cuir, parfum, dentelle. C'était comme si la présence des péquenauds l'écrasait, comme s'ils tentaient de l'étouffer alors qu'ils n'étaient même pas encore près d'elle. Sa poitrine se serra et elle commença à avoir du mal à respirer. *Un, deux, trois, quatre.*

Au début, les péquenauds parlaient et riaient en arrivant à l'intérieur. Puis, petit à petit, le silence se fit à mesure qu'ils apercevaient les premières bêtes curieuses. Les femmes murmuraient et poussaient des petites exclamations de surprise, les hommes parlaient à voix basse et riaient nerveusement.

Lilly serra les dents et fixa l'herbe de l'autre côté de la porte, attendant que le premier spectateur apparaisse. Quelle serait la réaction des gens en la voyant ? Est-ce qu'ils auraient peur ? Est-ce qu'ils crieraient ? Est-ce qu'ils riraient ? Est-ce qu'ils seraient malades ? Est-ce qu'ils sauteraient sur scène pour essayer de lui faire du mal ? Est-ce qu'elle serait capable de rester là et de les laisser la fixer sans rien dire ? Et si elle n'arrivait pas à faire ce que Merrick attendait d'elle ?

Alors qu'elle était sur le point de s'évanouir de terreur, une petite fille arriva. Vêtue d'un pull délavé, elle tirait son père par la main. En apercevant Lilly, elle se figea et porta sa main pâle à sa bouche. Elle s'approcha de la corde et fixa Lilly avec de grands yeux écarquillés. Lilly s'immobilisa, s'attendant à ce que la petite fille crie ou pleure. Elle fit passer sa langue sur ses dents serrées. *Une, deux, trois, quatre...*

Davantage de péquenauds vinrent s'agglutiner dans la fosse derrière l'homme et sa fille. Un océan de visages se tourna vers Lilly, certains grimaçants, d'autres souriants, d'autres encore rieurs ou moqueurs. Des centaines d'yeux la fixèrent et se plissèrent et s'écarquillèrent et battirent des paupières. Des gouttes de sueur perlèrent au front de Lilly. Sa bouche s'assécha.

La petite fille fit un pas de plus vers elle.

— Papa, c'est vraiment une princesse ?

Son père lui reprit la main.

— Non, ma chérie.

— Mais elle a une couronne, protesta la fillette.

— Ça ne veut rien dire, répondit le père en la tirant par le bras.

— Mais papa, je voulais…

La voix de la petite fille s'évanouit.

Petit à petit, les premiers péquenauds s'en allèrent tandis que d'autres affluaient. Certains avançaient lentement et d'autres pressaient le pas, comme s'ils avaient changé d'avis et ne voulaient pas voir les bêtes curieuses, en fin de compte. La plupart des gens s'arrêtaient pour observer Lilly pendant quelques instants avant de continuer. Une mère couvrit les yeux de l'enfant qu'elle avait dans les bras, les sourcils froncés, et refusa de regarder

Lilly, tandis que l'homme avec qui elle était la montrait du doigt en murmurant quelque chose à l'oreille d'un autre enfant plus âgé.

— Ils n'ont pas besoin de voir des choses pareilles, s'emporta la mère.

— Arrête de te faire du mouron, répliqua l'homme. C'est amusant.

— Ça sera moins amusant quand ils se réveilleront cette nuit parce qu'ils auront fait un cauchemar.

L'homme leva les yeux au ciel et avança.

Un garçon avec des taches de rousseur se planta devant la scène pendant ce qui lui sembla une éternité, fixant Lilly d'un regard tombant et mâchonnant son chewing-gum la bouche ouverte. Lilly n'avait pas la moindre idée de ce qu'elle était censée faire, ni de ce qu'il attendait. Elle tenta de ne pas le regarder, mais c'était dur de faire comme s'il n'était pas là. Trois groupes se succédèrent avant qu'il s'en aille enfin. Après son départ, elle poussa un soupir de soulagement. Puis, pendant une brève accalmie parmi le flux de badauds, une petite dame âgée avec un chapeau à fleurs s'arrêta pour laisser son petit chien noir faire ses besoins près du mur du fond, et une horrible puanteur envahit le chapiteau.

Au bout d'un moment, les pieds de Lilly commencèrent à s'engourdir dans ses chaussures et ses mollets à lui faire mal. Elle avait l'impression que sa tête allait exploser à force de serrer les dents. Quand la foule se dispersa enfin, sa poitrine se desserra et les battements de son cœur ralentirent. L'herbe dans la fosse était aplatie et boueuse d'avoir été piétinée par des centaines de pieds. Elle inspira profondément, expira lentement et la tension dans ses épaules se dissipa. Au moins, sa première représentation était presque finie. Et personne n'avait crié ni pleuré ni été malade ni tenté de lui trancher la gorge. Soudain, un cri retentit, suivi de boucan en provenance de l'entrée et du bruit de quelqu'un qui tombait sur une scène.

— Dégagez d'ici ! hurla quelqu'un. Dina, est-ce que tu vas bien ?

Un garçon rit et d'autres l'imitèrent.

Une fille glousssa et dit :

— C'est bon, les garçons. Laissez-la tranquille.

Les pulsations de Lilly s'emballèrent à nouveau. Qu'est-ce qui se passait ? Qu'est-ce qui était arrivé à Dina, la Demi-Fille Vivante ? Est-ce que quelqu'un avait essayé de lui faire du mal ? Quelques secondes plus tard, un groupe d'adolescents déboula dans la fosse. Les garçons riaient et se donnaient des coups d'épaule, et les filles gloussaient. Elles portaient des robes à manches bouffantes, et l'une avait des cheveux blonds bouclés rehaussés d'un béret rouge. Les garçons portaient des pantalons à revers et des chemises amidonnées. Leurs yeux étaient vitreux et injectés de sang, comme ceux de Papa quand il avait bu trop de whiskey. Lilly entendit des pleurs. Est-ce que c'était Dina ? Qu'est-ce qu'ils lui avaient fait ? Soudain, la fille au béret rouge aperçut Lilly et s'arrêta.

— Bon sang. Regardez ! Vous croyez qu'elle est vraiment faite de glace ?

— Nan, dit un des garçons. Elle est couverte de peinture blanche.

— Même ses cheveux ? insista la fille au béret.

— C'est une perruque, répondit le garçon.

— Elle est censée venir d'une autre planète, lança un autre. C'est complètement stupide.

— Elle est plutôt jolie, en tout cas, déclara une autre fille.

Celle avec le béret fit la grimace.

— Moi, je la trouve hideuse.

Une autre plissa le nez.

— Et elle pue, en plus.

— On dirait un cadavre, ajouta celle au béret. Peut-être que c'est pour ça qu'elle sent mauvais.

Les filles rirent et le premier garçon s'approcha et attrapa la corde qui séparait l'estrade de la fosse.

— Tu es vivante, bête curieuse ?

Lilly battit des paupières. Elle ne savait pas du tout quoi faire. Des gouttes de sueur se formèrent dans sa nuque et son dos. Soudain, avant qu'elle ait le temps de comprendre ce qui se passait, le garçon se glissa sous la corde et grimpa sur l'estrade. Elle fit un pas en arrière et se prit les talons dans sa robe.

— Glory ! cria-t-elle.

Le garçon sourit méchamment et tendit la main pour lui toucher les cheveux.

— Et ça, c'est tes vrais cheveux, bête curieuse ?

La toile s'écarta brusquement et Glory déboula sur l'estrade de Lilly, le visage déformé par la colère.

— Dégage d'ici ! hurla-t-elle.

Le garçon sauta à bas de l'estrade et rejoignit ses amis, qui riaient à gorge déployée. Mais au lieu de s'en aller, ils se dirigèrent vers le fond de la fosse, se moquant de Lilly et de Glory et les montrant du doigt.

— Retournez dans votre trou, tas de monstres ! cria le garçon qui était monté sur scène.

— Il a raison ! Sales monstres ! cria la fille au béret. Elle se mit à scander et les autres en firent autant.

— Monstres, monstres, monstres ! Bande de sales monstres !

Le rideau du côté opposé s'ouvrit et Rosy et Ruby passèrent la tête par l'ouverture.

— Lilly, tout va bien ? demanda Rosy.

— Laissez-la tranquille ! cria Ruby.

Ils l'ignorèrent et continuèrent à rire et à crier. Puis le garçon qui était monté sur l'estrade se pencha, comme pour refaire son lacet. Quand il se redressa, il avait une drôle d'expression sur le visage, à la fois cruelle et nerveuse. Il leva le bras et lança quelque chose en direction de Lilly. Une poignée de terre humide s'écrasa sur sa poitrine et éclaboussa sa robe blanche, et de l'herbe atterrit dans ses cheveux. Un autre garçon se pencha aussi en riant, sauf qu'au lieu d'attraper de la boue, c'est la crotte du chien de la vieille dame qu'il lui jeta. Un gros morceau atterrit au-dessus de son œil et coula le long de son nez. Elle laissa tomber son sceptre, abasourdie, et resta là, les yeux et la bouche fermés, sans savoir si elle devait rester là ou partir en courant, hurler ou se taire. La puanteur des excréments lui donna un haut-le-cœur.

Les adolescents cessèrent de rire et, dans le silence qui s'ensuivit, une des filles murmura :

— Mon Dieu, est-ce que c'est de la merde de chien ?

Lilly resta immobile, submergée par une vague de terreur. Maman avait raison : les gens la détestaient. Ils pensaient qu'elle était une abomination.

Une des filles se mit à rire, d'un rire presque nerveux, et les autres ne tardèrent pas à l'imiter. Lilly ouvrit les yeux et recula, dégoûtée et honteuse. Tous se moquaient d'elle en chœur. Elle eut vaguement conscience que Glory lui parlait et lui tendait la main. Un sentiment déchirant de nostalgie l'envahit et un cri horrible s'échappa de sa gorge. Elle cacha son visage entre ses mains et se rendit compte trop tard qu'en faisant ça, elle venait d'étaler les excréments sur ses joues et ses yeux. Elle eut un haut-le-cœur et vacilla en arrière. Elle ne pensait qu'à une chose : prendre la fuite, sortir de ce chapiteau pour qu'ils arrêtent de se moquer d'elle. Mais c'était comme essayer de courir dans de la mélasse. Tout semblait aller au ralenti. Même les rires semblaient plus graves et plus lents. En passant à côté de Glory, ses pieds se prirent dans sa robe et elle tomba de l'estrade. Elle perdit ses chaussures et atterrit dans un mélange de robe blanche, de boue et de merde de chien. Les garçons fondirent sur elle comme une meute de loups affamés, tirant sur ses vêtements et ses cheveux. Elle se roula en boule et couvrit sa tête de ses bras.

Glory sauta au milieu d'eux, armée du sceptre.

— Laissez-la tranquille !

Les adolescents détalèrent vers l'autre bout du chapiteau et Glory se lança à leur poursuite en agitant le sceptre dans les airs.

— Si je vous revois ici, je vous tue !

Hester et Aldo arrivèrent à la rescousse.

— Est-ce que ça va ? demanda Hester en aidant Lilly à se relever.

Lilly ne savait qu'une chose : il fallait qu'elle sorte d'ici. Elle se releva précipitamment et se mit à courir vers le fond du chapiteau, pieds nus. Incapable de retrouver le chemin des coulisses, elle sortit par l'entrée principale et se retrouva au milieu de la foule. Choqués, les péquenauds se scindèrent comme la mer Rouge face à Moïse. Les femmes poussaient des cris et reculaient comme si Lilly avait la peste tandis que les hommes tendaient les bras devant elles pour les protéger. Les enfants criaient, effrayés. Lilly les dévisagea tous, beaux et parfaits, éclairés par les rayons du soleil, vivant dans le monde normal. Elle vit les jolies robes, les visages roses, les cils sombres, les cheveux blonds et châtains et bruns. Elle les détesta et, en même temps, elle ressentit une envie irrépressible d'être comme eux.

Quelqu'un lui fit un croche-pied et elle tomba à quatre pattes. Elle se mit à ramper sur le sol couvert de sciures, dans sa robe blanche de princesse, avec ses cheveux pleins d'excréments qui lui tombaient dans les yeux. Des larmes de honte et de chagrin troublaient sa vue. La respiration entrecoupée, elle s'écroula sur le sol chaud, indifférente à ce qui se passerait ensuite. Une paire de bottines noires brillantes apparut alors dans son champ de vision. Elle utilisa le peu de forces qui lui restait pour relever la tête.

— Qu'est-ce que tu as fait, bon sang ? aboya Merrick en la fusillant du regard.

Sans lui laisser le temps de répondre, il l'attrapa par le bras et la traîna vers le fond de l'enceinte. Derrière le grand chapiteau, les artistes, les animaux et les clowns formaient une file pour la parade d'ouverture. Tout le monde tourna la tête pour regarder Lilly et Merrick : les femmes en tutu et collants roses, les hommes en justaucorps blancs et vestes rouges, les clowns au visage peint en blanc et les femmes et les petites filles en tenues à paillettes. Tous les observaient avec curiosité. En bout de cortège, le garçon en smoking était là, tenant une corde attachée au bébé éléphant, près d'un homme en habit de travail.

Lilly trébucha et tomba à nouveau. Sa tête et son épaule gauche percutèrent brutalement le sol dans un craquement. Pendant un bref instant, alors qu'elle était étendue sur le côté, la vue obscurcie par un nuage de poussière, elle vit le garçon en smoking lâcher la corde et venir vers elle, l'air inquiet. Mais l'homme en habit de travail posa une main sur son épaule pour l'arrêter et le ramena près du bébé éléphant. Le garçon reprit sa place dans le cortège et regarda Lilly par-dessus son épaule, les sourcils froncés.

Merrick attrapa Lilly par les cheveux et la força à se relever, puis il la traîna derrière lui. Elle tenta de planter ses ongles dans son poignet pour le faire lâcher prise, en vain. Dans le grand chapiteau, l'orchestre commença à jouer, la grande parade se mit en branle et les artistes entamèrent leur tour de piste, sous les applaudissements et les cris d'une foule fervente.

Chapitre 10

Julia

Le soir suivant la première vraie journée de Julia en tant que nouvelle propriétaire de Blackwood Manor, le vent se leva. La maison était glacée, en dépit du fait que Claude avait allumé la chaudière. En revanche, elle était loin d'être silencieuse. Des craquements semblaient émaner de chaque poutre et de chaque latte de plancher, de chaque conduit et de chaque radiateur, et les volets tremblaient contre les fenêtres. Assise près de la cheminée du salon, plongée dans les papiers de l'avocat, Julia avait l'impression d'entendre des rats courir dans les murs. Faisant de son mieux pour ignorer ces bruits perturbants et repoussant les images d'une invasion de rongeurs, elle étudiait les placements et l'acte de propriété, la copie du testament de ses parents, des pages et des pages de jargon juridique et des relevés bancaires qui lui coupaient le souffle. Elle savait que ses parents avaient de l'argent, mais jusqu'à maintenant, elle n'avait jamais eu la moindre idée de la somme.

Au moins, elle était rassurée de savoir qu'elle pouvait continuer à payer Claude et Fletcher. Et elle pourrait également envoyer un beau chèque à Danny et sa famille pour qu'il n'ait plus à se procurer de la nourriture dans la benne derrière Chez Big Al. Peut-être même qu'elle en enverrait un à son ancien petit ami Tom, sans adresse de retour bien sûr.

Elle avait déjà décidé qu'elle conserverait l'élevage et, si possible, qu'elle raserait la maison pour faire de Blackwood Manor quelque chose de nouveau et de frais. Elle avait l'argent nécessaire. Mais d'abord, elle devait tout passer en revue, mettre en ordre toutes ses possessions, trier les milliers d'objets qui semblaient peupler chaque coin de la bâtisse. Il y avait trop de souvenirs, trop de pièces, trop de meubles, trop de tiroirs et de placards et de cachettes. Il lui faudrait des semaines, voire des mois, pour faire le tri dans tout ça.

Elle réfléchissait à mille choses à la fois et, dans le même temps, elle n'arrêtait pas de repenser aux chevaux et à sa visite de l'écurie en compagnie de Fletcher. En grandissant, l'odeur du foin avait toujours été présente, mais à l'intérieur de l'écurie, c'était plus fort et plus doux que ce qu'elle avait imaginé. Ajoutée aux senteurs de céréales et de mélasse qui évoquaient une boulangerie et à celle, musquée, des chevaux, elle conférait à l'écurie une atmosphère étrangement confortable.

Tout en lui montrant les lieux, Fletcher lui avait raconté que Blackwood Manor élevait des chevaux de race pur-sang et quarter pour les courses et les concours hippiques, qui descendaient uniquement de lignées célèbres. À son apogée, Blackwood Manor avait possédé quatre-vingts têtes du meilleur élevage de l'État, dont leur étalon le plus réputé, Blue Venture. Julia n'avait pas compris tout ce qu'il lui avait expliqué, mais elle avait apprécié sa volonté de lui transmettre son savoir. Une chose ne faisait aucun doute : les chevaux étaient plus beaux les uns que les autres. Et elle n'arrivait pas à croire qu'ils lui appartenaient.

Lorsqu'ils étaient arrivés au bout de l'allée centrale, Fletcher était entré dans le dernier box. Le cheval qui l'occupait avait henni et s'était tourné vers lui, les naseaux frémissants. Il était noir comme la nuit, avec une robe brillante et une queue qui descendait jusqu'au sol. Depuis l'entrée du box, Julia avait observé l'animal tandis qu'il reniflait la chemise et les cheveux de Fletcher, avant d'enfouir son nez dans son cou comme l'aurait fait un chien. Fletcher avait ri et gratté les joues et l'encolure du cheval à deux mains. C'était évident qu'ils s'appréciaient beaucoup.

— Je vous présente Bonnie Blue, avait annoncé Fletcher. Mais on l'appelle Blue tout court. C'est votre meilleure reproductrice et la jument qui a le plus de valeur.

La jument avait henni à nouveau.

— Venez lui dire bonjour.

— Qui ça ? Moi ?

Fletcher avait souri et regardé derrière Julia comme s'il cherchait quelqu'un.

— Je ne vois personne d'autre. Ne vous en faites pas, elle est douce comme un agneau.

Julia avait inspiré profondément, ouvert le loquet et était entrée dans le box. Elle mourait d'envie de caresser Bonnie Blue, mais elle n'avait pas approché un cheval depuis très longtemps, et elle savait qu'ils étaient capables de sentir la peur des humains.

— Tendez la main avec la paume vers le haut, comme ça, avait conseillé Fletcher en joignant le geste à la parole.

Julia avait suivi ses indications et Bonnie Blue avait reniflé sa paume, avant de frotter sa tête contre le bras de Fletcher.

— Je crois qu'elle ne m'aime pas, avait constaté Julia.

— Bien sûr que si, pas vrai, ma belle ? Regardez.

Il avait fait un pas en arrière et était allé se placer devant la jument.

— Blue, dis bonjour.

Bonnie Blue avait alors levé une de ses pattes avant et l'avait tendue vers Fletcher. Il avait attrapé son sabot d'une main et l'avait serré comme il l'aurait fait avec la patte d'un chien.

Julia avait poussé une exclamation de surprise.

— Waouh. Comment est-ce que vous lui avez appris à faire ça ?

Il avait relâché le sabot de Blue et l'avait grattée entre les yeux.

— Ça n'a pas été difficile. Elle est intelligente. Ils le sont tous, d'ailleurs. Mais Claude ne serait pas ravi s'il savait que je m'amuse à lui apprendre ce genre de choses, alors il vaut mieux que ce petit secret reste entre nous.

— Comme vous voulez. Mais pourquoi est-ce que ça le contrarierait ?

— Parce que ça peut être dangereux quand la personne ne sait pas vraiment ce qu'elle fait. Pourquoi vous ne venez pas la caresser un peu et faire sa connaissance ? Elle est à vous, après tout.

Julia avait caressé l'encolure de Blue et souri en inspirant l'odeur délicieusement musquée de la jument. Sa robe était aussi douce qu'elle en avait l'air. Blue avait cessé de se frotter à Fletcher pour observer Julia d'un regard curieux. Puis elle avait approché son museau doux comme du velours de l'oreille de Julia pour la renifler. Elle avait soufflé bruyamment dans son cou avant de lui sentir les cheveux, ce qui avait fait frissonner Julia. Puis la jument lui avait donné un coup de tête dans l'épaule, ce qui avait manqué de la faire tomber.

Fletcher avait ri.

— Et voilà. Vous venez de recevoir l'approbation de Blue.

Julia avait souri et passé les doigts dans la crinière de la jument.

— Je crois que c'est le plus bel animal que j'aie jamais vu.

— Elle est spéciale, c'est sûr. Et ses poulains sont toujours parfaits. Venez ici, je veux vous montrer quelque chose.

Elle l'avait rejoint au niveau du flanc de Blue. Il avait pris la main de Julia et l'avait placée sur le ventre de la jument, avant d'appuyer dessus. Quelque chose avait poussé en retour. Puis le ventre de Blue s'était creusé avant de se gonfler, comme une balle en caoutchouc.

Julia avait poussé un petit cri et retiré sa main.

— Qu'est-ce que c'était ?

— Le prochain poulain de Blue. Et votre premier, avait répondu Fletcher avec un clin d'œil.

Un grand sourire avait illuminé le visage de Julia. D'un côté, cela faisait presque trop de choses à assimiler d'un coup (la maison, l'écurie, les chevaux, l'élevage, un nouveau poulain). De l'autre, c'était la chose la plus merveilleuse qu'elle ait jamais entendue. Ce poulain serait le premier à naître sous sa gestion. Il serait à elle et à personne d'autre, pas même à ses parents.

À présent, assise devant le feu, entourée de formulaires juridiques, elle tentait de s'imaginer s'occuper de la ferme et prendre les bonnes décisions pour les chevaux. C'était à la fois excitant et terrifiant. S'occuper des terres et de la maison, c'était une chose, mais Blue et son petit et le reste des chevaux étaient des êtres vivants. Comment réussirait-elle à tout gérer ? Et si l'un d'eux tombait malade ou se blessait et qu'elle ne voyait pas les signes ? Si Claude n'était pas là et qu'elle n'appelait pas Fletcher à temps ? L'idée qu'il s'agissait peut-être d'un test lui traversa à nouveau l'esprit. Peut-être que Mère voulait lui prouver une bonne fois pour toutes qu'il n'arrivait que des malheurs quand on ne respectait pas les règles. Mais ce que Mère ignorait, c'était que Julia prévoyait de les respecter. À la différence près que cette fois, ce serait elle qui les dicterait.

Elle tenta d'oublier ces préoccupations et de se concentrer sur les documents, mais elle voyait flou à force de lire et elle avait mal à la tête à force de réfléchir. Elle posa les papiers et décida d'explorer la maison à la place. Elle n'avait pas la moindre idée de l'heure, mais il faisait noir dehors. Les clés de Mère semblaient lui faire signe depuis la table d'appoint près du canapé, comme si chacune avait le potentiel de révéler des secrets. Elle se leva, s'empara du trousseau et se dirigea vers la partie la plus éloignée de la maison, tout en sachant déjà que le bureau de Père était la première pièce qu'elle visiterait.

Elle parcourut le couloir à pas feutrés, allumant toutes les lumières sur son passage. Le plancher grinçait sous ses pieds et la lumière vacillait sur les lambris en chêne patinés et les peintures de chevaux et de chiens. Combien de fois avait-elle traversé ce couloir sur la pointe des pieds après une des diatribes de Mère, en espérant que son père la laisserait entrer dans son bureau ? Combien de fois l'avait-elle entendu jeter des objets contre les murs et pleurer derrière les double-portes ? Combien de fois avait-elle eu envie de lui demander ce qui le tourmentait ?

Elle s'arrêta devant les portes en chêne sculptées et les effleura. Ses cheveux se hérissèrent dans le bas de sa nuque. Que trouverait-elle de l'autre côté ? Soudain, elle se sentait à nouveau comme une petite fille. Ses genoux tremblaient. Mère ne verrait sûrement pas ça d'un bon œil, et pour des raisons qu'elle ne s'expliquait pas, elle avait l'impression de faire une bêtise. Mais Mère et Père étaient morts et enterrés à présent, et elle était chez elle.

Elle tripota les clés en se demandant laquelle essayer en premier. Toutes étaient très différentes. Julia glissa dans la serrure celle avec un médaillon sur lequel était gravée la lettre *B* et tourna. Les goupilles produisirent un déclic et les portes en bois s'écartèrent de quelques centimètres. Elle les poussa doucement et elles s'ouvrirent entièrement, en grinçant sur leurs gonds.

La lumière du couloir illuminait le plancher du bureau jusqu'au milieu de la pièce, révélant les franges poussiéreuses d'un tapis persan. Julia resta plantée sur le seuil un long moment. Peut-être qu'elle ferait mieux d'attendre jusqu'au lendemain, quand elle serait moins fatiguée et bouleversée. Mais elle avait trop à faire pour remettre les choses à plus tard. Elle inspira profondément, entra et alluma la lampe posée sur l'énorme bureau de son père.

Des étagères en acajou occupaient le mur du fond, toutes recouvertes de livres, de dossiers, de papiers et de classeurs. Contre un autre mur, un buffet accueillait des bouteilles d'alcool poussiéreuses et des verres gravés. Un canapé en tissu vert était adossé contre le mur opposé, à côté d'une horloge sur pied. Le fauteuil de son père était derrière le bureau, avec son assise en cuir marron usé et passé. La pièce sentait le renfermé et le moisi, ainsi qu'un relent rassis de fumée de cigarette et de vieux whiskey, mais à l'exception de la couche de poussière, c'était comme si son père y avait mis les pieds la veille.

Pendant quelques secondes, Julia fut trop abasourdie pour esquisser le moindre geste. Comment allait-elle faire le tri dans tout ça ? Et pourquoi Mère n'avait-elle pas vidé le bureau après la mort de Père ? Une des choses qui insupportaient Mère était l'incapacité de Père à se séparer de quoi que ce soit, et elle l'avait mis en garde des centaines de fois de ne pas laisser tomber un cigare sur ses papiers et ses livres. Car s'il y avait une chose qui terrifiait Mère plus que tout, c'était le feu. Elle piquait une crise chaque fois que Père brûlait des feuilles mortes et des broussailles dans le brasero de la cour latérale, et elle leur rappelait toujours, à Julia et lui, que les pécheurs brûleraient dans les flammes de l'Enfer. Pourquoi n'avait-elle pas nettoyé et rangé le bureau, ne serait-ce que par sécurité ?

Julia n'avait pas le choix. Il fallait qu'elle commence quelque part. Peut-être que ça faisait partie du plan de Mère. Peut-être que c'était pour la punir du rôle qu'elle avait joué dans la mort de Père. Elle prit une profonde inspiration et fit le tour de la pièce, balayant du regard les étagères et lisant les titres des livres. Les planches d'acajou pliaient sous le poids des ouvrages sur les races de chevaux, les maladies équines, les premiers secours, les techniques de dressage et les dictionnaires vétérinaires, ainsi que sous les boîtes à archives. Chacune était étiquetée : Blue Venture, Preston's First Run, Dakora Point, Shy Dundee, Whiskey's Pride et Fame's Fortune. Trônaient également sur les étagères des trophées, des rubans et des photos encadrées de chevaux avec des rubans rouges et bleus sur leurs licous.

Après avoir rapidement inspecté les photos, Julia souffla sur le gramophone pour en ôter la poussière et ouvrit le couvercle. Un disque était encore sur le plateau, avec le saphir en travers, comme si quelqu'un l'avait éteint au beau milieu de la chanson. Elle s'approcha pour voir de quel disque il s'agissait. *Little White Lies. Évidemment*, songea-t-elle avant de refermer le couvercle. Elle s'approcha du bureau. Une couche de poussière recouvrait le sous-main, le pot à stylos, la lampe verte et le cendrier qui débordait de cendres et de mégots de cigares.

Elle se dirigea ensuite vers le buffet et inspecta les bouteilles, en quête d'une dose de courage. Un verre contenait les restes d'un liquide sombre qui formait désormais une espèce de cambouis solide. Seules deux bouteilles de brandy n'étaient pas entamées. Elle en attrapa une qu'elle essuya avec le bas de son sweat, la déboucha et avala une longue gorgée. L'alcool lui brûla la gorge et lui réchauffa le ventre. C'était exactement ce qu'il lui fallait. Elle emporta la bouteille jusqu'au bureau et s'assit dans le fauteuil en cuir, ignorant le nuage de poussière que ses gestes soulevaient.

C'est là qu'elle aperçut la photo.

C'était sa photo de fin d'année de seconde, dans un cadre argenté avec un filigrane doré. Elle avait été prise pour l'album de classe, dix mois avant la mort de son père. Julia eut soudain le sentiment d'avoir quitté le lycée depuis mille ans. Elle attrapa le cadre, souffla dessus et se mordit la lèvre pour tenter de retenir un flot soudain de larmes. Contrairement à beaucoup d'autres foyers où des photos de tous les moments importants décoraient les murs, Blackwood Manor n'affichait rien de tout ça. Mère disait que les photographies étaient insignifiantes et vaniteuses. Elle n'achetait jamais les photos de classe de Julia pour les accrocher dans la maison, et ils n'avaient même pas d'appareil photo. Mais son père avait vraisemblablement réussi à se procurer un exemplaire de son portrait pour le mettre sur son bureau. Et elle ne l'avait jamais su. Elle retira ce qui restait de poussière du bout de ses doigts tremblants et utilisa sa manche pour nettoyer le verre sale.

Sur la photo, son visage ne présentait pas la moindre imperfection. Ses cheveux d'un blond presque blanc étaient attachés en queue-de-cheval et elle arborait un air sombre. N'importe qui aurait pu croire qu'il s'agissait d'une expression typique d'adolescente de mauvaise humeur. Après tout, elle ne montrait aucun signe révélateur des difficultés qu'elle traversait à la maison, ou des moqueries qu'elle endurait parce que Mère ne l'autorisait pas à porter des vêtements à la mode. Mais Julia voyait bien la tristesse dans ses propres yeux.

Elle reposa le cadre, battit des paupières pour chasser ses larmes et ouvrit le tiroir du milieu du bureau. Il ne renfermait rien d'inhabituel : des stylos, des trombones, des élastiques, des timbres. Elle ouvrit un tiroir latéral et trouva un tas d'enveloppes vierges, du papier à lettres avec l'en-tête de Blackwood Manor et une boîte de cigares desséchés. Le tiroir en-dessous était verrouillé. Elle essaya toutes les clés de Mère, mais aucune d'elles n'allait dans la serrure. Le reste des tiroirs contenaient un tas de paperasses diverses et variées : des invitations à des événements, des relevés de banque, des factures, des documents juridiques. Elle fouilla tout autour à la recherche de la clé de celui qui était verrouillé, mais elle ne trouva rien. Frustrée, elle se leva et regarda autour d'elle.

Soudain, un bruit sourd résonna à l'étage et quelque chose traversa le plafond au-dessus de sa tête. Elle leva les yeux. Un autre bruit, plus violent, la fit sursauter. Puis elle entendit un grincement, comme si un animal grignotait l'intérieur des murs du premier étage. *Il faut que je me débarrasse de ces maudits rats*, songea-t-elle. Le poids de tout ce qu'elle avait à faire et à résoudre l'écrasa soudain comme une chape de plomb. Épuisée, elle inspecta la pièce du regard une dernière fois et décida d'aller se coucher.

Chapitre 11

Lilly

Merrick traîna Lilly jusqu'à son wagon et l'enferma dans la salle de bains, pour la punir d'avoir laissé les péquenauds la voir gratuitement. Tremblante de tout son corps, les mains, le visage et les cheveux pleins de merde de chien, elle vomit dans les toilettes, puis s'assit sur le couvercle et se mit à pleurer. La puanteur était insoutenable et elle avait sans arrêt des haut-le-cœur. Après ce qui lui parut une éternité, des bruits de pas précipités retentirent et quelqu'un déverrouilla la porte. C'était Glory.

— Mon Dieu, Lilly, est-ce que ça va ?

Lilly haussa les épaules et se leva, les yeux brûlants et gonflés.

— Est-ce que Merrick t'a fait du mal ?

Lilly secoua la tête.

— Viens, on va te débarbouiller. J'ai apporté de l'eau.

Elle s'empara d'un peignoir, d'un gant de toilette, de serviettes et d'un pain de savon, puis elle emmena Lilly derrière le wagon, là où personne ne pouvait les voir. Elle l'aida à retirer sa robe dégoûtante de princesse et lui donna le gant et le savon. Puis elle la regarda d'un air triste pendant que Lilly se récurait le visage et les mains.

— Je suis vraiment désolée de ce qui t'est arrivé. Je te jure que je n'avais jamais vu des péquenauds se comporter comme ça. C'était tellement… tellement vicieux.

Un nœud brûlant se forma dans la gorge de Lilly, mais elle n'avait plus de larmes à verser.

— C'est à cause de moi, dit-elle. Maman avait raison. Je suis un monstre.

— Non, assura Glory d'une voix ferme. Ça n'avait rien à voir avec toi. Ils ont fait tomber Dina de son piédestal et jeté des hot-dogs sur Belinda. Ce ne sont que des gamins horribles et stupides et mal élevés. Je te promets que ce n'est pas toujours comme ça. Autrement, je ne mettrais pas les pieds dans le chapiteau.

Lilly ne sut pas quoi répondre. Peu importe que ce soit toujours comme ça ou non. Elle ne voulait plus jamais se donner en spectacle. Et le fait de ne pas avoir le choix lui donnait l'impression d'être affreusement lourde, comme si ses bras, ses jambes et son cœur s'étaient transformés en pierre. Avec des gestes lents, elle se lava les cheveux et les essuya avec une serviette, puis Glory l'aida à enfiler le peignoir. Après s'être agenouillée pour l'aider à en remonter les manches, elle fixa Lilly, les larmes aux yeux.

— Je suis désolée de ne pas t'avoir protégée. Je te l'avais promis, et je n'ai pas réussi à tenir ma promesse. Mais je t'assure que je me soucie vraiment de toi, et j'essaierai de mieux m'occuper de toi à partir de maintenant.

Lilly se mordit la lèvre et ne dit rien. Entre le choc de ce qui s'était passé et la façon dont Glory la regardait, elle avait à la fois envie de disparaître et peur de s'effondrer dans l'herbe. Soudain, elle se sentit complètement épuisée et un sanglot explosa dans sa gorge.

— Je veux rentrer à la maison.

Glory se décomposa et lui tendit les bras. Au début, Lilly hésita, puis elle se laissa aller contre Glory, les épaules agitées par des pleurs incontrôlables. Glory la serra contre elle et se mit à la bercer doucement d'avant en arrière.

— Ça va aller, ma chérie. Tout va bien se passer. Je te le promets.

Mille sentiments bouleversèrent Lilly, et parmi eux, la surprise et le soulagement face à l'effet apaisant des bras de Glory enroulés autour d'elle. Cela lui rappela les câlins avec son Abby adorée, sauf que la chaleur et le réconfort qu'elle éprouvait avec Glory semblaient deux fois plus intenses. Petit à petit, ses tremblements diminuèrent, puis s'arrêtèrent. Alors qu'elle croyait être trop épuisée pour pleurer, de nouvelles larmes perlèrent au coin de ses yeux, mais qui n'avaient rien à voir avec les précédentes. C'était donc ça qu'on ressentait quand quelqu'un nous serrait dans ses bras. Qui sait, peut-être que c'était ça, le sentiment d'être aimé.

***

Le lendemain soir, tandis que le train était en route pour sa prochaine destination, Merrick insista pour que Lilly vienne avec lui sur la plateforme entre son wagon et le suivant. Quand il la fit sortir de force, elle agrippa la rambarde avec l'énergie du désespoir, certaine qu'il allait la balancer par-dessus bord, et ce même si Glory lui avait assuré que Merrick ne jetterait jamais du train quelqu'un qu'il avait payé cher. Alors qu'ils approchaient de la banlieue de la ville suivante, Merrick montra du doigt des maisons aux fenêtres condamnées et des files d'attente pour la soupe populaire devant les églises. Il lui montra aussi tous les panneaux FERMÉ sur les usines et les clochards qui traînaient le long des voies de chemin de fer. Des hommes et des femmes, des jeunes et des vieux, rassemblés autour de feux de poubelle.

— Les gens meurent de faim, ici, dit-il. Alors si j'étais toi, j'essaierais de ne pas oublier la chance que j'ai. De nos jours, si les gens rejoignent le cirque, c'est principalement parce qu'on leur garantit trois repas par jour.

Le matin suivant une représentation dans le Massachusetts, au cours de laquelle Lilly avait réussi à faire son numéro sans s'enfuir du chapiteau en courant et sans qu'on lui jette quoi que ce soit, Merrick fit venir un taxi pour elle, lui et Glory. Quand Lilly demanda où ils allaient, Merrick répondit qu'il voulait lui montrer l'hôpital psychiatrique de Danvers. Depuis la banquette arrière du taxi, Lilly ne prêta même pas attention au fait que c'était la première fois qu'elle montait dans une automobile. Tout ce qui l'intéressait, c'était de savoir pourquoi Merrick l'emmenait dans un hôpital. Est-ce que c'était pour que des docteurs l'examinent sous toutes les coutures afin de déterminer si elle était normale ? Est-ce qu'il allait la vendre à quelqu'un qui voulait la mettre en bocal pour l'exposer ensuite ? Elle fixa Glory d'un regard inquiet, les ongles enfoncés dans ses paumes. Glory lui tapota le bras et lui assura que tout allait bien se passer.

Vingt minutes plus tard, ils arrivèrent devant un bâtiment en pierre de la taille d'un château, avec un toit pentu et ce qui ressemblait à un millier de fenêtres. Ils passèrent des portes gigantesques qui donnaient sur un hall d'accueil, et suivirent une infirmière le long d'un grand couloir. Le couloir était vide et silencieux, à l'exception du claquement des semelles des chaussures blanches de l'infirmière. Plus ils s'enfonçaient dans l'énorme bâtiment, plus Lilly redoutait que Merrick ne l'abandonne ici. Pour se calmer, elle cala le rythme de ses pas sur celui de l'infirmière et se mit à les compter. *Un, deux, trois, quatre, cinq*.

Alors qu'ils approchaient du bout du couloir, elle entendit un faible brouhaha, comme des centaines de voix qui parlaient au loin. Le murmure s'intensifia peu à peu. Quand ils atteignirent d'épaisses doubles-portes entourées de caoutchouc, l'infirmière s'arrêta et lui sourit gentiment.

— Tu vas voir, c'est un peu turbulent ici, mais ne t'en fais pas, ce n'est pas ici que tu vas séjourner. Est-ce que ça t'embête si je t'appelle Lilly ?

Le cœur de Lilly parut s'arrêter, puis cogna comme un fou dans sa poitrine. Bouche bée et tremblante, elle dévisagea Glory.

— Nous ne sommes pas là pour la faire interner, expliqua Merrick à l'infirmière. Nous sommes à la recherche d'un parent.

— Oh.

L'infirmière examina Lilly, visiblement confuse.

— Je suis désolée, je croyais que…

— Vous avez mal cru, l'interrompit Glory.

Merrick ne comptait donc pas la laisser ici. Le soulagement fut tel que tout le corps de Lilly parut se ramollir. L'infirmière hocha la tête et déverrouilla les portes. Avant même de passer le seuil, Lilly se boucha les oreilles. Ce qu'elle avait pris pour des conversations était en réalité des gémissements, des pleurs et des cris. La grande pièce était remplie de femmes en robe de chambre grise. Toutes avaient les cheveux ébouriffés et des griffures sur les bras et le visage. Certaines étaient attachées à leur lit, et l'une d'elles ne cessait d'appeler à l'aide. Il régnait une odeur d'urine et de nourriture avariée. Des insectes couraient sur les murs sans fenêtre. Une femme avec le nez en sang sourit et se dirigea vers eux. Lilly se rapprocha de Glory et baissa la tête, les yeux rivés sur les pieds de l'infirmière.

Après avoir quitté cet endroit aussi bruyant qu'effrayant, ils traversèrent un petit couloir qui menait à une autre salle, plus silencieuse. Là, des femmes étaient allongées sur leur lit et regardaient le plafond, tandis que d'autres lisaient et que d'autres encore discutaient en petits groupes. L'infirmière s'arrêta au milieu de l'allée centrale et se tourna vers Merrick.

— Vous reconnaissez l'une d'entre elles ?

Merrick balaya la pièce du regard et secoua la tête.

— Non.

Dans le taxi qui les ramenait au cirque, il demanda à Lilly :

— Est-ce que tu sais pourquoi je t'ai emmenée là-bas ?

Lilly était collée à Glory sur la banquette arrière, tentant d'oublier ce qu'elle venait de voir. Elle secoua la tête.

— Parce que je veux que tu saches que si tu essaies de t'enfuir, il y a de grandes chances pour que tu finisses sans domicile et morte de faim, auquel cas les flics n'hésiteront pas une seconde à t'envoyer dans un endroit comme celui-ci, ou pire encore. C'est la première chose que tu dois retenir. La seconde, c'est que je vais tout le temps dans des orphelinats et des asiles pour trouver mon prochain numéro. Kristi la Tête d'Épingle vient du Sanatorium de Waverly Hills dans le Kentucky, et j'ai découvert Aldo à l'asile de Willard State. Alors si tu ne fais pas ce que je te dis, ce sera un jeu d'enfant de te faire interner.

Lilly ne dit rien et regarda par la fenêtre. Il pleuvait à seaux et les silhouettes marron et grises des arbres et des poteaux électriques étaient floues derrière la vitre couverte de pluie. Elle tenta de compter les arbres le long de la route, mais ses larmes l'en empêchaient. Le monde ne ressemblait en rien à ce qu'elle avait imaginé, et elle aurait donné n'importe quoi pour retourner dans sa chambre au grenier, même si ça voulait dire devoir supporter Maman. Une pointe de nostalgie la transperça, si violemment qu'elle cria presque.

Plus tard ce soir-là, pendant que Merrick ronflait dans sa chambre, Glory rejoignit Lilly dans le canapé pour lui parler de la visite à l'hôpital.

— Il a raison, tu sais, déclara Glory. Tu es mieux ici avec nous. C'est vrai que cette vie n'est pas toujours facile, mais au moins, avec le cirque, tu as un toit sur la tête, trois repas par jour, la chance de voir du pays, et des amis qui veillent sur toi.

Elle lui sourit, mais son sourire semblait triste et forcé.

— Et le plus souvent, tu seras traitée comme une personne normale.

Lilly appréciait que Glory tente de la réconforter, mais elle n'arrivait pas à faire sortir de sa tête les images de ces femmes en robe de chambre grise. Elle allait faire des cauchemars, c'était sûr.

— Qu'est-ce que c'était, comme endroit ? Qu'est-ce qui n'allait pas chez ces femmes ?

— Danvers est un asile de fous. Normalement, c'est pour les gens qui ne savent pas faire la différence entre ce qui est réel et ce qui ne l'est pas, tu comprends ? Mais parfois, certaines personnes sont envoyées là-bas parce que leurs familles veulent s'en débarrasser, comme mon frère Viktor. Mes parents l'ont placé dans un endroit pire que celui que tu as vu aujourd'hui.

— Pourquoi ? Est-ce qu'il est fou ?

Glory secoua la tête et se mit à triturer les peluches sur sa jupe.

— Non, il n'est pas fou. Simplement, certaines personnes pensent que si quelqu'un est différent à l'extérieur, alors il l'est aussi à l'intérieur.

Elle plongea son regard dans celui de Lilly.

— Mais on sait que c'est faux, n'est-ce pas ?

Après avoir montré à Lilly les files d'attente pour la soupe populaire, les clochards et l'hôpital psychiatrique pour s'assurer qu'elle comprenait bien ce qui lui arriverait si elle n'était pas sage, Merrick l'autorisa à se promener seule dans l'enceinte du cirque le soir, une fois que les représentations étaient finies, les stands fermés et le grand chapiteau vide. Mais seulement si on n'était pas en train de charger le train pour partir pour la prochaine destination, et s'ils se trouvaient assez loin de la ville ou du village le plus proche pour éviter que les péquenauds ne la voient sans payer. De son côté, Glory pensait que le moment était venu pour Lilly de commencer à se faire des amis, car une fois que la journée de travail était terminée, tout le monde était prêt à se détendre et s'amuser. Peut-être qu'elle pourrait aller voir Mme Benini, ou demander à Penelope de la présenter aux enfants d'Elizabeth Webb ? Mais Lilly avait d'autres projets. Elle voulait trouver les tentes qui abritaient les animaux, ou ce que Merrick et Glory appelaient la ménagerie.

Lors de sa première soirée de liberté, après que Merrick et Glory eurent pris un taxi pour se rendre dans un club en ville, elle sortit du wagon vêtue d'une robe plissée et de chaussures babies noires (une des tenues que Glory s'était procurée pour elle auprès de l'homme du lundi). Le soleil couchant donnait aux nuages des teintes violettes, roses et orangées dans le ciel d'août et les premières étoiles apparaissaient au loin. Les criquets chantaient dans les hautes herbes sèches qui entouraient l'enceinte et les silhouettes sombres des oiseaux voletaient dans la lumière du crépuscule. C'était étrange et un peu effrayant d'être dehors sans Glory ou Merrick. Pendant les premières minutes, elle resta près du wagon, le temps de rassembler son courage.

À l'extérieur du wagon voisin, quatre hommes en polo et en pantalon bien repassés étaient en train d'installer une table et des chaises pendant qu'une jolie blonde descendait l'escalier, avec dans les mains un jeu de cartes et des bouteilles de liquide brun qui ressemblait à du whiskey. Par une fenêtre ouverte, une autre femme demanda combien de verres il leur fallait. Tous étaient minces et beaux et gracieux, comme les ballerines que Lilly voyait dans ses livres. Glory lui avait expliqué que c'était la troupe de trapézistes.

Quand Lilly se sentit suffisamment courageuse, elle s'éloigna de son wagon et se mit à longer le train. Après avoir dépassé les trapézistes et un autre wagon de passagers, elle s'arrêta pour caresser trois chèvres qui mâchonnaient de l'herbe près d'un poteau télégraphique. Est-ce que c'étaient les chèvres du wagon de marchandises où Merrick l'avait enfermée dans une cage le premier jour ? Est-ce qu'elles l'avaient entendue crier et pleurer ? Une des chèvres leva la tête et frotta son front contre la hanche de Lilly, avant de se remettre à manger. Une autre s'approcha d'elle et mordilla doucement le bas de sa robe en remuant sa petite queue. La troisième renifla ses chaussures, ses chaussettes et ses jambes, puis lui lécha la main de sa langue rugueuse. C'était presque comme si elles lui disaient « Oui, on sait qui tu es ».

Glory lui avait expliqué que les chèvres étaient autorisées à se promener dans toute l'enceinte une fois le cirque fermé, parce qu'elles portaient chance, d'après M. Barlow. Elle lui avait aussi dit que les gens du cirque pensaient que la couleur verte et le fait de siffler dans les loges portaient malheur, qu'un oiseau qui entrait dans le grand chapiteau était le signe qu'un artiste allait mourir, et que les trapézistes et les funambules cousaient des croix à l'intérieur de leurs costumes pour ne pas tomber. Lilly se demanda ce que Maman penserait en voyant des artistes de cirque utiliser des croix de cette façon. Maman disait toujours que les gens étaient mis sur terre pour servir Dieu, et pas le contraire. Alors pourquoi est-ce que les artistes pensaient qu'Il les protégeait ?

Penser à Maman lui donna mal au ventre, alors elle se sortit ces idées de la tête, caressa les chèvres une dernière fois et se remit en route. Des centaines de bruits différents émanaient des fenêtres ouvertes du train. Chaque son changeait et se mélangeait avec le suivant à mesure qu'elle avançait, jusqu'à s'évanouir et disparaître : une voix à la radio, quelqu'un qui chantait, des gens qui se disputaient, un harmonica, un homme qui criait, un chien qui aboyait, un tintement de pièces de monnaie, des rires, des applaudissements, des cris de triomphe.

Plus loin, le long des rails, une musique éraillée au tempo rapide lui parvint à travers la porte ouverte d'un wagon. Elle ralentit. Est-ce que quelqu'un donnait une fête ? Dolly la Femme la Plus Grosse du Monde et Penelope la Naine Chantante étaient assises sur des caisses en bois à l'intérieur du wagon, riant et s'éventant avec des éventails en papier. Vêtue d'une blouse pailletée, un bandeau à plume dans les cheveux, Dina était perchée sur un tonneau et fumait une cigarette tout en discutant avec Spear, le Squelette Vivant. Ruby et Rosy riaient et dansaient avec Aldo, et tous les trois buvaient un liquide brun directement à la bouteille. Deux nains en faisaient autant. Ruby et Rosy portaient de longs colliers de perles, des pagnes et rien d'autre. Leurs seins dénudés bondissaient au rythme de la musique. Lilly baissa les yeux et accéléra le pas, en espérant que personne ne remarquerait sa présence.

Un groupe d'hommes aux vêtements sales se tenaient un peu plus loin, qui fumaient et se passaient des bouteilles. À l'intérieur d'un autre wagon ouvert, un nain chantait et jouait d'une guitare miniature pendant que Hester la Femme Singe riait en regardant Magnus l'Homme le Plus Laid du Monde tenter d'apprendre à son chien à faire le mort. Stubs l'Homme le Plus Petit du Monde était assis sur les genoux de Belinda la Femme à Deux Corps et Une Tête, un livre entre les mains. Lilly sourit, secoua la tête et continua à avancer.

Pour une raison quelconque, elle avait davantage envie d'être avec les animaux qu'avec les gens. Elle aurait été incapable de décrire ce qu'elle ressentait vis-à-vis des animaux ou pourquoi elle éprouvait un besoin aussi fort d'être avec eux, car elle ne le comprenait pas elle-même. Mais c'était ça qui lui avait donné le courage de s'aventurer dehors toute seule pour la première fois. Peut-être qu'ils l'attiraient parce qu'ils savaient ce que ça faisait d'être enfermés et de ne pas avoir le moindre contrôle sur ce qui leur arrivait. Peut-être que c'était parce que Abby était le seul être à ne jamais l'avoir déçue. Ou peut-être que l'amour des bêtes était simplement un aspect de sa personne, comme son pied gauche légèrement tourné vers l'intérieur, ses doigts longs et fins, ou sa peau blanche comme la neige. Dans tous les cas, tout ce qui l'intéressait à cet instant, c'était voir le bébé éléphant et les autres animaux.

Quand elle arriva enfin à la ménagerie, elle ralentit, soudain envahie par le doute. Et si quelqu'un la trouvait là et lui criait dessus ? Et si on lui ordonnait de partir et de ne jamais revenir ? Puis elle se souvint que tout le monde avait fini sa journée et que les gens étaient en train de se reposer dans les wagons et les tentes, pour tenter d'échapper un peu à la chaleur. Avec un peu de chance, il n'y aurait personne à la ménagerie à cette heure-ci.

Elle inspira profondément et écarta une des bâches pour entrer. Au fond de la tente, les éléphants se profilaient, immenses, telles des montagnes sombres. En face d'eux, des zèbres, des chevaux et des girafes dormaient ou mâchaient du foin. Au centre de la tente, les chameaux et les lamas étaient allongés sur un lit circulaire de paille, et des chariots grillagés accueillaient des lions, des singes et des ours. Une forte odeur aigre-douce de foin et de crottin flottait dans l'air et on n'entendait rien d'autre que les animaux qui broutaient, reniflaient et raclaient le sol.

Avec tous les sens en alerte, Lilly se mit à avancer lentement en direction des éléphants, à pas aussi légers et silencieux que possible. Quand elle arriva devant le premier, elle pencha la tête en arrière pour mieux voir l'énorme créature. L'éléphant posa ses yeux d'ambre sur elle et une vibration résonna dans les profondeurs de sa gorge, comme le ronronnement d'un énorme chat. L'éléphant était tacheté, sa peau ridée et craquelée depuis le haut de sa tête jusqu'à ses énormes pattes et ses pieds grands comme des assiettes. Des bandes vert sombre zébraient ses oreilles et ses genoux, comme la moisissure sur les barreaux de la lucarne de l'ancienne chambre de Lilly. Des poils noirs et des rainures profondes parsemaient sa trompe, et le haut de ses oreilles ressemblait à du caoutchouc épais. Plus on descendait, plus les oreilles devenaient fines, et le bas avait l'air d'une vieille feuille abîmée.

La seule chose qui séparait Lilly de l'éléphant était une corde. Une lourde chaîne était enroulée autour d'une de ses chevilles antérieures, son extrémité attachée à un pieu épais enfoncé dans le sol. En observant l'animal puissant, un sentiment d'enfermement l'envahit à nouveau, de même que la tristesse déchirante d'être loin de la maison. Elle faillit en tomber à genoux. C'était comme si elle pouvait sentir la détresse de l'éléphant, comme ç'avait été le cas avec le lion, sauf que cette fois, il y avait autre chose en plus, une sorte de tendresse. Est-ce que cette bête était capable d'éprouver de l'affection pour les hommes, même après tout ce qu'ils lui avaient fait subir ? Même après qu'ils l'avaient mise en cage, enchaînée et forcée à se donner en spectacle ? Des larmes montèrent aux yeux de Lilly. Elle mourait d'envie de le rejoindre et de le consoler, de lui caresser la tête et de lui expliquer qu'elle comprenait ce que ça faisait d'être retenu prisonnier tout en aimant la personne qui nous faisait souffrir. Mais elle n'osait pas.

À la place, elle s'approcha du deuxième éléphant, qui avait l'air encore plus gros que le premier. Il semblait à moitié endormi. Ses longs cils étaient baissés et ses yeux presque fermés. Lilly continua son chemin et s'arrêta devant le troisième éléphant, allongé sur le côté dans la paille. Le bébé éléphant était à côté et cueillait des brins de paille du bout de sa petite trompe. Lilly plaqua sa main devant sa bouche pour retenir une exclamation émerveillée. Le bébé était encore plus beau vu de près. Quand il la vit, il tendit sa trompe vers elle et en agita l'extrémité. Lilly sourit et tendit la main, dans l'espoir que le bébé s'approche davantage. Mais il avait une chaîne à la patte arrière qui l'en empêchait. Soudain, la maman éléphant sursauta, se redressa et bondit sur ses pieds bien plus vite que Lilly ne l'aurait cru possible. Lilly recula précipitamment, le cœur battant.

— Eh ! appela une voix.

Un garçon apparut entre les pattes larges comme des troncs.

C'était le garçon qu'elle avait vu avec le bébé éléphant le premier jour, celui qui lui avait fait signe et avait voulu l'aider quand elle s'était sauvée du musée des horreurs. Quand il aperçut Lilly, il écarquilla les yeux.

— Qu'est-ce que tu fiches ici ?

Lilly sentit le rouge lui monter aux joues. Elle aurait pu partir en courant, mais les éléphants l'envoûtaient et elle n'avait pas envie de s'en aller. Alors qu'elle réfléchissait à quoi faire, le bébé éléphant tenta à nouveau de l'approcher. Sa mère le retint avec sa trompe et tenta de le pousser pour le dissimuler derrière elle, les yeux rivés sur Lilly. Elle ressemblait à l'éléphant que Lilly avait vu attaché à des cordes dans le hangar, celui à qui les hommes essayaient d'apprendre de nouveaux tours. Le garçon posa une main sur l'énorme patte ridée de la mère.

— Tout va bien, Pepper. Recule. Recule, ma grande.

Pepper recula et poussa un grognement qui se réverbéra dans sa gorge. Puis elle baissa la tête et examina les oreilles, les pattes et le ventre de son petit, comme pour s'assurer qu'il allait bien.

— C'est bien, dit le garçon. Calme, ma grande. Calme.

Il tapota la patte de Pepper puis s'approcha de Lilly, les sourcils froncés.

— Qu'est-ce que tu fais là ? demanda-t-il d'un air moins fâché cette fois.

Elle avala sa salive, à la recherche des bons mots. Est-ce qu'il allait lui attirer des ennuis ou être gentil ? Maintenant qu'il la voyait de près, peut-être qu'il regrettait de lui avoir fait signe.

— Je... je voulais juste voir les éléphants.

Il croisa les bras sur sa poitrine.

— Tu sais que ce sont des animaux sauvages, pas vrai ? Ils peuvent être dangereux. Tu ne peux pas entrer ici comme bon te semble.

— Je suis désolée, dit-elle en tournant les talons pour s'en aller.

— Attends.

Elle fit volte-face. À sa surprise, il souriait.

— Je croyais que tu étais venue voir les éléphants ?

Elle lui offrit un petit sourire, en proie à un immense soulagement.

— Tu as envie de les voir de près ?

Elle hocha la tête.

— Viens, alors. Passe sous la corde.

Tremblante de nervosité et d'excitation, Lilly s'exécuta. Une fois de l'autre côté, elle resta collée à la corde.

Le garçon tapota à nouveau la patte de la maman éléphant.

— Je te présente Pepper. Cinq tonnes de talent à l'état pur.

Il fit signe à Lilly de s'approcher. Elle avança un peu.

— Pepper, il y a quelqu'un qui aimerait bien faire ta connaissance.

Pepper baissa les yeux sur Lilly. Son bébé était niché entre ses jambes et ses grandes oreilles ondulaient d'avant en arrière.

— Calme, ma grande. Tends la main, ordonna-t-il à Lilly.

Lilly obéit et Pepper approcha sa trompe. De son extrémité caoutchouteuse, elle explora la paume de Lilly, qui ne parvenait pas à croire ce qui était en train d'arriver. Son cœur battait la chamade. Pepper renifla ses doigts comme pour décider si elle pouvait ou non lui faire confiance, puis elle releva la trompe pour lui renifler la joue. Lilly sourit et frémit, mais s'efforça de ne pas bouger. Puis Pepper enroula sa trompe autour du pouce de Lilly et le secoua, et Lilly rit.

— Elle t'aime bien.

Lilly était sans voix. Elle ne parvenait pas à s'arrêter de sourire.

— Devine quel âge elle a.

Lilly haussa les épaules.

— Dix ans ?

— Nan. Trente-quatre.

Pepper lâcha le pouce de Lilly et ouvrit la bouche, comme si elle souriait. Le bébé sortit de sa cachette et Pepper se mit à osciller d'un côté à l'autre, en rythme avec les mouvements de sa trompe. Le garçon encouragea le bébé à avancer et fit signe à Lilly de venir plus près. Lilly dévisagea Pepper, incertaine.

— N'aie pas peur, assura le garçon. Ils me font confiance. Mon père est le chef des éléphants, c'est le superviseur des pachydermes. Il sait ferrer les chevaux, conduire un attelage de dix chevaux, monter un chapiteau et même faire le clown, s'il faut, mais il s'occupe surtout des géants. Il leur donne à manger, à boire, les soigne quand ils sont blessés et s'assure qu'ils ne tombent pas malades. Il aide aussi le dresseur et le vétérinaire.

Lilly haussa les sourcils.

— Pachydermes ?

— Un pachyderme est un éléphant.

— Ton père s'occupe aussi des géants ? Je ne savais pas qu'il y en avait plusieurs.

Le garçon rit.

— Non, c'est le surnom qu'on donne aux éléphants.

— Oh.

Elle s'approcha du bébé et plaça délicatement sa main sur sa petite tête grise. Le haut du front de l'éléphanteau était hérissé de poils noirs et courts, comme une petite brosse raide. Le cœur de Lilly se gonfla d'émerveillement et de quelque chose qui ressemblait à de la joie. Elle avait mal aux joues à force de sourire. Jamais elle n'aurait cru avoir un jour la chance de toucher un véritable éléphant, et encore moins un éléphanteau.

— Lui, c'est JoJo, annonça le petit garçon.

Le bébé enroula sa trompe autour du bras de Lilly pour l'attirer plus près. Elle rit à nouveau.

— Waouh ! Il t'aime vraiment bien !

De sa main libre, Lilly caressa le bord de l'oreille de JoJo et fut surprise par la douceur et la chaleur de sa peau épaisse.

— Ils aiment bien qu'on les caresse là, expliqua le garçon en lui frottant les tempes et le front. Et sur la trompe aussi.

Lilly frotta la trompe de JoJo, qui était toujours entortillée autour de son bras, puis elle fit aller sa main de bas en haut entre ses yeux.

— Allez, JoJo, ça suffit maintenant. Lâche-la.

Le bébé déroula sa trompe et retourna entre les pattes de sa mère, contre lesquelles il se mit à frotter ses oreilles. Lilly n'arrivait pas à le quitter des yeux.

— Viens, je vais te présenter aux autres.

Il passa sous la corde et se dirigea vers l'éléphant suivant. Lilly lui emboîta le pas.

— Elle, c'est Petunia. Elle a vingt-quatre ans. Celle tout au bout s'appelle Flossie, c'est la tante de JoJo. Elle a soixante-trois ans. C'est la plus vieille du groupe, et la plus grande aussi. M. Barlow dit qu'elle fait dix centimètres de plus que Jumbo. Et moi, je m'appelle Cole, dit-il avec un grand sourire.

Lilly fixa le bout de ses chaussures.

— Je m'appelle Lilly.

— Enchanté de te rencontrer, Lilly.

Il apporta des ballots de paille à Flossie puis lui caressa la trompe.

Qu'est-ce qu'il pense ? se demanda Lilly. *Est-ce qu'il va me demander pourquoi je suis aussi blanche ? Ou comment je suis arrivée au cirque ?*

— Alors qu'est-ce que tu… Pourquoi est-ce que tu étais dans la paille avec Pepper et JoJo ?

Il haussa les épaules.

— J'aime bien être avec eux. Ça m'aide à réfléchir. Parfois, mon père me laisse dormir dans leur wagon.

Lilly écarquilla les yeux.

— Ils ne te marchent pas dessus ?

Il secoua la tête.

— Nan, ils ont l'habitude.

— Tu as de la chance.

Elle se glissa sous la corde et s'approcha de Flossie.

— Je regrette juste que…

— Quoi ?

— Qu'ils soient enchaînés.

Cole fronça les sourcils.

— Je sais, mais mon père dit que c'est pour leur bien.

Il se glissa entre les pattes de Flossie pour lui gratter le ventre.

— S'ils se sauvaient et qu'ils faisaient une bêtise, va savoir ce qui se passerait. Quelqu'un pourrait leur faire du mal. Les gens se mettent toujours en colère contre les animaux quand ils se comportent comme des animaux.

Une tristesse froide vrilla le cœur de Lilly. Maman disait que les barreaux à la fenêtre de sa chambre étaient aussi là pour son bien, et Merrick disait que si elle se sauvait, quelqu'un lui ferait du mal à cause de la couleur de sa peau, alors que ce n'était pourtant pas sa faute si elle était comme ça. Elle avait davantage en commun avec les animaux du cirque qu'avec les gens, apparemment. Pas étonnant qu'elle ressente leur douleur.

— Si tu veux, tu peux venir voir les éléphants quand je suis là. Arrange-toi juste pour que M. Barlow et les dresseurs ne te voient pas.

Lilly n'en croyait pas ses oreilles.

— Je peux, c'est vrai ?

— Bien sûr. Par contre, ne t'approche pas des autres animaux. Je n'ai pas passé autant de temps avec eux qu'avec les éléphants, alors je ne sais pas trop auxquels faire confiance.

Elle résista à l'envie de sauter de joie. Heureusement, Cole était toujours occupé à gratouiller Flossie et il ne vit pas son sourire béat.

— D'accord. Merci.

À ce moment-là, le pan de l'entrée de la tente se souleva et quelqu'un entra dans la ménagerie. Lilly se figea, sans savoir si elle devait rester immobile ou se cacher sous l'éléphant avec Cole.

— Eh ! cria un homme.

Il fonça sur elle, visiblement en colère.

— Qu'est-ce que tu fais ici ?

Cole sortit d'entre les pattes de Flossie et passa sous la corde pour retourner dans l'allée.

— C'est bon, Papa. C'est mon amie.

Lilly sentit un drôle de papillonnement dans son ventre. Cole avait dit qu'elle pouvait venir passer du temps avec les éléphants. Et il venait de l'appeler son amie. C'était presque trop beau pour être vrai.

Chapitre 12

Julia

Le jour suivant sa découverte du tiroir verrouillé et de sa photo de lycée dans le bureau de son père, Julia se rendit au deuxième étage dans l'espoir de trouver le chemin du grenier. Elle devait déterminer par où entraient les rats avant que l'infestation n'empire. Les clés de Mère accrochées à son passant de ceinture, elle grimpa les marches quatre à quatre. Elle n'avait pas fait ça depuis qu'elle était petite fille, quand elle montait et descendait l'escalier aussi vite que possible pour voir combien de fois elle pouvait le faire avant de se faire gronder par Mère parce que c'était interdit d'aller jusqu'au deuxième étage.

À l'exception de la couche épaisse de poussière et des toiles d'araignée qui pendaient aux moulures du plafond, tout était pareil qu'au premier : des couloirs avec des panneaux en bois, de longs tapis turcs rouges, des appliques en cuivre et des portes closes. Julia commença par le bout du couloir principal. Elle passa la tête dans chacune des pièces silencieuses, avec l'impression entêtante d'être dans un hôtel abandonné. Chaque petite chambre étroite était strictement identique aux autres, avec une fenêtre à deux vantaux, un lit en acajou habillé d'une couette poussiéreuse, une commode avec un miroir et une table de nuit avec une lampe verte Tiffany.

Elle n'avait aucun souvenir de visiteurs venant dormir ici, voire de visiteurs tout court. Elle ne connaissait rien de l'histoire de Blackwood Manor et ignorait si la propriété était déjà dans la famille avant que ses parents n'y vivent, de même que l'âge de la bâtisse. Mais on pouvait aisément imaginer qu'à une époque, la salle à manger et la grande cour avaient accueilli des festins luxueux et de grandes fêtes, avec des couples qui dansaient et buvaient avant de monter bras dessus bras dessous pour faire l'amour ou se disputer ou rire ou pleurer dans l'intimité des chambres du deuxième étage. Elle imagina des amants se retrouver en secret, des couples se déchirer, des hommes profiter de femmes, des gens saouls qu'on mettait au lit, des femmes pleurant aux fenêtres, des hommes fumant et jouant aux cartes. Il était tout à fait possible que quelqu'un soit mort ici. Peut-être que ce n'étaient pas les rats qui faisaient du bruit la nuit ? Peut-être que Blackwood Manor était peuplé de fantômes ? Cette pensée la fit frissonner.

Elle décida d'oublier ses idées morbides et explora chaque couloir, en quête d'un accès au grenier. Elle chercha une porte ou un escalier secret, mais n'en trouva aucun. Elle inspecta le plafond à la recherche d'une trappe, sans succès. Ça n'avait pas de sens. Comment ses parents faisaient-ils pour aller au dernier étage ?

Convaincue qu'elle avait dû passer à côté la première fois, elle retourna examiner chacune des chambres.

Dans celle au fond du dernier couloir, elle remarqua la présence de deux portes de placard au lieu d'une seule. Elle se précipita vers les portes, avant de ralentir le pas. Et si elle trouvait un nid grouillant de rats au grenier ? Ou une colonie de chauves-souris ? En proie à un drôle de mélange de peur et d'excitation, elle ouvrit la première porte. Elle donnait sur un placard, vide à l'exception d'une vieille paire de chaussures pour homme aux lacets rongés par le temps. Lorsqu'elle entrouvrit lentement la seconde porte, la lumière de la chambre révéla un espace étroit, aussi grand que des toilettes. Les parois étaient tapissées de lambris et de papier peint orné de fleurs de lys.

Elle ouvrit la porte en grand. Des piles branlantes de boîtes à chapeau et chaussures couvraient un des murs. Soudain, Julia sursauta et plaqua une main sur sa bouche. Une femme nue et sans tête se tenait dans un coin, au fond, en partie plongée dans l'obscurité.

Puis elle comprit et se mit à rire. La femme sans tête était en réalité un mannequin de tailleur. Elle entra dans la petite pièce et tira sur la corde de l'ampoule accrochée au plafond. Une lumière grise éclaira l'espace. Contrairement au reste de la maison, où il y avait au moins deux mètres cinquante sous plafond, il n'y avait même pas deux mètres ici. Si elle tendait les bras, elle pouvait toucher les parois opposées en même temps. Au fond, près du mannequin, une table sculptée avec des pieds en forme de pattes de lion trônait sous une tapisserie brodée qui représentait une petite maison en pierre entourée d'iris et de lys. Quel était l'intérêt d'accrocher une tapisserie dans une si petite pièce ?

Les mains sur les hanches, Julia regarda autour d'elle. À quoi avait servi cet endroit ? Il semblait y faire plus froid que dans le reste de la maison. Peut-être que ç'avait été la loge de quelqu'un, ou un petit boudoir privé. On aurait presque pu croire à une pièce secrète. Mais pour quoi faire ?

Elle attrapa une des boîtes à chapeau et souffla sur la poussière qui la recouvrait. Alors qu'elle s'apprêtait à l'ouvrir, on l'appela au rez-de-chaussée, sans qu'elle sache si c'était la voix de Claude ou celle de Fletcher. Elle éteignit la lumière, sortit, ferma la porte de la chambre principale derrière elle et se précipita vers l'escalier.

Claude l'attendait sur le palier de l'étage du dessous, l'air sombre.

Julia s'arrêta sur la première marche, surprise de le voir dans la maison, et encore plus au premier étage. Il paraissait essoufflé.

— Que se passe-t-il ?

— Désolé de débarquer comme ça sans prévenir. J'ai frappé à la porte, mais personne n'a répondu.

— J'étais dans une des chambres. Qu'est-ce qui se passe ?

— Il faut appeler Fletcher. Une des juments est en train de pouliner.

— Le téléphone est dans la cuisine, indiqua-t-elle en commençant à descendre les marches.

Claude dévala l'escalier et elle le suivit. Il courut jusqu'à la cuisine et s'empara du téléphone posé sur le plan de travail, près de la porte du garde-manger. Elle ne put s'empêcher de remarquer qu'il savait où l'appareil se trouvait. Il composa un numéro et attendit, son chapeau serré dans son poing, les sourcils froncés. Puis, sans même dire bonjour ni annoncer qui il était, il asséna :

— Il y a un problème avec Bonnie Blue.

Julia retint son souffle, puis se précipita dans le vestibule pour enfiler des bottes et un manteau.

— D'accord, dit Claude avant de raccrocher.

Il mit son chapeau et fonça vers la porte.

— Il arrive ? demanda Julia.

— Il est à une demi-heure d'ici. Il sera peut-être trop tard.

Claude ouvrit la porte à la volée et sortit.

— Est-ce que je peux faire quelque chose pour vous aider ?

Claude ne répondit pas et traversa la cour à grands pas. Elle se précipita à sa suite.

Il avait commencé à neiger.

Dans la grange, Bonnie Blue était allongée sur le côté dans la paille, le souffle court, l'encolure et les flancs trempés de sueur. Agités, les autres chevaux hennissaient et ruaient dans leurs box. Ils sentaient que quelque chose n'allait pas. Julia resta sur le seuil du box de Bonnie Blue et observa Claude, qui était incapable de faire cesser les tremblements qui agitaient les membres de la jument.

— Est-ce que je peux faire quelque chose ? répéta-t-elle.

— Non.

Du bout du pied, il écarta la paille autour de la croupe et de l'arrière-train de Blue et lui souleva la queue. Un petit sabot blanc dépassait.

— Qu'est-ce qui ne va pas ?

— La mise-bas prend trop de temps. Le poulain devrait déjà être sorti et elle s'affaiblit. J'ai voulu voir s'il se présentait mal, mais il est trop gros et je n'ai pas réussi.

Julia parvenait à peine à respirer. Si cette superbe jument et son poulain mouraient, elle n'était pas sûre de pouvoir le supporter. Pas seulement parce qu'elle était désormais responsable de Blue et de son petit et qu'elle sentait qu'un lien spécial les unissait, mais aussi parce que les chevaux lui avaient toujours paru incroyablement forts et majestueux, comme s'ils étaient censés vivre éternellement. Si elle voyait une jument (pleine par-dessus le marché) mourir, ce serait une tragédie dont elle ne se remettrait peut-être pas. Si c'était ça, son initiation en tant que propriétaire d'élevage, alors elle ferait peut-être mieux d'abandonner tout de suite.

— Est-ce que je peux entrer ?

— C'est votre grange, répondit Claude.

Elle approcha à pas prudents et s'agenouilla près de la tête de Blue.

— Chuuut. Tout va bien se passer.

Le toupet de la jument lui tombait dans les yeux. Julia l'écarta et se mit à lui caresser doucement le front, dans l'espoir de lui faire oublier un peu la douleur. Blue avança presque imperceptiblement la tête en direction de Julia et hennit doucement, comme si elle la reconnaissait. Les yeux de Julia se remplirent de larmes et une boule se forma dans sa gorge.

Les poings serrés, Claude faisait les cent pas dans le box, soulevant la queue de Blue à intervalles réguliers. Julia s'efforçait de retenir ses larmes et continuait à caresser le front et les oreilles de la jument tout en lui parlant d'une voix douce. De temps en temps, Blue fermait les yeux, sa respiration ralentissait, et le cœur de Julia s'arrêtait de battre.

Après ce qui sembla une éternité, la porte de la grange s'ouvrit et se referma bruyamment, et Fletcher remonta l'allée en courant.

— Qu'est-ce qui se passe ? demanda-t-il, à bout de souffle.

— Je pense que le poulain est trop gros, dit Claude. Ou alors il y a un autre problème.

Fletcher entra dans le box, remonta ses manches et palpa le ventre de Blue. Puis il alla s'agenouiller près de sa croupe et souleva sa queue.

— Un des membres antérieurs du poulain est trop en arrière.

Il tira sur le petit sabot, le laissa reglisser à l'intérieur et introduisit ses doigts en même temps.

— Tout va bien, Blue, dit Fletcher d'une voix apaisante. Tu vas t'en sortir. Tiens le coup encore un peu.

Lentement, il continua à enfoncer sa main puis son bras, presque jusqu'au coude. Blue se raidit et grogna.

— Attrape ses pattes arrière, dit Fletcher à Claude.

Claude se mit en position et s'exécuta. Fletcher se tourna vers Julia.

— Vous pensez que vous pouvez lui maintenir la tête plaquée au sol ?

Julia hocha la tête.

— Mettez-vous à genoux au niveau de son garrot et placez fermement les mains sur son encolure, en dessous de sa crinière. Ça va être douloureux de faire sortir le poulain, alors elle va peut-être essayer de se lever.

On doit la forcer à rester allongée. Ne vous en faites pas, vous ne lui ferez pas mal.

Julia s'agenouilla comme Fletcher le lui avait indiqué et plaça ses mains sur l'encolure de Blue.

— Vous êtes prêts ? demanda Fletcher.

— Prêt, répondit Claude.

Julia hocha la tête, le front couvert de sueur.

Fletcher enfonça davantage son bras et le corps de Blue se contracta de douleur. Elle grogna et gémit, le souffle court.

— Ça va aller, lui murmura Julia en appuyant sur son encolure. Tout va bien se passer. On est là pour t'aider.

Fletcher grimaça et introduisit son bras encore plus loin. Il palpa l'intérieur pendant une éternité avant de crier enfin :

— Je le tiens !

Il commença à tirer lentement. Blue se raidit à nouveau et renâcla bruyamment, les naseaux dilatés. Quand Fletcher sortit entièrement le bras de la jument, il tenait le second sabot antérieur du poulain dans son point. Soudain, le corps épuisé de Blue parut se ramollir tout entier.

— Lâchez-la, ordonna Fletcher.

Julia ôta ses mains et Claude lâcha les pattes arrière de la jument. Fletcher attrapa le premier sabot de sa main libre et tira.

— Allez, Blue, pousse ! cria-t-il.

Le ventre de Blue se contracta. Elle releva la tête et poussa tandis que Fletcher tirait. Les pattes avant du poulain apparurent, jusqu'à hauteur de ses genoux. Claude perça la membrane blanche qui les entourait et tira dessus pour que Fletcher puisse mieux les attraper. Puis la tête du poulain sortit et Blue s'avachit à nouveau. Fletcher continua à tirer pendant que Claude ôtait le liquide amniotique qui obstruait les yeux et la bouche du petit.

— Allez, Blue, murmura Julia. Tu peux le faire.

Blue bougea la tête, son ventre se contracta une fois de plus et, enfin, Fletcher réussit à faire sortir le poulain en entier. Il le lâcha et s'écarta tandis que Claude retirait le reste de la membrane. Le poulain trempé était étendu dans la paille, avec les flancs qui montaient et descendaient. Il avait la tête baissée, le cou inerte. Comme Blue, il était d'un noir d'huile, avec des chaussettes blanches parfaites qui montaient jusqu'à mi-canon. Mais ses côtes étaient saillantes, il était squelettique et ne bougeait pas. Julia déglutit et s'agenouilla dans le foin, persuadée que le poulain était en train de mourir.

Bonnie Blue et son petit étaient allongés queue à queue dans le box, aussi immobiles l'un que l'autre à l'exception des petites bouffées d'air qui soulevaient leurs flancs. Les battements du cœur de Julia résonnaient dans sa tête, à croire que ses veines étaient sur le point d'exploser. C'était comme si elle était incapable de respirer, de parler, de bouger. Comment était-ce possible ? Ces deux superbes animaux étaient en train de mourir et elle était choquée et horrifiée de constater que Fletcher et Claude semblaient totalement impassibles. Si être propriétaire de l'élevage Blackwood ressemblait à ça, alors elle passait son tour.

Fletcher regarda entre les pattes arrière du petit.

— C'est une pouliche.

Julia le regarda et attendit qu'il lui annonce la mauvaise nouvelle. Elle n'en revenait pas qu'il soit si détaché. Il était vétérinaire, formé au sauvetage d'animaux malades et blessés. Alors pourquoi restait-il planté là sans rien faire ? Soudain, à sa surprise, la pouliche roula sur le ventre et releva la tête, avant d'agiter ses longues pattes semblables à de fines branches d'arbres. Même si elle survivait, songea Julia, comment pourrait-elle se tenir debout sur des pattes aussi maigres ? Ça paraissait impossible. La pouliche dodelinait de la tête comme un vieil homme observant le monde pour la dernière fois, alors qu'elle n'en avait encore rien vu. C'en était trop pour Julia. Elle posa les yeux sur Blue, toujours allongée sur le flanc, les yeux fermés. Pitié, pas toi. Des larmes brûlantes se mirent à rouler sur ses joues.

Puis Blue leva la tête, roula sur le ventre à son tour et replia ses pattes sous elle. La pouliche tendit le cou et se mit lentement debout, chancelante. Elle regarda sa mère et commença à avancer vers elle à petits pas incertains. Blue fixa sa petite et hennit. La pouliche s'approcha encore, chaque pas un peu plus résolu que le précédent. Puis Julia reconnut l'éclat dans leurs yeux, cet éclat qu'elle avait observé tant de fois entre des mères et leurs filles, cet éclat qui illuminaient leurs visages, entre affection et reconnaissance pour cet amour inconditionnel. Elle retint son souffle.

— Alors, mademoiselle Blackwood, lança Fletcher en souriant. Comment allez-vous appeler votre nouvelle pouliche ?

Même Claude avait un sourire aux lèvres.

Julia mit sa main sur sa bouche pour étouffer un sanglot. Blue et sa pouliche allaient bien. Pour la première fois, la chance aussi lui souriait.

CHAPITRE 13

Lilly

1937

Lilly était sur sa couchette, à fixer le vide dans l'obscurité tout en écoutant les autres femmes ronfler et marmonner dans leur sommeil. Une chaleur étouffante régnait dans le wagon. Elle était allongée au-dessus de ses couvertures, sa chemise de nuit remontée au niveau de ses cuisses, ses longs cheveux ramenés au-dessus de sa tête sur l'oreiller. Le train s'était arrêté quelques heures plus tôt. Elle était avec le cirque depuis assez longtemps pour savoir que l'odeur du bacon, des œufs, des patates frites et du café serré signifiait que la brigade volante (la première section du train qui arrivait dans une nouvelle ville) avait déjà monté la tente du réfectoire. Les manœuvres étaient en train de tout installer. Hank (le père de Cole) et le reste des employés de la ménagerie étaient en train de donner du foin et des grains aux animaux. Les cuisinières s'apprêtaient à servir aux centaines de travailleurs et d'artistes employés par le Cirque des Frères Barlow le premier repas de la journée, préparé avec la viande, les légumes, la farine, le lait, le sucre et le beurre livrés plus tôt ce matin-là.

Malgré la chaleur d'étuve dans le wagon et les bosses dans son matelas en crin de cheval, Lilly était heureuse d'avoir l'un et l'autre. Cela faisait quatre ans qu'elle partageait le wagon avec les autres femmes, et c'était à Glory qu'elle le devait. Quand elle avait eu douze ans, Glory avait posé un ultimatum à Merrick. Soit il autorisait Lilly à déménager, soit Glory le quittait. Lilly savait que Glory faisait ça pour la protéger, mais jamais elle n'aurait cru que ça fonctionnerait. Au début, Glory avait tenté de convaincre Merrick qu'il s'agissait d'un problème d'intimité. Mais à ce stade, Lilly avait déjà passé deux ans sur le canapé, à les entendre parler et se disputer et rire dans la chambre. La première fois qu'elle les avait entendus avoir des relations, elle s'était mis un oreiller sur la tête et avait pleuré, persuadée que Merrick faisait mal à Glory mais trop terrifiée pour intervenir. Quand Glory était sortie de la chambre le lendemain matin et qu'elle avait vu l'air inquiet de Lilly, elle lui avait assuré que Merrick et elle avaient simplement joué à un jeu et qu'elle allait très bien. Après ça, Lilly avait mis son oreiller sur sa tête tous les soirs, juste au cas où. Puis elle les avait surpris nus un après-midi et Glory avait alors eu avec elle une « conversation de femme à femme ». Alors quand Glory avait dit à Merrick qu'elle avait peur que Lilly ne les surprenne en train de faire des choses « indécentes », il lui avait ri au nez. C'était un peu tard pour ça.

Mais ensuite, Glory avait fait ses valises et s'était plantée sur le seuil de leur wagon avec des larmes dans les yeux, et Merrick avait étonné tout le monde en autorisant Lilly à déménager. Il continuait à la surveiller de près, la menaçait de la renvoyer si elle « foirait » son numéro, lui parlait comme si elle était sa propriété et non pas une personne… Mais elle n'était plus la victime régulière de ses mauvais traitements. Quand elle vivait avec lui, il suffisait d'un rien pour le faire démarrer au quart de tour, et il avait recours aux insultes, au dos de sa main et parfois à ses poings. Lilly avait essayé de convaincre Glory de partir avec elle, mais pour une raison quelconque, Glory avait refusé. La moitié des artistes du musée des horreurs disaient que Glory restait avec Merrick parce qu'elle pensait qu'elle pouvait le faire changer, l'autre moitié disaient que c'était parce qu'il avait sauvé son frère Viktor d'une vie à l'asile.

Depuis son départ, Lilly demandait tous les jours à Glory si elle allait bien. Certains jours, Glory paraissait heureuse, mais d'autres, elle semblait triste et distante. Les jours où elle ne parlait pas beaucoup, elle était plus maquillée que d'habitude, ou alors elle se coiffait différemment pour cacher les cocards. Lilly finit par comprendre que Glory aimait Merrick, en dépit de la façon dont il la traitait. Et malheureusement, elle savait ce que ça faisait de tenir à quelqu'un qui vous maltraitait. Elle avait aimé Maman et Papa en dépit de tout ce qu'ils lui avaient fait, et savoir qu'eux ne l'aimaient pas continuait à lui briser le cœur.

Tout le monde n'allait pas tarder à se lever. Et comme d'habitude, les autres artistes du wagon (Dolly, CeeCee la Charmeuse de Serpents, Hester et Penelope) descendraient de leurs couchettes en demandant aux autres dans quelle ville elles se trouvaient aujourd'hui. Cela dit, c'était facile de perdre le fil : le Cirque des Frères Barlow parcourait vingt-cinq mille kilomètres par an et donnait cent cinquante représentations.

Lilly était certaine de deux choses. La première : ils étaient quelque part en Pennsylvanie. La deuxième : Merrick lui tomberait dessus dès qu'il reviendrait de son expédition en quête de nouveaux endroits où se produire.

Elle avait refoulé tout un groupe de gens de la ville (ou de péquenauds, comme elle les appelait désormais), et s'il y avait bien une chose à ne pas faire, c'était celle-ci. Il ne fallait surtout pas s'interposer entre Merrick et ses recettes, surtout quand on était l'un des numéros principaux, dans le cas de Lilly : la Voyante Albinos. Sans parler du fait qu'elle avait enfreint la règle d'or : « Le spectacle doit continuer ».

Merrick avait eu l'idée de la Voyante Albinos après avoir convaincu M. Barlow que les péquenauds s'intéressaient davantage à Dina et à Mabel qu'à la Princesse des Glaces Venue d'une Autre Planète. Alana avait tellement adoré l'idée qu'elle avait tenu à aider à monter le numéro et persuadé M. Barlow de donner sa propre tente à Lilly. Néanmoins, encore aujourd'hui, en dépit du fait qu'elle faisait partie de la troupe depuis six ans et qu'elle était désormais une de ses attractions phare, tout l'argent qu'elle rapportait allait dans la poche de Merrick. Étant son patron et son tuteur, il estimait ne rien lui devoir à part trois repas par jour et un endroit où dormir. Elle avait demandé cent fois à être payée comme les autres artistes, mais il lui répondait toujours qu'il pouvait se débarrasser d'elle aussi facilement qu'il l'avait achetée.

Au début, Lilly avait cru qu'il vaudrait mieux être la Voyante Albinos que faire partie du musée des horreurs, où les péquenauds la dévisageaient, la chahutaient et lui crachaient dessus, où les enfants criaient de peur et où les petites vieilles la poussaient du bout de leurs cannes. Enfants comme adultes lui jetaient du pop-corn et des cacahuètes et des pommes d'amour à moitié mangées, riant quand elle se baissait pour éviter les projectiles, se moquant d'elle lorsque quelque chose l'atteignait. Et quand Merrick la mettait « sur le devant » pour attirer le chaland à l'intérieur du chapiteau, les femmes lui touchaient le visage, les hommes ivres lui tripotaient la poitrine et les adolescents tiraient sur ses longs cheveux. Plus d'un avait tenté de les lui arracher en pensant qu'il s'agissait d'une perruque.

Mais après les premières semaines de son nouveau numéro, elle en vint à le détester. Les gens pensaient qu'elle était réelle, et elle se sentait affreusement mal en voyant les péquenauds dépenser l'argent qu'ils avaient eu tant de mal à gagner dans l'espoir d'entrer en contact avec un membre de leur famille parti dans l'au-delà. Certaines personnes étaient tellement désespérées qu'elles payaient avec des bijoux ou ce qui semblait être leur dernier dollar. Certes, il y avait tout un tas de numéros bidon parmi les attractions (le Bébé Démoniaque, la Sirène de Fidji, la Femme à Deux Têtes), mais ça ne la consolait en rien. Ses journées étaient peuplées d'innombrables visages peinés, qui la regardaient tous avec espoir et enthousiasme, priant pour réussir à entrer en contact avec leurs mères, pères, amants, enfants décédés. Et elle avait toutes les peines du monde à le supporter.

À quand remontait la première fois qu'un péquenaud naïf était entré dans la tente de la Voyante Albinos et avait demandé à parler avec un proche qui n'était plus de ce monde ? Deux ans ? Trois ans ? Elle avait l'impression que c'était il y a un siècle. Rien que d'y penser, l'angoisse monta dans sa poitrine. Mais elle parvint à résister et à la repousser dans un coin de sa tête. Il valait mieux anesthésier ses émotions autant que possible.

Et pourtant. Pourtant. Elle était tout sauf anesthésiée. Elle se sentait comme un des lions ou des éléphants, un animal en cage forcé à se donner en spectacle. Au début, elle trimait aux mêmes heures que le reste des bêtes curieuses, mais ensuite, les files d'attente avaient commencé à s'allonger, et certains des péquenauds en venaient même à rater une partie de la représentation principale pour la voir. Alors désormais, sa tente était ouverte toute la journée, depuis l'ouverture des portes jusqu'au baisser de rideau, avec deux petites pauses pour se reposer et manger. À la fin de ces longues journées, elle était vidée émotionnellement et la seule chose qui l'aidait à se sentir mieux était de passer du temps à la ménagerie.

Si elle avait pu, elle aurait travaillé avec Hank. S'occuper des éléphants, nettoyer les box, remplir des seaux d'eau et de nourriture, leur donner des friandises et leur caresser la trompe (le seul réconfort, aussi infime soit-il, qu'ils pouvaient trouver au cirque). Les dresseurs et les artistes prétendaient adorer les animaux, mais dès que le spectacle était terminé, ils les remettaient en cage et oubliaient leur existence jusqu'à la prochaine représentation. Certes, les animaux avaient à manger et un toit, et un vétérinaire les examinait lorsqu'ils étaient blessés ou malades, mais Lilly et Cole étaient les seuls qui leur parlaient, jouaient avec eux et leur donnaient des caresses et de l'affection. Et ils faisaient ça tous les soirs.

La veille, dans la ménagerie, quand elle avait raconté à Cole qu'elle avait refoulé toute une file de péquenauds, il l'avait suppliée de se cacher dans son wagon en attendant que Merrick se calme. Mais elle avait refusé. Ç'aurait été injuste de le mêler à ça. Cole était son meilleur ami et tout le monde le savait et l'acceptait, peut-être parce qu'ils n'étaient que des enfants quand ils avaient commencé à tisser des liens. Mais ça voulait aussi dire que si Merrick ne la trouvait pas dans son wagon, celui de Cole serait le premier endroit où il se rendrait. Sauf qu'à présent, elle se demandait si elle n'avait pas fait une erreur. Peut-être qu'elle aurait dû accepter l'offre de Cole. Au moins, il aurait été là pour la protéger.

Une partie d'elle espérait que personne n'irait cafeter à Merrick, mais elle n'était pas dupe. Quiconque lui cacherait ce qui s'était passé s'attirerait aussi des problèmes. Et puis c'était sans compter sur Viktor, qui était d'une loyauté sans faille envers Merrick en dépit de la façon dont celui-ci traitait Glory. Tout le monde avait toujours prévenu Lilly de ne jamais dire du mal de Merrick devant Viktor, et de ne jamais rien faire susceptible de porter préjudice aux recettes de Merrick. Elle se demandait si Viktor serait le premier à aller rapporter à Merrick ce qu'elle avait fait. Les autres femmes lui avaient dit qu'elles ne la blâmaient pas d'avoir fermé son attraction, mais elle savait que cela serait égal à Merrick.

En y repensant, elle arrivait à peine à croire ce qui s'était passé. Pour duper les péquenauds qui attendaient de voir la Voyante Albinos, Alana remontait la queue qu'ils formaient armée d'un grand livre où elle écrivait le nom du défunt avec lequel chaque péquenaud espérait entrer en contact, sous couvert d'une garantie de remboursement. Elle ne le faisait qu'avec quelques personnes à la fois, car la zone d'attente près de la tente de la Voyante Albinos ne pouvait accueillir que dix personnes. Ce que les péquenauds ignoraient, c'était que Alana inscrivait les noms deux fois : une fois sur le livre et une fois sur un morceau de papier, qu'elle glissait ensuite dans sa poche sans que personne le voie. Si le péquenaud était un richard avec un portefeuille bien rempli, alors le vendeur de billets le « marquait » en lui donnant une tape amicale dans le dos qui laissait une marque de craie. C'était aussi indiqué sur le papier, afin que Lilly puisse offrir une séance « plus en profondeur » moyennant un supplément. Après avoir fait entrer les péquenauds dans la tente d'attente, Alana communiquait la liste à Merrick, qui donnait ensuite les noms à Lilly, un par un. Parfois, quand Merrick était absent, c'était Leon, le vieux monsieur qui l'avait trouvée enfermée dans la cage à son arrivée, qui le remplaçait.

L'intérieur de la tente de la Voyante Albinos était décoré de rideaux rouge et noir, de perles, de miroirs et de tapis sombres. L'unique lumière venait de trois bougies dans des bougeoirs en étain posés sur une table ronde ancienne, placée au milieu de la tente et entourée de deux sièges : un trône sculpté pour Lilly, et un fauteuil en rotin pour le péquenaud. Pierre (un nain qui travaillait comme clown avant de se casser le pelvis pendant le numéro du Bébé dans un Bâtiment en Flammes) se cachait dans une armoire avec des panneaux coulissants, d'où il pouvait taper dans les mains, siffler, jouer de l'harmonica ou du tambourin sans être vu. Parfois, il se glissait hors de sa cachette pour effleurer les péquenauds avec des gants rembourrés de laine, projeter de la lumière ou faire bouger un objet dans le noir, comme un mouchoir de femme au bout d'un bâton. Parfois, un « bébé esprit » (un coussin caché sous la nappe et attaché à un mécanisme que Lilly actionnait avec son pied) apparaissait au bord de la table quand on l'appelait dans l'au-delà. Et quand Lilly demandait à un esprit de faire sonner la clochette sous la cloche de verre au centre de la table, Pierre faisait tinter une cloche depuis l'intérieur de l'armoire.

Le numéro était bien ficelé et la nouvelle selon laquelle la Voyante Albinos était authentique s'était rapidement répandue. Mais chaque fois que la cloche sonnait ou que le tambourin tintait, chaque fois que Lilly relayait un message depuis l'au-delà et que l'expression sur le visage de la personne en deuil passait de la tristesse à la surprise, du doute à la gratitude, la culpabilité la prenait à la gorge. Tout ça n'était qu'un mensonge. Et ça lui brisait le cœur de voir les larmes couler sur les joues des péquenauds.

La veille, en fin d'après-midi, un homme avec un drôle de comportement était entré dans la tente. Il avait les mains enfoncées dans ses poches, une écharpe en laine enroulée autour du bas du visage, son chapeau lui couvrait le front. Au début, Lilly trouva ça étrange qu'il porte une écharpe en plein été. Puis elle se souvint qu'elle avait fait des séances avec une femme en maillot de bain, une vieille dame habillée comme une gitane, et une personne en costume de poulet. Elle avait vu des hommes en jupe, des enfants avec des oreilles de chat, des garçons avec des boucles d'oreilles. Plus rien ne l'étonnait.

Elle fit signe à l'homme de s'asseoir en face d'elle et songea l'espace d'un instant que l'écharpe n'aidait en rien à dissimuler l'odeur d'alcool sur son haleine. Puis, comme un animal bien dressé, elle se mit à réciter son baratin d'une voix feutrée.

— Bonjour et bienvenue. Avant de commencer, je vais d'abord vous parler un peu de ce que je fais. Je communique avec les morts depuis l'âge de quatre ans, et j'ai fini par comprendre que j'avais besoin de partager ce don. Les messages de l'au-delà peuvent prendre la forme de musique, de voix et d'autres sons. J'aimerais que vous fermiez les yeux et que vous pensiez à la personne avec qui vous aimeriez communiquer. Pendant ce temps, je tenterai d'entrer en contact avec le monde des esprits. Puis je vous poserai des questions, auxquelles vous devrez répondre par oui ou non. Est-ce que nous pouvons commencer ?

L'homme la dévisagea sans répondre. La lumière des bougies dansait dans ses yeux injectés de sang.

— Y a-t-il une personne en particulier dont vous voudriez avoir des nouvelles aujourd'hui ?

L'homme se tortilla sur son fauteuil.

— Oui, marmonna-t-il.

— Très bien. Pensez à la personne pendant que je me concentre sur…

— Je cherche ma fille.

Un signal d'alarme retentit dans la tête de Lilly. Leon lui avait dit que le prochain nom sur la liste était Barbara, la défunte femme du péquenaud. Pas sa fille. Elle réfléchit pour tenter de fomenter un nouveau plan. Si elle ratait son coup ou que Leon s'était embrouillé dans les noms, ils pouvaient avoir de gros soucis.

— Je vois. Je vous présente mes plus sincères condoléances. Peut-être que nous devrions commencer par…

— Elle n'est pas morte.

Lilly fronça les sourcils, perplexe.

— D'accord. Mais… vous comprenez que je suis là pour aider les gens à entrer en contact avec leurs proches décédés, n'est-ce pas ? Vous êtes sûr que vous êtes dans la bonne tente ?

Il hocha la tête.

— Je suis dans la bonne tente. Ma fille s'appelle Lilly.

Lilly retint son souffle. Qu'est-ce que c'était que cette farce ? Elle riva ses yeux à ceux de l'homme en tentant de garder son calme. Il soutint son regard. Elle ouvrit la bouche pour lui demander qui il était et ce qu'il voulait, puis elle se rappela qu'il existait des milliers de filles qui s'appelaient Lilly.

— Je vois, répéta-t-elle. Est-ce que Lilly est perdue ? Est-ce qu'elle s'est sauvée ?

L'homme secoua la tête.

— Je suis venu lui dire que je suis désolé. Je n'avais pas la moindre idée de ce que sa mère s'apprêtait à faire.

Lilly se raidit. *Non. Ce n'est pas possible.*

— S'il vous plaît, dit-elle, soudain étourdie. Fermez les yeux et je vais tenter de…

— Je veux qu'elle sache que je suis content qu'elle s'en soit sortie et que j'espère qu'elle est heureuse.

Lilly se laissa aller contre le dossier de son siège. Son cœur paraissait sur le point d'exploser dans sa poitrine. Elle ne savait pas quoi dire. C'était forcément une coïncidence. Puis l'homme tira sur son écharpe pour dévoiler son visage et elle bondit sur ses pieds.

— Qu'est-ce que tu fais ici ? cria-t-elle.

Son père se leva et s'approcha d'elle. Il semblait pâle et émacié à la lueur des bougies.

— Je suis venu te voir.

Pendant un instant vertigineux, elle se demanda si c'était un fantôme. Peut-être qu'il était vraiment mort après que Maman l'avait vendue au cirque. Peut-être que Maman avait dit la vérité des années plus tôt quand elle avait dit qu'il ne serait « bientôt plus de ce monde ». Elle recula, les jambes chancelantes, jusqu'à se retrouver le dos plaqué à la paroi de la tente. Les perles cousues à la toile tintinnabulèrent.

— Qu'est-ce que tu veux ?

— Je veux que tu saches que je suis désolé. Et que je t'aime toujours.

Elle porta une main à son ventre. Elle avait l'estomac affreusement retourné.

— Je… je t'ai attendu. J'ai cru que tu viendrais me chercher.

Il baissa les yeux, l'air grave.

— Je sais. Et je comprendrais que tu me détestes. Mais j'ai fait de mon mieux.

Les yeux de Lilly se remplirent de larmes.

— Est-ce que tu as essayé de me retrouver ?

Il secoua la tête.

— Ta mère ne m'aurait jamais laissé te ramener à la maison.

Lilly agrippa sa jupe dans ses poings.

— Parce que tu en avais encore quelque chose à faire de son avis après ce qu'elle m'avait fait ?

Il pinça les lèvres et la dévisagea sans répondre. Lilly n'en revenait pas. Quel genre de père laissait sa femme enfermer sa fille puis la vendre à un cirque sans réagir ?

— Tu étais mon père. Tu étais censé me protéger.

— Je sais et je suis désolé. Ta mère m'a forcé à…

Elle l'interrompit d'une voix déformée par la rage.

— Elle t'a forcé à quoi ? À choisir entre elle et moi ?

Là-dessus, Pierre bondit hors de l'armoire.

— Qu'est-ce qui se passe, Lilly ? Est-ce que tout va bien ?

Elle essuya les larmes sur ses joues, confuse et furieuse et terriblement en colère contre elle-même d'être dans cet état.

— Oui, tout va bien.

Pierre se tourna vers son père.

— Je crois qu'il vaut mieux que vous partiez, monsieur, dit-il d'une voix ferme.

— Je veux juste lui parler. Je veux lui expliquer…

— Non, coupa Lilly. Tu ne vas rien m'expliquer du tout. Tu as eu ta chance. Ça fait six ans et c'est maintenant que tu viens me trouver ? Pour quoi faire ? Pour laver ta conscience ? C'est trop tard pour ça.

Elle pointa la sortie du doigt.

— Il a raison, tu ferais mieux de t'en aller. Je n'ai plus besoin de toi.

— Lilly, s'il te plaît. Je…

— Sors d'ici ! hurla Lilly.

Il la scruta d'un regard triste pendant ce qui lui parut une éternité, puis ses épaules s'affaissèrent et il se dirigea vers la sortie d'un pas lourd. Après son départ, Lilly se laissa glisser au sol et enfouit son visage dans ses mains, le corps agité de sanglots. Pierre posa une main sur son épaule.

— Ça va ?

Elle secoua la tête.

— On ferme.

— Quoi ?

— Ferme mon attraction. Je ne peux voir personne d'autre aujourd'hui.

— Tu es sûre ? Merrick va piquer une sacrée crise. Qui sait ce qu'il va faire…

Elle leva les yeux sur Pierre. Son sang cognait dans ses tempes et elle avait le visage trempé de larmes et de sueur.

— Je m'en fiche. Qu'il fasse ce qu'il veut, ça ne pourra pas faire aussi mal que ça.

Et Lilly était donc là, allongée sur sa couchette. Quelle serait la réaction de Merrick quand il apprendrait que l'attraction de la Voyante Albinos avait attiré une longue file de péquenauds qui avaient attendu leur tour pour la voir, et que Lilly les avait tous renvoyés chez eux jusqu'au dernier ? Pierre avait raison : c'était impossible de prévoir ce qu'il ferait. Elle tenta de conserver son calme en comptant les lattes dans le plafond au-dessus d'elle. *Une, deux, trois, quatre*. Mais ça ne l'aida pas.

Elle roula sur le côté et se demanda si elle ne ferait pas mieux de tout raconter à Merrick avant que quelqu'un d'autre ne le fasse. Si elle lui expliquait ce qui s'était passé, peut-être qu'il comprendrait. Peut-être même qu'il serait content qu'elle ait mis son père à la porte. Après tout, c'était certainement illégal d'acheter un enfant à sa mère. Elle pouvait mentir et lui raconter que son père avait demandé où il était et menacé d'appeler la police. Soudain, les gonds en fer de l'entrée grincèrent et la porte s'ouvrit à la volée, si violemment qu'elle cogna dans le mur. Les autres sursautèrent et s'assirent dans leurs lits.

— Tout le monde dehors ! aboya Merrick.

Les femmes enfilèrent leurs peignoirs et leurs pantoufles, avant de sauter à bas de leur couchette. Avec ses bigoudis dans les cheveux, Dolly se balançait d'avant en arrière pour tenter de prendre suffisamment d'élan pour se mettre debout. Hester la rejoignit et l'attrapa par le bras pour l'aider à se lever. Lilly aussi descendit de sa couchette. Elle mit son peignoir, donna un coup de main à Hester avec Dolly puis les suivit vers la sortie.

— Pas toi, dit Merrick en pointant une cravache en direction de Lilly.

Elle s'arrêta, le ventre noué.

— Je suis désolée, commença-t-elle. Mon père a débarqué et je… je n'ai pas réussi à me ressaisir ensuite.

Les autres femmes restèrent devant le wagon, un voile de peur et d'inquiétude sur le visage.

Merrick la fusilla du regard.

— Ton père est mort.

Lilly secoua la tête.

— Non. Ma mère a menti. Il est venu me chercher. Il voulait savoir où vous étiez et il a dit qu'il allait appeler la police.

— Je ne te crois pas. S'il est venu te chercher, alors où est-ce qu'il est ? Et qu'est-ce que tu fais encore ici ?

Le menton de Lilly se mit à trembler.

— Je lui ai dit que je voulais rester et il est parti.

— Ben voyons.

Il claqua la porte derrière lui et avança vers elle en grognant, rouge de colère.

— Quand bien même le Pape viendrait dans ta tente, je n'en ai rien à foutre. Tu ne renvoies pas des clients qui paient !

— Je suis désolée. Ça n'arrivera plus, je vous le promets.

Il se figea et, pendant une seconde, elle pensa qu'il voulait juste lui faire peur. Mais ensuite, il se propulsa en avant et donna un coup de cravache sur son avant-bras dénudé. C'était comme si un tisonnier ardent lui brûlait la peau. Une marque rouge fit aussitôt éruption sur sa peau blanche, comme une traînée ensanglantée. Elle appuya sur la trace et serra les dents, bien décidée à ne pas crier. Il souleva la cravache par-dessus sa tête pour la frapper à nouveau. Elle courut jusqu'au fond du wagon et il se lança à sa poursuite.

Coincée, elle se retourna pour lui faire face.

— Allez-y ! Battez-moi autant que vous voulez. Vous n'oserez jamais me tuer. C'est moi votre attraction la plus rentable.

Il s'immobilisa un instant, comme s'il réfléchissait à ce qu'elle venait de lui dire. Puis il leva la cravache, toutes dents dehors, et la frappa encore et encore, chaque coup plus fort que le précédent. Elle se roula en boule et tenta de se protéger, mais c'était inutile. La cravache lui fouettait les mains, les bras et les épaules, tel un incendie qui lui dévorait la peau. Elle songea qu'elle avait été inspirée de mettre sa robe de chambre, autrement ses bras auraient été complètement nus, car sa chemise de nuit n'avait pas de manches. Puis la porte du wagon s'ouvrit à nouveau et, soudain, Merrick fut tiré en arrière, comme happé par une force invisible. Il écarquilla les yeux et ouvrit grand la bouche. Viktor le tenait par le col de sa veste et la tête de Merrick touchait presque le plafond.

— Qu'est-ce que tu fabriques ? hurla Merrick en se débattant.

Glory se tenait derrière Viktor, avec M. Barlow et ses molosses. Elle avait le visage déformé par la colère.

— Si tu lui fais des marques, elle n'est plus bonne à rien ! cria M. Barlow. On ne pourra même pas l'utiliser pour le spectacle de charme !

Il fit signe à Viktor de lâcher Merrick. Viktor s'exécuta aussitôt. Merrick lissa sa veste et lança à Viktor un regard noir.

— Tu es de son côté, maintenant ?

— Désolé, patron. Glory a dit que vous aviez des ennuis.

Merrick ramena ses cheveux en arrière pour dégager son front trempé de sueur.

— Je peux me débrouiller tout seul. Et Syd, Lilly travaille pour moi, je te rappelle.

— Dans ma tente, dans mon cirque, rétorqua M. Barlow. Elle mange ma nourriture, dort dans mon wagon. À ce stade, je dirais que c'est davantage ma propriété que la tienne.

Merrick le fusilla des yeux, le souffle court, la mâchoire contractée. Pour la première fois, il était sans voix. Il dévisagea Lilly, comme s'il se demandait s'il devait continuer à la battre non.

— Si tu t'avises de refuser à nouveau un péquenaud, ton prochain numéro sera sur le parking, derrière la tente de la danse du berlingot ! cria-t-il.

Puis il tourna les talons et sortit en trombe du wagon, en jurant entre ses dents. Viktor, M. Barlow et ses molosses lui emboîtèrent le pas.

Lilly s'avachit dans un coin, les épaules et le dos pétris de douleur. Sa peau était comme fendue là où la cravache l'avait atteinte.

Glory l'aida à se relever.

— L'enfoiré. Dès que j'ai su qu'il était en route pour ta tente, je suis allée chercher Viktor. Je n'avais jamais vu Merrick aussi furax. Quand M. Barlow nous a vus courir, il est venu aussi.

— Qui lui a dit ce qui s'était passé ?

Glory haussa les épaules.

— Je ne sais pas.

À ce moment-là, Cole entra dans le wagon et se précipita vers Lilly.

— Est-ce que tu vas bien ?

Il passa un bras autour d'elle et l'aida à s'asseoir sur la couchette la plus proche.

— Oui.

— Je l'emmène à la ménagerie, dit-il à Glory. On a du baume pour les plaies là-bas.

Glory hocha la tête. Elle aida Lilly à se remettre debout et l'escorta jusqu'à la porte, secondée par Cole. Celui-ci sauta à bas du wagon puis tendit les mains vers Lilly pour l'aider à descendre. Mais ensuite, au lieu de la poser à terre, il la souleva dans ses bras pour la porter. Lilly passa ses bras autour de son cou et appuya sa tête contre sa poitrine. Les battements forts et réguliers du cœur de Cole résonnaient dans son oreille.

Alors qu'ils traversaient l'enceinte, où des employés et des manœuvres installaient des tentes, des stands, et aussi des mâts avec l'aide de Petunia et Flossie, plusieurs ouvriers s'interrompirent pour regarder Cole et Lilly passer. Ils se demandaient sans doute si elle était ivre ou morte. Après les avoir observés, les hommes se remirent au travail sans dire un mot. Ils avaient vu un tas de choses bizarres au cirque, et ils savaient qu'il valait mieux ne pas fourrer leur nez dans les affaires des artistes.

Une fois dans la ménagerie, Cole étendit Lilly sur une couverture propre dans le box de Pepper, avant d'aller chercher le baume. Comme pour tenter de comprendre ce qui n'allait pas, Pepper renifla Lilly des pieds à la tête, puis poussa un petit gémissement étouffé qui ressemblait presque à des pleurs. Installé dans le box voisin, JoJo tendit sa trompe vers l'avant et renifla l'air.

Lilly s'assit et caressa la trompe de Pepper.

— Ne t'inquiète pas, ça va aller.

Cole revint avec le baume cicatrisant et s'agenouilla à côté d'elle. Lilly retira sa robe de chambre pour dégager ses bras. Avec des gestes délicats, Cole appliqua du baume sur les marques écarlates qui couvraient ses bras et ses mains. Elle serra les dents et tenta de ne pas crier.

— Heureusement, c'est juste en surface, dit-il tout en inspectant son visage et son cou.

Soudain, elle se rappela qu'elle était nue sous sa chemise de nuit et le rouge lui monta aux joues. Elle repensa au moment où il l'avait portée à travers l'enceinte et se demanda si ses seins avaient rebondi contre son torse. Cole alla ensuite se placer derrière elle pour lui mettre du baume sur les épaules et le dos, ses mains passant sous les fines bretelles de sa chemise de nuit. Il glissa ses doigts jusqu'en bas de son dos et voulut écarter le tissu de sa peau.

— Non, dit-elle en s'écartant.

— Quoi ?

— Je… Je ne porte pas de…

— Je cherche des traces de cravache, je n'essaie pas de voir tes fesses. On est presque frère et sœur, bon sang.

Elle soupira et le laissa faire, le visage en feu pendant qu'elle l'imaginait regarder plus bas que nécessaire. Non seulement l'idée qu'il voie son derrière était terriblement gênante, mais elle se sentait stupide d'avoir fait un commentaire à ce sujet. Néanmoins, en dépit de la douleur et de la gêne, la sensation de ses mains et du baume dans son dos était agréable.

— Je crois que c'est tout. Sauf si tu en as d'autres que je n'ai pas vues.

Elle secoua la tête et remit son peignoir. La crème collait au tissu, mais ça lui était égal. Elle n'avait aucune envie de rester à moitié nue plus longtemps que nécessaire.

— Merci. Je me sens déjà mieux.

Cole referma le pot et s'essuya les mains sur la couverture.

— De rien. Mais tu aurais dû dormir dans mon wagon hier. Il n'aurait pas pu s'en prendre à toi comme ça.

— Je sais. Tu as raison.

Il lui sourit faiblement.

— Bien sûr, que j'ai raison. J'ai toujours raison. Je suis la personne la plus intelligente que tu connaisses, au cas où tu ne l'aurais pas encore compris.

Elle sourit. Comme toujours, il savait comment lui remonter le moral.

L'instant d'après, Cole redevint sérieux.

— Qu'est-ce qui va se passer maintenant, à ton avis ?

Elle haussa les épaules.

— Tout va rentrer dans l'ordre, je suppose. Merrick ne va certainement pas fermer l'attraction de sa poule aux œufs d'or.

— Il faut qu'on trouve un moyen de te sortir des pattes de cet enfoiré.

— Bonne idée. Et puisque tu es la personne la plus intelligente que je connaisse, pourquoi est-ce que tu n'échafaudes pas un plan ?

Elle tentait de faire de l'humour, mais Cole la dévisagea, sombre et pensif.

CHAPITRE 14

Julia

Le lendemain de la mise-bas de la pouliche de Bonnie Blue, Julia se réveilla en sursaut. Les yeux ouverts, elle resta immobile, tentant de découvrir ce qui l'avait arrachée à son profond sommeil. Pendant un instant, elle crut qu'elle était de retour dans son studio au-dessus du magasin d'alcools. Puis elle reconnut les rideaux en brocart rouge et les fenêtres à croisée de Blackwood Manor. Elle avait fait des rêves peuplés de rats, de pièces secrètes et de femmes sans tête. Mais c'était autre chose qui l'avait brusquement tirée du sommeil.

Tout semblait gris dehors et elle sentait sur son visage la froideur qui régnait dans la chambre. Elle observa la lumière du petit matin et tenta de déceler ce qu'il y avait de différent. Les branches des arbres semblaient floues et la maison plus silencieuse que d'habitude. Trop silencieuse. Elle se rendit alors compte que la chaudière ne ronflait pas. Ses doigts et ses orteils étaient gelés et le bout de son nez également. Elle faisait de la buée en respirant. Elle se redressa et ramena aussitôt les couvertures autour de son cou. Il régnait un froid glacial dans la chambre.

Elle sortit de son lit, s'enveloppa dans la couette en plumes d'oie et alla à la fenêtre. Le sol semblait gelé sous ses pieds et une épaisse couche de givre recouvrait la vitre. Dehors, les arbres étaient comme des taches sombres sur un fond blanc où tout se mélangeait.

Tremblante, elle jeta la couette sur le lit, s'habilla aussi vite que possible et se précipita dans le couloir sombre. La maison ressemblait à une chambre froide. Elle appuya sur un interrupteur. Rien ne se passa.

— Merde, dit-elle tout bas.

Les yeux plissés, elle se dirigea vers le salon et alluma un feu dans la cheminée. Dans la cuisine, elle alluma les brûleurs de la gazinière, puis ouvrit la porte de derrière pour inspecter la cour et la grange.

Une couche compacte de glace recouvrait tout : le manteau de neige sur la pelouse, les arbres, les clôtures, les poteaux et les câbles télégraphiques, la grange et les dépendances. Des branches cassées jonchaient la cour et les fils électriques semblaient attirés vers le sol par un courant magnétique. Dans les bois de l'autre côté des champs, des branches d'arbres craquaient et s'écrasaient à terre avec fracas, comme si des centaines de chasseurs tiraient des coups de fusil. Julia n'avait jamais rien vu ni entendu de pareil. Elle avança pour mieux voir, et l'arche couverte de vignes qui surplombait les marches craqua et se cassa net avant de tomber à ses pieds dans un tonnerre de bris de glace.

Elle retourna dans la cuisine et attrapa le téléphone. Il n'y avait pas de tonalité. Qu'est-ce qu'elle était censée faire ? Et les chevaux ? Est-ce qu'ils allaient bien ? Est-ce que Claude viendrait s'en occuper ? La plupart d'entre eux pouvaient passer plusieurs heures sans eau et sans nourriture, mais qu'en était-il de Blue et de sa pouliche ? Supporteraient-elles ce froid ?

Elle regagna le salon, s'assit sur le canapé devant la cheminée avec une couverture sur les épaules et tenta de réfléchir. Si Claude ou Fletcher ne venaient pas, alors elle devrait gérer toute seule. C'était aussi simple que ça. Elle ne pouvait pas laisser les chevaux livrés à eux-mêmes, en particulier Blue et sa petite, qu'elle avait baptisée Samantha Blue. Les animaux étaient sa responsabilité désormais et s'il leur arrivait quelque chose, elle ne se le pardonnerait jamais.

Incapable de maîtriser ses tremblements et sans savoir s'ils étaient dus au froid ou au stress, elle alla chercher un pull supplémentaire à l'étage puis retourna dans la cuisine. Elle prépara du thé et des œufs et les mangea enveloppée dans une couverture. Après ça, elle se roula en boule sur le canapé et attendit. Toutes les dix minutes environ, elle se levait pour aller regarder par la fenêtre si le pick-up de Claude était dans l'allée de la grange.

Vers midi, les bris de branches à l'extérieur s'étaient calmés, mais toujours pas le moindre signe de Claude ou Fletcher. Elle trouva une lampe torche dans un tiroir de la cuisine et monta dans la chambre parentale, en quête de vêtements plus chauds. Avec un peu de chance, elle trouverait un des pantalons doublés polaire de son père ainsi que son gros manteau, sauf si Mère s'en était débarrassée.

La chambre de ses parents figurait sur la liste des pièces dans lesquelles elle n'était pas autorisée à entrer étant enfant. Elle n'en avait aperçu l'intérieur que deux fois : une fois lorsqu'elle avait frappé à leur porte en pleurant après avoir été malade dans son lit, et une autre fois durant un orage qui avait fait trembler toute la maison. Chaque fois, Mère avait refusé de la laisser entrer et l'avait ramenée dans sa chambre. À présent, elle se demandait si elle était sur le point de découvrir pourquoi.

Après deux tentatives, elle trouva la bonne clé, ouvrit la porte et entra. À l'instar du reste des meubles de Blackwood Manor, le lit, les commodes et l'armoire étaient en acajou avec des volutes, des feuilles, des guirlandes de fleurs et des têtes de lions sculptées. Les colonnes du lit à baldaquin étaient aussi épaisses que des troncs d'arbres, avec des fleurons en marbre et des cannelures. Des lampes assorties avec des abat-jour à frange en brocart trônaient sur les tables de chevet et des peintures religieuses et des crucifix décoraient les murs floqués. Julia se souvint de la nuit de l'orage : Mère qui ouvrait la porte, un éclair dehors qui illuminait un portrait derrière elle représentant Jésus sur la croix, les yeux révulsés, le sang coulant d'une plaie béante au niveau de son flanc. Julia en avait fait des cauchemars pendant des semaines. Plus jamais elle n'était retournée frapper à la porte de la chambre de ses parents, qu'importe à quel point elle était malade ou effrayée.

Bizarrement, le reste de la maison (ou en tout cas les endroits où Julia avait le droit d'aller) était dépourvu de croix et d'images liturgiques. Plus étrange encore, Mère était d'accord avec Père quant au fait qu'elles n'avaient pas leur place dans les pièces communes, où ils recevaient parfois des clients. Père disait qu'il ne voulait pas que la maison soit remplie de choses spirituelles parce qu'il ne voulait pas imposer sa religion aux autres. Mais Julia sentait toujours son impatience (à la limite de la rancœur) vis-à-vis des croyances de Mère, notamment quand elle insistait pour transformer la moindre conversation sérieuse en leçon de catéchisme ou pour prier les rares fois où ils sortaient dîner. Il laissait faire pendant un moment, puis il levait les yeux au ciel et changeait de sujet. Pour une raison qui avait toujours échappé à Julia, c'étaient les seules fois où il tenait tête à Mère, et les seules fois où Mère cédait.

Julia n'arrivait pas à trancher : la chambre avait-elle l'air d'appartenir à une fanatique religieuse, ou à une fille de maison close ? À l'exception des meubles, tout était rouge : le papier peint floqué, les rideaux, les tapis, les taies d'oreiller, le tour de lit et la housse de couette. Peut-être que c'était décoré de la sorte pour être assorti au sang de Jésus, ou peut-être que le rouge était la couleur préférée de Mère. Si toutefois elle était capable d'avoir une préférence de quelque type que ce soit. Et d'ailleurs, qu'est-ce que ça pouvait faire ? Dès que Julia en aurait l'occasion, elle se débarrasserait de tout ça. De plus, ce n'était pas le moment de se livrer à ce genre de réflexions. Les chevaux avaient besoin d'elle.

Julia secoua la tête pour se remettre les idées en place et se dirigea vers l'armoire. Heureusement, elle n'était pas fermée à clé. Elle éclaira l'intérieur avec sa lampe torche. Les robes, les visons, les pantalons et les vestes étaient soigneusement accrochés, comme si on les avait portés la veille. Surprise de trouver autant d'affaires appartenant à son père, elle fit glisser les vêtements sur la tringle jusqu'à trouver son manteau. Elle le jeta sur le lit et ouvrit les tiroirs des commodes pour trouver un pantalon et un gros pull. Des effluves de l'après-rasage de son père flottaient encore parmi les maillots de corps bien pliés et les mouchoirs ornés d'initiales.

Elle revit son père rentrer de la grange, accrocher son chapeau et son manteau dans le vestibule, retirer ses bottes et étirer ses jambes fatiguées. Elle l'observait toujours sans faire de bruit, en attendant qu'il remarque sa présence. Elle aurait tant aimé qu'il lui demande comment s'était passée sa journée, ou qu'il lui parle de la sienne. Mais tous les soirs, c'était la même chose. D'abord, il se lavait les mains dans les toilettes adjacentes du vestibule. Puis il lui tapotait le dessus de la tête et traînait les pieds jusqu'à la salle à manger pour se servir un whiskey ou un brandy. Pas de « Ç'a été à l'école ? » ni de « Qu'est-ce que tu as fait aujourd'hui ? ». Jusqu'à sa mort, il ne prit jamais le temps de découvrir qui elle était et ce qu'elle aimait. Et ça lui brisait le cœur.

Elle le voyait encore attablé à attendre que Mère et son regard dur comme de l'acier arrivent avec le dîner. Elle se rappela la fois où Mère lui avait dit de ressortir pour garer le vieux tracteur derrière la grange, afin que les gens qui passeraient par là ne voient que le nouveau. Ou la fois où Mère avait appris qu'il avait vendu un poulain cinq cents dollars moins cher que le prix de vente à un de ses amis. Ou encore celle où elle avait voulu poursuivre en justice des « misérables clochards » pour avoir volé de l'eau dans un abreuvoir.

« Ces gens-là propagent des maladies », disait-elle. Sans un mot, Père se levait et remplissait son verre, tout en écoutant Mère rabâcher pendant que Julia dînait en silence. Parfois, elle se demandait si elle était invisible.

Dans l'avant-dernier tiroir du bas de la commode, elle tomba sur une pile de pulls en laine. Elle choisit le plus épais, le balança sur le lit et ouvrit le tiroir du bas. Il contenait les pantalons doublés polaire que Père mettait l'hiver pour aller dans la grange. Elle les sortit un par un et les examina, pour en trouver un qu'elle pourrait porter par-dessus son propre pantalon sans le perdre. Quand elle attrapa le dernier, une page de journal jaunie voleta et atterrit sous la commode, comme mue par une brise invisible. Elle s'agenouilla et mit la main sous le meuble pour récupérer le papier, entre la poussière et les toiles d'araignée. Elle se redressa pour le lire, et c'est là qu'elle aperçut le carnet au fond du tiroir à pantalons.

Il avait une couverture unie en cuir et un fermoir en laiton, un peu comme un carnet de bord ou un journal intime. Julia posa la feuille de journal et s'empara du carnet. En caressant le cuir desséché de la couverture, un frisson parcourut son échine. Qu'est-ce que c'était ? Et pourquoi son père avait-il caché ça dans sa commode ?

Elle inspira profondément et ouvrit le carnet. Elle reconnut l'écriture de son père sur la première page. Les premières phrases disaient :

Nous avons enterré notre première-née. Puisse-t-elle reposer en paix. Que Dieu fasse monter son âme au paradis. Et puisse-t-Il nous venir en aide après ce que nous avons fait.

Julia retint son souffle. *Notre première-née ? Puisse-t-Il nous venir en aide après ce que nous avons fait ?* De qui son père parlait-il ? Ses parents n'avaient jamais mentionné une sœur. Et qu'est-ce qu'ils avaient fait ?

Elle tourna précipitamment la page pour lire l'entrée suivante.

Je ne parviens pas à l'écrire avec des mots. C'est trop difficile. La seule chose que je puisse faire à présent, c'est demander à Dieu de me pardonner.

— De me pardonner ? dit Julia à voix haute. Te pardonner pour quoi ? Qu'est-ce que tu as fait ?

Elle tourna la page, désespérément curieuse d'en savoir plus.

Un jour, je raconterai la vérité. Mais pas maintenant. Pas aujourd'hui. C'est trop frais, trop tôt, trop douloureux.

Elle examina le reste du carnet. Toutes les autres pages étaient vierges. Elle relut les premières entrées, puis replaça le carnet dans le tiroir. Soudain, elle fut prise de vertige, submergée par le sentiment d'être dans un mauvais film de série B. Elle avait une sœur. Une sœur qui était morte. Et son père s'accusait, ainsi que Mère, de quelque chose en lien avec sa mort. Ça semblait impossible. Incroyable. Et pourtant. Peut-être que c'est pour ça que ses parents étaient si malheureux. Peut-être que c'était pour ça que Mère priait et que Père buvait. Peut-être que c'était pour ça qu'ils faisaient comme si elle n'existait pas, à part quand elle faisait des bêtises. Peut-être qu'ils ne voulaient pas la regarder parce qu'elle leur rappelait sa sœur disparue.

Elle se frotta le visage d'un geste las. Quels autres secrets renfermait Blackwood Manor ? De quels autres mensonges l'avait-on abreuvée ? Elle prit les vêtements de son père et quitta la pièce. Les vieux péchés devraient attendre. Les chevaux, ses chevaux, avaient besoin d'elle.

CHAPITRE 15

Lilly

Une semaine après la visite du père de Lilly, le Cirque des Frères Barlow s'installa près d'une ville agricole en banlieue de Des Moines. L'air était irrespirable. Tous les artistes disaient que la semaine battait tous les records de chaleur précédemment enregistrés dans la capitale de l'Iowa. Quand Lilly passa devant la ménagerie pour se rendre dans les loges afin de se préparer, elle remarqua que les rabats étaient remontés et que Cole et son père apportaient des seaux d'eau aux animaux en cage. La sueur coulait sur leurs visages rouges et leurs chemises leur collaient à la peau.

Normalement, c'était le travail des manœuvres de donner à boire aux animaux, ainsi que de disposer les remorques d'eau autour de l'enceinte pour remplir les seaux des artistes, d'asperger le sol pour limiter la poussière, de remplir les tonneaux et d'arroser les éléphants. Surprise et curieuse, Lilly entra dans la ménagerie. Les fauves respiraient plus vite et plus fort que d'habitude, et des nuées de mouches volaient autour des chevaux, des singes et des ours.

— Qu'est-ce qui se passe ? demanda-t-elle à Cole.

— M. Barlow refuse de faire amener de l'eau supplémentaire, alors on va en chercher autant que possible à un étang pas loin d'ici.

Lilly eut envie de le serrer dans ses bras. C'était une des choses qu'elle aimait chez lui : le bien-être des animaux lui importait autant qu'à elle.

— Je viendrai t'aider à la fin de ma journée.

Il s'essuya le front sur le revers de sa manche et remplit l'auge de la cage de l'ours.

— Merci. Mais entre mon père, Dante, Leon et moi, je pense que ça va aller.

— Tu en es sûr ?

Il hocha la tête.

— Tu vas être épuisée après avoir passé la journée dans ta tente par cette chaleur. Je laisserai un seau d'eau en plus dans les loges pour ta pause.

— C'est gentil. De toute façon, je passerai tout à l'heure, alors si tu as encore besoin d'aide, je te donnerai un coup de main.

Une demi-heure plus tard, elle était assise devant une coiffeuse, en train de s'éventer et de relever ses cheveux pendant que Dolly attachait pour elle le fermoir de son ras-de-cou en perles à six rangées. Le collier et les boucles d'oreilles assorties faisaient partie de sa tenue, et allaient avec les barrettes qui décoraient ses cheveux. Merrick ne perdait jamais une occasion de lui rappeler qu'elle ne devait surtout pas les casser ou les perdre. Dolly finit de l'aider, puis s'affala sur une chaise et essuya la sueur sur son visage d'un revers de son avant-bras enrobé.

— Misère, je transpire comme une fille de joie à la messe.

Merrick écarta le pan de la tente et glissa sa tête dans la loge.

— Magne-toi, Lilly, les péquenauds s'impatientent !

Lilly soupira.

— J'arrive tout de suite.

Elle examina sa coiffure et ses bijoux dans le miroir. Glory s'était surpassée, comme toujours. Elle avait ramené les cheveux de Lilly sur le dessus et l'arrière de sa tête. Des ondulations délicates ornaient ses tempes, tandis que le reste de ses anglaises parfaitement bouclées tombaient dans son dos. Sa robe blanche en satin et en mousseline de soie renforçait l'illusion qu'elle n'était pas un simple être humain, mais une créature céleste. Elle épongea délicatement la sueur sur son front avec un mouchoir, se leva et se dirigea vers la sortie.

— Merci pour ton aide, Dolly.

Dolly lui fit signe de filer.

— De rien. Casse la baraque, ma belle.

Lilly suivit Merrick jusqu'à la tente de la Voyante Albinos. Quand ils passèrent près de la grande tente du musée des horreurs, elle aperçut une silhouette vêtue de noir, assise sur l'estrade devant la tente, avec un sac sur la tête.

— C'est un nouveau numéro ? demanda Lilly à Merrick.

— Oui. M. Barlow pense que ça va piquer la curiosité des gens si le Professeur annonce qu'on va dévoiler une bête curieuse dans le Dix pour le Prix d'Un qui n'apparaît pas sur le programme devant la tente. Moyennant un supplément, bien sûr.

— Qu'est-ce que c'est ?

— Un moitié-moitié, la plus grosse arnaque qui ait jamais existé dans un musée des horreurs.

Elle le dévisagea, bouche bée.

— Vous voulez dire moitié homme, moitié femme ?

— C'est ça, sauf que c'est aussi bidon qu'un billet de trois dollars. Comme toi.

L'espace d'un instant, Lilly se demanda si faire semblant d'être un moitié-moitié était plus facile que mentir aux gens sur leurs proches décédés. Mais être un moitié-moitié impliquait de montrer vos parties intimes aux péquenauds, et elle n'avait aucune envie de faire ça. Elle entra dans sa tente et prit place sur son trône. Merrick s'assura que Pierre avait tout ce dont il avait besoin dans l'armoire, il vérifia que le « bébé esprit » attaché sous la table fonctionnait, puis il sortit pour attendre qu'Alana lui fournisse la première liste de noms.

Au cours des heures qui suivirent, Lilly fit semblant de communiquer avec les morts pendant que Pierre faisait sonner la cloche ou jouait de l'harmonica ou du tambourin depuis l'intérieur de l'armoire. À midi, la sueur coulait le long du dos de Lilly et il faisait si chaud dans la tente qu'on se serait cru dans un four. Pendant sa pause déjeuner, elle alla dans les loges pour se déshabiller et se rafraîchir avec l'eau que Cole avait apportée comme promis. Il ne fallait pas qu'elle oublie de le remercier plus tard. Après sa pause, un homme barbu avec un béret, une chemise blanche et un nœud papillon entra dans sa tente et s'assit, les mains sur les genoux. Il affichait un sourire moqueur, comme s'il avait envie de rire, et Lilly se crispa aussitôt. Ça sentait les ennuis. La majorité des péquenauds qui venaient semblaient effrayés, nerveux ou dévastés par le chagrin. Elle n'en avait jamais vu un aussi content.

— Il fait sacrément chaud, dit-il d'une voix gutturale. Et d'après ce que j'ai entendu dire, ça n'est pas près de redescendre.

— Il fait chaud, oui, répondit-elle.

Puis elle s'éclaircit la gorge et commença son discours.

— Bonjour et bienvenue. Avant de commencer, je vais d'abord vous parler un peu de ce que je fais. Je communique avec les morts depuis l'âge de quatre ans, et j'ai fini par comprendre que j'avais besoin de partager ce don. Les messages de l'au-delà peuvent prendre la forme de musique, de voix et d'autres sons. J'aimerais que vous fermiez les yeux et que vous pensiez à la personne avec qui vous aimeriez communiquer. Pendant ce temps, je tenterai d'entrer en contact avec le monde des esprits. Puis je vous poserai des questions, auxquelles vous devrez répondre par oui ou non. Est-ce que vous êtes prêt ?

L'homme sourit et ne dit rien.

Puis il se pencha légèrement en avant et la lumière des bougies se refléta dans ses yeux bleu cobalt. Lilly baissa la tête pour tenter de dissimuler son sourire. Elle aurait reconnu le regard de son meilleur ami entre mille. C'était Cole, qui portait une barbe postiche et les vêtements de quelqu'un d'autre.

— Qu'est-ce que tu fais ici ? murmura-t-elle.

Puis, tout haut afin que Pierre l'entende :

— Y a-t-il une personne en particulier avec qui vous aimeriez entrer en contact aujourd'hui ?

Cole fit la moue tandis qu'il réfléchissait à une réponse. Lilly eut peur qu'il oublie le nom qu'il avait donné à Alana pendant qu'il faisait la queue. Enfin, il répondit, un peu trop fort :

— Oui. J'aimerais entrer en contact avec mon cousin issu de germain. C'est très important et il me manque terriblement.

Puis il chuchota :

— Il y a un étang près d'une ferme dans un champ derrière les arbres, de l'autre côté du train. Je vais y emmener les éléphants ce soir pour qu'ils se baignent. Tu viens avec nous ?

Lilly inspira sans bruit et continua son numéro pour ne pas éveiller les soupçons de Pierre.

— Fermez les yeux, s'il vous plaît, et commençons.

Elle marqua une longue pause pour s'empêcher de rire et parvint à adopter une voix sérieuse.

— Un visiteur est ici… ce visiteur a un message pour vous. Je ne suis pas sûre, mais je crois que c'est quelqu'un qui vous connaît. Un membre de votre famille, mais un parent plutôt éloigné. Avec qui vous étiez bons amis. Vous comprenez ?

— Oui, dit Cole.

— Je sens sa présence. C'est très fort. Qui que vous soyez, nous vous invitons à vous joindre à nous. Nous ne vous ferons aucun mal. Nous avons le plus grand respect pour vous et tous les esprits qui, potentiellement, vous accompagnent. S'il vous plaît, indiquez-nous que vous êtes bien là. Pouvez-vous faire du bruit pour nous confirmer que vous nous entendez ?

Pierre frappa trois fois contre la porte de l'armoire.

— Qu'est-ce que c'était ? demanda Cole.

Lilly pinça les lèvres pour ne pas rire.

— C'est un signe que quelqu'un dans l'au-delà est avec nous. Oh… attendez un instant. Je sens un nom. Frank ? Fred ? Non… c'est Ferdinand. Est-ce que vous reconnaissez ce nom ?

— Oui ! C'est mon cousin ! s'exclama Cole avec un clin d'œil.

Lilly sourit.

— Ferdinand veut que vous sachiez qu'il entend votre appel. Mais vous devez être prudent. Est-ce que cela a du sens pour vous ?

— Oui. Oui, je comprends. Qu'est-ce qu'il veut me dire d'autre ?

— Chuuut.

Lilly ferma les yeux.

— Accordez-moi un instant.

— D'accord.

— Il parle de l'endroit habituel. Il parle d'un rendez-vous à minuit.

Elle rouvrit les yeux.

— Est-ce que vous comprenez ?

— Oui !

— Il veut savoir si cela vous convient.

— Oui, dit Cole avec un sourire qui illumina son visage. Ça me convient très bien.

Après la fermeture des portes pour la nuit et le départ des derniers péquenauds, une fois les dernières traces de maquillage ôtées et les animaux remis dans leurs cages, tout le monde se rassembla pour célébrer l'anniversaire de Dina. Il faisait chaud et humide, et l'ombre des grands arbres qui délimitaient un des côtés de l'enceinte s'étirait sous le croissant de lune, transformant les chapiteaux, les tentes et les wagons en formes sombres venues d'un autre monde.

Mme Benini, du stand de granitas et de barbe à papa, avait préparé un gâteau blanc avec un glaçage à la fraise, et Mme Zelda avait apporté de l'alcool de pomme de contrebande fait maison. Rosy et Ruby avaient installé des tapis, des tables et des coussins sous une toile et Magnus avait aidé Brutus à accrocher des lanternes dans les arbres. Normalement, les artistes du grand chapiteau ne participaient pas aux fêtes des employés des attractions, des stands et du musée des horreurs, mais Lilly avait persuadé Cole de se joindre à eux.

— Eh, tout le monde ! lança-t-elle à la ronde. Voici mon ami Cole. Je compte sur vous pour qu'il se sente le bienvenu.

Aldo s'avança, la main tendue.

— On sait qui il est, dit-il, les yeux brillants. Il est toujours le bienvenu.

Il serra vigoureusement la main de Cole tout en vacillant sur ses jambes rendues chancelantes par l'alcool.

— Pas vrai, vous autres ?

Le reste des invités siffla et rit. Cole sourit et posa une main sur l'épaule d'Aldo pour l'aider à garder l'équilibre. Glory fit un clin d'œil à Lilly, qui sentit le rouge lui monter aux joues. Puis Aldo passa un bras autour des épaules de Belinda et ils s'éloignèrent. Rosy et Ruby entraînèrent Cole au milieu du groupe et Lilly le suivit, étonnée de se sentir aussi heureuse.

Après avoir mangé le gâteau, quelqu'un apporta un tourne-disque et les manœuvres improvisèrent une piste de danse avec des rampes de wagon. Les bouteilles de vin passaient de l'un à l'autre, l'alcool de pomme coulait à flots, et il ne fallut pas longtemps à Lilly pour avoir le tournis. Elle partit sous les arbres pour reprendre ses esprits. Cole ne tarda pas à la rejoindre.

— Est-ce que ça va ?

— Oui. Mais je crois que j'ai assez bu d'alcool de pomme pour ce soir.

Il rit.

— Moi aussi. C'est fort ce truc.

Elle s'assit sous un arbre et s'adossa contre le tronc. Cole prit place à côté d'elle et le silence s'installa entre eux. Elle s'apprêtait à lui demander s'il comptait toujours emmener les éléphants à l'étang quand elle entendit une femme gémir à sa gauche. Elle et Cole se levèrent en même temps et se dévisagèrent, inquiets. La femme gémit à nouveau et un grognement d'homme leur parvint. Cole et Lilly avancèrent en direction du bruit, puis se figèrent. Dans les hautes herbes, un homme était étendu entre les jambes nues d'une femme. Il avait le pantalon baissé et ses fesses couvertes d'écailles s'agitaient de bas en haut. C'étaient Aldo et Belinda.

Lilly plaqua une main sur sa bouche pour étouffer un rire et retourna se joindre à la fête avec Cole. Magnus était en train de porter une Dina à demi-inconsciente vers le train, et Rosy et Ruby étaient allongées à côté de Brutus dans les coussins, l'embrassant et caressant son torse du bout de leurs doigts. *The Way You Look Tonight* de Fred Astaire passait sur le tourne-disque, mais la piste de danse était vide, à l'exception de Penelope et de Stubs qui dansaient, chacun avec la tête sur l'épaule de l'autre.

— On dirait bien que la fête touche à sa fin, fit remarquer Cole.

À ce moment, un bruit de sabots au galop leur parvint et un homme cria :

— Attention !

Deux zèbres fonçaient droit sur Cole et Lilly, suivis de trois hommes avec des fouets et des longes. Cole agita les bras pour les faire ralentir. Un des zèbres tourna brusquement et freina dans un nuage de poussière entre le train et la piste de danse. Le second zèbre l'imita et ils se cabrèrent dans un enchevêtrement de sabots et de crinières. Le premier zèbre mordit le second à l'encolure, et le second pivota et lui envoya une ruade à la tête. Le premier recula, éperdu, et se remit à galoper dans la direction de Lilly et Cole. Les hommes arrivèrent au niveau du second zèbre et parvinrent à lancer une longe autour de son cou. Il tenta de s'échapper mais ils tinrent bon et lui passèrent un licou.

Lilly commença à courir vers le zèbre qui leur fonçait dessus.

— Qu'est-ce que tu fais ? cria Cole.

Elle l'ignora et tendit les bras vers l'animal.

— Ralentis. Doucement. Doucement.

Le zèbre passa au trot, puis au pas, pour finalement s'arrêter juste devant Lilly, la tête haute, les oreilles frémissantes. Les hommes qui tenaient l'autre zèbre étaient immobiles comme des statues et observaient la scène, les yeux écarquillés. Dans son dos, Lilly sentit

Cole qui s'approchait. Elle tendit une main en direction du zèbre, paume vers le ciel.

— Viens. Je ne vais pas te faire de mal, dit-elle d'une voix douce.

Le zèbre baissa la tête et renifla sa main. Ses naseaux étaient doux comme du velours. Avec une infinie lenteur, elle fit un pas vers lui et lui caressa le front.

— Lilly, viens, murmura Cole derrière elle. Éloigne-toi avant qu'il…

— Chuuut, dit Lilly à l'attention de Cole autant que du zèbre. Reste là. Tout va bien se passer.

Elle caressa la tête du zèbre jusqu'à ce que les muscles de son encolure et de ses épaules se détendent. Quand il cligna des paupières comme s'il s'endormait, Lilly se rapprocha encore pour lui flatter l'encolure de haut en bas et de bas en haut, enfonçant ses ongles dans sa robe noire et blanche. Après une minute pendant laquelle le zèbre eut l'air d'être en transe, elle se mit à marcher vers la ménagerie. Le zèbre releva la tête et la suivit, son museau presque posé sur l'épaule de Lilly. Les hommes attendirent qu'elle les dépasse, puis lui emboîtèrent le pas avec l'autre zèbre, en gardant une distance de sécurité. Cole en fit autant. Quand ils arrivèrent à la ménagerie, elle conduisit le zèbre à l'intérieur et le ramena dans son box. Après lui avoir gratté copieusement le front, elle sortit du box et verrouilla la porte. Cole la fixait, bouche bée.

— Tu sais que c'est un étalon, pas vrai ?

Elle haussa les épaules.

— Non. Tout ce que je sais, c'est qu'il avait mal et qu'il avait peur.

— Bon sang, Lilly, tu aurais pu être blessée.

— Je vais bien.

Les hommes enfermèrent l'autre zèbre quelques box plus loin et rejoignirent Lilly et Cole.

— Comment tu as fait ça ? demanda l'un d'eux.

Il était un peu plus grand que Cole, avec des cheveux ondulés et de larges épaules. C'était un des acrobates de la troupe des Frères Volants Zoppe, comme les deux autres. En temps normal, ils ignoraient royalement Lilly et les autres bêtes curieuses.

— Je n'ai jamais vu un truc pareil, dit un des autres frères.

Cole les fusilla du regard.

— Comment est-ce que les zèbres sont sortis ?

— M. Barlow veut qu'on incorpore des chevaux ou des zèbres à notre numéro, expliqua le frère aux cheveux ondulés. On voulait faire un essai.

— Sans la permission ni l'assistance du directeur équestre, dit Cole.

Ce n'était pas une question.

— On croyait qu'on réussirait à gérer tout seuls, répondit le troisième frère.

— Votre première erreur a été de faire ça sans dresseur. La seconde, et la plus importante, a été de mettre deux étalons ensemble. Quelqu'un aurait pu se faire tuer.

— On ne savait pas que c'étaient des étalons, avoua le troisième frère.

— Clairement. La prochaine fois, obtenez la permission du directeur équestre et il demandera à un dresseur de vous aider. Je ne veux pas qu'un artiste ou qu'un animal soit blessé.

Il était en colère, mais il tentait quand même d'être gentil. C'était du Cole tout craché.

Le frère aux cheveux ondulés hocha le menton en direction de Lilly.

— Peut-être qu'elle pourrait nous aider.

Lilly ouvrit des yeux ronds.

— Moi ? Pourquoi ?

— Ça fait plus de vingt ans que je travaille au cirque, et je n'ai jamais vu un animal réagir face à quelqu'un comme ce zèbre a réagi avec toi.

— Il a raison, renchérit Cole. Et un étalon, par-dessus le marché. La plupart des gens n'ont pas la moindre idée du danger qu'ils représentent. Un jour, pour que je comprenne bien, mon père m'a raconté qu'un zèbre avait arraché la gorge d'une femme. Elle est morte sur le coup. Et toi, tu as traité celui-là comme s'il s'agissait d'un chiot.

Lilly haussa les épaules.

— Heureusement que je n'en savais rien, alors.

— Qui sait ce qui se serait passé si tu ne l'avais pas distrait, dit le premier frère. Et M. Barlow nous aurait tués s'il s'était échappé. Merci pour ton aide.

Il tendit la main à Lilly. Elle la lui serra en souriant.

— De rien.

Plus tard cette nuit-là, une fois que tout le monde fut parti se coucher, Lilly attacha ses cheveux en un chignon désordonné et enfila une robe chemisier à manches courtes. Elle attrapa une paire de sandales, se faufila hors de son wagon et inspecta les alentours pour s'assurer que personne ne la voyait. Certaines fenêtres du train étaient ouvertes et les pans des chapiteaux étaient remontés. Les manœuvres et les ouvriers dormaient à même le sol pour tenter d'échapper à la chaleur. Quelque part, les notes d'une valse résonnaient, nasillardes et envoûtantes. Une brise chaude caressait ses bras nus. Une fine pellicule de sueur ne tarda pas à se former sur son front tandis qu'elle marchait à pas rapides vers la ménagerie, sans qu'elle sache si c'était à cause de la chaleur ou de l'excitation.

Quand elle entra dans la tente des animaux, les box des éléphants étaient vides et Cole n'était nulle part. Elle se glissa sous le pan du fond de la tente et regarda autour d'elle. Derrière une rangée d'arbres, au loin, une ferme à pignon trônait au sommet d'une colline. La lumière de la lune se reflétait sur son toit en tôle, donnant l'impression qu'il était couvert de neige. Cole avait dit qu'il emmènerait les éléphants à un étang près d'une ferme, alors elle se mit à marcher dans cette direction. Quand elle atteignit la rangée d'arbres, elle aperçut une petite lumière qui dansait au milieu d'ombres imposantes longeant le bord du champ.

Les éléphants.

— Cole ? appela-t-elle sans parler trop fort.

— Par ici !

Elle suivit le son de sa voix, marchant aussi vite que possible dans l'obscurité. Quand elle trébucha sur une motte de terre, un souvenir lui revint à l'esprit : sa toute première fois dehors, alors qu'elle suivait sa mère dans le champ en direction du cirque, sans trop savoir où elle allait et loin d'imaginer que sa vie était sur le point de changer pour toujours. Cette fois, cependant, elle savait exactement où elle allait. Elle retrouva l'équilibre et secoua la tête pour chasser cette image. Elle ne voulait pas songer à des choses tristes. De plus, penser à son passé ne changerait rien à son avenir. Elle n'aurait voulu être nulle part ailleurs qu'ici, avec Cole et les éléphants.

À l'aide de leurs trompes, Pepper, Petunia et Flossie arrachaient des écorces, des branches et des feuilles et les fourraient dans leurs bouches. Elles laissaient échapper des bruits satisfaits tandis qu'elles mastiquaient bruyamment. JoJo, qui était désormais plus grand que sa mère, décrivait des cercles maladroits autour d'elles, enchanté par ce premier contact avec la liberté. Cole attendit entre les arbres qu'elle les rejoigne.

— Je croyais qu'on devait se retrouver à la ménagerie ?

— Je n'étais pas sûr que tu viendrais. Et de toute façon, je savais que tu nous trouverais.

— Je t'ai dit que je venais.

— C'est vrai ? Je ne savais pas si c'était toi ou mon cousin Ferdinand.

Elle lui donna un coup dans l'épaule.

— Ha ha. Très drôle. Au lieu de te moquer de moi, dis-moi plutôt où est ce fameux étang.

Il rit et la guida jusqu'à un grand portail qui donnait sur un autre champ. Les éléphants les suivirent. Il crocheta le cadenas, défit la chaîne et ouvrit le portail.

— Referme derrière nous, ordonna-t-il. Et regarde où tu mets les pieds, il y avait des vaches dans le champ tout à l'heure.

Il passa le portail et les éléphants l'imitèrent. Flossie d'abord, suivie de Pepper, JoJo et enfin Petunia. Leurs larges pattes bougeaient lentement mais sûrement, leurs longues queues se balançaient doucement, leurs grandes oreilles molles ondulaient. Alors qu'ils avançaient d'un pas lourd mais silencieux, à seulement quelques mètres d'elle, Lilly sentit ses yeux se remplir de larmes et son cœur se serrer dans sa poitrine. Même après six ans passés près d'eux, elle n'en revenait toujours pas de leur grandeur et de leur beauté. Et ce soir, ils n'avaient pas de chaînes aux pattes, pas de cordes au cou, pas de murs autour d'eux. C'était comme assister à une parade composée de dieux réticents à partager leurs secrets avec elle parce qu'elle ne méritait pas de les connaître.

Quand tous les éléphants l'eurent dépassée, elle referma le portail puis courut pour rejoindre Cole. La lumière de la lune se reflétait à la surface de l'étang, comme si c'était un miroir. Les éléphants renâclaient et grognaient tandis que leurs énormes pieds écrasaient les hautes herbes.

— Qu'est-ce qu'ils se racontent, à ton avis ? demanda Lilly.

— Je pense qu'ils sont contents. Ils ont l'air curieux et heureux, mais peut-être un peu nerveux aussi.

— Mais ils ont confiance en toi.

— Ils ont aussi confiance en toi.

— Tu crois ?

— Oui, tu sais t'y prendre avec eux. Je le pense depuis le début. Mais maintenant, je commence à croire que tu sais t'y prendre avec tous les animaux, surtout depuis que je t'ai vue avec ce zèbre.

Elle sourit. Cette idée la rendait heureuse.

Une fois qu'ils furent assez loin pour que personne ne puisse les voir depuis le train, Cole augmenta la flamme de la lanterne et guida Lilly et les éléphants jusqu'à une pente douce qui menait au bord de l'étang, entouré de hautes herbes, de quenouilles et de pierres plates. Derrière l'étang, le terrain montait suffisamment pour les protéger des regards si quiconque regardait par les fenêtres de la ferme.

— Tu es sûr que ça ne craint rien ? demanda Lilly.

Cole hocha la tête.

— Je me suis baigné après être venu chercher de l'eau ce matin. C'est propre et profond, et je crois que c'est de l'eau de source.

Il posa la lanterne sur une pierre.

Les vieilles éléphantes n'hésitèrent pas une seconde. Flossie, Petunia et Pepper allèrent aussitôt patauger, aplatissant les quenouilles sur leur passage. La poussière sur leur dos se dilua dans l'eau, créant une fine pellicule à la surface. JoJo mit les pieds avant dans l'eau, incertain. Les adultes s'enfoncèrent de plus en plus, jusqu'à avoir de l'eau jusqu'aux yeux. Leurs dos bossus ressemblaient à des petites îles vallonnées. Flossie et Petunia plongèrent, laissant uniquement dépasser l'extrémité de leurs trompes. Pepper souleva sa trompe et s'arrosa la tête et le dos avant de renâcler à l'attention de Jojo, comme pour lui dire de venir aussi. JoJo avança vers elle. Quand il eut de l'eau jusqu'au ventre, il plia les genoux, plongea et revint à la surface quelques mètres plus loin, pulvérisant de l'eau dans les airs avec sa trompe.

Lilly et Cole rirent, enchantés par ce spectacle. Puis ils se turent et observèrent les bêtes majestueuses qui s'arrosaient, nageaient et s'amusaient dans l'étang. La joie des éléphants était aussi palpable que l'humidité dans l'air nocturne et Lilly eut le sentiment d'être une des personnes les plus chanceuses au monde. Elle était avec son meilleur ami, à admirer ces magnifiques créatures qui pouvaient s'ébattre comme les animaux sauvages qu'elles étaient en réalité. Après tout ce qu'elle avait traversé, elle n'aurait jamais imaginé pouvoir se sentir si heureuse. Même si rejoindre le cirque n'avait pas été sa décision et même si elle détestait son travail, elle n'aurait échangé ce moment pour rien au monde.

Cole ôta ses chaussures et entreprit de déboutonner sa chemise.

— Qu'est-ce que tu fais ?

— Je vais nager.

— Tu es complètement fou.

Il sourit.

— Moi aussi, j'ai chaud.

Quand il défit sa ceinture, elle détourna le regard et alla s'asseoir sur un gros rocher plat. Elle arracha une grande tige de fléole et se mit à enlever les pétales de l'épi. Même si elle avait vu beaucoup d'hommes diversement dévêtus (des bêtes curieuses, des clowns, des artistes), voir Cole en sous-vêtements la perturbait.

Les autres femmes des attractions plaisantaient toujours quant au fait qu'entre les traits parfaits de Lilly et la peau mate et les muscles de Cole, ils feraient de magnifiques bébés aux cheveux d'ange. Lilly les faisait toujours taire en répondant qu'elle ne voyait pas Cole comme ça. C'était son meilleur ami et ça s'arrêtait là. Sauf que ce n'était pas tout à fait vrai. Elle ne savait pas trop quand ses sentiments pour lui avaient commencé à évoluer ou quand elle avait arrêté de les ignorer, mais en tout cas, un changement s'était produit. Et elle ne savait pas quoi faire. Ils étaient les meilleurs amis du monde depuis six ans, il n'était pas amoureux d'elle. Elle n'était qu'une albinos de quinze ans qui travaillait dans les attractions, alors qu'à dix-huit ans, Cole était l'artiste phare du numéro des éléphants. Il aurait pu avoir n'importe qui. La trapéziste Natasha avait son âge, et la funambule Chloe aussi. Elles étaient belles, avaient des corps parfaits, une peau rose et des cheveux brillants, portaient des tenues élégantes couvertes de plumes et de strass. Lilly les avait souvent surprises en train d'observer Cole du coin de l'œil, de le jauger et de chuchoter, curieuses de savoir pourquoi il passait autant de temps avec une bête de foire et leur accordait si peu d'attention. Elle se posait la même question, à vrai dire.

— Tu viens ? demanda-t-il.

Elle tourna la tête vers lui et rit.

— Non.

La flamme de la lanterne éclairait son torse nu et ses épaules musclées, et elle se sentit rougir. Elle avait envie de regarder les éléphants, mais à la place, elle reporta son attention sur son brin de fléole.

— Allez. Ne fais pas ta poule mouillée. Il fait une chaleur infernale.

— Je ne suis pas une poule mouillée. Simplement, je… je n'ai pas mon maillot de bain avec moi.

Il haussa les sourcils.

— Depuis quand tu as un maillot de bain ?

Elle sourit. Il savait pertinemment qu'elle n'en avait pas. Avant d'avoir le temps de comprendre ce qui lui arrivait, il se précipita vers elle, la souleva et se dirigea vers l'eau. Elle cria, puis plaqua une main sur sa bouche. Et si quelqu'un l'avait entendue ?

— Lâche-moi ! ordonna-t-elle.

Elle le poussa pour tenter de se dégager, mais il était trop fort.

— Je vais te lâcher, répondit-il en riant. Dans l'eau !

— C'est bon, tu as gagné. Laisse-moi juste retirer mes sandales.

Il la posa au bord et se redressa.

— Ta robe va s'enrouler autour de tes jambes et t'entraîner vers le fond, fit-il remarquer. Tu ferais mieux de l'enlever aussi.

Elle ôta ses sandales, qu'elle envoya valser en direction du rocher où elle était assise un peu plus tôt. Elle n'avait pas peur de l'eau et mourait d'envie de se rafraîchir et de jouer dans l'étang avec Cole et les éléphants. Mais elle n'avait jamais nagé de sa vie et ne raffolait pas de l'idée d'être en sous-vêtements devant Cole. Elle s'était déjà changée devant d'autres personnes, hommes et femmes confondus, pendant que tout le monde se préparait avant une représentation. Mais c'était différent.

Une image d'elle et Cole nus se matérialisa dans son esprit, et un drôle de papillonnement naquit dans sa poitrine. Elle se détourna, défit la fine ceinture autour de sa taille puis passa sa robe par-dessus sa tête, contente de porter sa culotte longue. Sa robe roulée en boule pressée sur sa poitrine pour cacher sa brassière, elle resta immobile un moment, puis prit une grande inspiration et fit volte-face. Les battements de son cœur résonnaient dans ses oreilles.

Mais à sa grande surprise, Cole n'était plus là. Il était déjà en train de courir dans l'eau. Elle le regarda plonger, disparaître et refaire surface un peu plus loin. JoJo nagea vers lui, bouche ouverte, comme s'il souriait. Cole le rejoignit et grimpa sur son dos. Sa peau bronzée semblait encore plus sombre maintenant qu'il était mouillé. Lilly regarda ses bras : on aurait dit deux bâtons, aussi frêles que blancs. Elle déplia précipitamment sa robe pour la remettre.

— Qu'est-ce que tu fais ? demanda Cole. Je croyais que tu venais te baigner ? Viens, c'est génial !

Il se laissa glisser du dos de JoJo et nagea vers le bord.

— Je ne sais pas nager, objecta-t-elle.

— Ça ne fait rien, je vais t'apprendre.

Il sortit de l'eau et vint lui prendre la main. Elle hésita, puis laissa tomber sa robe dans l'herbe et le suivit. L'eau était froide. Elle inspira profondément et rentra la tête dans les épaules. Ses orteils s'enfonçaient dans un mélange de boue et de petits cailloux et elle fit la grimace. Il l'entraîna plus loin en riant.

— Ne t'inquiète pas, tu vas t'habituer.

Quand elle eut de l'eau jusqu'à la taille, il lui dit de s'allonger sur ses avant-bras et lui expliqua quels mouvements faire avec les bras et les jambes. Elle se pencha en avant, mais quand son estomac et sa poitrine entrèrent en contact avec l'eau, elle se redressa, le souffle coupé. C'était comme de la glace contre sa peau brûlante. Cole sourit et attendit patiemment. Au bout d'une minute, elle rassembla son courage et se pencha à nouveau. Cette fois, l'eau lui parut moins froide. En appui sur les avant-bras de Cole, elle bougea les bras et les jambes en faisant de son mieux pour suivre ses instructions.

— Tu t'en sors très bien, dit-il.

Puis elle mit la tête sous l'eau par accident et but la tasse. Elle se remit debout, en proie à une quinte de toux.

— Ça va ?

Elle hocha la tête.

— C'est plus dur que ce que je croyais, constata-t-elle quand elle put de nouveau parler sans tousser.

— Question d'habitude. Reste là, je veux essayer quelque chose.

Il nagea vers les éléphants, qui se baignaient au milieu de l'étang.

— Pepper, viens ici.

Pepper releva la tête et s'approcha. On aurait pu croire qu'elle flottait jusqu'à lui. Cole lui montra Lilly. Pepper nagea dans sa direction et émergea de l'eau juste à côté d'elle. L'eau ruisselait sur sa large tête et son corps imposant, comme un bateau émergeant des profondeurs.

Lilly tendit la main pour caresser la trompe de Pepper.

— Coucou, ma belle.

Pepper enroula sa trompe autour de la taille de Lilly et la souleva dans les airs. Lilly poussa une exclamation aussi ravie que surprise et posa une main sur le front de Pepper pour garder l'équilibre. Pepper la fit passer au-dessus de sa tête et la posa sur son dos. Cole écarquilla les yeux sous le coup de la surprise.

— Est-ce que tu lui as donné l'ordre de te soulever ?

— Non. J'y ai pensé, mais elle l'a fait avant que j'aie le temps de dire quoi que ce soit.

— C'est incroyable ! Je ne l'ai jamais vue faire ça sans qu'on le lui ordonne.

Lilly sourit.

— Peut-être qu'elle m'aime bien.

— Bien sûr, qu'elle t'aime bien.

Cole nagea jusqu'à Petunia, qui avait de l'eau jusqu'aux épaules, et grimpa sur son dos. Il lui fit gagner le centre de l'étang et Pepper les suivit, avec Lilly qui s'accrocha à ses oreilles. L'eau et l'éléphante la faisaient tanguer de gauche à droite et, pourtant, elle se sentait parfaitement en sécurité. Quelque chose lui disait que Pepper connaissait ses limites. JoJo et Flossie se joignirent à eux. La lumière de la lune se reflétait sur les ondulations créées par les mouvements des éléphants, qui évoluaient gracieusement les uns derrière les autres, comme s'ils donnaient une représentation privée de leur invention. Les seuls bruits étaient les grognements et les renâclements des animaux, et le clapotement de l'eau contre leurs corps.

Cole regarda par-dessus son épaule et sourit, mais aucun ne parla. Lilly avait le sentiment d'être morte et d'être arrivée au paradis. Son cœur semblait sur le point d'exploser de bonheur et d'émerveillement. Jamais de sa vie elle n'aurait imaginé se baigner dans un étang à dos d'éléphant. C'était comme un rêve.

Cole fit revenir Petunia vers la berge. Quand l'eau fut suffisamment peu profonde, il descendit de son dos. Lilly en fit autant.

— Viens ici. Je veux essayer autre chose.

Il la prit par la main et se tourna vers les éléphants.

— Pepper, viens.

Pepper obéit et les suivit hors de l'eau. Cole s'arrêta sur la rive herbeuse et Pepper vint à côté de lui.

— Sage, dit Cole à Pepper.

— Qu'est-ce que tu fais ? demanda Lilly.

Elle essora ses cheveux gorgés d'eau et alla chercher sa robe.

— Laisse ça pour l'instant, dit Cole. Reviens, s'il te plaît.

Lilly laissa sa robe tomber à terre et s'exécuta.

— Qu'est-ce que tu veux ?

— Mets-toi devant Pepper et donne lui l'ordre de reculer.

Il poussa Lilly devant l'éléphante, qui attendait.

— Pourquoi ? Qu'est-ce que tu…

— Fais ce que je te dis, tu veux bien ?

Lilly haussa les épaules et regarda Pepper.

— Recule.

Pepper recula.

— Dis-lui d'avancer, maintenant.

— Avance, ordonna Lilly.

Pepper avança. Cole sourit de toutes ses dents.

— Demande-lui de se lever.

— Pour quoi faire ? Je ne comprends à quoi ça sert que je lui donne des ordres. C'est une éléphante de cirque dressée. Elle sait déjà faire tout ça.

— C'est inconfortable pour les éléphants de se dresser sur leurs pattes arrière. Le dresseur de Pepper a du mal à lui faire faire ça, et moi aussi. La plupart du temps, elle refuse.

Lilly observa Pepper. Elle ne voulait pas lui demander de faire quoi que ce soit. Pepper n'aurait pas dû être ici, dans ce champ perdu au beau milieu de l'Iowa. Elle aurait dû être en train de se promener en liberté dans la jungle ou la forêt tropicale, pas attachée à un pieu et traînée à travers le pays dans un wagon de marchandise, ou forcée à faire des acrobaties devant une foule de péquenauds insensibles à la détresse des animaux. Chaque fois qu'elle était avec les éléphants, Lilly sentait leur tristesse. Pas seulement celle de Pepper, mais aussi celle de Flossie, de Petunia et de JoJo, même s'ils n'avaient pas la moindre idée de la vie qu'ils auraient dû mener.

À la lumière de la lune, elle distinguait les cicatrices d'aiguillon sur la tête et les épaules de Pepper. Elle voyait les marques laissées par les chaînes au niveau de ses chevilles. Elle lisait la douleur et le chagrin dans ses yeux ambrés débordant d'intelligence. Et elle savait qu'elle ne pouvait rien faire pour aider les éléphants, à part leur donner de l'affection dès que l'occasion lui présentait.

— Je ne veux pas qu'elle fasse ça si c'est inconfortable pour elle, protesta-t-elle.

— Ça ne lui fait pas mal, expliqua Cole. C'est juste difficile. Comme nous quand on veut faire le poirier.

Lilly soupira. Tant que ça n'était pas douloureux, alors il n'y avait rien de mal à jouer le jeu de Cole. Après, Pepper pourrait retourner nager. Elle ouvrit la bouche pour lui dire de se mettre debout, mais avant de pouvoir prononcer la moindre syllabe, Pepper se dressa sur ses pattes arrière.

Cole ouvrit grand la bouche.

— Nom de Dieu ! Comment tu as fait ça ?

— Comment j'ai fait quoi ?

— Je ne t'ai pas entendue lui donner d'ordre.

— Comment est-ce que je lui dis de redescendre ?

Avant que Cole n'ait le temps de répondre, Pepper revint à sa position initiale. Cole rit.

— C'est incroyable ! Elle fait tout ce que tu veux ! C'est comme si elle lisait dans tes pensées.

Il appela Flossie, qui sortit de l'étang et les rejoignit sur l'herbe.

— Dis à Flossie de s'allonger, demanda Cole à Lilly.

Elle secoua la tête.

— Je n'ai pas envie de leur faire faire des tours. Laisse-les retourner dans l'eau. Ils s'amusaient bien.

— Une dernière fois, après on arrête, promit-il.

Lilly ordonna à Flossie de s'allonger. Flossie plia les pattes puis roula sur le côté.

— Je le savais ! cria Cole.

— Quoi ?

— Flossie déteste s'allonger. Je n'ai pas la moindre idée de ce que c'est ou de comment tu fais, mais je suis sûr que tu as un don, Lilly. Un vrai don. Et une fois qu'on l'aura montré à M. Barlow, tu n'auras plus à faire la Voyante Albinos.

Lilly fit la grimace. Elle n'avait aucun don. Les éléphants l'aimaient bien et avaient confiance en elle, c'était tout. C'était pareil avec sa chatte Abby. Elle obéissait à Lilly parce qu'elles s'aimaient et se faisaient confiance. Peut-être que les hommes n'accordaient pas assez de crédit aux animaux. Ils étaient bien plus intelligents et sensibles que ce que les gens croyaient.

— Tu as perdu la tête. En plus, M. Barlow a déjà un dresseur d'éléphants.

— Oui, mais tu as vu comment il les dresse, avec des chaînes et des cordes. Et la seule façon dont il réussit à les faire obéir, c'est à coups d'aiguillon.

Lilly enfonça ses orteils dans l'herbe et tenta de faire le tri dans ses sentiments. Même si elle ne croyait pas avoir ce don dont parlait Cole, peut-être qu'elle pouvait rendre la vie plus facile aux éléphants en leur faisant faire des tours sans les frapper ou les torturer.

— Admettons que tu aies raison. Comment est-ce qu'on convaincrait M. Barlow ? Et qu'est-ce que tu fais de Merrick ?

— Ne t'inquiète pas. Je m'occupe de tout.

Puis, avant de comprendre ce qui se passait, Cole vint se planter devant elle et posa ses mains chaudes sur ses épaules. Puis il l'attira à lui et l'embrassa longuement sur la bouche. Au début, elle résista, ne sachant pas s'il faisait ça sous le coup de l'enthousiasme ou d'autre chose. Puis il la prit dans ses bras et pressa son torse nu contre sa poitrine. Leurs ventres se touchèrent et le drôle de papillonnement dans le bas-ventre de Lilly revint, plus fort que jamais. Il l'embrassa plus ardemment et elle lui rendit son baiser cette fois, en s'abandonnant à son étreinte.

C'était ça.

C'était ça qu'elle voulait plus que tout au monde. Elle entendit des éclaboussures tandis que Pepper et Flossie retournaient dans l'eau. La nuit tiède caressait sa peau pendant que les mains chaudes de Cole baissaient les bretelles de sa brassière. Nus dans les bras l'un de l'autre, ils s'allongèrent sur l'herbe de la rive, et Cole vint se placer au-dessus d'elle. Elle frissonna et il plongea son regard dans le sien, comme pour lui demander la permission de l'embrasser à nouveau. Lilly s'était toujours demandé ce que Glory voulait dire quand elle affirmait que le désir était quelque chose de très puissant. Elle comprenait, à présent.

Elle attira Cole à elle et écarta les lèvres pour l'embrasser. Il grogna et déposa des baisers sur sa bouche, son cou, sa poitrine et son ventre. Elle arqua le dos, tremblante. Il remonta pour l'embrasser à nouveau sur la bouche et elle passa ses bras autour de son cou. Puis ils firent l'amour sous les étoiles, pendant que les éléphants batifolaient et nageaient dans l'étang, profitant de cette unique nuit de liberté.

Chapitre 16

Julia

Après la découverte du journal intime, Julia enfila le manteau de son père par-dessus ses pulls et passa le pantalon polaire sur son jean. Elle mit une deuxième paire de chaussettes, chaussa les bottes de Mère, puis s'aventura dehors à pas prudents. À l'aide d'un tisonnier, elle brisa lentement la glace de la cour pour se frayer un chemin jusqu'à la grange, courbée comme une vieille femme avec une canne qui essayait de ne pas glisser ni tomber. Si on l'avait vue comme ça, avec ses vêtements et ses gants d'homme, ses bottes en caoutchouc, ses cheveux qui dépassaient de son béret trop grand… les gens l'auraient sûrement prise pour une folle échappée de l'asile.

Les bris de branches dans les bois résonnaient à travers les champs comme autant de coups de fusil, même s'ils étaient de plus en plus espacés. À mi-chemin de la grange, elle inspecta la rangée d'arbres derrière la pâture la plus proche. Rien ne troublait la surface de la neige et de la glace. Au fond de la propriété, une jungle de taillis et de conifères était écrasée sous plusieurs centimètres de glace et évoquait des moines avec d'immenses capuches blanches sur la tête, penchés en avant pour prier.

Soudain, la tranquillité ambiante fut interrompue par un bruit retentissant, comme le rugissement d'un puissant cours d'eau. Un énorme craquement se fit entendre derrière elle, comme si mille fenêtres explosaient en même temps. Elle fit volte-face dans un sursaut, les battements de son cœur résonnant dans ses tempes. Au début, elle ne vit rien. Puis elle comprit d'où venait le bruit : une énorme plaque de glace avait glissé du toit au-dessus du vestibule et s'était s'écrasée sur les marches et les pots de fleurs.

Si elle s'était tenue sur les marches à ce moment-là, la plaque lui serait tombée dessus. Elle examina le toit de la grange. Si elle voulait aller voir les chevaux sans être victime d'une soudaine avalanche de glace, il fallait qu'elle se dépêche.

Quand elle atteignit la grange, elle cogna sur la poignée avec le tisonnier pour briser la glace qui l'entourait, tapant aussi vite que possible dans l'espoir que rien ne tombe du toit. Après plusieurs tentatives, la glace céda. Elle tourna la poignée, mais la porte ne bougea pas d'un millimètre. Elle donna des coups d'épaule dans le bois jusqu'à ce que, enfin, la glace qui encombrait l'encadrement se détache et que la porte s'entrouvre. Elle la poussa et entra. Même à l'intérieur, l'air était glacial et de la buée sortait de sa bouche quand elle respirait. Elle imagina Samantha Blue tremblante de froid, de la glace entourant ses petits naseaux. Elle se précipita dans l'allée centrale et les chevaux sortirent la tête de leurs box pour voir qui était là. Quand ils virent Julia, ils hennirent et renâclèrent. Elle courut jusqu'au premier box et examina l'intérieur. La mangeoire était vide et une épaisse couche de glace recouvrait l'abreuvoir. La gorge nouée, elle gagna la porte du box de Bonnie Blue. Pourquoi ne sortait-elle pas la tête comme les autres ?

Quand elle regarda à l'intérieur, elle se sentit pâlir. Bonnie Blue était allongée dans la paille, avec Samantha Blue blottie contre son flanc. Julia retint son souffle et les observa pour voir si elles respiraient. Elles ne bougeaient pas. Elle était arrivée trop tard. Elle plaqua une main gantée sur sa bouche pour étouffer un sanglot. Soudain, Blue leva la tête et cligna des paupières. Là-dessus, Samantha Blue se réveilla, releva la tête puis la laissa retomber contre le ventre de sa mère, comme si elle était trop fatiguée pour se redresser. Julia laissa échapper un soupir de soulagement et les battements affolés de son cœur ralentirent. Puis Samantha vit Julia et tenta de se mettre debout. Ses longues pattes étaient raides et maladroites, comme celles d'un pantin de bois. Bonnie Blue ramena ses sabots sous elle, se leva et s'ébroua pour débarrasser sa crinière des brins de paille qui y étaient logés. Elle renâcla et s'approcha de la porte du box.

Julia la déverrouilla et entra. Elle caressa et embrassa Blue et Samantha, avant d'utiliser le tisonnier pour briser la glace de leur abreuvoir. Aussitôt, Blue alla boire, pendant que Samantha mordillait la poche du manteau de Julia. Celle-ci la gratouilla entre les oreilles, l'embrassa une nouvelle fois ainsi que la jument, puis ressortit pour leur ramener de la paille. Les autres chevaux hennissaient et ruaient.

— Du calme, leur dit-elle. J'arrive.

Elle attrapa un ballot de paille sur la pile près de l'échelle à foin et tenta de briser les ficelles qui l'entouraient, mais elles étaient trop serrées et trop solides. Elle traîna le ballot jusque dans l'allée centrale, posa le pied dessus et tira à deux mains sur une cordelette au niveau d'un coin. Elle avait vu Claude défaire un ballot de cette façon, mais c'était plus dur que ça n'en avait l'air. Enfin, la ficelle se brisa et le ballot se desserra. Elle tira sur la ficelle et la paille se divisa en plusieurs sections, comme un jeu de dominos. Elle ramassa des rectangles de paille et les répartit entre les box, avant de briser la glace de tous les abreuvoirs. Les chevaux se mettaient à boire et à manger aussitôt, puis la remerciaient en lui donnant des coups de museau, en frottant leurs naseaux contre son cou ou en la reniflant derrière les oreilles. Elle se souvint de ce que Fletcher avait dit quant au fait que les chevaux produisaient de la chaleur en mangeant de la paille. Elle défit dix ballots supplémentaires et les distribua parmi les chevaux. Une fois sa mission terminée, elle regarda autour d'elle. Elle avait enfin chaud sous son manteau et, pour la première fois de sa vie, elle avait le sentiment qu'on l'aimait et qu'on avait besoin d'elle.

— Je vous promets de faire de mon mieux pour m'occuper de vous, dit-elle aux chevaux.

Elle discerna alors un moteur qui rugissait au loin. Le bruit se rapprochait. Julia alla dans le bureau, frotta le givre sur la fenêtre et regarda dehors. Un pick-up s'engagea dans l'allée de la grange et s'arrêta. Claude en sortit.

Il se dirigea vers le bureau à pas lents, les bras écartés pour garder l'équilibre et ne pas glisser sur la glace. Elle ouvrit la porte pour le laisser entrer.

— Qu'est-ce que vous faites là ? demanda-t-il.

Il avait le visage rougi par le froid et l'air renfrogné. Elle n'arrivait pas à savoir s'il était inquiet ou fâché.

— Je suis venue voir les chevaux.

En dépit de la mauvaise humeur de Claude, elle sentit un sourire se former sur ses lèvres. Elle s'était occupée des chevaux toute seule.

Claude marmonna quelque chose d'inintelligible et prit le chemin des box. Elle le suivit.

— Ils vont bien, annonça-t-elle d'une voix qu'elle espérait assurée. J'ai cassé la glace dans les abreuvoirs et je leur ai donné du foin. Mais merci d'être venu.

— Je fais mon travail, c'est tout.

Il marcha d'un pas lourd jusqu'au box de Bonnie Blue et regarda à l'intérieur. Blue était en train de mâchonner du foin pendant que Samantha tétait en agitant la queue comme l'aurait fait un chien.

— Est-ce que vous savez quand le courant risque d'être rétabli ?

Claude secoua la tête.

— Aucune idée, c'est coupé partout.

— Est-ce que je devrais m'inquiéter pour les canalisations dans la maison ? Vous croyez qu'elles peuvent geler ?

— Si vous pensez que ça peut vous aider de vous faire du souci…

Elle fronça les sourcils. Pourquoi fallait-il qu'il soit si grincheux ? Elle commençait à se demander s'il avait toujours été aussi taciturne ou s'il avait quelque chose contre elle.

— Est-ce qu'il y a quelque chose pour éviter que ça ne se produise ?

Claude ouvrit la porte du box, la referma derrière lui et inspecta le nombril de Samantha.

— Espérer qu'il fasse plus chaud.

Julia croisa les bras sur sa poitrine. Même s'il avait visiblement décidé d'être désagréable, peut-être qu'elle pouvait tout de même lui soutirer quelques informations.

— Je peux vous poser une question ?

Claude passa la main sur le dos de Blue et examina ses mamelles.

— Quoi ?

— Vous travailliez pour mes parents au moment de la naissance de ma sœur ?

Il garda les yeux rivés sur la jument, mais Julia le vit tressaillir. C'était presque imperceptible, comme un bref sursaut. D'autres personnes ne l'auraient peut-être pas remarqué. Mais Julia, si.

Claude se redressa et caressa Blue sous l'encolure.

— J'ai travaillé pour vos parents pendant vingt-sept ans.

— Alors vous êtes au courant pour ma sœur.

Claude sortit du box, le verrouilla et commença à remonter l'allée centrale.

— J'ai seulement entendu dire que Mme Blackwood avait perdu un enfant.

Julia le suivit, le souffle court.

— Est-ce que vous savez ce qui s'est passé ?

— Non.

Claude entra dans le bureau, s'empara d'un flacon d'iode dans l'armoire à pharmacie et retourna dans le box de Blue. Julia continua à le suivre à la trace. Claude entra dans le box, s'agenouilla et appliqua de l'iode sur le nombril de Samantha.

— Mais vous devez bien savoir quelque chose. Fletcher m'a dit que vous et mon père étiez amis.

Il referma le flacon, se releva et affronta le regard de Julia pour la première fois depuis son arrivée.

— J'ai travaillé pour M. et Mme Blackwood pendant très longtemps, c'est tout. J'ai pour principe de ne jamais me mêler des affaires de mon employeur.

Il baissa les yeux et ouvrit la porte du box, en poussant presque Julia au passage.

— Et ça vaut pour vos affaires à vous.

Il partit dans la sellerie. Julia lui emboîta le pas.

— J'ai simplement pensé que…

Il s'arrêta net et fit demi-tour pour lui faire face.

— Si vous voulez aider avec les chevaux, pas de problème. Ils sont à vous maintenant et je n'ai pas d'ordres à vous donner. Mais là, je dois sortir Blue et sa pouliche de ce box et leur faire une litière fraîche et je n'ai pas de temps à perdre avec des cancans.

Julia se sentit rougir. Soudain, elle avait l'impression d'être ridicule. Dans le manteau de son père et ses bottes trop grandes, avec l'extrémité de ses gants qui retombaient, elle se sentait comme une enfant qui jouait à se déguiser. Elle scruta le visage de Claude en cherchant quelque chose à répondre. Il avait l'air sur la défensive. Elle n'arriverait à rien avec lui, en tout cas pas aujourd'hui. Elle devrait d'abord faire ses preuves.

— D'accord. Je veux aider.

Il sortit un petit licou de la sellerie, retourna dans le box de Blue et tenta de le positionner sur le dos de Samantha. Son premier réflexe fut de résister et reculer. Ses petits sabots semblaient danser dans la paille. Puis Claude passa un bras autour des épaules de la pouliche et frotta le licou le long de son encolure.

— Tout va bien, dit-il d'une voix apaisante. Personne ne va te faire de mal. C'est juste un licou, tu vois ?

Il le passa ensuite sur ses oreilles et ses joues, comme s'il la caressait avec.

À la grande surprise de Julia, sa voix était douce et gentille.

— Qu'est-ce que vous faites ? demanda-t-elle tout bas.

— Je lui montre qu'elle ne doit pas avoir peur du licol en l'habituant à la sensation.

Il continua à frotter délicatement le licou contre le visage de Samantha pendant que Blue mangeait en observant la scène, imperturbable.

Après quelques minutes, Samantha laissa Claude lui passer le licol au-dessus de la tête et l'attacher. Une fois le licol en place, Claude lâcha la pouliche. Samantha secoua la tête et fit plusieurs fois le tour du box, puis elle mit son museau sous le ventre de sa mère pour téter. Claude fixa une ligne de sonde au licou de Bonnie Blue, demanda à Julia d'ouvrir la porte et guida la jument hors du box. Samantha suivit, ses petits sabots claquant sur le sol en ciment. Après avoir mis Blue et sa pouliche dans un autre box, Claude alla chercher une brouette au fond de la grange et tendit une fourche à Julia.

— Autant commencer par les bases, dit-il.

Julia attrapa la fourche et se mit en devoir de curer le box de Blue. Si c'était son seul moyen de faire ses preuves et d'obtenir des informations auprès de Claude, alors ce box serait le plus propre jamais vu.

Chapitre 17

Lilly

Deux jours après avoir emmené les éléphants nager à l'étang, Lilly se tenait devant Pepper au centre de la piste du grand chapiteau, avec Cole qui l'observait depuis le bord. À côté de lui, M. Barlow mâchonnait l'extrémité d'un gros cigare, visiblement agacé. Hank était avec eux, un aiguillon à la main juste au cas où.

— Vous n'avez pas intérêt à me faire perdre mon temps, dit M. Barlow.

— Je vous assure que non, répondit Cole. Ça ne durera que quelques minutes.

Il hocha la tête à l'attention de Lilly.

— Vas-y.

Lilly inspira profondément et fit de son mieux pour se concentrer. Elle plongea son regard dans celui de Pepper, qui avait l'air de s'ennuyer et de ne pas trop comprendre ce qu'elle faisait là, et la supplia en son for intérieur de faire ce qu'elle lui demanderait. Si tout se passait comme prévu, elle pourrait cesser de jouer les voyantes. Elle travaillerait avec Cole et les éléphants et, avec un peu de chance, il n'y aurait plus à utiliser autant les cordes et les aiguillons. Lilly ouvrit la bouche pour donner un ordre à Pepper, avant de se raviser. À la place, elle s'approcha de l'éléphante et lui caressa la trompe.

— S'il te plaît, ma belle, ne me laisse pas tomber, murmura-t-elle. C'est pour nous deux que je fais ça.

Un bruit monta du fond de la gorge de Pepper. Elle renifla le cou et les cheveux de Lilly et lui donna un gros baiser du bout de sa trompe. Puis elle commença à se balancer.

— L'éléphante l'aime bien, et alors ? C'est bon, j'en ai assez vu, déclara M. Barlow.

Il commença à s'éloigner.

— Non, attendez ! protesta Cole. Regardez.

Lilly regagna sa place d'origine et dit :

— Debout.

Pepper cessa de se balancer, souleva ses pattes avant et se hissa sur ses pattes arrière.

— Poirier, ordonna Lilly.

Dans un mouvement fluide, Pepper roula en avant et se mit en équilibre sur la tête et les pattes avant. Lilly jeta un coup d'œil dans la direction de M. Barlow pour voir sa réaction, mais il était impassible. En revanche, Cole et Hank souriaient comme des idiots.

— Couché.

Pepper ramena ses pattes arrière au sol, se mit à genoux et roula sur le côté. Lilly fit un pas vers elle, lui dit de se relever, puis :

— Soulève.

Pepper se mit debout, plaça sa trompe sous Lilly comme si c'était une balançoire et la souleva gracieusement au-dessus de sa tête pour la poser sur son dos. Lilly sourit et leva un bras en l'air, imitant les artistes du grand chapiteau. Cole et Hank applaudirent.

À ce moment-là, le dresseur d'éléphants fit irruption dans l'arène.

— Qu'est-ce qui se passe, ici ? Qu'est-ce que vous fabriquez avec mon éléphant ?

— Il me semble que c'est mon éléphant, corrigea M. Barlow. Mais j'avoue que je me pose la même question. Cole, qu'est-ce qui se passe exactement ?

Cole dévisagea M. Barlow, bouche bée, comme s'il était face à l'homme le plus stupide du monde.

— Vous n'avez pas vu ce qui vient de se produire ? protesta-t-il en tendant le bras vers le milieu de la piste. Lilly a ça dans le sang. Neuf fois sur dix, Pepper refuse de faire le poirier, mais chaque fois que Lilly le lui demande, elle le fait. Je n'ai jamais vu les éléphants obéir comme ça à quelqu'un. Si vous mettiez Lilly dans le grand chapiteau avec Pepper, elles seraient votre attraction phare, c'est sûr !

M. Barlow ôta le cigare qu'il avait dans la bouche et fronça les sourcils.

— Lilly est déjà une attraction phare, et les éléphants aussi. Pourquoi est-ce j'en perdrais une en les associant ? On ne peut pas dire que tu aies le sens des affaires, mon garçon. Mais c'est sans doute pour ça que c'est moi le propriétaire de ce cirque, et pas toi.

Il agita dédaigneusement la main.

— Maintenant, fais-la descendre de là, ramène l'éléphante à la ménagerie et oublie ces sottises. On a une représentation dans deux heures.

Lilly glissa le long du flanc de Pepper, surprise par l'ampleur de la déception qu'elle ressentait. Au fond d'elle, elle savait que M. Barlow ne l'autoriserait jamais à se produire avec les éléphants, mais Cole avait semblé si sûr de lui qu'elle avait commencé à y croire, elle aussi. Désormais, elle devait accepter le fait qu'elle serait la Voyante Albinos pour toujours.

Des plis de colère et de frustration se formèrent sur le front de Cole.

— Si Lilly est une de vos attractions phare, alors Merrick devrait peut-être commencer à la payer.

L'expression de M. Barlow s'assombrit immédiatement.

— Tant que Merrick me donne ma part de ce qu'elle rapporte, je me fiche pas mal de ce qu'il fait de la sienne. Je suis surpris que vous vous soyez mêlé à ça, ajouta-t-il à l'attention de Hank.

— Il ne s'est mêlé de rien du tout, intervint Cole. Il a amené Pepper sur la piste, c'est tout. Je ne lui ai pas dit pourquoi.

— Ça suffit, grogna M. Barlow. Voilà plus de vingt ans que ce cirque fonctionne, et sans l'aide de jeunes blancs-becs insolents comme toi. Maintenant, retournez au travail avant que je vous renvoie tous autant que vous êtes.

Il fourra à nouveau le bout de son cigare dans sa bouche et quitta le grand chapiteau en trombe.

Lilly tourna la tête vers Cole et haussa les épaules en ravalant ses larmes.

CHAPITRE 18

Julia

Le soir suivant la tempête de glace, après s'être occupés des chevaux, Claude rentra chez lui et Julia se rendit dans le bureau de son père armée d'une lampe à huile, dans l'espoir de trouver davantage d'informations sur sa défunte sœur. Le courant n'était toujours pas revenu et des branches recouvertes de glace tremblaient devant les fenêtres et s'entrechoquaient dans un bruit de carcasse. Mais même si son souffle formait de la buée dans la pièce glaciale et même si elle était épuisée après avoir passé la moitié de la journée à récurer des box, elle ne pouvait pas ignorer cette envie dévorante de découvrir la vérité.

Elle posa la lampe sur le bureau, ouvrit le tiroir du milieu et le fouilla minutieusement, à la recherche de la clé du tiroir verrouillé. Elle était forcément là, quelque part. Elle explora les recoins, palpa les parois, mais fit chou blanc. Elle essaya de crocheter la serrure avec une épingle à cheveux, mais elle n'avait pas la moindre idée de comment s'y prendre. Elle glissa un coupe-papier dans l'interstice au-dessus du tiroir pour le forcer. Le coupe-papier se cassa en deux et Julia se cogna violemment la main.

— Merde, siffla-t-elle.

Elle laissa tomber le coupe-papier et examina ses jointures. La peau était arrachée et sa chair était à vif. Comme si elle avait besoin de ça en plus des cloques qu'elle avait dans les paumes à force d'avoir pelleté du crottin. Elle jura à nouveau et fit pression sur ses jointures avec son autre main jusqu'à ce que les pulsations douloureuses diminuent, puis elle examina soigneusement les papiers contenus dans les autres tiroirs. Elle les examina un par un, plissant les yeux pour lire à la lumière de la lampe à huile. C'étaient des courriers, des ordonnances médicales illisibles, des fiches de paie, de vieilles factures et des reçus. Rien de bien important.

Frustrée, elle se leva et fit le tour de la pièce, comme si la réponse s'y cachait. La lumière de la lampe à huile vacillait sur les murs, se reflétant dans les trophées et les cadres. Julia s'approcha des étagères et inspecta les titres des ouvrages. Puis, en commençant par le rayonnage du bas, elle feuilleta chaque livre avant de le remettre à sa place. La poussière la faisait éternuer. En plus de nombreux volumes consacrés à l'élevage de chevaux et à la médecine vétérinaire, il y avait également des romans, des recueils de poèmes, des ouvrages de référence et des encyclopédies désuètes. Elle tentait de progresser rapidement pour se réchauffer, désireuse de trouver la clé manquante ou des indices supplémentaires sur sa sœur et ce que ses parents avaient fait.

Elle grimpa sur un tabouret pour examiner sur l'étagère du haut une collection de six livres anciens aux couvertures en cuir patiné, calés entre des serre-livres en forme d'éléphant. La couche de poussière qui les recouvrait était plus épaisse et les pages étaient fines et jaunies. Quand elle souleva le quatrième livre, elle fut surprise de constater qu'il ne pesait presque rien, alors qu'il faisait la même taille que les autres. Elle descendit du tabouret, ouvrit l'ouvrage et poussa une exclamation de surprise.

L'intérieur du livre avait été découpé de façon à constituer un compartiment, qui abritait une petite pile d'articles de journaux et d'autres papiers, entassés n'importe comment. Elle alla s'installer au bureau, tremblante. Elle souffla sur ses doigts pour les réchauffer, sortit un des articles et le déplia délicatement, en faisant attention de ne pas déchirer le papier.

L'article était intitulé : LE CIRQUE ARRIVE À LANGHORNE, PENNSYLVANIE. Sous le titre, des photos granuleuses en noir et blanc montraient deux hommes en smoking et deux femmes en robe du soir qui tenaient quatre chevaux blancs. Au milieu des chevaux, un homme avec un haut-de-forme et un long manteau en fourrure souriait à l'objectif. Julia parcourut l'article. Pourquoi son père avait-il caché une coupure de presse sur un cirque ? Elle attrapa le papier suivant. C'était un ticket d'entrée pour le Cirque des Frères Barlow. Le même cirque que celui mentionné dans l'article.

La coupure suivante présentait une photo d'une belle jeune femme aux cheveux blancs, avec un ras-de-cou en perles et une robe blanche. Ses cheveux étaient ramenés en arrière avec des barrettes en perles et elle avait le regard perdu dans le lointain, la bouche pincée comme si elle essayait de retenir ses larmes. Sous la photo, une légende indiquait : LA VOYANTE ALBINOS. Un autre article annonçait que le cirque arrivait à Saratoga, dans l'État de New York, et montrait la même femme assise sur la trompe d'un éléphant. Elle souriait cette fois, levant un bras orné de bijoux, ses pieds chaussés de chaussons de danse pointés vers le bas. Il y avait d'autres articles et d'autres tickets en provenance de différentes villes dans différents États : New York, Pennsylvanie, Vermont, Connecticut… tous pour le Cirque des Frères Barlow.

Le cerveau de Julia tournait à mille à l'heure. Son père ne l'avait jamais emmenée au cirque. Alors d'où venaient tous ces tickets ? Pourquoi s'intéressait-il autant à ce cirque en particulier ? Et pourquoi avoir caché ces articles et ces billets ? Pourquoi tous les articles semblaient-ils parler de la même femme albinos ? Est-ce qu'il s'agissait d'une coïncidence ? Avaient-ils eu une aventure ? Était-ce pour cette raison qu'il allait autant au cirque ? Est-ce que c'était pour ça qu'il buvait, parce qu'ils ne pouvaient pas être ensemble ? Était-ce à cause de sa transgression que Mère était aussi malheureuse, en plus de la perte de leur première fille ?

Tremblante, Julia remit les coupures et les tickets en place dans le livre, plus perplexe que jamais. Elle voulait rester dans le bureau et continuer à chercher des indices et la clé, mais il faisait trop froid. Il valait mieux retourner près de la cheminée. De plus, elle n'avait rien mangé depuis le matin et elle avait des crampes d'estomac. Elle laissa le livre sur le bureau, attrapa la lampe et retourna dans le couloir.

De retour dans le salon, elle s'agenouilla devant la cheminée pour se réchauffer. Elle laissa son regard se perdre dans les flammes, plongée dans ses pensées et ses réflexions. Un désespoir sourd naquit en elle. Elle devait en savoir plus. Sur sa sœur. Sur les secrets de son père. Sur ses parents et ce qu'ils avaient fait.

Trois coups insistants frappés à la porte la firent sursauter. Elle se leva. Qui pouvait bien être là à cette heure, et par ce temps ? Claude était parti depuis plusieurs heures. Peut-être que quelqu'un était tombé en panne et voulait utiliser son téléphone. Trois coups supplémentaires retentirent, plus forts que les précédents. Elle se dépêcha de traverser le salon et la cuisine puis se figea, soudain nerveuse. Si c'était pour demander de l'aide, la personne aurait frappé à la porte d'entrée, pas à celle du vestibule sur le côté de la maison. Et elle était toute seule ici, à trois kilomètres du voisin le plus proche. Elle souffla sur la flamme de la lampe pour l'éteindre et attendit de voir si la personne allait abandonner et s'en aller.

— Julia ? appela une voix d'homme.

C'était Fletcher.

Elle poussa un soupir de soulagement.

— J'arrive ! cria-t-elle.

Se sentant un peu bête, elle ralluma la lampe à huile et alla déverrouiller la porte du vestibule pour le laisser entrer. Il s'engouffra à l'intérieur et essuya lourdement ses bottes sur le paillasson. Son visage était rougi sous son bonnet d'aviateur doublé en fourrure. Il sentait l'hiver, le foin et l'eau de Cologne aux notes boisées. Le cœur de Julia s'allégea à la vue d'un visage familier.

— Qu'est-ce que vous fabriquez dehors à une heure pareille ? Vous êtes passé dans la grange ? Tout va bien ?

— Les chevaux vont très bien. Je voulais simplement m'assurer que vous aussi.

Elle sourit.

— C'est gentil. J'ai un peu froid, mais ça va.

— Vous avez allumé un feu de cheminée ?

— Oui.

Il rentra la tête dans les épaules et fourra ses mains gantées dans ses poches.

— Brrr, on est gelés ici. Est-ce que je peux faire quelque chose pour vous ? Rentrer du bois ? Vérifier les robinets ?

Elle fronça les sourcils.

— Vérifier les robinets ? Pour quoi faire ?

— Vous devriez les laisser goutter pour empêcher les canalisations de geler.

— Claude ne m'a rien dit.

Ce fut au tour de Fletcher de sourire.

— Je vous l'ai dit, Claude ne parle pas beaucoup.

— Je sais, mais je lui ai spécifiquement posé la question concernant les canalisations.

Elle songea brièvement à demander à Fletcher s'il était au courant de quoi que ce soit concernant sa sœur, avant de se rappeler qu'il n'avait commencé à travailler à Blackwood que quelques mois avant la mort de son père. Il n'avait pas passé suffisamment de temps avec lui pour apprendre grand-chose sur sa famille.

— J'étais quand même contente que Claude vienne voir les chevaux.

— Là-dessus, vous pouvez compter sur lui.

Fletcher retira ses gants, alla dans la cuisine et ouvrit légèrement le robinet pour le faire goutter. Puis il la regarda et il attendit.

— Quoi ?

— Est-ce que vous voulez me montrer où sont les autres robinets ?

Elle aurait pu lui montrer les robinets des huit salles de bains, mais s'il suffisait de les faire goutter, alors elle pouvait s'en charger elle-même.

— C'est gentil, mais je vais m'en occuper.

Il haussa les épaules.

— D'accord. Est-ce que vous avez assez de bois ?

— Je crois, oui.

— Essayez de ne pas trop ouvrir le réfrigérateur. Les aliments resteront au frais plus longtemps.

— D'accord.

— Naturellement, vous pouvez toujours tout mettre sur les marches, il fait suffisamment froid dehors.

— Je pense que je n'arriverai pas à porter le réfrigérateur jusque-là.

Il haussa les sourcils. Elle sourit et il rit.

— Vous m'avez eu.

Il remit ses gants et se dirigea vers la porte.

— Je ferais mieux d'y aller. Le trajet pour rentrer va être compliqué.

Elle aurait pu lui dire de rester un peu, mais elle ne voulait pas qu'il croie qu'elle flirtait. Après tout, il était marié si ça se trouve. Mais quand il entrouvrit la porte, elle se rendit compte qu'elle n'avait aucune envie d'être seule. Les mots sortirent tout seuls de sa bouche.

— Vous ne voulez pas vous réchauffer un peu avant de repartir ? Il y a de quoi manger si vous avez faim, et j'ai du brandy aussi.

Il sourit, referma la porte et ôta à nouveau ses gants.

— Un verre de brandy, ce sera parfait.

— D'accord.

Elle se dirigea vers le placard et attrapa deux verres à eau.

— Je ne sais pas où sont les verres à whiskey.

— Pas de problème. Je suis vétérinaire, je vous rappelle. Je pourrais boire dans un abreuvoir à vache si j'avais vraiment soif.

Julia fit la grimace.

— Beurk.

— Vous ne pouvez pas dire ça tant que vous n'avez pas essayé. C'est encore meilleur après quelques jours au soleil. Ça donne un petit goût.

Elle secoua la tête en riant et le conduisit jusqu'au salon. Le feu était en train de s'éteindre. Elle posa les verres sur la table basse devant le canapé.

— Vous voulez bien remettre quelques bûches pendant que je vais chercher le brandy ?

— Bien sûr.

Elle se dépêcha d'aller prendre la bouteille dans le bureau, surprise de constater à quel point elle était contente d'avoir de la visite. Après la tempête de glace, l'inquiétude pour les chevaux, la découverte de l'existence de sa sœur et les choses mystérieuses trouvées dans le bureau de son père, peut-être qu'un peu de compagnie la distrairait. Quand elle revint dans le salon, Fletcher était confortablement installé dans le canapé, détendu, comme s'il avait toujours vécu là.

Elle lui montra la bouteille et sourit.

— C'est vieux, mais ça devrait faire l'affaire.

— On ne va pas tarder à le savoir, répondit-il.

Elle remplit les verres à moitié, lui en tendit un et s'assit à côté de lui. Il but une gorgée et grimaça légèrement.

— C'est si mauvais que ça ?

— Non, c'est bon.

— À vous voir, on ne dirait pas. Vous avez fait la grimace.

Il sourit.

— J'ai un aveu à vous faire. Je ne suis pas un grand amateur de brandy. Mon alcool de prédilection, c'est plutôt la bière.

— Dans ce cas, pourquoi avoir accepté ?

— Parce qu'une nuit comme celle-ci exige de boire du brandy.

Il vida son verre d'un trait et le posa sur la table, en essayant de ne pas grimacer cette fois.

— Et puis vous aviez l'air d'avoir besoin de compagnie.

Elle sentit le feu lui monter aux joues et garda les yeux rivés sur la cheminée. Pourquoi partait-il toujours du principe qu'il savait de quoi elle avait besoin ?

— Est-ce que je vous ressers ?

— Non, merci.

Il se pencha en avant, les coudes sur les genoux, et se mit à fixer le feu à son tour.

Elle prit une gorgée de brandy et l'observa du coin de l'œil, en se demandant pourquoi il avait accepté de rester. Dans d'autres circonstances, elle aurait pu croire qu'il avait accepté son offre de boire un verre dans le simple but de passer du temps avec elle. Mais c'était impossible. C'était un vétérinaire avec un diplôme universitaire et elle n'avait même pas fini le lycée. Quelqu'un d'aussi beau et d'aussi accompli que lui avait certainement une petite amie, ou une fiancée, ou une femme. Peut-être même deux enfants et un chien. Elle secoua la tête et tenta de réfléchir posément. Il était venu ici pour s'assurer que les chevaux allaient bien et avait accepté son invitation uniquement par sympathie. Ça s'arrêtait là. Et à vrai dire, elle était reconnaissante d'avoir rencontré quelqu'un de gentil à Blackwood Manor. Peut-être qu'il avait raison. Peut-être qu'elle avait besoin de compagnie.

En dépit de sa décision prise un peu plus tôt de ne pas lui poser de questions sur ses parents et sa sœur, elle changea d'avis. Les gens gentils aimaient aider les autres. Fletcher était gentil. Et elle avait clairement besoin d'aide. Peut-être qu'il avait entendu parler de quelque chose en travaillant ici. Pas forcément par Claude, mais par quelqu'un d'autre. Après tout, il connaissait tous les éleveurs de chevaux de la région, et les gens adoraient les cancans.

— Est-ce que je peux vous poser une question ?

Il sourit.

— Est-ce que je suis célibataire ? Oui.

Elle se sentit rougir à nouveau.

— Ce n'est pas ce que j'allais dire.

— Comment ça se fait que je ne sois pas marié ?

Il leva les mains comme s'il confessait un crime.

— Je suppose que je n'ai pas encore trouvé la bonne personne. Après tout, il faut une femme sacrément spéciale pour apprécier quelqu'un comme moi. Je suis beau, charmant, bien élevé. Et qui pourrait résister à un type qui porte des bottes couvertes de merde et passe ses journées les mains fourrées dans des culs de vaches ?

Il se laissa aller contre les coussins, allongea un bras sur le dossier du canapé et lui adressa un sourire ironique.

— Et vous ? Est-ce que vous êtes célibataire, ou est-ce que je vais devoir me battre avec un autre pour être l'objet de votre affection ?

Elle fut incapable de lui répondre. C'était comme si elle avait oublié comment faire pour respirer. Soudain, elle eut le sentiment qu'ils étaient trop près l'un de l'autre. Néanmoins, elle ne bougea pas, et lui non plus. Il lui lança un regard perplexe. Puis, petit à petit, l'expression de Fletcher changea et se fit plus sérieuse. Son regard insistant lui donnait envie de disparaître. Elle se leva, attrapa les verres et partit à la cuisine.

— Vous feriez sûrement mieux d'y aller. Il est tard et il faut que je dorme. Merci pour votre aide.

Il se leva et la rejoignit.

— De rien, répondit-il sur un ton où perçait l'incompréhension.

Elle se dirigea vers l'évier et lui vers la porte.

— Je reviendrai demain pour vérifier les canalisations.

— D'accord. À demain, alors. Et encore merci.

— Bonne nuit.

Il lui adressa un sourire gêné et sortit dans la nuit glacée.

Après son départ, elle s'appuya contre le plan de travail et tenta de mettre de l'ordre dans ses idées. Elle ne savait pas s'il essayait d'être drôle ou s'il était sincère.

Et à sa grande surprise, elle avait l'impression d'être une écolière qui avait le béguin, avec les mains moites et les genoux flageolants. Mais c'était impossible. Elle venait à peine de le rencontrer. Elle ne savait même pas si elle avait confiance en lui. Et après tout ce qu'elle avait traversé, elle ne faisait confiance à personne.

Chapitre 19

Lilly

Trois semaines après la tentative de Cole d'intégrer Lilly au numéro des éléphants, le Cirque des Frères Barlow décrocha sa représentation la plus importante, dans une ville en banlieue de New York, le week-end de la fête de l'Indépendance. C'était la première fois qu'ils se produisaient à cet endroit, et M. Barlow et Merrick passaient leur temps à aboyer des ordres.

À l'intérieur de la loge, Glory finit de coiffer Lilly et l'aida à mettre son collier de perles.

— Est-ce que tu es nerveuse ? demanda Glory. M. Barlow dit que tout doit se dérouler sans accroc pour qu'on puisse revenir l'année prochaine.

— Je ne suis pas nerveuse, non, dit Lilly. Mais je vais devoir mentir à encore plus de gens.

— Je sais. Mais même si tu leur mens, dis-toi qu'au moins ça rend les péquenauds heureux de croire qu'ils parlent à leurs êtres chers.

— C'est ce que j'essaie de faire. Mais qu'est-ce qui se passera quand tout le monde apprendra que je ne suis qu'une arnaque ?

— Il faut que tu arrêtes de te faire autant de souci, conseilla Glory. Ça ne changera rien.

Merrick glissa la tête dans la tente.

— On y va, Lilly.

Elle se leva, serra Glory dans ses bras et sortit des loges.

Pendant les heures qui suivirent, les péquenauds qui défilèrent dans la tente de la Voyante Albinos couvrirent toute la gamme, d'hommes qui voulaient entrer en contact avec leurs mères mortes depuis longtemps aux petites vieilles souhaitant désespérément avoir des nouvelles de feu leurs chats. Quand Pierre miaula dans le placard et que la dame aux cheveux gris et au gentil sourire assise en face de Lilly se mit à pleurer, elle eut toutes les peines du monde à ne pas se lever et partir. Jusqu'à ce que la chance de faire autre chose (à savoir travailler avec les éléphants) se présente, elle ne s'était pas rendu compte à quel point elle était fatiguée de son numéro. Au fond de son cœur, elle savait qu'un jour elle commettrait une erreur et que quelqu'un découvrirait la supercherie. Et là, ça lui coûterait cher.

Après le départ de la dame aux cheveux gris, Merrick donna deux noms à Lilly au lieu d'un seul, parce que le péquenaud suivant insistait pour essayer d'entrer en contact avec deux membres de sa famille. Aussitôt Merrick ressorti, un grand type bourru en salopette et veste élimée entra dans la tente en boitant. Il devait avoir la quarantaine. Une barbe de trois jours recouvrait son visage crasseux, ses cheveux partaient dans tous les sens et une odeur de bière et de cigarettes émanait de ses vêtements. Les sourcils froncés, il se laissa tomber sur la chaise face à Lilly et se pencha en avant, les coudes sur la table, comme s'il était prêt à entamer un bras de fer avec un ennemi juré.

Lilly déglutit, la gorge sèche tout à coup.

— Bonjour et bienvenue. Avant de commencer, je vais d'abord vous parler un peu de ce que je fais. Je communique avec les morts depuis l'âge de quatre ans, et j'ai fini par comprendre que j'avais besoin de partager ce don. Les messages de l'au-delà peuvent prendre la forme de musique, de voix et d'autres sons. J'aimerais que vous fermiez les yeux et que vous pensiez aux personnes avec qui vous aimeriez communiquer. Pendant ce temps, je tenterai d'entrer en contact avec le monde des esprits. Puis je vous poserai des questions, auxquelles vous devrez répondre par oui ou non. Est-ce que vous êtes prêt ?

— C'est John.

Elle battit des paupières, confuse.

— Est-ce que c'est votre nom, ou le nom de la personne que vous espérez contacter ?

— Le mien.

— Très bien, John. Détendez-vous, fermez les yeux et pensez aux personnes avec qui vous aimeriez parler aujourd'hui.

— Je ne ferai rien de tout ça, déclara John.

Lilly se crispa. *C'est parti*, songea-t-elle. *Mon premier péquenaud difficile de la journée.*

— Je suis désolée, mais peut-être que vous avez mal compris. Est-ce que vous voulez me parler de vous pour commencer ? Peut-être que ça…

— J'ai perdu ma femme et mon fils dans un accident de voiture il y a un an. Mais ça, vous le savez déjà, pas vrai ?

Elle secoua la tête.

— Non, je n'en savais rien, et je suis vraiment désolée. Ça doit être une épreuve terrible pour vous. Si vous voulez bien me donner une chance, je peux essayer de les contacter pour vous.

John la fixa. Ses yeux étaient pleins de larmes.

— C'est ma faute. J'avais bu. Depuis, je n'ai pas arrêté d'essayer de leur dire que j'étais désolé.

Il s'éclaircit la gorge.

— J'ai vu tout un tas de gens qui m'ont dit qu'ils pouvaient causer à ma femme et mon garçon, qu'ils pouvaient les amener dans la pièce pour que je leur demande pardon. C'est tout ce que je veux. Leur dire que je suis désolé, c'est tout.

Son visage était déformé par le chagrin.

— Je comprends, dit Lilly. Voyons si je peux vous aider, vous voulez bien ?

La douleur sur le visage de John s'imprima dans sa mémoire, à côté des milliers d'autres péquenauds auxquels elle avait fait croire qu'elle pouvait entrer en contact avec leurs êtres chers dans l'au-delà. Le ventre vrillé par la culpabilité, elle ferma les yeux et attendit quelques secondes avant de continuer.

— Je vois la silhouette d'une jeune femme. Elle est très jolie. Je crois qu'elle s'appelle Lisa. Non, attendez, ce n'est pas ça… c'est Lynette.

— Arrêtez, dit John avec dureté.

Lilly ouvrit les yeux.

— Je vous demande pardon ?

— Je vous ai dit d'arrêter.

— Je suis désolée, je ne comprends pas. Est-ce qu'il y a un problème ? Parfois, ça prend un peu de temps pour…

— Oui, il y a un problème, l'interrompit-il en la fusillant du regard. Vous êtes un imposteur, comme tous les autres. Les médiums, les devins, les meneurs de séances de spiritisme, vous n'êtes que des foutus imposteurs, tous autant que vous êtes !

Il crachait les mots comme du poison.

— Je suis désolée, répéta Lilly. Mais je…

— J'aimerais juste savoir une chose. Quel genre de personne prend l'argent d'un pauvre travailleur pour lui mentir sur ses parents décédés ?

Elle secoua la tête.

— Je… Je ne sais pas. Mais si vous voulez bien…

John bondit sur ses pieds et tapa des poings sur la table, faisant trembler les bougeoirs et la clochette sous la cloche de verre.

— Arrêtez de mentir ! cria-t-il. Je sais que c'est une escroquerie !

Lilly se leva et se mit à reculer, tremblante.

— John, écoutez-moi. Si vous voulez bien vous calmer, nous allons vous rendre votre argent et…

John se précipita vers l'armoire et tira violemment sur les poignées des portes. En voyant qu'elles ne s'ouvraient pas, il les détruisit à coups de poing, enfonça les mains à l'intérieur du meuble et en extirpa Pierre par le col de sa chemise.

— Qui c'est, celui-là ? grogna John.

— Lâchez-moi ! cria Pierre.

Il tenta de donner un coup de poing dans le ventre de John, mais ses bras étaient trop courts. John le souleva dans les airs et se mit à le secouer.

— Arrêtez ! hurla Lilly. S'il vous plaît ! Il n'a rien fait !

À cet instant, un pan de la tente se souleva et Merrick se précipita à l'intérieur. Il passa un bras autour du cou de John et tenta de l'envoyer à terre. Pierre se dégagea de l'étreinte de John et alla se blottir dans un coin, blanc comme un linge. John repoussa Merrick puis fit volte-face pour lui donner un coup de poing. Merrick se baissa pour l'esquiver et John bascula et tomba à genoux. Il se releva et retourna la table. Les bougies se renversèrent et le globe de verre se brisa en mille morceaux. L'attache en bois du « bébé esprit » se cassa et le bébé tomba à terre. Pierre écrasa les bougies pour les éteindre et Merrick sauta sur le dos de John pour l'étrangler, mais celui-ci faisait deux fois sa taille. Il lui fit lâcher prise, le plaqua au sol et lui donna un coup de poing en plein visage. Puis il se releva et arracha les rideaux, les étoiles et les miroirs accrochés aux murs. Merrick grogna et roula sur le côté.

— Arrêtez ! cria Lilly. John, s'il vous plaît, arrêtez !

Hurlant comme un fou, John arracha un des pans de la tente si violemment que le plafond faillit s'écrouler. Puis il déchira la paroi qui donnait sur les autres attractions, révélant l'intérieur de la tente aux péquenauds qui faisaient la queue. Les femmes reculèrent en poussant des cris de surprise et les hommes avancèrent pour les protéger.

John fixa à la foule, les yeux écarquillés, des morceaux de toile arrachée dans les mains.

— Ils vous volent votre argent ! hurla-t-il. C'est un mensonge !

La confusion et le choc se lurent sur les visages. Plusieurs hommes agitèrent le poing avec colère et exigèrent de se faire rembourser, pendant que d'autres grognaient.

Merrick se releva péniblement et leva les mains. Il saignait abondamment du nez.

— Du calme, du calme ! Vous ne voyez donc pas que cet homme est ivre ? Et lors d'une fête familiale, en plus ! Il raconte n'importe quoi, c'est évident !

— Dans ce cas, pourquoi est-ce que vous nous demandez des noms avant la consultation ? s'écria une jeune femme.

— Oui, cria un homme. Pourquoi ?

— On vous l'a expliqué, c'est pour la garantie de remboursement. Elle est la seule à voir les noms, assura Merrick en montrant Alana du doigt.

Celle-ci se tenait entre la tente et la file de péquenauds, son carnet serré contre sa poitrine, le teint gris comme de la cendre.

— De plus, nous inscrivons tous les esprits que la Voyante Albinos contacte parce que nous essayons de battre le record du monde. Quand vous lirez l'information dans les journaux, braves gens, alors vous saurez que vous et vos proches avez contribué à cela. Vos familles seront célèbres !

— Foutaises ! vociféra un homme.

— Vous mentez ! rugit quelqu'un d'autre.

— Je veux, qu'il ment ! renchérit John.

Il alla fouiller dans l'armoire et revint avec un gant rembourré.

— Vous voyez ce truc ? C'est avec ça que ce nain vous touche pendant que l'albinos vous raconte que ce que vous sentez, c'est la présence d'un esprit.

Il attrapa l'harmonica, la cloche et le tambourin et les jeta à terre.

— Vous voyez ? Tout est truqué !

Là-dessus, Merrick se jeta sur John et le fit tomber en arrière contre l'armoire cassée. John s'effondra dans un tourbillon de bras, de jambes et d'éclats de bois. Les péquenauds s'approchèrent pour mieux voir, bouches bées et dressés sur la pointe des pieds pour ne pas en perdre une miette. Plusieurs hommes avancèrent encore, les poings serrés, l'air menaçant. Lilly recula. Sa respiration devenait saccadée. Elle voulait se sauver en courant, mais elle était coincée. Merrick, Alana, Pierre et elle étaient encerclés. John secoua la tête, puis s'extirpa de l'armoire et se remit debout.

— Bande d'enfoirés ! beugla un des péquenauds. Rendez-moi mon argent !

— Le mien aussi ! cria une femme.

Des cris indignés résonnèrent dans la foule. Les molosses de M. Barlow finirent par débarquer. Ils se frayèrent précipitamment un chemin parmi les badauds pour atteindre la tente. Normalement, ils étaient là pour calmer les clients mécontents en leur offrant des entrées gratuites pour le grand chapiteau ou (pour les hommes) une entrée gratuite pour le « spectacle » spécial derrière les wagons, qui n'était accessible que par bouche-à-oreille. Mais de temps en temps, ils devaient avoir recours à la force. Et aujourd'hui, la situation l'exigeait.

Au début, John crut que les molosses étaient des péquenauds en colère venus lui prêter main-forte. Mais ensuite, ils se jetèrent sur lui et il écarquilla les yeux de surprise. Il regarda frénétiquement autour de lui, à la recherche d'une issue de secours. Mais avant d'avoir le temps de s'échapper, un des deux molosses l'attrapa par le poignet et lui tordit le bras derrière le dos. Puis il lui passa un bras autour du cou et l'entraîna à l'extérieur de la tente, ou plutôt ce qu'il en restait. John éructa et agrippa le bras du molosse pour se libérer, sans succès. L'autre se tenait entre Lilly et les péquenauds, les bras croisés, les défiant du regard. Merrick leva à nouveau les mains et s'adressa à la foule en colère.

— Du calme, messieurs-dames, du calme. Tout va bien. Le trouble-fête a été escorté jusqu'à la sortie et il ne vous importunera plus. La Voyante Albinos suspend ses séances pour le reste de l'après-midi. Si vous avez déjà payé pour la voir, nous vous rembourserons intégralement. Pour les autres, circulez, il n'y a plus rien à voir ici.

Les personnes qui avaient déjà payé se dirigèrent vers Alana en rouspétant, se donnant des coups de coude et se poussant les unes les autres pour faire la queue et récupérer leur argent. Les autres étaient réticents à partir, au cas où ils manqueraient quelque chose.

Merrick agita la main pour les disperser.

— Allez, circulez.

M. Barlow se fraya un chemin parmi l'attroupement.

— Qu'est-ce qui se passe ici, bon sang ? demanda-t-il à Merrick.

Merrick tourna le dos aux péquenauds et répondit tout bas :

— Quelqu'un l'a démasquée. Les péquenauds ont tout entendu.

— Nom de Dieu, qu'est-ce qu'elle a encore fait ?

— Je n'ai rien fait du tout, se défendit Lilly. Ce péquenaud avait déjà compris avant de venir dans ma tente.

— Compris quoi ? demanda M. Barlow.

— Que je suis une arnaque.

Plusieurs femmes dans la file entendirent ce que Lilly venait de dire et poussèrent des exclamations scandalisées, avant de commencer à faire passer le mot, chuchotant derrière leurs mains.

— Tais-toi, petite conne, cracha Merrick à Lilly.

— Ça m'est égal. Je ne veux plus mentir aux gens. Je ne peux plus.

— Je me fiche pas mal de ce que tu veux, dit Merrick. Tu fais ce que je te dis de faire. Sans moi, tu serais encore enfermée dans le grenier de tes parents, en train de devenir complètement folle. Je t'ai sauvé la peau et tu m'appartiens.

Il la fusilla du regard, comme pour la mettre au défi de répliquer.

Elle décida de ne pas répondre. C'était inutile.

— Retourne au train et restes-y, ordonna Merrick en la congédiant d'un geste de la main. Dès que ta tente est réparée, tu te remets au travail.

M. Barlow examina la foule de péquenauds, les sourcils froncés.

— C'est trop tard, dit-il. Les gens ont commencé à se passer le mot et la rumeur va se répandre comme une traînée de poudre. Une fois que ça va arriver aux oreilles des flics, on va avoir de gros ennuis.

Il jura entre ses dents et serra les poings.

— Et dans la plus grande ville où on s'est jamais produits, en plus.

Il montra Merrick du doigt, les yeux étincelants de colère.

— Trouve-lui un nouveau numéro. Pendant ce temps-là, elle peut compenser le manque à gagner en travaillant pour Josephine dans le spectacle érotique.

Chapitre 20

Julia

Deux jours après la tempête de glace et la visite surprise de Fletcher, les températures remontèrent et tout commença à fondre. L'eau gouttait sur le sol déjà trempé et des blocs de neige glissaient des toits. Des tubes de glace tombaient des branches des arbres et des câbles électriques, et des parcelles sombres d'herbe et de terre apparaissaient sous les champs de glace translucide.

Emmitouflée dans un gros pull, Julia observait la scène depuis la fenêtre de la cuisine en buvant un thé au miel bien chaud. L'électricité était revenue et la chaudière avait repris du service au sous-sol. La maison se réchauffait et recommençait à résonner de ses bruits habituels. Un pick-up et une remorque s'engagèrent dans l'allée qui menait à la grange. Au début, elle crut qu'il s'agissait du véhicule de Fletcher, mais un homme qu'elle n'avait jamais vu en sortit et alla dans le bureau.

Fletcher avait tenu sa promesse et était passé la veille pour vérifier les canalisations, mais il n'était resté que quelques minutes. Un client l'attendait dans un autre élevage et il ne voulait pas arriver en retard. Il avait été poli mais strictement professionnel, et Julia l'avait remercié sans savoir quoi dire d'autre. Elle avait eu envie de s'excuser, mais elle ne savait pas pour quoi exactement. Pour la tournure gênante qu'avait prise la conversation de la veille ? Pour l'avoir congédié brusquement ? Pour lui avoir fait reprendre la route alors qu'il avait eu la gentillesse de venir s'assurer qu'elle allait bien ? Cela dit, c'était lui qui avait décidé de s'aventurer jusqu'à Blackwood Manor dans des conditions aussi périlleuses. Elle ne lui avait rien demandé et ce n'était pas son rôle de veiller sur lui. De plus, quand bien même elle aurait voulu qu'il reste, que ce soit par mesure de sécurité ou autre, la dernière chose dont elle avait besoin, c'était que Claude s'imagine qu'il se passait quelque chose entre elle et le vétérinaire. Néanmoins, elle détestait l'idée que Fletcher soit fâché.

L'homme sortit de la grange, remonta dans son pick-up, manœuvra pour amener la remorque tout près de la porte principale, et ressortit de voiture pour retourner dans le bureau. Julia fronça les sourcils. Qu'est-ce qui se passait ? Claude ne l'avait pas avertie de l'achat d'un nouveau cheval ou de la vente d'un des siens. Et il n'aurait pas pris ce genre de décisions sans la consulter. Si ? Elle fixa la grange, paralysée par l'hésitation. Elle ne savait pas si elle devait aller demander des comptes, ou attendre de voir ce qui se passerait ensuite. Avant d'avoir pu se décider, elle vit l'homme remonter dans son pick-up et partir, tandis que Claude laissait certains chevaux sortir dans le grand paddock. Les bêtes couraient et ruaient dans la neige, heureux de retrouver leur liberté après avoir été coincés dans la grange pendant la tempête. Bonnie Blue sortit à toute allure de la grange et galopa le long de la clôture, la tête haute, les naseaux frémissants. Elle hennissait et gémissait, l'air désespéré.

Le cœur de Julia se serra dans sa poitrine.

Où était Samantha ?

Elle posa sa tasse sur le plan de travail, si brusquement qu'elle faillit la casser, et se précipita dans le vestibule pour mettre des bottes et un manteau. Elle parcourut au pas de course la distance qui la séparait de la grange, slalomant entre les plaques de glace et les flaques. Elle ouvrit la porte à la volée, traversa le bureau en trombe et déferla dans l'allée centrale en quête de Claude. Il était en train d'amener du foin dans un des box.

— Où est Samantha ? demanda Julia d'une voix chevrotante d'angoisse. Je viens de voir Blue. Elle est toute seule dehors, et elle est dans tous ses états !

Claude arrêta d'étaler le foin et la toisa, perplexe.

— Elle est avec une jument nourricière.

Les battements du cœur de Julia se calmèrent légèrement.

— Pourquoi ? Blue est complètement perdue !

Claude la fixa sévèrement, comme si c'était une question dont elle aurait dû connaître la réponse.

— Blue est l'une de nos meilleures reproductrices. On doit la refaire s'accoupler le plus tôt possible.

— Qu'est-ce que ça a à voir avec le fait de lui retirer Samantha ?

— Il faut que Samantha arrête de téter pour que Blue soit de nouveau en chaleur.

— Mais Samantha n'a que trois jours. Elle est trop jeune pour qu'on l'enlève à sa mère !

Un flot de chagrin et de colère déferla dans la poitrine de Julia. Elle savait qu'il fallait parfois prendre des décisions difficiles lorsqu'on travaillait avec des animaux, mais c'était ridicule et cruel de retirer une pouliche de trois jours à sa mère. Pour la première fois de sa vie, elle était si furieuse qu'elle se fichait de ce que pensait Claude ou qui que ce soit d'autre. Les chevaux lui appartenaient désormais, et elle s'était promis de prendre soin d'eux.

— Où est-elle ? demanda-t-elle à nouveau.

Il indiqua l'autre bout de la grange d'un hochement de menton.

— Dans le box de la jument nourricière qui a mis bas la nuit dernière.

— Qu'est-ce que c'est qu'une jument nourricière ? Expliquez-moi comme si j'étais une enfant de six ans.

Il fronça les sourcils, clairement agacé.

— C'est une jument qui vient de mettre bas et donne du lait. On les utilise pour nourrir d'autres poulains susceptibles de valoir de l'argent. Comme la pouliche de Blue.

— Alors la jument nourricière s'occupe de deux petits ?

— Non, uniquement de Samantha.

Ce fut au tour de Julia de froncer les sourcils.

— Et le poulain de la jument nourricière ? Où est-il ?

Claude se remit à étaler de la paille.

— Répondez. Où est-il ?

Il leva les yeux vers elle, inexpressif.

— Les poulains des juments nourricières sont vendus aux enchères.

— C'est pour ça que ce pick-up était ici ? Pour venir chercher le poulain de la jument nourricière ?

Claude hocha la tête.

— Si j'ai bien compris, vous avez retiré à Blue sa pouliche de trois jours pour la donner à une jument nourricière, et vous avez retiré son poulain à la jument nourricière pour le vendre aux enchères ?

Il retira ses gants et la fixa d'un regard dur.

— Plus tôt vous apprendrez que les poulains de juments nourricières sont des sous-produits de l'industrie des courses de chevaux et de l'industrie pharmaceutique, et mieux ce sera. Certains élevages les laissent mourir de faim, les matraquent à mort ou les vendent pour leur peau et leur viande. On ne fait pas ça, ici.

— Ah oui ? Et comment savez-vous que le poulain ne sera pas vendu aux enchères pour sa peau et sa viande ?

— Je n'en sais rien.

Julia serra les poings.

— Allez le chercher.

Il la dévisagea, bouche bée.

— Je vous demande pardon ?

— Je veux que vous remettiez Samantha dans le box de Blue. Et ensuite, je veux que vous alliez chercher le poulain de la jument nourricière pour le ramener ici.

Claude soupira bruyamment et secoua la tête.

— Désolé, mais ce n'est pas comme ça qu'on fait les choses ici, mademoiselle Blackwood. C'est une entreprise, pas une retraite spirituelle pour cœurs sensibles.

— En effet, c'est une entreprise. Qui m'appartient. Alors on va faire les choses à ma façon. À partir de maintenant, on ne retire plus les poulains à leurs mères et on ne les vend plus aux enchères.

Claude se redressa de toute sa taille et releva le menton.

— On est là pour gagner de l'argent. On élève des chevaux de course et de concours, pas des animaux de compagnie.

— Ça m'est égal. J'ai examiné les comptes et nous avons bien assez d'argent. Tant que je serai aux commandes, on ne retire plus les poulains à leurs mères. Il va falloir trouver un autre mode de fonctionnement.

À cet instant, Fletcher arriva dans la grange.

— Qu'est-ce qui se passe ?

Claude sortit du box et jeta ses gants à terre.

— Demande-lui, dit-il en s'éloignant, furieux.

Il sortit de la grange, grimpa dans son pick-up, claqua violemment la portière et démarra en trombe dans un nuage de poussière et de graviers.

Fletcher se tourna vers Julia et haussa les sourcils.

— Où est-ce qu'il va comme ça ?

En dépit du fait qu'elle était convaincue d'avoir pris la bonne décision, elle était au bord des larmes. L'adrénaline était redescendue et elle tremblait comme une feuille. C'était épuisant de taper du poing sur la table et de dire ce qu'elle pensait.

— Chercher le poulain de la jument nourricière pour le ramener ici.

— Quoi ? Pourquoi ?

— Je ne veux plus que les poulains soient retirés à leurs mères ni vendus aux enchères. Plus jamais.

Fletcher croisa les bras et s'adossa contre le mur, l'air sombre.

— D'accord. Mais ça veut dire des naissances plus espacées et moins de chevaux à vendre.

— Ça m'est égal. Je refuse de gagner de l'argent de cette façon. L'élevage se porte très bien, et si ça change à l'avenir, on avisera à ce moment-là. Maintenant, est-ce que vous pouvez m'aider à remettre Samantha dans le box de Bonnie Blue ?

Fletcher enfila des gants et l'examina, un vague sourire aux lèvres.

— Oui, mademoiselle Blackwood.

Elle tourna les talons et partit dans la direction opposée.

— Où est-ce que vous allez ? demanda-t-il dans son dos. Je croyais que vous vouliez un coup de main ?

— Il faut nettoyer les box, lança-t-elle par-dessus son épaule.

Elle entra dans le box de Blue et se mit au travail.

En vérité, elle avait besoin d'être seule. Quand elle imaginait ces poulains soudainement arrachés à leurs mères et à leur environnement, puis affamés, battus à mort ou vendus pour leur viande… cela lui brisait le cœur. Ses yeux se remplirent de larmes en pensant à Blue et à la jument nourricière, effrayées, confuses et désespérées, se demandant pourquoi on leur avait pris leur petit. Elle pouvait presque sentir l'horrible douleur qui pesait dans leur poitrine, leur terreur et leur impuissance. Ça n'avait pas d'importance que ce soient des animaux. Les juments avaient l'instinct maternel. Elle l'avait vu de ses yeux quand Bonnie Blue avait plongé son regard dans celui de la pouliche qu'elle venait de mettre au monde. Mère ne l'avait jamais regardée comme ça, mais Julia avait suffisamment observé les interactions entre mères et filles pour reconnaître l'amour inconditionnel quand elle l'avait sous les yeux. Soudain, une autre pensée s'insinua dans son esprit, et elle se figea.

Combien de poulains avaient été arrachés à leurs mères au sein de l'élevage de chevaux de Blackwood Manor ? Combien de mères avaient eu le cœur brisé à cause de la cupidité de ses parents ? Comment était-ce possible d'être aussi cruel ? Qui étaient vraiment ses parents, en réalité ?

Chapitre 21

Lilly

Vêtue d'une robe du soir en soie blanche, de longs gants en satin, d'un boa blanc et de chaussures à talons, Lilly tremblait devant le miroir fêlé de la loge du spectacle érotique. Pourtant, il faisait plus de trente-cinq degrés dehors et la température à l'intérieur de la tente était encore plus élevée. Elle n'avait rien mangé de la journée, mais l'angoisse lui tordait davantage l'estomac que la faim. Derrière elle, des femmes à moitié nues retiraient leur rouge à lèvres, effaçaient les faux grains de beauté qu'elles s'étaient dessinés sur les joues et décollaient les pompons qui décoraient leurs tétons. Elles avaient fini leur journée et maintenant, c'était l'heure du dernier numéro de la soirée : Lilly Blackwood. Qui avait toutes les peines du monde à ne pas vomir.

Un peu plus tôt, Josephine avait insisté pour que Rosy et Ruby accentuent son maquillage, alors Ruby avait dessiné une mouche au-dessus de sa bouche et

Rosy lui avait tracé un trait noir autour des yeux et appliqué des faux cils.

— Comment est-ce que Cole a réagi quand il a su que M. Barlow t'avait ajoutée au programme du spectacle érotique ? avait demandé Ruby tandis qu'elle trempait un pinceau dans un pot de rouge pour maquiller les joues de Lilly.

— Il a donné un coup de poing dans le mur d'un wagon. Ça y a laissé un trou et il a failli se casser la main.

— Mon Dieu… Est-ce que tu lui as dit que c'était seulement jusqu'à ce que Merrick te trouve un nouveau numéro ?

Lilly avait hoché la tête, la gorge nouée. Elle avait tenté d'expliquer à Cole que peu importait qui la voyait nue, elle était toujours la même que celle qui le rejoignait à la ménagerie le soir. Elle restait la fille qui se faufilait dans son wagon quand personne ne regardait, et qui le suivait dans les champs pour faire l'amour sous les étoiles. C'était déjà suffisamment difficile d'être forcée de se dénuder sur scène. La possibilité de perdre Cole était plus que ce que son cœur ne pouvait supporter. Il n'était pas prude, au contraire, mais que penserait-il d'elle après le spectacle de ce soir ?

— Et ? avait demandé Rosy. Qu'est-ce qu'il a répondu ?

Les yeux de Lilly s'étaient remplis de larmes.

— Qu'il avait besoin d'être seul. Et il est parti.

— Mazette.

Ruby avait tapoté le coin des yeux de Lilly avec un mouchoir pour empêcher ses larmes de couler.

— Mais il ne peut pas t'en vouloir. Ce n'est pas ta faute.

Lilly avait haussé les épaules.

— Tu sais, avait continué Rosy en lui mettant du rouge à lèvres, certains hommes trouvent ça excitant que d'autres types regardent leur femme.

Elle avait accompagné sa remarque d'un sourire malicieux et d'un clin d'œil.

— C'est vrai, avait renchéri Ruby. Pour une raison quelconque, ça les excite comme pas possible de sortir avec une fille du spectacle érotique. Au cas où tu ne l'aurais pas remarqué, presque tous les célibataires du cirque nous courent après.

— Elle a raison, avait confirmé Rosy. Et aussi les moins célibataires.

Les jumelles avaient gloussé de concert.

Elles étaient adorables de vouloir la réconforter, mais ça n'avait pas marché.

— Il n'y en a qu'un qui m'intéresse.

Ruby avait attrapé un autre mouchoir.

— Oh, ne pleure pas, ma chérie. Il va se calmer, tu verras.

Quand les jumelles eurent fini de la maquiller, Lilly avait songé qu'elle avait l'air d'un clown. Mais elle n'avait pas eu le cœur de le leur dire. De plus, ça lui était égal, peut-être que le public penserait la même chose, et sa carrière dans le spectacle érotique toucherait à sa fin avant même d'avoir commencé.

À présent, assise devant le miroir, son cerveau tournait à mille à l'heure tandis qu'elle cherchait comment saboter son numéro sans que ça lui retombe dessus. Mais elle n'avait pas d'idée. Elle aurait déjà dû être dans la tente, à attendre dans les coulisses. Elle se leva et souleva le pan des loges pour jeter un coup d'œil dehors. Peut-être qu'elle pouvait se sauver ? Mais un des molosses de M. Barlow montait la garde dehors, chargé à la fois de protéger les filles et de surveiller les péquenauds qui essaieraient de se rincer l'œil gratuitement à travers les parois en toile.

De l'autre côté de l'allée étroite, la tente du spectacle érotique brillait d'une lumière rouge et elle voyait les silhouettes de Ruby et Rosy qui dansaient et se trémoussaient sur scène. De la musique sexy résonnait et les hommes criaient et sifflaient pour que les jumelles enlèvent tout. Plus la musique s'étirait, plus les hommes devenaient bruyants.

— Tu es prête ? demanda le colosse à Lilly.

Elle se redressa et sortit des loges, tremblante. Le colosse l'amena jusqu'à l'arrière de la tente et la fit entrer. Elle ravala la bile qui lui remontait dans la gorge et suivit un petit couloir mal éclairé jusqu'aux coulisses de la scène. Trois cageots retournés étaient alignés contre la paroi du fond, deux couverts de coussins et un autre de cendriers, de verres et de bouteilles d'alcool. Cachée derrière le rideau, Lilly se sentit rougir en voyant les jumelles se dandiner sur la scène dans leurs strings et leurs brassières en dentelle, leurs visages fardés éclairés par une guirlande lumineuse rouge. Comme à leur habitude, leur synchronisation était parfaite. Puis elles s'arrêtèrent et se penchèrent en avant, secouant les épaules et couvrant leurs poitrines de leurs mains. Les spectateurs sifflèrent et grognèrent.

— Faites-nous voir la marchandise ! cria un homme.

Les jumelles se redressèrent, firent la moue d'un air faussement timide et agitèrent l'index.

Puis, dans un roulement de caisse claire, les jumelles se firent face et chacune fit glisser les bretelles de la brassière de l'autre. Elles adressèrent un clin d'œil au public, pivotèrent sur la pointe des pieds et se penchèrent à nouveau.

— Allez ! cria un autre homme. J'ai payé cher !

Les jumelles haussèrent les épaules, tournèrent le dos au public et dégrafèrent leurs brassières. Avec des mouvements parfaitement identiques, elles regardèrent par-dessus leur épaule, firent un nouveau clin d'œil et laissèrent tomber leurs brassières à terre.

— Pas trop tôt ! s'exclama quelqu'un.

— Allez, les filles !

— Retournez-vous, mes chéries !

Les jumelles firent volte-face, les mains plaquées sur leurs tétons, ouvrirent en grand leurs bouches rouges dans une surprise feinte, et retirèrent leurs mains, laissant leurs seins pendre librement. Les hommes poussèrent des cris enchantés.

— Doux Jésus !

— Nom de Dieu !

Les jumelles effectuèrent une autre petite danse, puis saluèrent le public et quittèrent la scène en souriant et en envoyant des baisers. Les hommes criaient, sifflaient et applaudissaient à tout rompre. Lilly sentit une vague de honte et de panique monter dans sa poitrine et sa gorge. C'était son tour, et elle se sentait incapable de bouger. De l'autre côté de la scène, derrière le rideau, Josephine apparut et réclama des applaudissements pour Rosy et Ruby. Un nouveau tonnerre de cris et d'applaudissements retentit. Les jumelles descendirent les marches pour rejoindre les coulisses et s'arrêtèrent à côté de Lilly, rieuses et à bout de souffle.

— Tu es superbe, dit Ruby.

— On dirait une star de cinéma, ajouta Rosy.

— Je crois que je vais être malade, répondit Lilly qui commençait à avoir le tournis.

Sur scène, Josephine leva la main pour faire taire les spectateurs.

— Ce soir, messieurs, vous avez de la chance. On a gardé le meilleur pour la fin. Ce soir, vous allez voir quelque chose que vous n'oublierez jamais, quelque chose de tellement incroyable que vous allez en parler pendant des semaines. Le numéro suivant est si spécial qu'il coûte vingt-cinq cents de plus. Tout ce que je peux vous dire, c'est que c'est notre dernière fille de la soirée et que vous ne voulez pas rater ça. Donnez votre argent à l'employé qui circule entre les sièges et il vous laissera assister à ce dernier numéro. Pour seulement vingt-cinq cents de plus, vous pouvez voir quelque chose dont vous parlerez jusqu'à la fin de vos jours.

— Écoute-moi, dit Rosy à Lilly. Le plus dur, c'est la première fois. Mais une fois que tu verras ces hommes se transformer en petits garçons, quand tu les auras tous à tes pieds, peut-être que ça te plaira.

— J'en doute.

— Souviens-toi de ce qu'on t'a appris, continua Rosy. Commence par te pavaner doucement, et n'oublie pas de sourire.

— Et joue un peu avec tes cheveux, ajouta Ruby.

Lilly hocha la tête, soudain incapable de prononcer le moindre mot.

— Et maintenant, annonça Josephine au public, notre superbe, magnifique, angélique, unique et virginale mademoiselle Lilly Blackwood !

Lilly était paralysée. Impossible de mettre un pied devant l'autre. Les battements de son cœur résonnaient dans ses oreilles et bloquaient tous les autres sons. Un sourire carnassier aux lèvres, Josephine tendit le bras et attendit qu'elle monte les marches. La vue de Lilly commença à se troubler et le sol à osciller sous ses pieds.

— Allez, Lilly, l'encouragea Ruby. Tu peux le faire.

— Vite, fais-lui boire une gorgée avant qu'elle se débine pour de bon, intervint Rosy.

Ruby attrapa une bouteille de whiskey posée sur une des tables de fortune. Sans laisser à Lilly le temps de protester, elle lui mit le goulot entre les lèvres et lui ordonna de boire. Lilly avala une grosse gorgée. L'alcool lui brûla la gorge et réchauffa sa poitrine, mais ça lui était égal. Elle était prête à boire toute la bouteille si ça pouvait l'aider à traverser cette épreuve. Elle prit plusieurs lampées supplémentaires, puis toussa. C'était loin d'être la première fois qu'elle buvait, mais elle ne l'avait jamais fait avec l'estomac vide, et elle sentait déjà l'alcool circuler dans ses veines et ranimer ses bras et ses jambes.

— C'est bien, dit Ruby. Ça va t'aider à te détendre. Vas-y maintenant.

— Je… je ne peux pas, bafouilla Lilly. Je ne vais pas y arriver.

— Tu n'as pas le choix, répondit Rosy. Tu sais ce que Merrick va te faire si tu ne montes pas sur scène.

— Vas-y, insista Ruby. Montre-lui que tu es plus forte que ça.

Pendant une seconde, Lilly pensa qu'elle préférait être battue. N'importe quoi vaudrait mieux que de se déshabiller devant une foule d'ivrognes. Puis elle se souvint de ce que Merrick avait dit quant au fait de divertir les péquenauds dans une tente derrière les wagons. Soudain, un déclic s'effectua dans son esprit. Elle le sentit aussi dans sa poitrine, comme si ses poumons et son cœur se relâchaient. Elle avait le sentiment de pouvoir inspirer à l'infini. Elle ne savait pas si c'était le whiskey ou une indifférence soudaine, mais quelque chose la poussa vers la scène. Elle rit presque tandis qu'elle se demandait quelle serait la réaction des hommes quand ils découvriraient la couleur de sa peau. Peut-être qu'ils quitteraient la tente en courant et raconteraient qu'il y avait une bête curieuse dégoûtante dans le spectacle érotique des frères Barlow. Peut-être que c'était la première et dernière fois qu'elle aurait à faire ça.

Elle souleva le bas de sa robe et monta les marches, les jambes flageolantes. Josephine lui fit un clin d'œil et quitta la scène. Quand la musique commença, Lilly prit une grande inspiration et alla se placer sous le feu des projecteurs.

Une exclamation de surprise se fit entendre dans toute la tente, suivie d'un silence gêné. Les hommes qui se tenaient debout s'assirent et ceux qui étaient assis se levèrent, les yeux écarquillés et la bouche grande ouverte. Lilly avait vu juste. Les péquenauds n'avaient pas envie de dépenser leur argent pour voir une bête curieuse se déshabiller. Ils voulaient des blondes à grosse poitrine, des rousses sensuelles, des brunes voluptueuses… pas un fantôme avec des cheveux qui ressemblaient à des toiles d'araignée. Le soulagement l'envahit. Elle n'aurait pas à se dénuder, en fin de compte.

Puis les hommes commencèrent à siffler et applaudir, et son cœur se serra dans sa poitrine. Elle lança un regard nerveux dans la direction de Ruby et Rosy, qui assistaient à la scène depuis les coulisses. Ruby sourit et décrivit un cercle avec ses doigts. Lilly pivota afin de tourner le dos au public et tenta de se reprendre, mais elle était envahie par la terreur. Ces hommes avaient peut-être peur, ces hommes avaient peut-être autant envie de lui faire du mal que de la voir nue. Et elle était censée se dénuder face à eux.

Cela faisait des années que les mots de Maman n'avaient pas résonné dans ses oreilles, mais à cet instant, elle les entendit, comme un cauchemar d'enfance qui lui revenait. Maman qui la traitait d'abomination et lui disait que c'était un péché mortel d'exposer son corps nu à quiconque, y compris à elle-même. Elle ne pensa plus qu'à partir, quitter la scène et se sauver en courant. Tout à coup, le whiskey lui retourna l'estomac et elle sut qu'elle allait être malade. Elle pivota, ses pieds se prirent dans le bas de sa robe et elle faillit tomber. Elle parvint à retrouver l'équilibre et se dirigea vers les marches, une main plaquée sur la bouche.

Un homme dans le public rit, bientôt imité par un autre. D'autres se mirent à crier.

— C'est une blague !

— Faites dégager ce truc de la scène !

— Rendez-nous notre argent !

Une boîte de pop-corn vide percuta son front. Lilly rentra la tête dans les épaules et leva un bras pour se protéger jusqu'à atteindre l'escalier. Une fois en bas, elle tomba à quatre pattes et vomit dans l'herbe, avec les cheveux qui lui tombaient dans les yeux.

— Mon Dieu, murmura Ruby.

Rosy s'agenouilla près d'elle.

— Est-ce que ça va ?

Les jumelles l'aidèrent à se relever et Josephine se précipita sur scène pour calmer la foule en colère. Étourdie et désorientée, Lilly se dégagea de l'étreinte des jumelles et traversa les coulisses en titubant. Elle sortit de la tente et se dépêcha de retourner dans les loges. Quelque part dans le lointain, elle entendit Josephine rappeler les jumelles sur scène.

Tremblante et à bout de souffle, elle s'écroula dans les loges. Après une longue minute, elle se releva, se traîna jusqu'à un miroir et retira son rouge à lèvres d'une main tremblante. Elle frotta ses joues et le contour de ses yeux plus fort que nécessaire pour enlever les traces de mascara qui avait coulé. Elle avait fait beaucoup de choses pour survivre au cours des six dernières années, mais elle refusait de se déshabiller dans une tente pleine d'hommes. Elle en était tout simplement incapable. Et si Merrick et M. Barlow croyaient pouvoir la forcer à divertir des péquenauds dans la tente derrière les wagons, elle se sauverait. C'était la seule possibilité. Elle tenterait sa chance dans le monde réel, ou alors elle rejoindrait un autre cirque. Si elle suppliait Cole, peut-être qu'il partirait avec elle. En tout cas, peu importait la suite, elle avait la conscience tranquille.

Derrière le miroir, le pan de la tente se souleva et Merrick s'engouffra à l'intérieur. Elle se leva de son tabouret et recula.

— Non mais, pour qui tu te prends ? cria Merrick, écarlate de colère. Tu crois que tu peux faire ce qui te chante ici ?

— J'étais malade. Les jumelles m'ont donné du whiskey et je…

— Tu aurais pu être en train de crever que ça me serait égal ! Tu as rendu ridicules Josephine et le cirque tout entier ! Je t'avais prévenue de ce qui t'arriverait si tu désobéissais. Maintenant, tu vas aller derrière les wagons avec le reste des putes.

— Non. Vous ne pouvez pas me forcer. Je n'irai pas !

Il se jeta sur elle et la traîna vers le fond de la tente en grognant.

— Tu iras, et je vais être le premier à te dresser.

Il la balança derrière une pile de malles, puis l'attrapa à nouveau pour la plaquer contre sa poitrine. Elle perdit ses chaussures et, pendant un instant, elle resta là, suspendue, avec ses orteils dénudés qui s'agitaient dans le vide. Quand ses pieds touchèrent le sol, elle essaya de s'enfuir, mais il l'attrapa par les cheveux, la força à tourner la tête vers lui et pressa sa bouche humide contre la sienne. Elle pinça les lèvres et tenta de se dégager, mais il passa ses bras autour d'elle et la serra. Une odeur acide de whiskey et de dents gâtées envahit ses narines et sa bouche. Elle se tortilla et parvint à lui donner un coup de genou dans le bas-ventre.

Merrick poussa un cri de douleur et relâcha son étreinte, avant de gifler Lilly. Puis il la poussa en arrière et elle atterrit lourdement sur le dos. Elle parvint à se mettre à genoux et commença à ramper, mais avant d'avoir eu le temps de se relever, il l'attrapa par les chevilles. Il la tira en arrière, la fit se retourner et la plaqua au sol.

— Lâchez-moi ! cria-t-elle en le poussant.

Elle se mit à lui donner des coups au visage, mais ses petits poings se heurtaient à sa mâchoire dure comme de la pierre, à son cou musclé, à ses tempes de granit. Il lui saisit les poignets d'une seule main et les plaqua au-dessus de sa tête, le visage rouge sous le coup de l'effort. Elle s'agita et se tordit dans tous les sens pour tenter de lui envoyer un nouveau coup de genou, mais elle n'arrivait pas à bouger les jambes. Il déchira sa robe en soie comme si elle était en papier et arracha ses sous-vêtements. Puis il baissa son pantalon et se logea de force entre ses cuisses.

— Tu ne me dis pas ce que j'ai à faire. C'est moi qui te donne des ordres. Tu m'appartiens, tu te rappelles ?

Elle se débattit et usa toutes les forces qui lui restaient pour tenter de le repousser, mais ça ne servait à rien. Il pesait presque deux fois plus lourd qu'elle et sa masse la rivait au sol comme un insecte coincé sous un rocher. Elle parvenait à peine à respirer. Elle tourna la tête, ferma les yeux et se sentit partir, comme une pièce de monnaie lancée dans une fontaine et qui coulait jusqu'au fond. Elle se sentit tomber dans un trou noir, loin d'ici, loin de lui, loin de ce qu'il était en train de lui faire. Au fond de son âme, une minuscule cachette fut soudain à découvert. C'était la seule petite partie d'elle qu'elle avait réussi à préserver et à protéger, même quand les gens la dévisageaient et se moquaient d'elle. Mais là, tout à coup, sa cachette était exposée et vulnérable. La petite partie d'elle s'attarda encore un instant, comme une traînée de fumée noire dans le ciel, puis elle disparut. Lilly poussa un long cri, comme le dernier gémissement d'un animal à l'agonie, jusqu'à sentir le goût du sang au fond de sa gorge.

Soudain, Merrick s'arrêta et la dévisagea comme s'il n'avait pas la moindre idée de qui elle était. On aurait dit un homme en état de choc juste après avoir été exorcisé d'un démon. Il poussa un grognement rauque de surprise et de douleur, puis sa tête s'inclina et il bascula sur le côté, inerte. Cole se tenait debout derrière lui, un aiguillon à la main, le visage déformé par la rage.

Il laissa tomber l'arme et s'agenouilla près d'elle.

— Est-ce que ça va ?

Lilly ramena sa robe déchirée sur ses jambes tremblantes et se roula en boule, luttant contre l'envie impérieuse de se lever, d'attraper l'aiguillon et de fracasser le crâne de Merrick. L'espace qui venait de mourir au fond de son âme rapetissa, se ferma, durcit et se changea en pierre.

Cole la souleva et la transporta hors de la tente.

— Ça va aller, dit-il. Je te tiens.

Elle laissa aller sa tête contre son épaule et ferma les yeux. Elle claquait des dents.

Il l'embrassa dans les cheveux.

— Je suis désolé, Lilly. Je n'aurais jamais dû te laisser faire ça. J'aurais dû te protéger. J'espère que j'ai tué cet enfoiré.

Il parlait d'une voix étranglée, comme s'il devait forcer les mots à sortir. Elle leva la tête vers lui.

— Ne dis pas ça. M. Barlow va te faire jeter du train.

— Ça m'est égal.

Ils ne dirent plus rien tandis qu'il la portait à travers l'enceinte. Au-dessus de la silhouette du grand chapiteau, par-dessus les drapeaux orange et jaune et les lumières colorées, une petite poignée d'étoiles scintillaient dans le ciel. Le cirque commençait à fermer et les notes joyeuses du dernier morceau de musique flottaient dans l'air. Des rires et des cris résonnaient dans le lointain alors que les péquenauds se dirigeaient vers la sortie. Certains effectuaient un dernier arrêt aux attractions et aux stands avant de retourner dans le monde normal.

Quand ils arrivèrent au niveau du train, Cole passa devant le wagon de Lilly et continua à avancer.

— Où est-ce que tu m'emmènes ? demanda-t-elle.

— À partir de maintenant, tu restes avec moi. Merrick et sa foutue attraction, c'est terminé.

CHAPITRE 22

Julia

Après avoir annoncé à Claude et Fletcher que les poulains ne seraient plus retirés à leurs mères, Julia retourna dans le bureau de son père avec un verre de brandy pour continuer sa chasse à la clé disparue et aux indices sur sa sœur. Elle dépoussiéra le tourne-disque, l'alluma et plaça l'aiguille au début de *Little White Lies*. Quand les premières notes retentirent, elle resta plantée devant le tourne-disque, immobile. Soudain, elle était de nouveau la petite fille qui entendait son père jurer et crier au milieu des paroles, et Mère qui lui ordonnait de s'éloigner de là. Si elle se retournait, elle était sûre de trouver son père installé à son bureau, un verre rempli de whiskey à la main, ses yeux cernés pleins de larmes. Elle éteignit le tourne-disque, but une grande gorgée de brandy et fit volte-face. Le fauteuil était vide.

Après une autre lampée de brandy, elle s'assit au bureau et palpa le dessous du tiroir du milieu pour voir si la clé était collée là. Mais non. Elle se mit à quatre pattes pour regarder sous le bureau, mais il n'y avait que des toiles d'araignée accrochées aux pieds en bois et des moutons de poussière. Elle examina l'intérieur de vases poussiéreux, souleva les pendulettes et les trophées. Elle retira des murs les photos de chevaux et les certificats et inspecta l'arrière des cadres. Elle souleva les tapis, les lampes, palpa les bords de fenêtres. Elle passa même les lattes du plancher en revue au cas où certaines bougeraient. Rien. Vaincue, elle se rassit dans le fauteuil et tenta de réfléchir, les mains croisées sous le menton. *Si je voulais cacher une clé*, se demanda-t-elle, *où est-ce que je la mettrais ?* Mais aucune idée ne lui vint.

Elle soupira et attrapa sa photo du lycée. Elle n'en revenait toujours pas que son père en possède un tirage, et encore moins qu'elle soit exposée sur son bureau. En la regardant de plus près, elle remarqua que la photo avait légèrement glissé vers le bas, exposant le bord de ce qui ressemblait à un autre cliché. Elle retourna le cadre, écarta les attaches en métal et retira le dos et le passe-partout. Comme elle l'avait soupçonné, il y avait une autre photo derrière la première. Au bout de quelques secondes d'examen, ses yeux s'écarquillèrent quand elle finit par reconnaître de qui il s'agissait.

Mère souriait sur le portrait qui semblait avoir été réalisé par un professionnel. Elle portait un chemisier blanc immaculé et une chaîne avec une croix en argent. Ses cheveux clairs délicatement ondulés étaient retenus par un serre-tête et tombaient sur ses épaules. Elle devait avoir dix-huit ans, vingt tout au plus. Apparemment, elle n'avait donc pas été systématiquement opposée aux photographies. Julia avait toujours eu du mal à l'imaginer jeune fille, mais elle avait sous les yeux la preuve que Coralline Blackwood avait été jeune, belle et pleine de vie. Néanmoins, Julia avait du mal à faire le lien entre l'expression de la femme sur la photo et Mère. Elle ne l'avait jamais vue sourire de la sorte. Qu'est-ce qui avait changé ? Était-ce la perte de sa première fille qui l'avait rendue telle que Julia l'avait connue ? Était-ce l'obsession que son mari nourrissait à l'encontre de l'albinos du cirque ? Ou l'aventure qu'il avait peut-être eue avec elle ? Et pourquoi Père avait-il recouvert la photo de Mère ?

Elle posa les deux clichés sur le bureau. *Mère et fille*, côte à côte. Elles étaient presque identiques. La forme et les traits de leurs visages, l'arc de leurs sourcils, jusqu'à leurs yeux dont l'un était un tantinet plus bas que l'autre. Elle n'avait jamais remarqué ces similarités auparavant, mais à présent, elle était frappée par une telle ressemblance. Elles auraient pu être la même personne vivant à deux époques différentes. Julia avait eu beau rêver qu'elle venait en réalité d'une autre famille, elle ne pouvait pas nier être la fille de Coralline Blackwood.

Avec mille questions en tête, elle remit les photos dans le cadre. Soudain, elle se figea. Une petite clé était scotchée sur la face interne du fond du cadre. Les battements de son cœur s'accélèrent. Elle retira délicatement le scotch et glissa la clé dans la serrure du tiroir verrouillé. Elle s'inséra parfaitement. Julia retint son souffle, tourna la clé et ouvrit le tiroir. Il contenait une boîte en bois poli parfaitement centré au milieu, ce qui contrastait fortement avec le chaos qui régnait dans les autres. Elle prit délicatement la boîte entre ses mains tremblantes et la posa sur le sous-main, soulagée de constater qu'elle ne comportait pas de verrou.

Elle souleva le couvercle et trouva une bourse en velours et un étui d'appareil photo en cuir rouge. Elle attrapa la bourse et l'ouvrit. Il renfermait un collier de perles, des boucles d'oreilles assorties et une brosse à cheveux en argent enveloppée dans du papier journal jauni. Elle fixa les cheveux blancs pris entre les poils de la brosse. *Ce n'est pas possible.*

Elle posa l'étui sur le sous-main. La fermeture était cassée et le cuir était si fragile qu'elle avait peur de le réduire en poussière en le touchant. Avec des gestes précautionneux, elle sortit l'appareil photo qu'il contenait. Un nom était écrit à l'encre bleue à l'intérieur du couvercle : Lilly.

Est-ce que c'était la maîtresse de Père ? Et dans ce cas, pourquoi avait-il des affaires à elle ?

Un fin morceau de carton plié était posé au fond de la boîte. Julia s'en empara et le déplia. Des particules de peinture rouge et bleue se détachèrent des plis d'une affiche du Cirque des Frères Barlow. Au premier plan, deux clowns souriaient et agitaient la main à côté d'un éléphant à la peau pâle dressé sur ses pattes arrière. Une femme vêtue d'une robe du soir blanche était assise sur la trompe de l'éléphant et souriait, un bras en l'air. Ç'avait l'air d'être la même femme que sur l'article de journal qu'elle avait trouvé l'avant-veille.

Julia saisit l'appareil et l'examina sous toutes les coutures. C'était un Kodak noir et argenté avec trois boutons ronds sur le dessus. En dépit de son ancienneté, il semblait tout neuf. Elle regarda dans le viseur, régla l'objectif et l'exposition et appuya sur le déclencheur.

À sa surprise, l'appareil émit un déclic et l'obturateur se ferma.

Il y avait une pellicule à l'intérieur.

***

Le lendemain matin, Julia se réveilla avec un horrible mal de tête. Le second verre de brandy avait été une mauvaise idée. Cela dit, ça n'arrivait pas tous les jours de découvrir que vous aviez une sœur morte et que votre père avait peut-être eu une maîtresse albinos. Sans parler du fait de ne pas savoir pourquoi vos parents avaient besoin d'être pardonnés pour quelque chose qui avait à voir avec la mort de votre sœur, et de devoir taper du poing sur la table pour défendre vos convictions. Entre toutes ces émotions mélangées, ses jambes flageolantes et son envie de vomir, elle avait l'impression d'être malade. Si c'était aussi épuisant que ça d'être propriétaire de Blackwood Manor, alors elle n'avait peut-être pas les épaules assez solides.

Dehors, le ciel de plomb s'accordait parfaitement à son humeur. Des nuages de pluie flottaient au-dessus de la cime des arbres telles des vagues grises sur le point de se briser et d'inonder la terre d'une seconde à l'autre. Si elle avait pu, elle serait restée au lit toute la journée. Mais il y avait trop de choses à faire, à apprendre, à démêler et elle se résolut à sortir de sous les couvertures. Elle se lava, s'habilla et gagna le rez-de-chaussée. Après une tasse de thé sur le pouce, elle mit l'appareil photo qu'elle avait trouvé la veille dans son sac à main, enfila un manteau et un bonnet et sortit pour aller dans la grange. Avec un peu de chance, même s'il était en colère d'avoir dû aller rechercher le poulain de la jument nourricière, Claude serait toujours d'accord pour la conduire en ville. La perspective d'effectuer un trajet en voiture avec lui quelle qu'en soit la durée était aussi séduisante que manger de la sciure, mais comment aurait-elle pu se déplacer autrement ? De plus, elle avait mille questions à lui poser, et s'ils étaient dans son pick-up, il ne pourrait pas esquiver.

Alors qu'elle était à mi-chemin, Fletcher sortit de la grange et marcha dans sa direction en souriant. *Comment peut-il être si joyeux par une journée si merdique ?* se demanda-t-elle. Quand il arriva à son niveau, elle se força à lui sourire et continua son chemin.

Il s'arrêta et fit volte-face.

— Bonjour.

— Bonjour, répondit-elle.

— Je venais vous voir, justement, continua-t-il en lui emboîtant le pas.

— Qu'est-ce que je peux faire pour vous ?

— J'ai quelque chose à vous montrer.

Sans même le regarder, elle sut qu'il souriait. Elle entendait le sourire dans sa voix. *Qu'est-ce que c'est, son problème ? Pourquoi est-il est toujours aussi content ? C'est énervant.*

— Quoi ?

— C'est dans mon pick-up, venez voir.

— Est-ce que ça peut attendre ? J'ai des courses à faire en ville et je dois demander à Claude s'il peut m'y conduire.

— Ça ne vous prendra qu'une seconde. De plus, c'est vous la patronne et j'ai besoin de votre accord.

Jetez un coup d'œil et je vous emmène en ville après, si vous voulez.

Elle s'arrêta et le fixa en soupirant. Ça serait beaucoup mieux d'aller en ville avec lui plutôt qu'avec Claude, et elle n'était pas vraiment d'humeur à interroger son gérant, de toute façon. S'il était toujours fâché à cause des poulains, il ne risquait pas de discuter avec elle. Et s'il se montrait désagréable et impoli, elle risquait de dire des choses qu'elle regretterait ensuite.

— D'accord.

Le sourire de Fletcher s'élargit.

— Super. Suivez-moi.

Il traversa la cour en direction de son pick-up. Un van à chevaux y était accroché. En chemin, ils passèrent à côté de Claude, qui réparait une clôture. Il leva les yeux vers eux puis baissa la tête et se concentra sur son travail. Julia serra les dents, l'estomac noué. Elle aimait croire qu'elle était une dure à cuire, mais en réalité, elle détestait qu'on puisse être en colère contre elle, même s'il s'agissait d'une personne aussi déplaisante que Claude.

Elle suivit Fletcher en espérant en finir le plus vite possible afin de pouvoir aller en ville et trouver un endroit où faire développer la pellicule dans l'appareil photo. Peut-être que les clichés répondraient à certaines de ses questions. Fletcher déverrouilla la porte-pont arrière et la baissa, puis il lui fit signe de le rejoindre. Il souriait toujours, mais une drôle de tension habitait son regard, un éclat de gêne qu'elle n'avait jamais vu auparavant. En temps normal, il roulait des mécaniques à la façon des sportifs sans cervelle qui se moquaient d'elle à l'école, parfaitement à l'aise dans son environnement et dans le rôle qu'il jouait. Ça la rendait nerveuse de le voir comme ça. Elle s'approcha et se hissa sur la pointe des pieds pour regarder à l'intérieur du van, et poussa un petit cri de surprise.

Un poulain nouveau-né couleur charbon était allongé sur une litière de paille. Quand il les vit, il se mit debout sur ses pattes chancelantes et tendit son petit museau vers eux.

Julia sourit et caressa le front soyeux du poulain. D'un coup, elle ne pensait plus à Claude, ni à sa sœur, ni à l'appareil photo.

— Est-ce que c'est le poulain de la jument nourricière ? Je croyais que Claude l'avait ramené hier soir.

— En effet. Celui-ci est né ce matin à la ferme des Thompson. La jument n'en veut pas.

Julia fronça les sourcils.

— Pourquoi ça ?

Il haussa les épaules.

— Ça arrive parfois. Personne ne sait pourquoi. C'était la première fois qu'elle mettait bas.

Elle regarda la jolie tête du poulain orphelin et se sentit aussitôt proche de lui. Elle s'en voulut d'avoir été distraite par ses problèmes au point de presque refuser d'écouter Fletcher.

— Mais comment est-ce qu'il va survivre sans sa mère ?

Il gratta l'encolure du poulain.

— J'espérais que vous voudriez bien vous en occuper.

Elle écarquilla les yeux.

— Moi ? Mais je n'y connais rien…

— Je vous aiderai.

— Je ne sais pas trop. Et si je n'arrive pas à bien m'en occuper et qu'il tombe malade ? Et puis j'ai tellement à faire dans la maison et…

— Après ce que vous avez fait hier, quand vous avez dit à Claude de ne plus séparer les poulains de leurs mères, j'ai pensé que ça ne vous dérangerait pas que j'amène ce petit bout ici. C'était ça ou les enchères. Et ses chances de survie dans ce deuxième cas sont plutôt limitées.

Elle inspira profondément et dévisagea le petit. Elle n'avait pas la moindre idée de comment s'occuper d'un poulain, mais elle ne pouvait pas renvoyer ce magnifique bébé. Elle se tourna vers Fletcher.

— Et vous, alors ? Vous ne pouvez pas vous en occuper ?

— Je suis sur la route tous les jours. Un nouveau-né doit être nourri toutes les deux heures pendant la première semaine, puis toutes les quatre à six heures.

Julia ouvrit grand la bouche.

— Pendant combien de temps ?

— Quelques semaines. Ensuite, elle aura envie de nourriture solide, mais il faudra encore lui donner le biberon quelque temps.

— Elle ?

— Oui, c'est une pouliche.

Julia étudia les yeux innocents et confiants de la pouliche. Il fallait qu'elle la recueille. Elle ne pouvait pas faire autrement.

— D'accord.

— Comment ça, d'accord ?

— Je vais m'occuper d'elle.

Fletcher lui adressa un grand sourire et ouvrit la porte du van.

— Super. Emmenons-la dans la grange. J'ai pris du lait de vache sur la route, mais il faut le diluer un peu.

Elle affecta un air surpris.

— Vous avez déjà du lait ? Et si j'avais dit non ?

Il lui fit un clin d'œil.

— Je savais que vous diriez oui.

En voyant la porte s'ouvrir, la pouliche recula, sûrement effrayée par autant de bruit et de nouveauté. Julia s'écarta pour laisser passer Fletcher. Il entra dans le van et gratta l'encolure, les flancs et les oreilles de la pouliche. Au début, elle sembla se demander ce qui se passait. Mais plus Fletcher la cajolait, plus elle s'inclinait vers lui comme un chien heureux de se faire caresser. Finalement, il s'écarta, fit claquer sa langue et sortit du van. La pouliche descendit la rampe sur ses pattes filiformes et mal assurées, puis le suivit en direction de la grange, sa petite queue fièrement dressée derrière elle.

Julia les imita. Claude les observait, les sourcils froncés. Elle se força à lui sourire et lui fit signe. Il hocha la tête et se remit au travail. À mi-chemin, la pouliche s'arrêta, se tourna vers Julia et attendit qu'elle la rejoigne. Puis elle sauta et lança une petite ruade, comme si elle était contente que Julia soit là. Elle resta ensuite à côté d'elle et Julia sentit ses yeux se remplir de larmes. Peut-être que c'était le fruit de son imagination, mais c'était comme si la petite l'aimait déjà.

Julia alla poser son sac dans le bureau puis se mit en devoir d'aider Fletcher à installer la pouliche dans un box vide. Il remplit un biberon de lait de vache dilué dans de l'eau et montra à Julia comment le tenir.

Il la regarda ensuite donner à manger à la pouliche, les mains sur les hanches et un air satisfait sur le visage. Julia souriait comme une idiote tandis que la pouliche tétait, léchait et mordillait la tétine.

— Vous avez ça dans le sang.

— Vous croyez ?

— Elle vous a déjà adoptée.

Claude arriva et regarda dans le box.

— Qu'est-ce qui se passe ?

— J'ai apporté une pouliche de la ferme des Thompson, expliqua Fletcher. La jument l'a rejetée.

— On récupère les laissés-pour-compte, maintenant ? demanda Claude d'une voix dure.

— Elle s'est prise d'affection pour Julia.

Claude secoua la tête et s'éloigna en grommelant entre ses dents. Julia se tourna vers Fletcher et haussa les sourcils.

— Ne vous inquiétez pas. Il s'en remettra.

— Je n'en suis pas si sûre. D'abord, j'ai dit que je ne voulais pas qu'on retire les poulains à leurs mères, et maintenant ça. J'ai bien peur qu'on n'arrive jamais à s'entendre.

— Il n'aime pas le changement, c'est tout. Même votre mère… pardon, je veux dire même Mme Blackwood disait qu'il avait mis du temps à l'écouter après la mort de votre père. Et maintenant, il a une nouvelle patronne alors qu'il s'était habitué à tout diriger tout seul. Il s'y fera, mais il est juste un peu brut de décoffrage et ancré dans ses habitudes.

Elle scruta le visage de Fletcher et tenta de l'imaginer ayant une conversation à cœur ouvert avec Mère.

Peut-être qu'il en savait davantage sur Blackwood et sur ses parents que ce qu'elle croyait.

— Est-ce que ma mère vous faisait souvent des confidences ?

Il rit.

— Ça, non. Elle était plutôt du genre à crier sur Claude et à jurer parce qu'il ne l'écoutait pas.

— Ça ressemble davantage à la Mme Blackwood dont je me souviens, répondit-elle en souriant. Vous pensez que ça aiderait si je criais sur Claude ?

Il rit à nouveau.

— Non. À vrai dire, je pense que vous trouvez un très bon équilibre : vous respectez son expertise tout en lui montrant que c'est vous la patronne.

— Merci. Vous n'imaginez pas à quel point j'avais besoin d'entendre ça.

— Je vous en prie.

Les mots de Fletcher restaurèrent un peu son assurance, mais elle savait qu'elle restait fragile. Peut-être qu'elle devrait parler de l'appareil photo à Claude tout de suite, avant que son courage ne l'abandonne.

— Vous pouvez me relayer une minute ? Je reviens tout de suite.

Fletcher s'empara du biberon. Elle quitta le box, alla dans le bureau et sortit l'appareil de son sac. Elle trouva Claude qui harponnait des ballots avec un crochet à foin pour les empiler. Elle s'éclaircit la gorge pour attirer son attention. Il regarda par-dessus son épaule mais ne dit rien.

— Est-ce que je peux vous demander quelque chose ?

Il souleva un ballot et le plaça au-dessus des autres.

— C'est vous la patronne.

Elle extirpa l'appareil de son étui et le brandit dans sa direction.

— Est-ce que vous avez déjà vu cet appareil auparavant ?

Il interrompit sa besogne, retira sa casquette pour essuyer son front en sueur d'un revers de manche et plissa les yeux. Puis il remit sa casquette et dit :

— Non.

— Vous en êtes sûr ?

— J'en suis sûr.

Il attrapa un autre ballot et le plaça sur le haut de la pile.

— Alors vous n'avez pas la moindre idée d'à qui cela appartient ?

Claude secoua la tête.

— Je l'ai trouvé dans un tiroir fermé à clé du bureau de mon père. Je ne l'ai jamais vu avant et je n'ai pas le souvenir que mes parents aient possédé un appareil un jour.

— En effet, ils faisaient appel à des photographes professionnels pour les chevaux.

— Vous ne trouvez pas ça bizarre ? Ils n'ont jamais fait faire le moindre portrait de famille ni pris de photos de leur fille, mais ils payaient un professionnel pour prendre les chevaux en photo ?

Claude haussa les épaules et lui tourna le dos.

— Chacun ses goûts.

Elle l'observa un moment, en se demandant si elle devait insister. Puis elle décida de se lancer. Qu'avait-elle à perdre ? Il l'avait déjà prise en grippe, après tout.

— Et Lilly ? Mon père n'a jamais mentionné quelqu'un qui s'appelait comme ça ?

Claude se figea pendant une fraction de seconde. D'autres n'auraient rien remarqué, mais Julia s'en rendit compte. Puis il se pencha en avant et harponna un énième ballot.

— Non.

— Est-ce que c'était le nom de ma sœur ?

— Aucune idée.

— Et le Cirque des Frères Barlow ? Vous en avez déjà entendu parler ?

Il secoua la tête.

— Ça ne me dit rien.

Elle ouvrit la bouche pour lui poser une autre question, mais elle se ravisa. Elle ne pourrait rien en tirer, en tout cas pas de cette façon. Peut-être qu'après avoir développé la pellicule et découvert si les photos l'aidaient à résoudre le mystère, elle lui montrerait les coupures de journaux et les autres choses qu'elle avait trouvées. Alors peut-être qu'il comprendrait pourquoi elle était aussi désireuse de connaître la vérité.

— Vous voulez bien me prévenir si quoi que ce soit vous revient ? S'il vous plaît.

— Hum.

Elle soupira et retourna au box de la nouvelle pouliche. Fletcher était pile en train d'en sortir, un biberon vide à la main. La pouliche était endormie dans la paille.

— Il faudra lui redonner à manger dans deux heures. Quand on reviendra, je vous montrerai combien d'eau il faut mettre dans le lait.

Julia hocha la tête. Pendant une seconde, elle songea à tout lui raconter. Elle se sentait terriblement seule avec tout ce poids à porter et ça lui aurait fait du bien de se confier à quelqu'un. Sans compter que Mère avait peut-être laissé échapper des informations en présence de Fletcher. Mais l'instant suivant, elle changea d'avis. Elle n'avait aucune preuve concrète pour étayer ses théories farfelues, à l'exception de son instinct. Enfin… son instinct et des messages cryptiques dans un journal, des talons de tickets et des articles sur un cirque et une femme albinos, une brosse pleine de cheveux blancs et un tiroir verrouillé avec un appareil photo à l'intérieur. Tout ça semblait totalement absurde. Et il était hors de question que Fletcher, la seule personne disposée à l'aider actuellement, pense qu'elle était idiote ou dérangée.

Sur la route, dans le pick-up de Fletcher, les premières mesures de *Love Me Tender* retentirent à la radio. Julia regardait par la fenêtre en tentant de comprendre ce qui reliait tous ces éléments, si toutefois ils étaient liés. Qu'avaient bien pu faire ses parents qui requéraient le pardon divin ? Comment était morte sa sœur ? Était-elle mort-née ? Était-elle tombée malade ? Ou est-ce que c'était autre chose ? Qui était l'albinos et qu'avait-elle à voir avec son père ? Qui était Lilly ? Sa sœur ? La maîtresse de son père ? Comment les secrets de Père (quels qu'ils furent) avaient-ils affecté son mariage avec Mère et sa relation avec sa fille ? Et comment la mort de sa sœur avait-elle affecté la relation que ses parents entretenaient avec elle ? Avaient-ils peur de trop s'attacher, peur de l'aimer pour finalement la perdre, elle aussi ? Non, ce n'était pas ça.

Pour la énième fois, elle se décortiqua morceau par morceau, pour tenter de comprendre pourquoi elle se sentait si mal-aimée. Puis elle pensa à la pouliche endormie sur sa litière de foin dans la grange, rejetée par sa mère pour une raison inconnue. Elles étaient pareilles, la pouliche et elle. Peut-être que c'était pour cette raison qu'elle avait tenu à la recueillir. Elle sentait qu'il existait déjà un amour inconditionnel entre elles.

Fletcher baissa la radio.

— À quoi pensez-vous ?

Sa voix la fit sortit de sa transe. Elle battit des paupières et tenta de sourire.

— Je rêvassais, c'est tout.

— On est bientôt arrivés. Où est-ce que vous voulez aller ?

— J'ai besoin de faire développer une pellicule.

— D'accord. On peut la déposer à la droguerie. Autre chose ?

— J'aimerais bien passer au supermarché si nous avons le temps.

— Très bien.

Il tapota le volant du bout des doigts, en rythme avec la musique.

— Savez-vous combien de temps ça prend de faire développer des photos à la droguerie ?

— Je ne suis pas sûr. Qu'est-ce que vous avez pris en photo ?

— Rien du tout, répondit-elle, prise de court par la question.

— Ça m'a l'air très intéressant, dites-moi, ironisa-t-il en riant. Rappelez-moi d'avoir autre chose à faire si vous voulez me montrer vos photos un jour.

Elle tritura l'ongle de son pouce. Elle n'était pas sûre de devoir lui dire la vérité, mais elle savait aussi qu'elle s'apprêtait à le faire.

— J'ai trouvé un vieil appareil photo à la maison, avoua-t-elle.

Il sourit et écarquilla les yeux.

— Ohhh, un mystère !

— Vous ne croyez pas si bien dire, répliqua-t-elle d'un ton plus dur que ce qu'elle aurait voulu.

Le sourire de Fletcher disparut et il reporta son attention sur la route.

— Désolée, reprit-elle. Simplement… mes parents étaient un peu… étranges… et compliqués. J'essaie juste de trouver des réponses aux questions que je me suis toujours posées.

— C'est moi qui suis désolé. Je ne voulais pas vous donner l'impression que je prends ça à la légère. Je vois bien que quelque chose vous tracasse, mais je ne veux pas être indiscret. Dites-moi si je peux faire quoi que ce soit pour vous aider.

Fletcher était vraiment gentil, mais elle n'avait pas envie de lui donner d'explications. Pas encore, en tout cas. Elle ne saurait même pas par où commencer. Et puis c'était encore un étranger. Un étranger très gentil et très séduisant, certes, mais un étranger quand même. Elle se mordit la lèvre et se remit à observer le paysage qui défilait par la fenêtre. Par chance, il n'insista pas.

Après avoir déposé la pellicule à la droguerie, Fletcher se rendit à la quincaillerie pendant qu'elle faisait quelques courses au supermarché. Quand ils rentrèrent deux heures plus tard, la pouliche était réveillée et affamée. En passant devant le box de Bonnie Blue et Samantha, ils virent que Claude s'y trouvait et s'arrêtèrent.

— Est-ce que tout va bien ? demanda Fletcher.

— Oui, elle est en pleine forme. J'inspectais juste ses mamelles. Samantha tète beaucoup. Elle va sûrement faire dix-sept mains[1].

— Dans ce cas, on devrait augmenter la ration de Blue, suggéra Fletcher.

— C'est fait.

Fletcher lança un regard à Julia et haussa les épaules, puis ils se rendirent dans le box de la nouvelle pouliche.

— Il est toujours aussi grincheux, ou c'est seulement depuis mon arrivée ?

Fletcher leva les mains en l'air.

— Il a toujours été du genre à se concentrer sur le travail, mais il n'a jamais été aussi caractériel avec moi. Je ne sais pas quelle mouche l'a piqué ces jours-ci.

— C'est ma faute.

— Mais non. Je vous ai expliqué qu'il n'aime pas le changement, c'est tout.

— Ce n'est pas ce que je voulais dire.

— Qu'est-ce que vous vouliez dire, alors ?

— Il est au courant de quelque chose. Et il ne veut pas me l'avouer.

— À propos de quoi ?

— De mes parents.

— C'est-à-dire ?

— Je ne suis pas sûre. Mais je finirai par le découvrir.

Julia passa la semaine suivante dans la grange à nourrir la pouliche orpheline, qu'elle avait baptisée Molly. Toutes les deux heures, elle attrapait le petit corps frêle de la pouliche et l'attirait contre son buste

1. Ancienne unité de longueur encore utilisée aux États-Unis pour mesurer la hauteur des chevaux.

comme Fletcher le lui avait appris, un bras autour de la poitrine de Molly et l'autre autour de sa croupe, de façon à lui faire croire qu'elle pouvait la soulever même une fois qu'elle serait beaucoup plus grande. Puis Julia lui faisait soulever les pattes une par une pour l'habituer à donner ses sabots lorsqu'il faudrait les lui tailler. Entre les repas de Molly, Julia faisait connaissance avec les autres chevaux et nettoyait les box.

Peu importait où elle se trouvait dans la grange, Claude s'arrangeait systématiquement pour être à l'extrémité opposée. Il était poli et courtois, mais c'était évident qu'il voulait éviter toute conversation. Julia quittait la grange uniquement pour se doucher, changer de vêtements et manger. Sa priorité absolue était de s'occuper de Molly. Les questions sur sa sœur morte, les secrets que ses parents avaient cachés, tout le reste attendrait. Vers la fin de la deuxième semaine, Molly commença à mâchouiller du foin et à jouer avec Samantha et les autres poulains dans le rond de longe et Julia crut que son cœur allait exploser de fierté.

Le lundi suivant, Julia était en train de nettoyer le box de Molly quand Fletcher arriva et lui tendit une enveloppe.

— Je suis passé à la droguerie aujourd'hui, dit-il.

Aussitôt, elle retira précipitamment ses gants, lui prit l'enveloppe et lui fourra sa fourche dans les mains avant de sortir du box en trombe.

— Euh… de rien ?

— Désolée, lança-t-elle par-dessus son épaule. Merci.

Dix minutes plus tard, elle était à la table de la cuisine, l'enveloppe jaune posée devant elle sur la nappe et l'estomac affreusement noué. Et si les photos montraient son père dans les bras d'une autre femme ? Et si c'étaient des photos de sa sœur ? Et si c'était la preuve du péché commis par ses parents dont son père parlait dans son journal ? Et si ce n'étaient que des photos de chevaux et qu'elle s'était emballée pour rien ? Non, ça n'avait pas de sens. S'il s'était agi de photos de chevaux, l'appareil n'aurait pas été enfermé dans un tiroir. Elle inspira profondément et ouvrit l'enveloppe.

Le premier cliché en noir et blanc montrait un chapiteau entouré de wagons de cirque. Des chevaux de trait étaient attelés à des voitures chargées de poteaux et de cordes. Sur le deuxième, on voyait des attractions, une foule de gens pressés les uns contre les autres, des banderoles à l'effigie de bêtes curieuses et une rangée de tentes rayées avec des pancartes qui disaient : BARBE À PAPA, CARAMELS MOUS et POMMES D'AMOUR. Les femmes et les petites filles portaient des robes d'été et les hommes et les petits garçons portaient des chemises blanches, des chapeaux de paille et des bérets. Un château d'eau se dressait en arrière-plan et l'air semblait chargé de poussière. Le grain de l'image rappelait à Julia les vieilles photos de ses livres d'histoire au lycée. Elle plissa les yeux pour lire les mots sur la pancarte du grand chapiteau dans le fond, mais parvint seulement à déchiffrer SPECTACLE PRINCIPAL et ENTRÉE PRINCIPALE.

La photo suivante révélait l'intérieur d'un énorme chapiteau qui abritait trois rangées de sièges. Telle l'ossature d'un bateau gigantesque, les grands mâts, les gréements et les échelles allaient du sol au plafond. Des centaines de personnes occupaient les gradins et un homme en smoking blanc se tenait dans une des allées, un plateau accroché autour du cou à la manière des filles qui vendaient des cigarettes. Au milieu de la piste, quatre éléphants étaient allongés sur le flanc, entourés de zèbres, de lamas et de chameaux. Des hommes en smoking sombre se tenaient derrière les animaux, armés de longues cannes pour les rappeler à l'ordre si besoin. Un autre homme en queue-de-pie et haut-de-forme, sûrement le chef de piste, se tenait au centre de la piste, le dos tourné à l'objectif, un bras en l'air.

Une autre photo, également prise sous le grand chapiteau, montrait les gradins vides et plusieurs artistes disséminés en petits groupes. Six hommes en tenue d'orchestre avec des clarinettes, un tuba, un cor d'harmonie, un trombone. Un groupe de clowns composés de nains, d'enfants et d'adultes, avec les visages peints en blanc, des vêtements de vagabond, des perruques de crâne chauve, des cols à volant, des bonnets d'âne, des uniformes de police et des casques de pompier. Quatre femmes en pagne, haut de bikini et colliers de fleurs. Une rangée de filles en robe longue à paillettes qui ressemblaient à des fées.

La photo suivante réunissait un groupe de bêtes curieuses. Un homme vêtu uniquement d'un short et de chaussettes, sa peau ridée couverte d'écailles sombres. Une femme obèse dans une robe en soie resserrée en haut et en bas comme un sac à cordons coulissants. Un homme gigantesque avec un chapeau de cow-boy sur la tête. Plusieurs nains et naines en smoking et robe du soir. Une femme sans bras ni jambes, installée sur un piédestal. Un homme aussi maigre qu'un squelette. Une autre femme couverte de tatouages.

Sur le cinquième cliché apparaissait une jeune femme pâle en justaucorps et en chaussons de danse. Elle se tenait entre deux éléphants, dont un semblait avoir été peint en blanc. La femme ressemblait à l'albinos de l'article. Ses cheveux blancs bouclés lui descendaient jusqu'à la taille et sa peau de porcelaine ne présentait pas le moindre défaut. Une main posée sur la trompe de l'éléphant, elle fixait l'objectif, un sourire content et doux sur le visage. Si Julia avait raison et que cette femme était la maîtresse de son père, alors elle comprenait pourquoi il avait été séduit. On la voyait beaucoup mieux sur la photo que sur une coupure de journal usée par le temps ou sur une affiche peinte à la main. Et elle était superbe. D'une beauté presque irréelle, avec des yeux incroyablement expressifs et un visage en forme de cœur.

La photo suivante montrait la même femme albinos dans une robe en dentelle, accompagnée d'un homme en costume-cravate. Les artistes des autres photos les entouraient, avec des bouteilles et des verres à la main, et souriaient pour le photographe. L'homme et la femme étaient vraisemblablement en train de s'embrasser, mais le géant derrière eux faisait malicieusement pendre un chapeau de paille devant leurs visages. Julia plissa les yeux et examina les mains de l'homme en costume pour tenter de voir si elles lui étaient familières, mais c'était impossible à dire.

Elle retint son souffle dans l'espoir que la photo suivante montre leurs visages, s'attendant à reconnaître son père. Mais c'était un autre portrait de groupe, avec des funambules et de jolies filles à cheval, des enfants en costume de clown et de cow-boy, des filles qui jouaient des percussions en tenue de marin légère. La dernière photographie montrait la femme albinos avec un bébé joufflu aux cheveux blancs sur les genoux. Cette fois, elle portait des vêtements de tous les jours. Le bébé semblait avoir dans les trois mois. Il riait et tenait un éléphant en patchwork dans ses petites mains potelées.

Julia poussa une exclamation de surprise.

On aurait dit le même éléphant en tissu que celui posé sur l'étagère de son ancienne chambre, à l'étage.

Elle courut jusqu'à sa chambre d'enfant, attrapa l'éléphant poussiéreux et redescendit à toute vitesse. Elle posa la peluche à côté de la photo. Ils étaient identiques, jusqu'à leurs yeux en bouton et leur queue tressée en laine. Elle tenta de se souvenir d'où venait le sien, mais elle ne s'en souvenait pas. Ç'avait toujours été un de ses jouets préférés, et Mère s'était toujours assurée qu'il était dans son lit tous les soirs. Il avait pu être acheté au cirque, mais il semblait avoir été fabriqué à la main.

Avec des dizaines de questions qui se succédaient dans son esprit, elle prit les photos, alla déplier l'affiche du cirque dans le bureau et examina la femme sur l'éléphant. C'était la même, ce n'était pas possible autrement. Elle étala les coupures de journaux sur le tapis et les parcourut une nouvelle fois. Enfin, elle retrouva l'article consacré à la Voyante Albinos et commença à le lire. Dès la fin de la première phrase, elle plaqua une main sur sa bouche. La Voyante Albinos s'appelait Lilly, comme le nom inscrit dans l'étui de l'appareil photo. Qu'est-ce que tout cela voulait dire ? Julia n'arrivait même plus à réfléchir. Est-ce que son père l'avait emmenée au cirque lorsqu'elle était bébé, l'avait présentée à sa maîtresse et avait acheté l'éléphant là-bas ?

Ou est-ce que le bébé sur les genoux de Lilly était sa défunte sœur ? Si l'appareil appartenait à Lilly, alors comment avait-il atterri dans le bureau de son père ? Et pourquoi Père n'avait-il jamais fait développer la pellicule ?

Chapitre 23

Lilly

Cole emmena Lilly dans son wagon et la posa délicatement sur le canapé. Frissonnante, elle ramena sa robe déchirée autour d'elle du mieux qu'elle put et s'étendit sur les coussins. Elle avait des courbatures dans les bras et les jambes, l'intérieur de ses cuisses était éraflé et douloureux, sa joue était brûlante et gonflée. Cole l'aida à enfiler une de ses chemises à manches longues, puis s'assit près d'elle au bord du canapé. Il humecta un mouchoir propre pour essuyer délicatement sa bouche ensanglantée.

— Je ne devrais pas être ici, dit Lilly d'une voix tremblante. Quand ils vont trouver Merrick dans cet état, M. Barrow et ses molosses vont me chercher et c'est le premier endroit qu'ils vont inspecter. Je devrais aller me cacher à la ménagerie.

Cole secoua la tête.

— Si tu te caches, tu auras l'air coupable, et tu n'as rien fait de mal. Et qu'est-ce qui se passera s'ils te trouvent là-bas toute seule ? Tu crois peut-être qu'ils seront gentils avec toi ?

— Non, mais si Merrick est mort, je ne veux pas que tu sois mêlé à tout ce bazar.

— Si cet enfoiré est mort, je ne vais pas te laisser trinquer. C'est moi qui l'ai frappé, et je n'hésiterais pas à recommencer si je le surprenais en train de…

Une lueur de rage brilla dans ses yeux et il détourna le regard.

— Chuuut. Tout va bien.

Elle posa une main sur sa joue et le força à tourner la tête vers elle.

— Tu m'as sauvée. Je vais bien.

Il lui prit la main et fixa sur elle un regard rempli de chagrin.

— Quand ils arriveront ici, ils verront… ils verront ce qu'il t'a fait.

Les larmes montèrent aux yeux de Lilly.

— Comment est-ce que tu as su que j'avais des ennuis ?

— Quand j'ai entendu que tu étais sortie de scène et que tu avais été malade, j'ai su que Merrick serait furieux. J'ai essayé de te trouver avant lui, mais je… Je suis désolé, Lilly.

Avec délicatesse, il dégagea une mèche de cheveux qui lui tombait sur le front.

— Pour tout.

À cet instant, Hank sortit de sa chambre, les yeux bouffis de sommeil, les cheveux partant dans tous les sens.

— Cole ? Qu'est-ce qui se passe ?

Avant que Cole n'ait le temps de répondre, les molosses de M. Barlow entrèrent en trombe.

Peu de temps après, Lilly et Cole se trouvaient dans le wagon de M. Barlow, avec les molosses qui montaient la garde à la porte. Dans son fauteuil près de la table, M. Barlow fumait un cigare en les fusillant du regard, tandis qu'Alana buvait un café sur le canapé, les jambes croisées, tapotant du pied. Chi-chi s'était blottie dans le creux du bras de Lilly et lui donnait des petits coups de nez dans le cou. Lilly gratouillait les oreilles de la chienne, qu'elle fixait pour éviter de croiser le regard de M. Barlow et de Merrick, qui était assis à table, un sac de glace pressé contre l'arrière de sa tête. Jusqu'à maintenant, Lilly n'avait jamais pris conscience à quel point elle souhaitait la mort de Merrick. D'un côté, elle était dépitée qu'il soit en vie. De l'autre, elle était soulagée. Au moins, Cole ne serait pas accusé de meurtre.

— Je m'en fous éperdument ! cria M. Barlow à Cole. Si tu la veux dans le spectacle avec toi et les éléphants, tu la rachètes à Merrick !

— Sinon, c'est un kidnapping, renchérit Merrick.

Cole lui lança un regard plein de haine.

— Et qu'est-ce que vous comptez faire si je ne paye pas, espèce de sous-merde ?

— Fermez-la, tous les deux ! ordonna M. Barlow. C'est moi le juge ici et vous le savez.

— C'est vrai, dit Merrick en redressant le menton, bravache.

Il fit une grimace de douleur, rajusta le sac de glace et continua :

— Quelle est la sentence pour agression ?

— Et quelle est la sentence pour tentative de viol ? éructa Cole.

Un sourire apparut sur les lèvres ensanglantées de Merrick.

— Ce n'était pas un viol, c'était de l'entraînement. Il fallait bien que quelqu'un la forme pour son prochain travail.

Cole se jeta sur lui, les poings serrés, le visage déformé par la rage. Les molosses l'attrapèrent et le ceinturèrent.

M. Barlow tapa du poing sur la table.

— Merrick, je t'ai dit de boucler ton clapet à ordures et de me laisser gérer ça !

Merrick marmonna entre ses dents.

— Qu'est-ce qu'il y a, encore ? Si tu as quelque chose à dire, tu le dis tout haut, asséna M. Barlow.

— J'ai dit qu'elle m'appartient, dit Merrick en fixant Cole. Alors à moins que tu ne veuilles te faire jeter du train pour agression et kidnapping et que ta copine veuille rembourser sa dette en divertissant les péquenauds derrière les wagons, tu payes.

— Non, répondit Cole. Je refuse de payer pour ma femme.

Lilly cessa de caresser Chi-Chi et leva les yeux.

M. Barlow se décomposa.

— Je peux savoir de quoi tu parles ?

— Dès que Lilly se sentira mieux, nous nous marierons, annonça Cole. Vous avez dit vous-même que les éléphants étaient votre plus grand succès. Si vous essayez de m'empêcher d'épouser Lilly, nous partirons, et vous aurez du mal à trouver quelqu'un d'autre à qui JoJo accepte d'obéir. Sans parler du fait que si je m'en vais, mon père s'en va aussi. Les Frères Ringling lui ont fait une offre il y a quelques mois, parce qu'ils savent que c'est le meilleur dresseur, mais il a refusé parce qu'il ne voulait pas abandonner vos éléphants, et aussi parce qu'il savait que je ne partirais pas sans Lilly.

— Ça ne va pas plaire aux autres que tu épouses une fille des attractions, fit remarquer Alana.

— Ils n'ont aucun problème avec Lilly, rétorqua Cole. Et même s'ils ne l'aimaient pas, ça me serait égal.

Les épaules de M. Barlow s'affaissèrent. Il se tourna vers Merrick.

— Je ne peux pas les empêcher de se marier. On est dans un cirque, pas dans une dictature. Je n'ai aucune envie que ça dégénère en rébellion.

Merrick bondit sur ses pieds et jeta le sac de glace à terre. Il s'éventra et des morceaux jaillirent dans tous les sens. Chi-Chi enfouit sa tête sous le bras de Lilly.

— Elle est à moi ! cria Merrick. J'ai payé cher pour l'avoir !

— Et vous avez fait la culbute au centuple. Vous ne lui avez pas donné un centime en six ans, dit Cole.

— Parce qu'elle n'a fait que créer des problèmes depuis le premier jour !

— Vous mentez. Elle…

— Bouclez-la ! cria M. Barlow.

Il plaça ses mains sur ses tempes, comme si son crâne était sur le point d'exploser.

— Je ne veux plus rien entendre. Plus un mot.

Il lança un regard noir à Cole.

— Vas-y, épouse-la et incorpore-la au numéro des éléphants. Mais je te préviens, elle a semé la zizanie dans tous les numéros où elle est passée, alors s'il y a le moindre problème ou que les ventes de billets baissent, ce seront vos deux têtes qu'on m'amènera sur un plateau.

Puis il se tourna vers Merrick.

— Il a raison, tu as largement rentabilisé ton investissement. Le moment est venu d'avancer. C'est une employée de mon cirque à présent, et mes employés ne sont pas ma propriété.

Lilly n'en croyait pas ses oreilles. Elle était là dans sa robe déchirée, avec le visage contusionné, du mascara sous les yeux, des douleurs dans tout le corps, et pourtant, elle avait toutes les peines du monde à retenir des larmes de joie.

Une semaine plus tard, Lilly et Cole se marièrent quelque part en Louisiane, sous un gigantesque saule près d'un ruisseau. Glory, Ruby et Rosy avaient mis des bougies dans des bocaux qu'elles avaient accrochés à des branches couvertes de mousse, les manœuvres avaient apporté des bancs et les artistes du grand chapiteau s'étaient mélangés aux autres pour assister à la cérémonie. L'orchestre avait joué la marche nuptiale et l'Homme le Plus Grand du Monde, pasteur autoproclamé, avait célébré la cérémonie. Hester avait laissé Lilly lui emprunter une robe de mariée qu'elle avait depuis ses quatorze ans (une robe blanche simple avec un corsage orné de perles, des manches courtes qui épousaient ses épaules et des volants en dentelle au niveau de la jupe), et Cole avait emprunté le plus beau smoking du directeur équestre. Les invités portaient aussi bien des smokings que des tenues d'orchestre, des robes du soir, des robes charleston, des tutus et des pagnes. Après la cérémonie, Lilly et Cole avaient parcouru les différents wagons, entre félicitations et toasts. Puis tout le monde les avait escortés jusqu'à un wagon privé (gracieusement prêté par un M. et une Mme Benini ravis). À minuit, Lilly était allongée près de Cole, blottie entre ses bras puissants, émerveillée par la tournure que sa vie avait prise.

Si Maman ne l'avait pas vendue au cirque, elle n'aurait jamais rencontré son mari. Et là, à cet instant, elle était si heureuse et reconnaissante que le pardon semblait presque possible, tel un bijou brillant à portée de sa main. Mais ensuite, elle se souvint de la douleur, de tout ce qu'elle avait traversé et enduré, et la clémence l'abandonna. Certaines blessures étaient trop profondes. Ce que ses parents lui avaient fait était impardonnable. Lilly se demanda ce que Maman penserait si elle la voyait désormais, entourée d'amis qui l'aimaient, mariée, et sur le point de commencer à travailler avec les éléphants dans le grand chapiteau. Serait-elle fière d'elle, ou est-ce que sa haine était si profondément enracinée qu'elle éclipsait la moindre note positive ?

Pendant les deux semaines suivantes, Cole et Lilly répétèrent le numéro des éléphants sur une piste d'entraînement dans le fond de l'enceinte. De temps en temps, M. Barlow passait pour voir l'évolution et semblait ravi de l'avancement des choses. Pepper semblait lire dans les pensées de Lilly encore plus que les autres. Si Lilly marchait ou courait, Pepper la suivait, la trompe levée, la bouche ouverte dans un sourire. Si Lilly soulevait la jambe, Pepper soulevait la patte. Sans avoir à lui donner aucun ordre, Pepper se dressait sur ses pattes arrière ou soulevait Lilly avait sa trompe pour la déposer sur son dos. Cole et son père n'avaient jamais vu une chose pareille. Et Lilly était plus heureuse qu'elle n'aurait jamais imaginé l'être un jour. Mais parfois, elle remarquait Merrick qui les observait, le visage tendu, irradiant la colère comme le sable irradiait la chaleur dans le désert.

Enfin, le grand jour de la première apparition de Lilly dans le grand chapiteau arriva. Vêtue d'un justaucorps blanc et d'une jupe flottante en mousseline de soie décorée de perles et de strass argentés, les cheveux attachés en un chignon délicat, elle marcha pieds nus jusqu'au grand chapiteau, ses chaussons de danse blancs à la main. Cole avait quitté leur wagon un peu plus tôt pour aider son père avec les éléphants, et les autres artistes et animaux faisaient déjà la queue à l'extérieur de l'entrée des artistes, attendant le coup de sifflet de M. Barlow pour que la grande parade commence.

L'estomac noué par la nervosité, Lilly se mit en quête de Cole. Les éléphants étaient là, mais il manquait Pepper et elle ne trouvait pas Cole non plus. Elle rejoignit Hank au pas de course pour lui demander ce qui se passait.

Il regarda par-dessus l'épaule de Lilly et hocha la tête.

— Ils arrivent, regarde.

Lilly se retourna, à la fois anxieuse et excitée. Mais quand elle aperçut Cole et Pepper, son cœur se serra dans sa poitrine. Quelque chose n'allait pas. Pepper était blanche comme un cachet et Cole semblait triste. Elle courut jusqu'à eux.

— Qu'est-ce qui s'est passé ? Qu'est-ce qu'elle a ?

— Elle n'a rien du tout. M. Barlow a fait peindre de nouvelles affiches qui te montrent avec un éléphant albinos.

Lilly ouvrit grand la bouche.

— Mais comment…

— Il l'a blanchie à la chaux.

Pepper avait les yeux rouges et humides, irrités par la peinture.

— Ma pauvre, dit Lilly en lui caressant doucement la trompe. Comment a-t-il pu lui faire ça ?

Pile à cet instant, M. Barlow s'approcha à grands pas, souriant sous son haut-de-forme, avec son pantalon d'équitation blanc et sa veste rouge.

— On se produit à guichets fermés ce soir. Grâce à toi et à la belle bête que voilà. Alors dépêche-toi d'aller te mettre dans le rang. Et souviens-toi, maintiens-la à distance des péquenauds. J'ai beau trouver les gamins horriblement agaçants, je ne veux pas qu'ils se fassent piétiner.

Lilly voulut lui faire une remarque quant au fait d'avoir blanchi Pepper, mais entamer une dispute avant sa première représentation ne ferait que la rendre encore plus nerveuse. Elle enfila ses chaussons, Pepper la plaça sur son dos et elles se dirigèrent vers JoJo, Flossie et Petunia. Un groupe de percherons noirs attelés aux chariots des lions s'écarta sur leur passage, les clowns les dévisagèrent, les yeux écarquillés sous leur maquillage. Les autres artistes les observaient, l'air choqué. Cole grimpa sur le dos de JoJo et ordonna à Lilly d'amener Pepper à côté de lui. Lilly s'exécuta.

— Parfait, dit Cole. Tu es prête ?

— J'ai peur, répondit Lilly. Et si…

— Tu vas très bien t'en tirer, l'interrompit-il. Tu as répété le numéro cent fois. Reste calme et souviens-toi que si tu es trop nerveuse, Pepper va le sentir.

Le sifflet de M. Barlow retentit dans le chapiteau, l'orchestre commença à jouer et la grande parade se mit en branle. Lilly inspira profondément et agrippa la coiffe couverte de strass de Pepper d'une main moite. Accompagnés par Hank au cas où le moindre problème surgirait, Lilly, Pepper, Cole et JoJo entrèrent dans le grand chapiteau, suivis de Flossie et Petunia. Lilly n'avait jamais été à l'intérieur pendant une représentation, et elle n'en revenait pas de voir tant de spectateurs entassés dans les gradins. La lumière du soleil filtrait à travers le plafond en toile et illuminait des milliers de visages. Quand le public vit Pepper et Lilly, une exclamation de surprise généralisée se fit entendre. Tout le monde applaudit à tout rompre, bouche bée et les yeux ronds.

Pendant que la parade avançait vers la piste, Lilly souriait et agitait la main pour saluer le public, tous les sens en alerte. Sa peau lui picotait dans un étrange mélange d'euphorie, d'incrédulité et de peur. Les trapézistes et les funambules, les sœurs équilibristes Bally et les dresseurs de lion, les acrobates et les échassiers, tous défilaient pendant que les jongleurs jonglaient et que les clowns dansaient et faisaient des farces. C'était comme si la parade elle-même reflétait les pensées et les sentiments de Lilly, dans une telle avalanche de mouvements et de couleurs que c'était impossible de savoir où regarder et quoi penser.

De temps en temps, elle lançait un regard à Cole pour se rassurer et il lui faisait un clin d'œil. Un jour, il lui avait raconté qu'à ses yeux les traditions étaient plus importantes, les lumières plus brillantes, l'appel de la piste plus fort que tout le reste ou presque. En tant qu'artiste de cirque de troisième génération, rien ne l'intéressait à part être face au public. Et à présent, elle comprenait pourquoi. L'excitation qui régnait parmi les spectateurs semblait chargée de la même électricité que celle qui courait dans ses veines. Au lieu d'avoir peur qu'ils la couvrent de ridicule, elle ne ressentait que de l'admiration de la part des péquenauds. Qui n'aurait pas voulu être la fille en costume brillant qui chevauchait le grand éléphant ?

Après la parade et les numéros des autres artistes vint le tour de Lilly et Pepper. Deux clowns apportèrent un piédestal rouge couvert d'étoiles blanches au centre de la piste, et M. Barlow fit taire la foule pour procéder à une annonce spéciale.

— Mesdaaaames et meeeessieurs, cria-t-il d'une voix de ténor. Le moment que vous attendiez tous est venu ! Voici le numéro que vous avez vu sur les affiches, braves gens, celui pour lequel j'ai risqué ma vie dans une jungle en Thaïlande, celui dont vous parlerez à vos petits-enfants ! Laissez-moi vous présenter, pour leur tout premier spectacle au Cirque des Frères Barlow, Lilly la Princesse Albinos du Siam et son Éléphante Albinos Pepper !

Il leva un bras en l'air et tourna la tête vers l'entrée de la piste.

Lilly avala sa salive et se tourna vers Cole, debout à côté de Pepper. Il lui fit un clin d'œil et hocha la tête. Elle frotta les flancs de Pepper avec ses pieds et l'éléphante se mit en route. Elles croisèrent les trapézistes, qui venaient de quitter la piste. Quand elles entrèrent dans le grand chapiteau, Lilly leva un bras et sourit au public en dépit de son trac. L'orchestre jouait *Jungle Queen*. Pepper la transporta jusqu'au centre de la piste, la trompe courbée pour saluer les spectateurs. Puis elle attrapa Lilly pour la poser sur le piédestal et la foule applaudit et siffla.

Lilly leva les bras et pivota pour saluer chaque section de spectateurs, un sourire agrafé au visage. Puis elle sauta du piédestal et fit face à Pepper, qui attendait patiemment. Lilly hocha une fois la tête et Pepper se dressa sur ses pattes arrière avant de barrir bruyamment, provoquant les rires et les applaudissements des péquenauds.

Lilly agita la main vers le sol et Pepper se remit à quatre pattes. Puis elle hocha à nouveau la tête et montra le sol du doigt. Pepper se pencha en avant, appuya son front à terre et leva les pattes arrière pour faire le poirier. Dans un grand geste théâtral, Lilly sourit et tendit la main, invitant le public à féliciter Pepper. Les spectateurs applaudirent à tout rompre. Puis Lilly s'allongea entre les pattes avant de Pepper. Petit à petit, le silence se fit et les gens retinrent leur souffle.

Avec une lenteur infinie, Pepper baissa les pattes arrière et descendit de plus en plus, jusqu'à ce que son imposante masse recouvre entièrement Lilly à l'exception de sa tête. Des femmes poussèrent des exclamations de frayeur et couvrirent les yeux de leurs enfants. Pepper attendit un moment, puis s'assit et posa sa patte avant sur la tête de Lilly. Des petits cris aigus retentirent dans le public. Pepper leva triomphalement la trompe puis, très lentement, écarta la patte. Lilly se mit debout, fit signe au public et frotta le ventre de Pepper avec un sourire ravi. La chaux était rêche et sèche et, l'espace d'une seconde, Lilly fut terrifiée d'avoir fait partir la peinture. Sans cesser de sourire, elle lança un coup d'œil en direction du ventre de Pepper et poussa un soupir silencieux de soulagement. La chaux était toujours en place.

Lilly se dirigea vers l'autre bout de la piste en sautillant et regarda par-dessus son épaule, comme si elle s'attendait à ce que Pepper la suive. Mais Pepper s'agenouilla puis roula sur le côté, comme si elle faisait la sieste. Le chef d'orchestre lança une berceuse et une vague de rires parcourut l'audience. Lilly mit ses mains sur les hanches et rejoignit Pepper en fronçant les sourcils, feignant d'être fâchée. Pepper ne bougea pas d'un millimètre. Lilly haussa les épaules, grimpa sur Pepper et s'allongea sur son flanc, les mains croisées sous la tête et les yeux clos. La berceuse continua et le silence régna à nouveau parmi les spectateurs. Puis Lilly se redressa pour s'asseoir et s'étirer et fit semblant de bâiller. Les péquenauds rirent à nouveau. Lilly se leva, secoua la tête, se laissa glisser jusqu'au sol et fit mine de s'éloigner.

Pepper se redressa à toute vitesse et enroula sa trompe autour de Lilly. Lilly ouvrit la bouche pour feindre la surprise. Des rires nerveux résonnèrent dans l'assistance. Pepper se leva et attira Lilly vers elle. Lilly plaqua ses mains sur sa bouche et afficha un air effrayé. L'orchestre entama un morceau rapide, puis enchaîna sur une valse. Pepper relâcha son étreinte et Lilly se mit à faire le tour de la piste en dansant et en agitant les bras en rythme avec la musique, un grand sourire aux lèvres. Pepper l'imita, ondulant la trompe et la tête d'avant en arrière. Le public rit et applaudit.

Lilly refit un tour de piste, puis conduisit Pepper jusqu'au piédestal et monta dessus, pendant que l'éléphante s'asseyait. Lilly grimpa sur le dos de Pepper, les genoux pliés et les bras écartés pour garder l'équilibre.

Pepper se releva et commença un tour de piste, la trompe fièrement dressée pendant que Lilly envoyait des baisers aux spectateurs. Du coin de l'œil, elle aperçut Cole qui les observait depuis les coulisses en souriant de toutes ses dents. Après plusieurs tours, Pepper ramena Lilly au piédestal et attendit qu'elle descende de son dos.

Tout le monde applaudit et se leva, mais Lilly leva un doigt en l'air pour indiquer que ce n'était pas fini. Dans un roulement de tambour, elle leva les bras et hocha une fois la tête. Pepper se dressa sur ses pattes arrière. Lilly baissa les bras. Pepper se pencha en avant, mit la tête de Lilly dans sa bouche et la souleva du piédestal. La foule poussa une exclamation de surprise et une femme cria. Lilly tendit les bras, paumes vers le ciel, pour montrer que cela faisait partie du numéro, et le public se déchaîna.

Avec Lilly dans la bouche, Pepper grimpa sur le piédestal et se tint dessus en équilibre, le dos rond et les quatre pattes collées les unes aux autres. Elle enroula sa trompe autour de Lilly comme un ressort et la sortit de sa bouche. Lilly passa un bras autour de la trompe de Pepper et tendit la pointe des pieds en souriant. Pepper étira sa trompe, souleva Lilly dans les airs et se dressa sur ses pattes arrière. Tout le monde poussa des cris de ravissement.

Puis Pepper déposa Lilly sur son dos, descendit du piédestal et quitta le grand chapiteau sous les tonnerres d'applaudissements et l'ovation du public.

CHAPITRE 24

Julia

Obsédée par les photos, Julia ne trouvait pas le sommeil. Le vent s'était levé. Les branches des arbres claquaient contre les volets, qui claquaient eux-mêmes contre les rebords des fenêtres. Elle aurait pu jurer entendre les rats courir dans les murs et trotter sur le plancher au-dessus d'elle. Tous ces bruits troublants semblaient faire écho à ses pensées, cognant et sautant et rebondissant sous sa boîte crânienne.

Pourquoi son père avait-il les affaires de Lilly dans son bureau ? Qui était le bébé sur la photo ? Elle, ou sa sœur ? C'était difficile de déterminer si le bébé ressemblait à Mère autant qu'elle, mais peut-être que sa sœur était le fruit de la relation adultérine de son père, et par conséquent sa demi-sœur ? Est-ce que les voyages d'affaires de son père pour acheter et vendre des chevaux étaient une couverture pour aller voir Lilly et son autre fille ? Était-ce pour cette raison que ses parents étaient si malheureux ? Et quelle était cette chose qu'ils devaient se faire pardonner ? Quand elle s'endormit enfin à 3 heures du matin passées, elle fit des rêves peuplés de clowns, d'éléphants et de bêtes curieuses.

Le lendemain, une pluie battante fouettait les arbres et les bâtiments, transformant la terre en boue. Julia mit une toque en laine sur sa tête et prit le chemin de la grange pour demander à Claude s'il savait comment accéder au grenier. Il fallait s'occuper du problème des rats avant qu'ils se multiplient, et il lui semblait logique de commencer par les combles. Lorsqu'elle arriva dans le bureau, son pantalon et ses cheveux étaient trempés et elle regretta de ne pas avoir attendu que l'averse se calme. Elle trouva Claude dans un box, en train de curer les sabots d'un cheval.

— Est-ce que vous savez comment aller dans le grenier ? Je n'arrête pas d'entendre des rats et j'ai besoin de découvrir par où ils entrent et où ils ont fait leur nid.

— Non. Je ne suis jamais monté.

— Je ne trouve ni escalier ni trappe. C'est bizarre, non ?

Claude haussa les épaules, sans cesser de travailler.

— Est-ce que vous pourriez venir m'aider à inspecter la maison ? Et peut-être poser des pièges ?

— Je suis occupé, là.

— Après. Quand vous aurez terminé.

Il posa le sabot du cheval à terre, se décala et en attrapa un autre.

— Impossible aujourd'hui. Je dois débarrasser les branches cassées dans le jardin avant qu'il y ait une nouvelle tempête.

— Il pleut à seaux.

— J'ai des papiers à faire.

Les épaules de Julia s'affaissèrent et elle soupira. Elle voulait bien essayer d'être sympathique, mais sa patience avait ses limites.

— Est-ce que vous m'en voulez de quelque chose ? À part le fait de vous avoir fait ramener le poulain de la jument nourricière et d'avoir recueilli la pouliche des Thompson ? Je sais que vous étiez habitué à faire les choses autrement, mais…

— Non, la coupa-t-il.

— Alors dans ce cas, pourquoi est-ce que vous refusez de me parler ? Pourquoi est-ce que vous évitez de me regarder en face ? C'est vraiment trop vous demander que de m'aider à trouver le moyen d'accéder au grenier ?

Il lâcha la patte du cheval, se redressa et la fixa d'un regard dénué d'expression.

— J'essaie juste de faire mon travail, mademoiselle Blackwood.

— Vous êtes sûr ? Parce qu'on dirait que vous êtes fâché contre moi, ou que vous m'évitez, ou… je ne sais pas.

Elle leva les mains au ciel, frustrée.

— Est-ce que ma présence ici vous contrarie ? Je sais que vous n'aimez pas les changements et que vous pensez que je suis trop jeune pour être votre patronne, et je reconnais avoir beaucoup à apprendre mais…

Il secoua la tête, les lèvres pincées.

— Quel est le problème, alors ? insista-t-elle. Il ne semblait pas y avoir de souci quand je suis arrivée. Mais après, votre attitude a changé. J'ai dit quelque chose de mal ?

— Non.

Il continuait à la fixer, résolu, inébranlable.

Elle était convaincue qu'il lui cachait quelque chose. Peut-être qu'il était au courant de l'aventure de son père, ou de ce que ses parents avaient fait à sa sœur. Peut-être qu'il gardait ses distances parce qu'il ne voulait pas qu'elle lui pose des questions. Autrement, pourquoi l'éviterait-il de la sorte ? Soudain, une autre pensée lui traversa l'esprit et elle retint son souffle. *Mon Dieu, peut-être qu'il avait une aventure avec Mère.*

Les mots sortirent de sa bouche sans qu'elle ait le temps de les retenir.

— Est-ce que vous pensiez que ma mère allait vous léguer la ferme ?

Il serra les dents et ses narines se dilatèrent légèrement.

— Je vais faire comme si je n'avais rien entendu.

— Je suis désolée. Je n'aurais pas dû dire ça. Mais je ne sais plus quoi faire. Je ne sais pas comment vous prouver que je suis quelqu'un de bien. Peut-être que je ferais mieux d'abandonner.

Elle tourna les talons et commença à s'éloigner.

— Peu importe, je demanderai à Fletcher de m'aider.

— Mademoiselle Blackwood ? appela-t-il derrière elle.

Elle se retourna, en espérant qu'il ait changé d'avis.

— Oui ?

— La mort-aux-rats est sur l'étagère du haut dans la sellerie.

— D'accord. Merci.

Une vague de découragement la submergea. Elle faillit lui dire qu'avant de mettre de la mort-aux-rats, il fallait commencer par trouver où étaient les rongeurs, mais elle se ravisa. Ce n'était pas la peine de l'agacer davantage. Elle sortit de la grange et retourna dans la maison, le visage violemment fouetté par la pluie. Peut-être que la raison du mépris que Claude lui témoignait était beaucoup simple que ce qu'elle croyait. Peut-être qu'après avoir travaillé avec ses parents pendant vingt-sept ans, il était devenu comme eux, tout bêtement. Dans tous les cas, ils devaient absolument trouver un moyen de s'entendre avant que les choses ne se dégradent davantage.

Elle accrocha son manteau trempé dans le vestibule et alla enfiler des vêtements secs. Puis, armée d'une lampe torche dénichée dans un tiroir de la cuisine, elle se rendit au deuxième étage, déterminée à découvrir comment accéder au grenier. Peut-être qu'il existait un accès qui lui avait échappé la première fois. Après tout, il y avait un tas de pièces et de portes et de placards. Cette fois, elle inspecta chaque chambre et chaque salle de bains, donna des coups dans les parois des placards, examina chaque plafond en quête d'une trappe. Mais une fois de plus, sans succès.

Elle retourna dans la petite pièce de la dernière chambre au bout du couloir principal et tira sur le cordon pour allumer l'ampoule. Elle posa sa lampe sur la petite table et poussa les boîtes à chapeau pour examiner le mur. Puis elle se figea, soudain mal à l'aise. Le mannequin sans tête semblait l'observer et la juger. C'était presque comme si Mère la scrutait depuis l'au-delà. Avant de continuer, elle traîna le mannequin dans la chambre et enroula un drap autour. Puis elle repartit dans la petite pièce et tâta le lambris pour voir si elle était passée à côté d'un encadrement de porte.

Néanmoins, cela semblait bizarre d'accéder au grenier par ici dans une demeure aussi vaste que Blackwood Manor. Mais une fois de plus, elle se répéta qu'elle ignorait tout de l'histoire du manoir, de qui l'avait construit et de quand. Ses parents ne parlaient jamais du passé, alors il n'y avait rien d'étonnant à ce qu'elle ignore tout de leur maison. Et maintenant qu'elle savait qu'ils avaient des secrets à cacher, ça paraissait encore plus logique. Puis elle pensa à autre chose. Peut-être qu'elle ne trouvait pas l'accès au grenier car quelqu'un savait qu'elle y découvrirait autre chose que des rats ? Après tout, les greniers étaient comme des musées d'histoire personnelle où les gens conservaient les vestiges du passé. Et parfois, des réponses aux secrets de famille.

Plus résolue que jamais, elle se dressa sur la pointe des pieds pour palper le plafond, mais il semblait bien solide. *Idem* pour les murs. Elle pressa sa paume contre le mur du fond et se rapprocha progressivement du milieu de la paroi, là où la tapisserie était accrochée.

Puis elle se figea.

La tapisserie venait de bouger.

Le mouvement était quasiment imperceptible, mais le tissu avait bougé.

Elle effleura la tapisserie. Elle était froide, comme si elle avait été exposée à un souffle glacé.

Julia attrapa les bords de la table pour l'écarter du mur. Le meuble était bien plus lourd que ce qu'elle croyait, mais une soudaine montée d'adrénaline décuplait ses forces. Une fois la table déplacée, elle se mit en devoir de décrocher la tringle, résistant à l'envie de l'arracher du mur. À sa surprise, la tringle était vissée au mur au lieu d'être simplement posée sur des supports.

Puis elle remarqua la présence d'une cordelette dissimulée derrière la tapisserie. Elle était du même rouge sombre que le papier peint et si Julia n'avait pas voulu enlever la tringle, elle ne l'aurait jamais remarquée. Elle souleva le bas de la tapisserie, trouva l'extrémité de la cordelette et tira dessus. La tapisserie remonta et s'enroula sur elle-même tel un rideau.

Julia poussa un cri de surprise et recula.

Il y avait une porte dans le mur.

CHAPITRE 25

Lilly

Quatre mois après sa première apparition sous le grand chapiteau avec Pepper, Lilly se tenait près de Cole dans le wagon de M. Barlow, une main protectrice posée sur son ventre. Merrick était assis sur un tabouret près du comptoir de la cuisine. Il cracha du jus de tabac dans l'évier, l'air mauvais.

— Comment ça, elle ne peut pas travailler ? beugla M. Barlow. Ça fait des années qu'on n'a pas enregistré de recettes pareilles ! Elle ne peut pas démissionner maintenant !

Il tapa du poing sur la table. Les verres tremblèrent et une bouteille de bourbon faillit se renverser.

— Elle ne démissionne pas, dit Cole. Elle va simplement…

— On arrive en basse saison, l'interrompit Lilly. Je serai prête à reprendre le travail d'ici l'été prochain.

— Je me fiche pas mal de la saison, répliqua M. Barlow. Sans elle et cette éléphante, on va perdre de l'argent !

— Je refuse de mettre ma femme et mon enfant à naître en danger, dit Cole. S'il lui arrive quoi que ce soit, alors vous perdrez le numéro définitivement.

— Est-ce qu'il existe une possibilité que le bébé soit albinos ? demanda Merrick.

Cole et Lilly ignorèrent sa question.

M. Barlow s'affala dans son fauteuil, le visage aussi sombre qu'un ciel d'orage.

— Et merde. Je savais bien que c'était trop beau pour être vrai. Est-ce que tu peux la remplacer ? demanda-t-il à Cole. On pourrait te mettre une perruque et te maquiller.

Cole secoua la tête.

— Ça ne marchera pas. Pepper fait des choses pour Lilly qu'elle ne veut pas faire pour moi.

Barlow prit une longue gorgée de bourbon.

— Si je peux faire une suggestion, tenta Lilly. Pourquoi ne pas dire aux gens que l'éléphante albinos est partie en tournée en Europe ? Comme ça, au retour du printemps, les gens afflueront en masse pour voir ce qu'ils ont manqué.

M. Barlow posa violemment son verre sur la table et la fusilla du regard.

— Bon Dieu, tu trouves toujours un moyen de foutre en l'air le numéro auquel tu participes. Je commence à me demander si je ne ferais pas mieux de te renvoyer.

— Si elle part, je pars, interjeta Cole. Et mon père aussi.

— Je ne la paye pas jusqu'à ce qu'elle reprenne le travail, répondit M. Barlow.

— Vous me payez seulement depuis deux mois, fit remarquer Lilly. Et une misère compte tenu des foules qui se pressent pour voir le numéro, si je puis me permettre.

— Ça suffit, jeune fille. Tu n'as fait qu'apporter des ennuis depuis ton premier jour ici, et je ne te payerai pas tant que tu ne seras pas remontée sur cette éléphante.

— Il a raison, dit Merrick. On ne peut pas avoir une albinos à la billetterie ou au stand de barbe à papa. Ça ferait peur aux enfants.

Amusé par sa propre remarque, il sourit, un morceau de tabac à chiquer de chaque côté de la bouche.

— Fermez-la, Merrick, lança Cole. Ça ne vous regarde pas.

Merrick lui adressa un regard noir.

— Elle n'a qu'à revenir aux attractions. On pourrait raconter à tout le monde qu'elle va donner naissance à un alien, suggéra-t-il.

— Hors de question, affirma Lilly.

— Elle peut nous aider à nous occuper des éléphants, mon père et moi. C'est un travail, ça.

— Je refuse quand même de la payer, insista M. Barlow.

— Très bien, dit Lilly. Mais si Pepper et moi continuons à être la principale source de recettes à mon retour, alors je veux une partie des bénéfices.

M. Barlow haussa les sourcils et l'extrémité de sa moustache frémit. Lilly crut qu'il allait crier ou se lever et la gifler. Mais il éclata de rire, si fort que son visage et son cou devinrent écarlates.

— Oh, Lilly. Ah, c'est la meilleure. Tu viens m'annoncer que tu arrêtes de travailler pendant ta grossesse, et tu demandes à toucher des bénéfices des représentations si c'est toi la star ?

Il serra les poings, comme s'il essayait de se contenir.

— C'est vraiment trop drôle.

Merrick se joignit à lui et rit à son tour. M. Barlow se laissa aller contre le dossier de son fauteuil en gloussant, puis s'essuya les yeux.

— Ça fait longtemps que je n'avais pas entendu quelque chose d'aussi drôle, je dois dire.

— C'est tout à fait normal que mon salaire soit calculé en fonction de ce que je rapporte, dit Lilly.

— C'est comme ça que les Frères Ringling et que Barnum & Barley fonctionnent, ajouta Cole.

M. Barlow bondit sur ses pieds et se précipita vers eux, une flamme enragée dans les yeux.

— Vous avez de la chance que je ne vous vire pas tous les deux, sans parler de vous payer davantage ! cria-t-il. Est-ce que vous savez combien de cirques ont dû mettre la clé sous la porte l'année dernière ? Non, vous ne le savez pas. Je ne veux plus vous entendre jusqu'à ce que Lilly soit prête à reprendre le travail. Il ne nous manquait plus que ça, avoir une nouvelle bouche à nourrir et supprimer le plus gros numéro du spectacle !

Il montra la porte du doigt.

— Et maintenant, dégagez de mon wagon !

Chapitre 26

Julia

Abasourdie, Julia était plantée devant la porte cachée, trop surprise pour esquisser le moindre mouvement. La porte était bien plus petite que la normale : elle ne faisait même pas un mètre cinquante de haut. Le papier peint qui recouvrait sa partie supérieure et le lambris dans le bas se fondaient parfaitement au reste du mur. Même le moraillon et le cadenas avaient été peints en rouge pour passer inaperçus. Pourquoi se donner tant de peine pour dissimuler cette porte ? Était-ce l'entrée du grenier, ou autre chose ?

Elle tendit la main vers le cadenas. Où était la clé ?

Elle essaya les clés du trousseau de Mère. Aucune n'allait. Elle tira sur la serrure dans l'espoir qu'elle soit déverrouillée ou cassée, sans succès. Elle poussa sur la porte de tout son poids, mais le bois était solide. Elle examina la table, croisant les doigts pour que la clé soit collée quelque part. Mais rien. Elle tâtonna à l'intérieur du tiroir recouvert de velours. Sans résultat.

Découragée, elle regarda autour d'elle. Peut-être qu'une latte de lambris mal fixée dissimulait un compartiment secret. Elle examina une nouvelle fois la tapisserie enroulée sous la tringle.

Une clé était attachée à un crochet fixé à la tringle, caché derrière un des passants de la tapisserie.

— Dites-moi que je rêve, dit-elle tout haut.

Elle ôta la clé du crochet et l'inséra dans le cadenas. La clé tourna et le fermoir s'ouvrit. Avec le cœur qui battait la chamade, elle retira le cadenas du moraillon et ouvrit la porte. Une bouffée d'air à l'odeur de renfermé l'atteignit au visage, comme si la maison exhalait après des décennies passées à retenir son souffle.

À sa surprise, l'espace derrière la porte était de dimensions encore plus réduites que la porte elle-même, comme s'il s'agissait d'une entrée aménagée pour un enfant. Le plafond était trente centimètres plus bas que le haut de l'encadrement, et le bas était surélevé par rapport au sol de la petite pièce. Les parois en bois pourri rongé par les vers contrastaient fortement avec le papier peint coloré et le lambris brillant de la petite pièce, et le mortier effrité du seuil était craquelé et criblé de trous révélant du plâtre sale. Des coulées noires de goudron couraient sur le plâtre comme de la cire fondue. L'ouverture rappelait à Julia les maisons abandonnées ou les cachettes pour les juifs qu'elle avait vues sur des photos en noir et blanc de la Deuxième Guerre mondiale. Elle frissonna. Est-ce que cette porte avait toujours été là ? Peut-être que quelqu'un vivait derrière ces murs ?

Une faible lumière en provenance de la grande chambre éclairait la surface crasseuse de ce qui ressemblait à une marche. Elle attrapa sa lampe, l'alluma et brandit le faisceau en direction de l'ouverture, révélant un escalier étroit avec des marches en bois usé et un enchevêtrement de câbles électriques qui couraient tel un serpent noir le long du plafond incliné. Des morceaux de papier peint jaunes arrachés pendaient dans la montée d'escalier, dévoilant des morceaux de lattes et de plâtre. Le haut des marches restait caché dans l'obscurité.

Julia resta là, hypnotisée, le cœur battant. Et s'il y avait des rats ? Et si une marche cédait sous son poids et qu'elle se cassait une jambe ? Et si une latte du plancher du grenier se brisait et lui emprisonnait la cheville tel un piège à ours ? Personne ne la trouverait pendant des jours. Peut-être qu'elle ferait mieux d'attendre et de demander à Fletcher de monter avec elle. La nuit allait bientôt tomber. Elle pourrait revenir avec lui demain, quand il ferait jour.

Puis elle se rappela avoir parlé des rats dans le grenier à Claude. Si elle disparaissait, il saurait où la chercher. De plus, elle était incapable de patienter jusqu'au lendemain. Elle avait besoin de savoir ce qui se cachait derrière cette porte secrète. La curiosité est un vilain défaut, songea-t-elle avant de passer le seuil.

Elle grimpa les marches une par une, les testant chacune prudemment. Des toiles d'araignée s'accrochaient à ses bras et son visage. Il flottait une odeur de renfermé et de moisi, et le plâtre et la peinture sèche craquelaient sous ses semelles. Elle continua son ascension à pas lents, braquant sa lampe sur chaque latte pour s'assurer que le bois n'était pas fendu ou moisi. Arrivée au milieu de l'escalier, elle commença à avoir le tournis et s'arrêta. Elle posa une main sur le mur et se rendit soudain compte qu'elle retenait son souffle. Elle prit plusieurs profondes inspirations, puis recommença à grimper. Quand elle fut presque en haut, elle orienta sa lampe vers le plafond. Le rond de lumière révéla des planches en bois et des poutres qui s'élevaient au-dessus d'elle, semblables aux entrailles d'un vieux bateau.

Le grenier.

Enfin, elle atteignit la dernière marche et fit courir le faisceau autour d'elle. C'était encore plus grand que ce qu'elle avait imaginé. Et par un jour de pluie comme celui-ci, il faisait si sombre que certains recoins étaient entièrement plongés dans l'obscurité. Les rares lucarnes étaient très espacées et couvertes de moisissure. Un tel silence régnait qu'elle entendait la pluie couler dans les gouttières pleines de feuilles mortes. Tout l'espace était envahi par des tas d'affaires couvertes de poussières et de toiles d'araignée, comme celles qu'on trouvait toujours dans un grenier : des vieilles malles et des vieilles commodes, des miroirs et des armoires, des cadres vides et des portraits aux couleurs fanées, de la vaisselle en porcelaine et des livres, des cartons et des coffres, un autre mannequin sans tête…

Pas étonnant qu'il y ait des rats. C'était un véritable paradis pour rongeurs. Au milieu de tout ça, comment diable trouver par où ils entraient ? Sans parler du temps qu'il lui faudrait pour fouiller ce bazar à la recherche d'indices sur sa sœur et sur les péchés secrets de ses parents.

Elle soupira et emprunta un des passages aménagés entre les piles d'affaires, testant la solidité du plancher à chaque pas. Le bois craquait, mais paraissait solide.

Une collection de portraits et de paysages ornait le mur du fond, les cadres de guingois suspendus à des fils rouillés.

Quand elle arriva près des tableaux, elle se figea. Il y avait une autre porte dans le mur, surélevée par rapport au plancher.

— Qu'est-ce que c'est que ça ? dit-elle, se parlant à elle-même.

Pour une fois, elle n'eut pas à chercher la clé. Celle-ci était suspendue à un crochet près de la porte. Elle déverrouilla la serrure et fit tourner la poignée. La porte grinça sur ses gonds et s'ouvrit. Julia inspira profondément et franchit le seuil pour arriver dans une autre partie du grenier. À sa surprise, il n'y avait rien, à l'exception d'une bibliothèque vide et de deux fauteuils en rotin.

Puis elle aperçut une troisième porte.

CHAPITRE 27

Lilly

Un soleil de plomb brillait dans le ciel et il faisait lourd à l'extérieur du wagon de Lilly et Cole. Le paysage plat s'étendait à perte de vue et la terre était couverte d'une herbe sèche de la couleur du foin. Les manœuvres étaient en train de monter les tentes et les chapiteaux, dans un mélange de cris, de jurons et de bruits d'attelages. Ils étaient à Broken Arrow, dans l'Oklahoma. Si les souvenirs de Lilly étaient bons, sa première apparition sous le grand chapiteau avec Pepper avait eu lieu à cet endroit même presque deux ans plus tôt.

Après la naissance de sa fille, Phoebe Lillian Holt, il n'avait pas fallu longtemps pour que la nouvelle du retour de la Princesse Albinos et de son Éléphante après leur tour d'Europe s'ébruite, et le nombre de spectateurs dans le grand chapiteau avait doublé. M. Barlow était content, et tous les employés aussi. Les recettes étaient plus élevées que jamais, ce qui faisait oublier tout le reste. Quatre ou cinq soirs par semaine, ils se produisaient dans un nouvel endroit, et pour la toute première fois, Lilly recevait un salaire régulier. Cole et elle avaient leur propre wagon, et Lilly avait enfin réussi à persuader Glory de quitter Merrick pour de bon et d'arrêter de travailler au musée des horreurs pour s'occuper de Phoebe lorsqu'elle et Cole travaillaient.

Assise à terre, dans un rectangle de soleil qui entrait par la fenêtre ouverte, Lilly regardait sa fille d'un an qui faisait la sieste dans son petit lit.

Pendant sa grossesse, Lilly avait été en proie à des angoisses terribles. Elle avait peur que son bébé ne naisse albinos, ou avec une anormalité quelconque. Elle avait eu la chance de tomber amoureuse et de se marier, mais serait-elle fortunée au point de donner naissance à un enfant normal et en bonne santé ? Elle n'aurait jamais imaginé être aussi heureuse, et encore moins aussi épanouie dans cette étrange vie de cirque qu'on lui avait imposée. Une autre bénédiction était-elle possible ? Chaque jour qui avait précédé l'arrivée du bébé, elle en était davantage convaincue : elle ne pourrait pas tout avoir. Puis Phoebe était née, avec des petites boucles blondes délicates, une peau de bébé rose parfaitement normale et des yeux bleu cobalt identiques à ceux de Cole qui brillaient comme des opales au-dessus de ses joues joufflues. C'était comme un miracle trop beau pour être vrai et, parfois, Lilly se réveillait en sursaut au milieu de la nuit, terrifiée à l'idée que rien de tout cela ne soit réel.

Après la naissance de Phoebe, Cole avait acheté un appareil photo et un étui rouge, et les murs de leur wagon étaient couverts de photographies : Phoebe assise sur Pepper avec Lilly, Phoebe avec les clowns qui la maquillaient, Phoebe perchée sur l'épaule de Brutus le Géant du Texas, Phoebe qui prenait le soleil sur une couverture avec Cole. Pour son premier anniversaire, Lilly lui avait fabriqué un éléphant en peluche en tissu calicot jaune et rose, avec des yeux en bouton et une queue en laine bleue. C'était le jouet préféré de Phoebe, et il était près d'elle dans son berceau en ce moment même.

Lilly regretta de ne pas pouvoir échapper à la représentation de l'après-midi. Il allait faire encore plus chaud que la veille et elle aurait aimé voir Phoebe jouer dans un bain d'eau fraîche. Elle ne voulait pas rater une seconde de la vie de sa fille, mais elle savait qu'elle n'avait pas le choix. Quand Glory arriverait dans quelques minutes pour garder Phoebe, Lilly irait dans les loges afin de se préparer pour la représentation. Le spectacle devait continuer.

Plus tard dans l'après-midi, les animaux et les artistes se mirent en rang derrière le grand chapiteau pour la parade d'ouverture. L'air semblait saturé d'un éclat jaune-vert inquiétant. Au loin, les nuages s'assombrissaient de plus en plus et le vent ne cessait de forcir. Les drapeaux claquaient, les tentes ondulaient, les hyènes hurlaient et les félins, habituellement léthargiques, grognaient en tournant en rond dans leurs cages. Fébriles, les chevaux hennissaient dans leurs attelages, tandis que les conducteurs tiraient sur leurs rênes et tentaient de les calmer. Les dresseurs faisaient de leur mieux pour garder le contrôle des animaux, mais ça ne changeait rien. Même Pepper ne tenait pas en place. Lilly ne cessait de lui répéter de se calmer, mais elle devait sans arrêt se repositionner sur son dos. Cole était carrément descendu de JoJo et l'avait emmené marcher à l'écart pour le distraire. De son côté, Hank essayait d'apaiser Flossie et Petunia en leur frottant les pattes et en leur gratouillant la trompe. C'était normal que les animaux soient agités en cas de mauvais temps, mais Lilly ne les avait jamais vus se comporter comme ça.

— Qu'est-ce qui les énerve, à votre avis ? demanda-t-elle à Hank.

— Ils sentent la tempête arriver. Ça fait un drôle de nœud au ventre de les entendre et les voir comme ça, pas vrai ?

Elle hocha la tête.

— Vous croyez qu'il va y avoir un orage ?

Il observa l'horizon.

— Au moins. Mais je dirais plutôt que ça sent la tornade.

Lilly retint son souffle.

— Vous pensez vraiment que ça va être aussi violent ?

— C'est fort probable. Quand j'ai débuté dans le métier, une tornade nous a frôlés à Hutchinson, dans le Kansas. Je n'oublierai jamais l'odeur qui flottait dans l'air. On n'a pas reçu d'alerte et d'un coup, on a tous vu un tourbillon qui se dirigeait vers nous sous un énorme nuage noir et gris.

— Qu'est-ce que vous avez fait ?

— Les manœuvres se sont dépêchés de regrouper tout le matériel et de tout attacher avec des cordes et des chaînes. On a recouvert les cages des animaux et on a étalé toutes les toiles à plat par terre. Quelques secondes plus tard, la tornade était sur nous. Elle est passée en plein milieu de l'enceinte. Heureusement, personne n'a été blessé et il n'y a pas eu de dégâts matériels non plus.

Lilly s'agrippa plus fort à la coiffe de Pepper.

— Peut-être que je ferais mieux de retourner au wagon pour m'assurer que Phoebe va bien.

— Ne t'en fais pas. S'il y a une tempête, elle est plus en sécurité dans le train qu'on ne l'est ici.

Lilly pinça les lèvres et examina le ciel, le ventre noué par l'inquiétude.

M. Barlow apparut et se mit à arpenter les rangs en criant des ordres, l'air sombre. Un des lions sortit la patte de sa cage, toutes griffes dehors, et tenta de l'agripper au passage. M. Barlow se tourna vers lui, furieux, et fit claquer sa cravache contre les barreaux. Le lion rugit et tenta de le griffer à nouveau. M. Barlow jura, donna un autre coup de cravache contre la cage et retourna dans le grand chapiteau au pas de charge.

Cole ramena JoJo dans le rang et grimpa sur son dos.

— Ton père pense qu'il va peut-être y avoir une tornade.

Un voile d'inquiétude recouvrit le visage de Cole, mais avant qu'il puisse répondre, le sifflet de M. Barlow retentit dans le chapiteau et la parade commença. Alors que l'orchestre entamait la grande marche, le grand chapiteau parut ployer sous le vent. Les toiles du plafond et des parois gonflèrent et ondulèrent comme des mouchoirs géants. Quelques péquenauds levèrent les yeux et froncèrent les sourcils, mais la majorité ne se rendit compte de rien et ils continuèrent à applaudir, fascinés par les clowns, les zèbres et les éléphants.

Alors que Pepper et Lilly étaient à mi-chemin de leur tour de piste, de lourdes gouttes de pluie se mirent à tomber sur la toile du plafond. Au début, le son était à peine audible par-dessus la musique, mais bientôt, il plut à verse. Des trombes d'eau s'abattaient sur la toile dans un bruit de sabots qui galopaient. Tout devint sombre dehors et la toile du plafond s'obscurcit. Lilly lança un regard en direction de Cole tout en essayant de maîtriser la panique qui montait en elle. Il hocha la tête comme pour lui dire que tout allait bien, et elle se força à continuer à sourire et à agiter la main. Puis elle vit quelque chose bouger au-dessus de sa tête et son cœur s'arrêta de battre.

Trois oiseaux étaient entrés dans le chapiteau et décrivaient désormais des cercles autour des mats centraux. Ils volaient fébrilement, à la recherche de la sortie. Un oiseau dans le grand chapiteau augurait la mort d'un artiste. Et là, il y en avait trois. Le sourire de Lilly disparut et elle regarda autour d'elle pour voir si quelqu'un d'autre l'avait remarqué. Une des trapézistes fixait les trois présages volants tant redoutés, ainsi que le dresseur de lions et trois funambules, tous d'une pâleur livide.

Un frisson parcourut Lilly et elle dut faire un effort surhumain pour ne pas baisser le bras. Elle tourna la tête vers Cole et l'appela. Il ne l'entendit pas.

À cet instant, la foudre s'abattit devant l'entrée principale. Le claquement assourdissant du tonnerre fit peur aux chevaux, et résonna encore et encore jusqu'à donner l'impression que la terre tremblait. D'autres éclairs déchirèrent le ciel et les musiciens perdirent le rythme. Près de la fosse, M. Barlow fit frénétiquement signe à l'orchestre de continuer à jouer. Il leva ensuite le bras et décrivit des petits cercles avec sa main pour indiquer aux artistes et aux animaux de continuer à avancer. Les spectateurs échangèrent des regards inquiets.

Après une longue minute de tension, il y eut un nouvel éclair, moins brillant cette fois, et le coup de tonnerre suivant sembla plus lointain. L'orchestre reprit la bonne cadence et un soupir général de soulagement circula dans le chapiteau. Les clowns se remirent à sourire aux enfants, les acrobates reprirent leurs acrobaties, et les vendeurs recommencèrent à circuler dans les gradins avec leurs cacahuètes et leur barbe à papa. Lilly prit une grande inspiration et se détendit légèrement. La tempête avait l'air de s'éloigner.

Puis une énorme rafale de vent s'abattit sur le grand chapiteau, qui pencha d'un côté comme un navire dans une mer agitée. Lilly attrapa la coiffe de Pepper à deux mains et le visage de Cole s'assombrit. Des femmes crièrent et levèrent la tête vers le plafond, bouche bée. Des enfants commencèrent à pleurer et plusieurs chevaux se cabrèrent, les naseaux dilatés, les yeux écarquillés par la terreur. Les conducteurs tirèrent sur les rênes des chevaux et les artistes et les clowns ralentirent la marche, avant de s'immobiliser. Section par section, toute la parade s'arrêta dans une embardée. Deux zèbres échappèrent à leurs dresseurs et traversèrent la piste au galop en direction de la sortie. Plusieurs clowns se lancèrent à leur poursuite. Les sœurs équilibristes allèrent se glisser sous les chariots grillagés pour se mettre à l'abri, en ignorant les avertissements des conducteurs qui leur disaient pourtant que c'était dangereux.

L'instinct de Lilly lui hurlait de sortir de là, mais il n'y avait nulle part où aller. Cole, les éléphants et elle étaient coincés au milieu du chapiteau, pris en sandwich entre les chameaux et les attelages transportant les cages des grands félins, loin de toutes les issues. La seule échappatoire possible était de foncer dans les gradins en criant à tout le monde de s'écarter. Soudain, comme au ralenti, le grand chapiteau se souleva et retomba. Pendant une seconde, Lilly relâcha son étreinte autour de la coiffe de Pepper. Tout allait bien se passer. Puis un pan de toile latéral se souleva brusquement. Le plafond oscilla, tandis que la toile qui le recouvrait s'arrachait. Les échelles des trapézistes tremblèrent et se tordirent. Des mâts sortirent de terre et des cordages vibrèrent avant de se briser net.

— Tornade ! cria un homme.

Le public bondit sur ses pieds pour descendre des gradins. Une marée géante et désordonnée se forma, laissant derrière elle pop-corn et barbe à papa, les gens se poussant à grand renfort de coups de coude pour se frayer un chemin. Les parents attrapaient les mains de leurs enfants et levaient les yeux vers le plafond, en proie à la panique, tout en essayant de regarder où ils allaient. Une vieille femme tomba et son mari l'aida à se relever avant de lui-même perdre l'équilibre à cause de la foule qui se pressait derrière lui. Deux garçons sautèrent à bas des gradins les plus élevés depuis les côtés et d'autres spectateurs les imitèrent aussitôt. Une femme trébucha et tomba. Elle resta immobile sur le sol quelques instants, puis elle se releva et boita aussi vite que possible en direction de la sortie.

M. Barlow courut jusqu'au centre de la piste, rouge et hurlant, battant des bras tandis qu'il ordonnait à tout le monde de faire sortir les animaux et les chariots. Hank et les autres dresseurs arrivèrent avec des crochets et des licous, et les conducteurs des attelages entraînèrent les chevaux vers l'entrée des artistes. Les manœuvres se précipitèrent pour rassembler tout le matériel et les équipements qui pouvaient être déplacés et tenter de tout attacher ensemble avec des cordes et des chaînes.

— Sors d'ici ! cria Cole à Lilly. Je te suis !

Il n'eut pas besoin de le lui dire deux fois. Elle fit contourner un chariot à Pepper et la guida vers l'entrée des artistes, avec le goût métallique de la peur dans la bouche. Le reste des artistes prit la même direction et la piste devint une course d'obstacles peuplée d'employés, de chameaux, de chevaux et de girafes, de clowns, d'acrobates et de femmes en tutu.

Lilly et Pepper durent s'arrêter cent fois pour n'écraser personne. Puis le fond du chapiteau s'écroula et les mâts, les cordages et de grands pans de la toile tombèrent sur les musiciens et une partie des gradins encore peuplés de spectateurs affolés. L'orchestre s'arrêta dans un tintamarre dissonant. Les mâts centraux oscillèrent de droite à gauche et les filins qui y étaient attachés s'étirèrent jusqu'à se briser. Des claquements métalliques, des vibrations et des craquements sonores résonnèrent tandis que le plafond bougeait de plus en plus au-dessus d'eux. La terreur envahit la tente comme s'il s'agissait d'une créature vivante qui balayait tout sur son passage.

Avec l'entrée des artistes devenue impraticable et le plafond qui s'effondrait, la seule issue était l'entrée principale. Tout le monde se rua dans cette direction. Le chapiteau était rempli de cris et de hurlements, du bruit des corps qui se pressaient les uns contre les autres et des piétinements. Les cordages et filins cassés fouettaient l'air comme des serpents fous, et les mâts et échelles en bois se fendaient et se brisaient comme des allumettes. Lilly fit faire demi-tour à Pepper et la pressa vers l'entrée principale. Elle regarda par-dessus son épaule pour s'assurer que Cole et les autres éléphants les suivaient. Ils étaient vers le fond et tentaient de se frayer un chemin parmi la foule chaotique de gens et d'animaux. Quand Lilly regarda à nouveau devant elle, M. Barlow lui bloquait la route, un aiguillon à la main. Pepper se figea et barrit bruyamment.

— Qu'est-ce que vous faites ? cria Lilly. Poussez-vous !

— Tu ne peux pas la faire sortir d'ici ! hurla-t-il.

— Vous avez perdu l'esprit ? Il faut qu'on sorte !

Lilly ordonna à Pepper d'avancer, mais M. Barlow refusa de la laisser passer. Pepper barrit et se dressa sur ses pattes arrière, sans toutefois faire tomber Lilly de son dos.

M. Barlow brandit l'aiguillon d'un air menaçant.

— Elle ne sortira pas de ce chapiteau !

La terreur et la confusion nouaient la poitrine de Lilly. Pourquoi est-ce que M. Barlow refusait qu'elle mette Pepper en sécurité ? Ça n'avait pas de sens. Le numéro de Pepper était celui qui lui rapportait le plus et l'éléphante valait beaucoup d'argent. Autour d'eux, les dresseurs, les animaux, les artistes et les péquenauds se précipitaient hors du chapiteau dans un tourbillon de bras et de jambes, de fourrures et de sabots. À l'instar des lamas, des chevaux et des caniches, les gens zigzaguaient et couraient et sautaient les uns par-dessus les autres pour tenter de s'échapper dans un concert de cris. Des femmes tombaient et hurlaient. Des enfants trébuchaient et les parents les tiraient par le bras pour les soulever et les transporter, pleurants et hurlants, hors du grand chapiteau.

Si Lilly devait obliger Pepper à piétiner M. Barlow pour s'en sortir en vie, elle le ferait. Elle ordonna à Pepper d'avancer, mais M. Barlow leva l'aiguillon dans un grognement et frappa l'éléphante à la poitrine. Pepper poussa un cri de douleur et Lilly un hurlement de colère. Elle passa la jambe au-dessus de la tête de Pepper, prête à descendre pour arracher l'aiguillon à M. Barlow. À cet instant, Cole arriva à côté d'elle et lui ordonna de rester où elle était. Il sauta du dos de JoJo, se précipita sur M. Barlow et agrippa l'aiguillon à deux mains, le visage déformé par la fureur. M. Barlow refusa de lâcher prise et ils commencèrent à se battre, chacun tirant sur l'aiguillon et tentant de pousser l'autre.

— Vas-y ! cria Cole à Lilly. Fais-les sortir !

Lilly pressa Pepper d'avancer et cria à JoJo de les suivre. Cole parvint à arracher l'aiguillon des mains de M. Barlow et le jeta derrière les gradins. Mais en dépit des ordres de Lilly et des animaux et des péquenauds terrifiés qui lui rentraient dedans, JoJo refusait d'abandonner Cole. Une fois arrivée au niveau de l'entrée, Lilly lança un dernier regard en arrière. Un cheval de trait venait de faire tomber M. Barlow et Cole était en train de remonter sur le dos de JoJo. Lilly se pencha en avant et plaqua son corps contre la tête de Pepper pour réussir à passer en dessous du chambranle. Enfin, elles étaient dehors.

Priant en son for intérieur pour que Phoebe soit en sécurité dans le wagon et que Cole et les autres éléphants la rejoignent, elle emmena Pepper à l'opposé des attractions. Le vent et la pluie se déchaînaient et s'abattaient sur sa peau comme des balles. Les toiles arrachées, le bois qui se brisait et les cris formaient un vacarme assourdissant. Lilly se retourna et plissa les yeux pour mieux voir au milieu du déluge. À cet instant, le vent souleva le grand chapiteau du sol et la toile s'envola et s'entortilla comme un drap dans un laveur. Les derniers péquenauds détalèrent dans tous les sens, les mains sur la tête, défigurés par la terreur. Les cordages et les poteaux furent déracinés du sol et le vent arracha les pans du plafond un par un, laissant les mâts et la structure dénudés et suspendus dans les airs telle une toile d'araignée noire géante. Les pans latéraux n'étaient plus que des lambeaux. Puis tout le squelette du chapiteau se souleva et disparut tout à coup, comme si une main géante l'avait arraché de la surface de la terre.

À plusieurs centaines de mètres de là, un tourbillon noir avançait vers eux. Un mélange de poussière, de terre et de branches tourbillonnait et aspirait tout dans son vortex. Lilly était incapable de détacher son regard de cette vision d'horreur. Elle sentit le grognement de la tornade gronder dans son ventre, et l'odeur musquée et humide de la végétation et de la terre emplit ses narines. *Ça y est*, songea-t-elle. *Je savais que le bonheur était trop beau pour durer. Je suis désolée, Phoebe. J'espère que tu n'oublieras jamais à quel point je t'aime*. Puis, aussi soudainement qu'il était apparu, le tourbillon s'éleva et se fit de plus en plus petit, suspendu dans le ciel comme une trompe d'éléphant, avant de disparaître dans un nuage noir. Lilly soupira et se laissa aller contre Pepper, terrassée par le soulagement.

Cole et JoJo les rejoignirent.

— Est-ce que ça va ? lui demanda Cole.

Elle se redressa et hocha la tête, trop bouleversée pour parler.

En quelques minutes, le vent retomba et un rayon de soleil perça au loin, comme si Dieu avait allumé un interrupteur géant. Tout le monde cessa de courir et les gens regardèrent autour d'eux, hébétés et épuisés, pour prendre la mesure des dégâts ou chercher un proche dans la foule. Certains restaient figés sur place, leurs vêtements en lambeaux, et marmonnaient de manière inintelligible, avec du sang qui coulait de plaies qu'ils avaient à la tête ou aux membres. Des enfants sans chaussures erraient sans but, en pleurs, appelant leurs parents.

Le sol était jonché de débris : des cartons de pop-corn et des drapeaux arrachés, des affiches déchirées, des animaux en peluche trempés, des billetteries renversées, de la paille mouillée, des planches et des cordes. Les bannières du musée des horreurs avaient été arrachées de leurs hampes et traînaient dans la boue comme d'immenses torchons détrempés. Dolly, Mabel et Penelope sortirent de la tente du musée, les yeux écarquillés par la peur. Derrière la zone précédemment occupée par le grand chapiteau, tout avait été balayé. La tente de la ménagerie avait disparu, ainsi que plusieurs cages et plusieurs chariots. Le sol était jonché de paille et de pelles, de cordes et de morceaux de bois et de métal tordu.

Des péquenauds aux artistes, des dresseurs aux manœuvres, tout le monde observait le carnage dans un silence choqué, tous à la fois surpris et soulagés d'être en vie. M. Barlow déboula au milieu de tout cela et se dirigea vers Lilly et Pepper, boitillant et trempé, une manche arrachée. Il gesticula furieusement et lui fit signe de débarrasser le plancher. Lilly ne comprenait pas la raison pour laquelle il était si en colère. Elle avait sauvé la vie de Pepper, après tout. Puis, pour la première fois depuis qu'elles s'étaient échappées du grand chapiteau, elle regarda l'éléphante et saisit pourquoi M. Barlow n'avait pas voulu que Pepper quitte le chapiteau.

De la peinture mouillée coulait de la tête et du dos de Pepper et formait des rigoles blanches sur ses flancs, laissant apparaître sa peau grise.

— Vite, dit Lilly à Pepper et Cole. Il faut qu'on y aille.

Mais avant qu'ils aient le temps de se mettre en route, un garçon montra Pepper du doigt et cria :

— L'éléphant albinos est un faux !

Plusieurs péquenauds tournèrent la tête vers elle et la dévisagèrent, bouche bée.

— La bestiole est couverte de peinture ! cria un autre.

M. Barlow se dirigea vers eux et leva les mains.

— Calmez-vous. Je peux vous assurer qu'il s'agit d'un véritable éléphant albinos. La peinture est là uniquement pour rehausser la pâleur naturelle de sa peau.

Plusieurs hommes lui foncèrent dessus, les poings serrés, les mâchoires contractées par la colère.

Lilly fit faire demi-tour à Pepper et lui fit prendre la direction du train, en tentant de se rappeler que Cole et elle venaient de manquer être tués par une tornade. Ils avaient une chance folle de pouvoir rentrer chez eux retrouver leur fille. C'était tout ce qui importait à cet instant. Mais une autre tempête se préparait et, cette fois, elle ne savait pas si elle en sortirait indemne.

Il fallut une journée entière pour tout nettoyer après que la tornade eut balayé le grand chapiteau de la surface du globe. Pendant ce temps, la police locale dut maintenir les gens du coin à distance. La rumeur sur l'arnaque de l'éléphant albinos s'était répandue comme une traînée de poudre. Les gens voulaient récupérer leur argent et, après avoir échappé à la menace mortelle d'une tornade, ils étaient prêts à en venir aux mains. Il fallut une demi-journée supplémentaire à M. Barlow et à Merrick pour convaincre le shérif que le Cirque des Frères Barlow ne reviendrait pas dans la région.

Pendant ce temps, une autre rumeur se répandit parmi les artistes, les bêtes curieuses et les manœuvres, selon laquelle le Cirque des Frères Barlow était ruiné. Entre la découverte du faux éléphant albinos et la perte du grand chapiteau et de la tente de la ménagerie, jamais le cirque ne parviendrait à se relever et à rouvrir. Pas cette année, en tout cas. Ils étaient tous finis, tous fichus. La tornade avait eu raison d'eux.

Quand le cirque finit par quitter la ville le lendemain, le train voyagea une nuit et une demi-journée sans s'arrêter. Personne ne savait où il allait, et personne n'osait poser la question. Si le Cirque des Frères Barlow arrivait dans une ville précédemment programmée sans la Princesse Albinos et l'Éléphante Albinos présentées sur les affiches qu'un employé venait placarder avant l'arrivée du reste du cirque, ce serait un désastre.

Lorsque le train s'arrêta enfin, le bruit se répandit à travers les wagons qu'ils se trouvaient dans un nouvel endroit, un dépôt ferroviaire en banlieue de Nashville, dans le Tennessee. M. Barlow avait prétendument pris des dispositions pour faire monter un nouveau grand chapiteau. Quand les artistes et les employés regardèrent par les fenêtres du train, ils furent étonnés et soulagés de voir que la brigade volante était là. La cantine était montée, le chef monteur était en train d'organiser le périmètre, et des centaines d'hommes tiraient et soulevaient et martelaient des poteaux. Les attractions et les loges avaient été montées également, mais une vaste section de pelouse vide occupait le centre du périmètre, là où le grand chapiteau aurait dû se dresser.

Une fois que tout le monde eut pris son petit déjeuner, la cantine ferma et les artistes regagnèrent le train pour attendre et voir ce qui se passerait ensuite. Peu de temps après, un autre train arriva sur une voie parallèle. Quand Lilly et Cole, qui étaient assis à terre et jouaient avec Phoebe, virent le train s'immobiliser près de leur wagon, ils se levèrent et regardèrent par la fenêtre. C'était le Cirque Rowe & Company. Ils échangèrent un regard alarmé. Deux cirques au même endroit, c'était forcément mauvais signe.

— Qu'est-ce qui se passe, à ton avis ? demanda Lilly.

— Je déteste dire ça, mais peut-être qu'ils sont là pour picorer nos restes.

— Qu'est-ce que ça veut dire ?

— Soit on ferme après cet arrêt et M. Barlow vend tout ce qu'il peut pour sauver sa peau, ou alors…

Il fut interrompu par un coup frappé à la porte et s'éloigna de la fenêtre pour aller ouvrir. Hank entra, l'air sombre.

— M. Barlow veut se débarrasser des éléphants.

— Quoi ?

— Il a un acheteur.

Un horrible nœud se forma dans la poitrine de Lilly. Non. Pas les éléphants.

— Viens m'aider, dit Hank. Et tu ne fais aucun commentaire.

Lilly enfila ses chaussures et souleva Phoebe, qui était occupée à jouer avec sa poupée préférée et son éléphant en calicot. Phoebe se mit à pleurer et tendit les bras vers ses jouets. Lilly lui donna l'éléphant et se dirigea vers la porte. La panique montait dans sa poitrine comme une marée incontrôlable. Phoebe serra son éléphant et sourit, sans se rendre compte de la détresse de sa mère.

— Reste ici, ordonna Cole à Lilly.

— Hors de question. Je conduis Phoebe chez Glory et je te rejoins.

Cole ne répondit pas et suivit son père. Il ne pouvait pas l'en empêcher, et il le savait. Lilly sortit à son tour et longea le train jusqu'au wagon que Glory partageait avec Ruby, Rosy et trois autres artistes des attractions. Glory et Ruby étaient assises près des rails dans des chaises de jardin pliantes, et fumaient tout en prenant un bain de soleil.

Transpirante et essoufflée, Lilly posa Phoebe sur les genoux de Glory.

— Est-ce que tu peux la surveiller un moment ?

Les sourcils froncés, Glory hocha la tête.

— Bien sûr. Qu'est-ce qui se passe ? Est-ce que tout va bien ?

— Non. Rien ne va. M. Barlow a un acheteur pour les éléphants, expliqua Lilly d'une voix étranglée.

— Mon Dieu. Il va tous les vendre ?

— Aucune idée, dit Lilly. Mais j'ai besoin de savoir.

— Fais ce que tu as à faire. Je m'occupe de Phoebe.

— Merci.

Elle embrassa sa fille dans les cheveux, lui murmura qu'elle reviendrait bientôt, et partit au pas de course.

Lorsqu'elle arriva au niveau des wagons à bestiaux, des artistes et des manœuvres avaient déjà commencé à se regrouper. Elle se faufila entre eux pour voir ce qui se passait. Le directeur équestre et plusieurs dresseurs avaient aligné les chevaux le long du train, et Cole, Hank et deux autres dresseurs faisaient descendre les éléphants des wagons. M. Barlow et Merrick échangèrent des poignées de main enthousiastes avec deux hommes en costume et souliers brillants. L'un était grand et mince, avec des cheveux sombres et une moustache morse, tandis que l'autre était chauve et s'appuyait sur une canne en argent. Les deux hommes se mirent à longer la rangée d'animaux pour les inspecter, avec un M. Barlow et un Merrick souriants sur les talons. Le shérif local et des responsables de la compagnie de chemin de fer étaient là également, ainsi qu'un groupe de péquenauds de l'autre côté des rails, qui regardaient bêtement.

Un des acrobates demanda à l'aîné des frères Zoppe s'il pensait que le cirque mettait la clé sous la porte.

L'acrobate secoua la tête.

— Non, M. Barlow veut juste vendre des animaux pour payer le nouveau grand chapiteau.

Tremblante et nauséeuse, Lilly se précipita vers Merrick et M. Barlow, qui se tenaient près des éléphants à présent. Cole fronça les sourcils et secoua la tête pour l'inciter à se taire.

— Vous ne pouvez pas vendre les éléphants, dit Lilly à M. Barlow. C'est votre plus grosse source de revenus.

M. Barlow l'ignora et continua à sourire et à acquiescer à l'attention des hommes en costume, qui inspectaient les éléphants de près.

— Occupe-toi de tes affaires, lui marmonna Merrick entre ses dents.

— Ce sont mes affaires. S'ils partent dans un autre cirque, Cole et moi partons avec eux.

— Syd n'en vend qu'un seul, précisa Merrick.

L'homme chauve montra JoJo du bout de sa canne.

— On va vous prendre le plus jeune.

Lilly se figea. *Non. Pas JoJo. Pepper va avoir le cœur brisé !*

— Vendu, répondit M. Barlow. Vous faites un excellent choix, messieurs. C'est l'un des éléphants les plus intelligents que nous ayons eus.

— Ce n'est pas vrai, protesta Lilly d'une voix forte. Il est dans la parade mais à part ça, c'est un idiot fini. Impossible de lui apprendre quoi que ce soit.

M. Barlow la fusilla des yeux et Cole lui adressa un regard sévère.

— On peut savoir qui vous êtes ? lui demanda le moustachu.

— Je travaille avec ces animaux. Je suis sûre que vous avez entendu parler de la Princesse Albinos et son Éléphante Albinos ?

Le chauve fronça les sourcils et se tourna vers M. Barlow.

— J'espère pour vous que vous n'êtes pas en train d'essayer de nous rouler.

— Bien sûr que non, assura M. Barlow. Et pour vous prouver que je suis un homme d'affaires honnête, si cet éléphant ne vous convient pas, je vous le reprends et je vous en donne deux autres à la place.

Le chauve sourit et lui serra la main.

— Marché conclu.

— Vous faites une erreur, insista Lilly en tentant de garder une voix ferme. JoJo n'écoute personne à part mon mari et moi. Et ça reste l'éléphant le plus têtu que j'aie jamais vu.

— Ne faites pas attention à elle, insista M. Barlow. C'est juste une bonne âme trop attachée aux animaux. Si je vous vendais ne serait-ce qu'un caniche, elle en ferait toute une histoire.

Il fit signe à ses molosses d'emmener Lilly.

Ils l'attrapèrent aussitôt et la forcèrent à rejoindre le reste des spectateurs. Elle se débattit pour se libérer, la vue troublée par les larmes.

— Vous ne pouvez pas retirer JoJo à sa mère ! cria-t-elle. Vous ne pouvez pas !

L'homme à la moustache ordonna à ses dresseurs d'emmener JoJo et de le faire monter dans leur train, et le chauve plaça une liasse de billets dans la main de M. Barlow. Un des dresseurs de Rowe & Company prit des mains de Cole la chaîne attachée à la patte avant de Jojo et tira dessus pour le faire avancer. Quand JoJo refusa, un autre homme lui donna un coup d'aiguillon dans l'épaule.

— Eh ! cria Cole. Ce n'est vraiment pas nécessaire !

L'homme l'ignora et piqua JoJo plus fort. JoJo enroula sa trompe et poussa un cri de douleur, avant de se mettre en route. Il suivit les dresseurs le long du train, s'arrêtant par intermittence pour regarder sa mère par-dessus son épaule. Chaque fois qu'il marquait un temps d'arrêt, le dresseur lui piquait l'épaule pour qu'il continue à avancer. Tout à leur discussion, M. Barlow, Merrick, le shérif et les responsables de la compagnie de chemin de fer suivaient, sans se rendre compte du drame qui se déroulait sous leurs yeux.

Le souffle court, Lilly serra les poings, aveuglée par les larmes, et se retint de toutes ses forces pour ne pas hurler. Il n'existait aucun moyen d'empêcher ça. Pepper barrit pour appeler son fils et leva ses pattes avant l'une après l'autre, de plus en plus agitée. Cole lui parlait et lui frottait les pattes et les épaules pour tenter de la calmer, sans succès. Elle savait qu'on lui enlevait son petit. Quand les dresseurs firent passer JoJo derrière le wagon de queue et qu'il disparut, Pepper chargea brusquement, et la chaîne attachée à sa patte échappa à Cole. Il se mit à courir derrière elle, mais elle était lancée à pleine vitesse. C'était comme si la terre tremblait sous ses pieds imposants. Les colosses lâchèrent Lilly, qui se lança à la poursuite de Pepper avec les autres dresseurs.

Lorsqu'ils arrivèrent de l'autre côté du wagon de queue, les hommes de Rowe & Company étaient déjà en train d'essayer de faire monter JoJo dans le train. Ils criaient, juraient et lui donnaient des coups d'aiguillon pour le forcer à monter la rampe. M. Barlow, Merrick, le shérif et les responsables se tenaient à quelques mètres de là et assistaient à la scène, indifférents. Pepper continua à charger en direction du train, la trompe dressée en l'air, plus rapide que ce que Lilly aurait cru possible. Cole n'arrivait pas à suivre. Une exclamation de surprise monta depuis le groupe de péquenauds rassemblés près des rails. Tous reculèrent, les yeux écarquillés. JoJo s'arrêta au milieu de la rampe et barrit bruyamment en voyant sa mère approcher. Lorsque Merrick vit que Pepper courait dans leur direction, il prit un aiguillon des mains d'un des dresseurs et l'enfonça dans la patte arrière de JoJo. JoJo poussa un cri de douleur et recommença à avancer.

Merrick tendit le bras pour le piquer à nouveau, mais avant qu'il en ait le temps, Pepper arriva près de lui et l'envoya à terre avec sa trompe. Une femme poussa un cri et quelqu'un hurla à tout le monde de se sauver. Tout en gardant un œil sur Pepper, les dresseurs de Rowe & Company continuèrent à pousser JoJo pour le faire entrer dans le wagon. Ils le frappaient de plus en plus fort, et chaque coup était plus rapproché que le précédent. Pepper barrit rageusement et se servit de sa trompe comme d'une batte de base-ball pour faire voler les dresseurs. Ils tombèrent tous de la rampe et atterrirent dans la terre, avant de se relever et de s'éloigner.

— Pepper ! Non ! cria Lilly en courant vers elle.

Cole l'attrapa par le bras.

— Tu ne peux rien faire.

Impuissante, Lilly assista à la scène, une main tremblante plaquée sur la bouche. *S'il te plaît, Pepper, ne leur fais pas de mal. Ils ne comprennent pas.*

Un des dresseurs de Rowe & Company ramassa un aiguillon, le brandit comme un sabre et s'approcha de Pepper. Elle grogna et chargea, puis s'arrêta net, tête haute, comme si elle le mettait au défi d'avancer davantage. Cadavérique, il laissa tomber l'aiguillon et battit en retraite. Pepper lui tourna le dos, fit gentiment descendre JoJo le long de la rampe en le guidant avec sa trompe et recula pour lui laisser la place de pivoter sur lui-même.

Merrick se releva, attrapa un aiguillon à deux mains et l'enfonça dans la patte arrière de Pepper. Il lui lacéra la cuisse en le retirant et Pepper leva brusquement la tête et poussa un cri de douleur. Merrick lui taillada la cuisse encore et encore et encore, jusqu'à ce que le sang se mette à jaillir de la blessure et à couler le long de sa patte. Pepper se retourna et lui donna un violent coup de trompe qui l'envoya au sol. Il atterrit sur le flanc et resta à terre, roulé en boule et gémissant. Quand il se redressa, Pepper baissa la tête et chargea. Il écarquilla les yeux, terrifié, et voulut se relever pour lui échapper. Mais avant qu'il en ait le temps, Pepper arriva à son niveau et l'envoya valser sur le côté d'un coup de patte. Il roula dans la poussière et Pepper le suivit, le faisant bouler d'avant en arrière, la chaîne attachée à sa patte fendant l'air comme un fouet. Merrick criait et appelait à l'aide, levant les bras pour se protéger alors que ses os se brisaient dans un craquement sec comme des morceaux de bois. Horrifiés, les gens reculèrent et se dispersèrent. Les dresseurs coururent se mettre à l'abri au milieu des hurlements des femmes qui assistaient à la scène.

— Pepper, arrête ! hurla Lilly.

Elle voulut la rejoindre, mais Cole la retint.

— Lâche-moi ! Je dois l'arrêter ! Elle m'écoutera !

— Tu n'en sais rien. Même avec toi, on n'a aucune idée de ce dont elle est capable. Pas quand elle veut protéger JoJo.

— Pepper, s'il te plaît ! Stop ! cria-t-elle à nouveau.

Elle se laissa tomber à genoux, la gorge nouée. Cole avait raison, rien ne pouvait plus arrêter Pepper. Son instinct maternel lui dictait de protéger son petit coûte que coûte, et Lilly en aurait fait autant si quelqu'un avait essayé de lui prendre Phoebe. Mais Pepper était un animal, et elle allait être punie.

Quelques secondes plus tard, Merrick arrêta de crier. Un côté de son visage était couvert de sang, et sa tête et ses membres s'agitaient comme ceux d'une poupée de chiffon. Pepper continuait à le ballotter d'avant en arrière avec ses pattes et sa trompe, semblable à un chat qui jouait avec une souris morte. Une femme poussa un énième cri et s'évanouit. Cole s'agenouilla près de Lilly et elle enfouit son visage dans son cou. Elle ne pouvait pas regarder ça. Pas à cause de ce qui arrivait à Merrick, mais parce qu'elle savait ce que M. Barlow et les autres feraient à Pepper pour la punir de s'être comportée comme une mère et comme une éléphante.

Puis un coup de feu retentit et Lilly releva la tête. Le shérif avait un fusil braqué sur Pepper. Pepper fit un pas en arrière. Du sang coulait de son épaule. Le shérif tira trois coups supplémentaires et les balles atteignirent Pepper au dos et à la cuisse. Elle cria de douleur puis fit demi-tour, trébuchante. Armés d'aiguillons et de piques, les dresseurs s'approchèrent prudemment, les bras tendus. Merrick gisait au sol, totalement immobile, les bras et les jambes bizarrement tordus. Une flaque de sang avait commencé à se former autour de sa tête et grandissait de plus en plus.

Lilly se releva et courut vers Pepper.

— Ne vous approchez pas d'elle !

Les dresseurs se figèrent et la fixèrent avec inquiétude. Quand elle arriva près de l'éléphante, elle ralentit et tendit la main.

— Tout va bien, ma belle. Calme-toi.

Pepper plongea son regard ambré plein de tristesse dans celui de Lilly, ses longs cils perlés de gouttelettes de sang. Elle poussa un profond soupir qui ressemblait davantage à un gémissement, enroula sa trompe autour de la main de Lilly et l'attira plus près. Lilly ravala un sanglot et se blottit contre Pepper, la gorge si nouée qu'elle était incapable de parler. Cole les rejoignit et ramassa la chaîne, l'air grave. Derrière Pepper, les dresseurs de Rowe & Company se dépêchèrent de faire remonter la rampe à JoJo et de le faire entrer dans le wagon, lui donnant un coup d'aiguillon chaque fois qu'il se retournait pour regarder sa mère.

— Enchaînez cette maudite éléphante ! ordonna M. Barlow à ses dresseurs.

— Tuez-la ! s'écria un des péquenauds.

— Tuez-la ! hurla un autre. Tuez l'éléphante !

D'autres voix se joignirent à eux.

— Tuez l'éléphante ! Tuez l'éléphante !

Lilly secoua la tête, les yeux pleins de larmes. *Non, non, non*, criait son for intérieur. *C'est impossible*. Elle recula de quelques pas en direction du train des Frères Barlow.

— Viens, parvint-elle à articuler.

Pepper resta clouée sur place, la tête baissée.

— S'il te plaît, Pepper. Suis-moi.

Cole tira doucement sur sa chaîne.

— Allez, ma belle, l'encouragea-t-il. Il faut y aller.

Toujours armé de son fusil, le shérif s'approcha. Il avait le doigt sur la détente, prêt à faire feu à nouveau. Derrière lui, M. Barlow, le visage pâle et couvert de sueur, fit signe à ses dresseurs d'avancer. L'homme à moustache de Rowe & Company sortit un pistolet et s'approcha de Pepper, les dents serrées. Lilly leva les bras.

— S'il vous plaît, les supplia-t-elle en retenant ses larmes. Ne tirez pas. Elle essayait simplement de protéger son petit. Vous ne pouvez pas punir une mère parce qu'elle agit comme une mère, ou un animal parce qu'il se comporte comme un animal.

Cole s'interposa entre Lilly et les hommes.

— Laissez-nous la ramener au train. Elle ne fera plus de mal à personne.

— Ça, vous pouvez en être sûr, dit le shérif.

— Écoutez-moi, insista Cole. J'ai travaillé toute ma vie avec cette éléphante, elle n'a pas la moindre once de méchanceté en elle.

— Mais elle a tué. Elle aime le sang maintenant, dit un des responsables de la société de chemins de fer.

— Il a raison, renchérit le shérif.

À cet instant, Viktor apparut au détour du wagon de queue du train des Frères Barlow. Les péquenauds poussèrent un cri de surprise et échangèrent des regards où se mélangeaient peur et confusion. Certains reculèrent davantage. Viktor courut jusqu'au corps inerte de Merrick et tomba à genoux. Ses épaules gigantesques s'affaissèrent. Il plaça une main sur le cou de Merrick pour prendre son pouls, plaça une oreille contre sa poitrine pour écouter son cœur. Puis il pencha la tête en arrière et un cri guttural déchira sa gorge. Tout le monde se figea. Plusieurs femmes plaquèrent des mains tremblantes sur leurs bouches et se mirent à pleurer, tandis que d'autres faisaient des grimaces de dégoût. Le son funèbre transperça l'âme de Lilly et elle faillit imiter Viktor, dévastée pour JoJo et Pepper. Viktor se redressa, prit le corps brisé et sans vie de Merrick dans ses bras puissants et le transporta jusqu'au train des Frères Barlow.

— Qu'est-ce que c'était que ça ? demanda le shérif.

— On se fiche pas mal de cette bête curieuse, dit l'homme à moustache. Qu'est-ce qu'on va faire à propos de ce fichu éléphant ?

— Du calme, messieurs, intervint M. Barlow en voyant les hommes braquer de nouveau leurs armes sur Pepper. Vous ne pouvez pas tuer un éléphant qui vaut vingt mille dollars comme ça. S'il faut abattre cette bête, alors c'est moi qui m'en chargerai. Dans le pire des cas, elle servira à nourrir mes gros chats pendant une semaine. Cole, fais-la remonter dans le train.

— Attendez une seconde, protesta le shérif. Cette éléphante a perdu la tête. Vous ne pouvez pas la garder dans votre cirque.

— Je ne suis pas stupide, voyons. À partir de maintenant, elle servira uniquement à monter des chapiteaux et à transporter de l'équipement. Et si elle refait des siennes, je la tuerai. Mon éléphante, mon problème. Sauf si quelqu'un est prêt à me payer ce qu'elle vaut pour l'abattre.

Les hommes baissèrent leurs armes à contrecœur.

Lilly sentit le soulagement la submerger.

— Viens, ma belle, dit-elle à Pepper. On y va.

Cole tira à nouveau sur la chaîne de Pepper et, après ce qui parut une éternité, elle fit un pas hésitant vers l'avant, puis un autre. Toujours en alerte, le shérif et les dresseurs s'écartèrent pour dégager le passage. Lilly marcha à reculons à côté de Cole et encouragea Pepper à les suivre. L'éléphante fit une demi-douzaine de pas, puis s'arrêta pour regarder derrière elle. JoJo se tenait sur le seuil de la porte du wagon, des chaînes autour des pattes. Lilly appela Pepper et la supplia de continuer à avancer. Après quelques interminables secondes, elle finit par obéir. Le shérif et les directeurs de Rowe & Company leur emboîtèrent le pas, armes au poing. Lorsqu'ils arrivèrent au wagon de queue du train des Frères Barlow, Pepper s'arrêta encore pour lancer un nouveau regard en direction de JoJo. Des larmes roulaient sur ses joues. JoJo leva la trompe et barrit.

— Fermez cette foutue porte ! ordonna l'homme chauve.

Les dresseurs poussèrent JoJo à l'intérieur du wagon et fermèrent la porte coulissante dans un bruit sourd. Pepper aplatit les oreilles et baissa la tête.

Lilly parvenait à peine à voir à travers ses larmes.

— Viens, Pepper. Viens avec moi, ma belle.

Pepper poussa un long gémissement et avança d'un pas traînant. Des traces de sang coulaient le long de ses pattes. Lorsque Cole, Lilly et Pepper arrivèrent de l'autre côté du train des Frères Barlow, Flossie et Petunia avaient été ramenées dans leur wagon, ainsi que les chevaux. Viktor avait disparu avec le corps de Merrick. Glory se dirigea vers eux, Phoebe dans les bras, les sourcils froncés. Lilly prit Phoebe puis serra Glory de toutes ses forces. Cole embrassa sa fille. Lilly avait la gorge si irritée et le nez si gonflé d'avoir pleuré qu'elle parvenait à peine à respirer. Elle s'écarta de Glory et plongea son regard dans le sien.

— Je suis désolée pour Merrick, réussit-elle enfin à dire.

— Moi aussi, dit Cole.

— Ça ne fait rien. D'après ce que j'ai entendu dire, cet enfoiré l'a cherché.

Glory avait raison, Merrick avait payé le prix le plus fort pour sa cruauté, mais Lilly ne pouvait pas le dire à voix haute. Car même si Glory avait quitté le wagon de Merrick, elle continuait à tenir à lui. Lilly ignorait si c'était un amour aveugle ou de la gratitude parce que Merrick avait sauvé Viktor. Mais elle se devait de respecter les sentiments de Glory, peu importe à quel point ils lui semblaient malavisés.

— Je suis désolée pour JoJo. Et pour Pepper, ajouta Glory.

Lilly hocha la tête, la serra à nouveau dans ses bras, puis ils se remirent en route suivis de Pepper, éperdue de chagrin. Lilly serra Phoebe contre sa poitrine et l'embrassa sur le front. Ses larmes intarissables tombaient sur les douces boucles blondes de sa fille. Phoebe regarda par-dessus l'épaule de Lilly et montra Pepper du doigt.

— Pepa ! dit-elle d'une voix excitée.

Elle rit et fixa Lilly de ses yeux brillants et joyeux. Lilly tenta de lui sourire.

— Oui, ma chérie. C'est Pepper.

— Pourquoi est-ce que tu n'irais pas te reposer avec Phoebe ? suggéra Cole. Je peux m'occuper de Pepper.

Glory tendit les bras.

— Donne-la-moi, dit-elle à Lilly. Je reste avec elle. Va avec Pepper, elle a besoin de toi.

— Tu es sûre ?

— Absolument. Prends tout ton temps. Je m'occupe de notre petite princesse.

Lilly embrassa Phoebe à nouveau et la confia à Glory.

— Merci.

— Pas de quoi.

Glory serra Lilly dans ses bras puis emmena Phoebe.

Le reste des artistes et des employés des Frères Barlow s'étaient rassemblés le long des rails pour assister au retour de Pepper. Dolly sanglotait sans s'arrêter tandis que Ruby et Rosy tapotaient ses larges épaules, leurs visages rougis et baignés de larmes. Les frères acrobates se tenaient près des sœurs équilibristes et de Mme Benini, plus sombres les uns que les autres. Le menton tremblotant, Natasha la trapéziste tenait la main de Chloe la funambule. Aldo essuyait les joues de Dina, et Penelope et Pierre se tenaient dans les bras. Il n'y avait pas un œil sec dans les rangs.

Quand Lilly et Cole firent monter Pepper dans le train, Flossie et Petunia tendirent leurs trompes dans sa direction et poussèrent des gémissements. Pepper s'arrêta brièvement devant l'enclos vide de JoJo, les oreilles et la trompe basses, avant de gagner le sien. Elle se mit à genoux dans la paille puis s'allongea sur le côté, les yeux humides, des traces de larmes sur les joues. Cole attacha sa chaîne et Lilly s'assit près d'elle et lui caressa la joue. Hank monta dans le wagon et entra dans l'enclos pour examiner Pepper.

— Est-ce qu'elle va s'en sortir ? demanda Lilly.

— Je pense que oui. Si les balles avaient touché un organe vital, elle serait déjà morte à l'heure qu'il est.

Lilly se leva et embrassa Pepper sur le front.

— Je reviens tout de suite. Tiens bon, ma belle.

Elle rejoignit Cole sur le seuil du wagon. Tout le monde les fixait, l'air impatient.

— Elle est attachée, annonça Cole à M. Barlow et au shérif.

— Très bien, répondit le shérif. Vous feriez mieux de lever le camp et partir, maintenant. On n'a pas besoin d'un éléphant assassin dans le coin.

— Attendez, dit M. Barlow. C'est un arrêt important pour nous, on doit donner trois représentations. On se relève tout juste après avoir failli tout perdre dans une tornade, et par-dessus le marché, je viens de perdre mon associé de longue date.

Il baissa la tête et se pinça les ailes du nez, comme s'il avait du mal à garder son calme. Après un long moment, il inspira profondément, poussa un long soupir et se redressa.

— Si nous ne donnons pas la représentation de demain, nous risquons la ruine. Vous n'allez tout de même pas frapper un honnête travailleur alors qu'il est déjà à terre ? Les temps sont durs, vous savez, conclut-il en posant une main sur l'épaule du shérif.

— Vous avez raison, les temps sont durs. Raison de plus pour ne pas perdre mon travail à cause d'un stupide éléphant. J'ai été engagé pour assurer la sécurité des habitants de ce comté.

M. Barlow hocha la tête comme pour montrer qu'il comprenait, puis mit la main dans sa poche. Il en ressortit une pince à billets et se mit à compter l'argent qu'elle contenait.

— Cette éléphante n'apparaîtra plus dans aucun de mes spectacles. Vous avez ma parole.

Le shérif fronça les sourcils.

— Est-ce que vous essayez de me soudoyer, monsieur Barlow ?

— Je veux simplement vous remercier pour l'aide que vous nous avez apportée aujourd'hui. Votre action rapide a sauvé de nombreuses vies et nous vous en sommes reconnaissants.

M. Barlow lui tendit une liasse de billets. Le shérif fixa le sol pendant un moment, remonta la ceinture de son pantalon, puis prit l'argent et le fourra dans sa poche.

— J'avais prévu d'amener mes jumelles à la représentation de demain, dit-il. Elles attendent ça depuis une semaine et je ne veux surtout pas décevoir mes filles.

— C'est totalement compréhensible. Et pour vous témoigner ma gratitude pour votre soutien, des places gratuites pour vous et votre famille vous attendront à la billetterie.

Le shérif fronça les sourcils à nouveau.

— Places gratuites ou non, je n'apprécierai pas de voir un éléphant avec des impacts de balles sur la piste.

— Bien sûr. À partir de maintenant, on utilisera cette éléphante comme bête de somme, rien d'autre.

— J'espère que vous dites la vérité, autrement je vous fais baisser le rideau et je vous chasse d'ici pour de bon.

— Vous pouvez me croire. Ce ne serait pas malin pour les affaires de prendre un risque pareil. Et s'il y a bien une chose dont je peux m'enorgueillir, c'est d'être un homme d'affaires intelligent. J'étais sérieux quand j'ai dit que je tuerais cette éléphante moi-même s'il le fallait.

Il tendit la main. Le shérif la serra, puis partit. M. Barlow se rapprocha du wagon et fixa un regard dur sur Lilly et Cole. Un regard qui disait : « C'est votre faute. »

Cette nuit-là, Glory garda Phoebe et Lilly et Cole dormirent dans le wagon à bestiaux avec Pepper. Hank avait extrait les balles qu'elle avait reçues et appliqué une couche épaisse de baume au zinc pour éviter que les blessures ne s'infectent. Allongée dans la paille près de Cole, Lilly sanglotait en silence. Incapable de dormir, elle tentait d'assimiler la réalité cauchemardesque de ce qui arrivait. JoJo était parti, Pepper avait tué Merrick, et à présent, Pepper allait devoir payer parce qu'elle avait suivi son instinct. Rien que d'imaginer que quelqu'un lui enlève Phoebe, la panique étreignait son cœur et la peur lui tordait l'estomac. Pas étonnant que Pepper ait perdu la tête. Lilly aurait réagi de la même façon. Mais la différence entre Pepper et elle, c'était que personne n'aurait tiré sur Lilly si elle avait essayé de sauver son bébé.

Elle ne pouvait qu'imaginer la terreur et le chagrin que Pepper avait dû ressentir quand les dresseurs de Rowe & Company avaient pris son petit, et la souffrance qu'elle devait éprouver à présent, pas seulement à cause de ses blessures physiques, mais aussi parce qu'elle avait le cœur brisé. Comment avait-elle encore la force de respirer ? Au moins, M. Barlow n'avait pas laissé le shérif la tuer. Mais qu'est-ce qu'il adviendrait de Pepper désormais ? Est-ce que M. Barlow la ferait travailler comme bête de somme comme il l'avait affirmé, ou tenterait-il de la vendre ? Ou pire encore, est-ce qu'il la tuerait et la donnerait en pâture aux fauves ?

Lilly pensa à JoJo, seul et effrayé dans le wagon d'un autre train, et ses larmes redoublèrent. Elle connaissait cette douleur horrible, ce manque qui devait peser sur sa poitrine, cette terreur dévorante de ne pas savoir ce qui se passerait ensuite. Est-ce que JoJo se demandait pourquoi Cole et elle avaient laissé des étrangers l'emmener ? Est-ce qu'il croyait qu'ils s'étaient débarrassés de lui volontairement ? Imaginer son sentiment d'abandon et de solitude lui était insupportable. Elle ferma les yeux et pria pour que l'épuisement la pousse à s'endormir. Quand ce fut enfin le cas, plusieurs heures plus tard, elle eut un sommeil agité et se réveilla souvent, entre des rêves où elle était enfermée dans son ancienne chambre au grenier et d'autres dans lesquels elle était sur le dos de Pepper pour la grande parade.

Le lendemain matin, la porte s'ouvrit et la lumière du soleil envahit l'intérieur lugubre du wagon. Quelqu'un entra. Lilly tourna la tête vers l'ouverture et frotta ses yeux gonflés, s'attendant à trouver Hank. Quand elle reconnut Glory, elle se redressa d'un coup, la gorge nouée par la peur.

— Où est Phoebe ? demanda-t-elle aussitôt.

— Elle dort encore, murmura Glory. Ne t'inquiète pas, elle va bien. Penelope est avec elle.

— Qu'est-ce que tu fais là ? Et pourquoi est-ce que tu chuchotes ?

Cole se leva à son tour, les traits bouffis par le sommeil.

— Qu'est-ce qui se passe ?

Glory s'agenouilla près d'eux dans la paille.

— Je suis venue vous prévenir. Alana m'a dit qu'un groupe d'élus locaux était venu rendre visite à M. Barlow hier soir. Apparemment, les maires des huit prochaines villes sur notre itinéraire ont menacé d'annuler nos représentations si Pepper était avec nous.

— Mais M. Barlow a assuré au shérif qu'elle ne ferait plus partie du spectacle, répondit Lilly. Il a dit qu'elle travaillerait comme bête de somme à partir de maintenant.

— Ça ne veut pas dire qu'ils le croient, objecta Cole.

— Il a raison, dit Glory. Les péquenauds ne savent pas différencier les éléphants. M. Barlow pourrait remettre Pepper sur la piste sans qu'ils s'en rendent compte.

— Dans ce cas, c'est ce qu'il devrait faire. Elle n'est pas dangereuse. Elle a voulu protéger JoJo.

— Nous, on le sait, mais personne d'autre ne le croira, dit Cole.

— M. Barlow ne remettra jamais Pepper sur la piste, affirma Glory. C'est trop risqué. Si ça s'ébruitait, ça causerait notre perte.

— Qu'est-ce qui va se passer, alors ? interrogea Lilly.

— Penelope a surpris une conversation entre M. Barlow et Viktor devant le wagon de M. Barlow. Viktor veut que Pepper paie pour la mort de Merrick, et M. Barlow pense que personne ne voudra de nous avec une éléphante meurtrière dans la troupe, même si elle n'est pas dans le spectacle.

Lilly sentit que ses bras et ses jambes commençaient à trembler.

— Et ?

Les yeux de Glory se voilèrent.

— M. Barlow a dit qu'il n'y avait qu'un seul moyen de prouver que Pepper ne faisait plus partie du Cirque des Frères Barlow.

La respiration de Lilly devint entrecoupée.

— Lequel ?

— Ils vont…

Glory prit la main de Lilly dans la sienne, tremblante et glacée.

— Qu'est-ce qu'ils vont faire ? Dis-moi ! cria Lilly.

— Ils vont la tuer. Ils vont la tuer, et ils vont faire ça sur la place publique.

— Mon Dieu. Non !

Lilly plaqua ses mains sur sa bouche, certaine qu'elle allait être malade. Cole passa un bras autour de ses épaules. Lilly fixa Glory, les yeux brûlants de larmes.

— Comment ?

— Je n'en sais rien.

— Quand ?

— Dès qu'ils auront diffusé le message. Sûrement demain après la représentation de l'après-midi.

Lilly secoua la tête.

— Non.

Elle regarda Pepper, allongée sur le flanc et qui les observait, les yeux humides et tristes.

— Non. Je ne les laisserai pas faire.

Elle rampa jusqu'à Pepper et se blottit contre elle, un bras autour de sa patte avant. Pepper laissa échapper un long soupir tremblant, souleva sa trompe et l'enroula autour des épaules de Lilly.

— J'ai bien peur que tu ne puisses rien y faire, dit Cole d'une voix douce. Si tu essaies de l'en empêcher, M. Barlow te fera arrêter ou pire encore. Je suis vraiment désolé.

Lilly tourna la tête vers lui, le visage baigné de larmes.

— Bien sûr que si, je peux y faire quelque chose. Je peux la faire sortir d'ici. Et toi, tu peux m'aider.

Chapitre 28

Julia

Dans le grenier peuplé d'ombres de Blackwood Manor, Julia était paralysée, la lumière de sa lampe torche braquée sur la troisième porte. À première vue, elle paraissait encastrée dans un mur extérieur, comme si elle donnait sur un balcon. Mais il n'y avait pas de balcon de ce côté de la maison, ni d'aucun côté d'ailleurs. De plus, contrairement au reste des murs, celui-ci était en briques, pas en bois. Elle dirigea le faisceau vers la lucarne la plus proche. Elle était identique aux autres, avec une vitre couverte de traces de pluie et de moisissure, mais son emplacement semblait étrange. Elle était trop proche du mur en briques. Ce qui signifiait que ce mur avait peut-être été construit plus tard et qu'il dissimulait un autre espace de l'autre côté de la porte.

— Mon Dieu. Le grenier fait quelle taille, enfin ?

Tremblante, elle fit un pas en avant, avant de se figer brusquement. Peut-être que cette partie du grenier était vide et condamnée parce que le plancher était pourri.

Elle inspecta les lattes en quête de fissures ou de signes de pourrissement, mais n'en trouva aucun. La tête rentrée dans les épaules, les sens en alerte, elle posa un pied sur la planche devant elle. Le bois était ferme. Elle inspira profondément, puis traversa le grenier à pas lents et prudents jusqu'à atteindre la troisième porte.

Elle était cadenassée.

— Et merde, murmura-t-elle.

Elle fit courir la lumière de sa lampe torche sur le sol et le mur, inspectant les briques et le mortier à la recherche d'un crochet ou d'une cachette. Elle explora du bout des doigts le dessus de l'encadrement de la porte, mais ne trouva que de la poussière. Elle soupira bruyamment et tenta de réfléchir. Si elle ne dénichait pas la clé, peut-être qu'elle pouvait défoncer la porte ? Après tout, c'était sa maison et elle pouvait faire ce qu'elle voulait. Elle donna plusieurs coups d'épaule dans le bois. Le moraillon et le cadenas cliquetèrent, mais la porte ne bougea pas d'un millimètre.

— Maudite baraque !

Elle frotta son épaule, fusillant la porte du regard. Peut-être qu'elle pouvait l'enfoncer à coups de hache ? Fletcher pourrait s'en occuper. Ou peut-être qu'il pouvait casser le cadenas ? Elle l'attrapa pour l'inspecter de plus près et constata qu'il était passé dans le moraillon, mais que l'anse n'était pas enfoncée dans le corps. La porte était ouverte depuis le début.

Tout en se réprimandant de ne pas avoir vérifié plus tôt, elle fit sauter le cadenas et poussa la porte. Puis elle éclaira l'intérieur et ses jambes faillirent se dérober sous le coup de la surprise.

C'était une petite chambre étroite, comprenant une commode, un placard et un lit en fer rouillé sous une alcôve couverte de papier peint. Des fleurs en papier étaient accrochées aux murs et au plafond, leurs pétales gris et tombants. La couette rouge couverte de poussière repoussée sur le côté et le creux dans l'oreiller donnaient l'impression que quelqu'un venait juste de dormir dans le lit. Des toiles d'araignée recouvraient une table blanche en osier, un fauteuil à bascule et une petite bibliothèque. Une maison de poupées remplie de mobilier miniature et d'insectes morts était installée sur un coffre en bois, à côté de trois poupées en porcelaine dans un landau en osier. Leurs visages sales étaient ébréchés, leurs cheveux emmêlés sous des couches de poussière grise et de toiles d'araignée. L'une semblait fixer Julia, la paupière tombante, comme figée au milieu d'un clin d'œil.

Julia était tétanisée, trop abasourdie pour bouger. Pourquoi y avait-il une chambre à coucher dissimulée derrière trois portes verrouillées dans le grenier de Blackwood Manor ? Qui donc avait bien pu dormir ici ? Et pourquoi ?

À en juger par les jouets, c'était un enfant. Une petite fille.

Un frisson glacé parcourut Julia. Qui était capable d'une chose pareille ? Comment quelqu'un pouvait enfermer un enfant dans un grenier ? Et pourquoi ? C'était inimaginable et glauque au possible. Elle remarqua alors la Bible à la reliure en tissu sur la table de nuit et la croix sur le mur, et comprit que Mère avait quelque chose à voir avec ça.

— Mon Dieu, chuchota-t-elle.

Les mots qu'elle avait lus dans le journal de son père ressurgirent dans son esprit.

Nous avons enterré notre première-née. Puisse-t-elle reposer en paix. Que Dieu fasse monter son âme au paradis. Et puisse-t-Il nous venir en aide après ce que nous avons fait.

Un nœud de dégoût et de colère se forma dans son ventre. Les notes de son père disaient qu'ils avaient enterré leur première-née, pas leur nouveau-née. Ça pouvait donc être une enfant d'un âge plus avancé. Une petite fille assez grande pour rire, jouer avec des poupées et fabriquer des fleurs en papier. *Ç'aurait pu être ma sœur*, songea Julia. Ses jambes flageolèrent. Qu'est-ce que ses parents avaient fait ? Avaient-ils gardé leur propre fille prisonnière dans cette chambre ? Était-elle morte ici, dans ce petit lit ? Et pourquoi l'avoir cachée ? Était-elle malade ? Difforme ? Illégitime ?

Un autre souvenir revint à Julia et elle porta une main à son ventre, en proie à une soudaine envie de vomir. Mère disait toujours qu'un malheur arriverait si elle désobéissait. Était-ce ce qui était arrivé à sa sœur ? Mère l'avait-elle enfermée parce qu'elle s'était mal comportée ? Non, ce n'était pas possible. Mère était stricte, mais pas à ce point. Et Père ne l'aurait pas laissée faire. Ou alors si ? Puis une autre pensée se matérialisa dans son esprit. Peut-être que c'était pour ça que son père buvait, pour enterrer sa culpabilité.

Bouleversée par le sentiment de ne pas du tout connaître ses parents, Julia se mit à trembler. Pendant toutes ces années, Mère l'avait blâmée pour l'alcoolisme et la mort de son père, mais il se passait autre chose à Blackwood Manor, une chose qui semblait tout droit sortie d'un cauchemar. Et à présent, qu'importait à quel point la vérité était horrible, Julia allait la découvrir. Elle avait toujours voulu des réponses concernant son enfance malheureuse, et elle commençait enfin à les obtenir. Qu'elle le veuille ou non, elle ne pouvait plus revenir en arrière désormais.

Elle se redressa et entra dans la chambre, braquant sa lampe vers les recoins les plus sombres. Il régnait une odeur de renfermé, de vieux bois et de poussière, plus entêtante et plus concentrée que dans le reste du grenier, associée à une odeur rance sous-jacente qui lui rappela la fois où elle avait trouvé des souris mortes au café-restaurant. Elle avança lentement jusqu'au lit pour allumer la lampe de chevet. Quand elle appuya sur l'interrupteur, rien ne se produisit. Elle examina les draps de plus près. Des taches brunes et jaunes parsemaient la taie d'oreiller et le drap froissés.

Elle s'approcha de la lucarne et tenta de regarder à travers. Des marques noires de moisissure obstruaient la vitre, mais elle parvenait à distinguer la masse imposante de la grange et les nuages gris menaçants qui s'accumulaient au-dessus de son toit à pignon. Elle imagina une petite fille, sa sœur, se tenant à sa place, regardant dehors et se demandant ce qui se trouvait derrière cette fenêtre crasseuse. La peau de ses bras se couvrit de chair de poule. Plus elle restait dans cette pièce, plus elle avait la nausée. La tristesse et le désespoir pesaient sur elle comme une chape de béton.

Soudain, elle fit volte-face et fit courir le faisceau de sa lampe dans toute la pièce, le cœur battant. Peut-être qu'il n'y avait pas de rats dans le grenier, après tout.

Peut-être que depuis le début, c'était sa sœur qui était à l'origine des bruits dans les murs et le plafond. Les poils de sa nuque se hérissèrent.

— Houhou !

Seuls les craquements de la maison et la pluie lui répondirent.

— Est-ce qu'il y a quelqu'un ?

Silence.

Tremblant de plus en plus fort, elle s'agenouilla lentement et regarda sous le lit. La lumière de la lampe rebondit sur des toiles d'araignée et de la poussière, mais aucun être vivant ne se cachait là. Elle se releva, inspira profondément et tenta de calmer les battements frénétiques de son cœur.

— Tu es ridicule, murmura-t-elle. Il n'y a personne ici à part toi.

Sauf si ta sœur survit en mangeant des rats.

Elle repoussa cette image et inspecta une nouvelle fois la pièce. Rien n'avait bougé. Les dents serrées, elle se rapprocha de l'armoire, dont la porte était entrouverte. Elle l'ouvrit en grand et éclaira l'intérieur. Il y avait des robes rongées par les mites, des blouses jaunies accrochées à la tringle, et plusieurs paires de chaussures alignées dans le bas du meuble, assez grandes pour chausser une petite fille de sept ou huit ans. *Mon Dieu, combien de temps avait-elle passé ici ? Toute sa vie ? Ou l'avait-on envoyée au grenier à partir du moment où elle avait été assez grande pour désobéir ?*

Ce qui ressemblait à une robe blanche était roulé en boule dans un coin en bas de l'armoire. Elle tendit la main pour l'attraper, puis poussa un cri aigu et bondit en arrière. Un petit squelette était étendu au-dessus de la robe, sa colonne vertébrale enroulée contre la paroi. Le souffle court, Julia tenta de garder son calme et de ne pas crier ni vomir. Que faire si c'était un squelette d'enfant ? Appeler la police ? Elle retint son souffle et regarda à nouveau dans l'armoire. Le faisceau illuminait des petites côtes, un crâne allongé, des dents pointues et une longue queue. Ça paraissait être des ossements de chat. Elle souffla et se redressa. Heureusement, ce n'était pas un enfant, mais c'était quand même une découverte horrible. Est-ce que cette pauvre bête était morte de faim après avoir été abandonnée ici ? Qui ferait une chose aussi affreuse ?

Les mêmes personnes qui enfermeraient une petite fille dans ce grenier, lui hurla son instinct. *Tes parents*.

Elle imagina une petite fille en train de lire dans le fauteuil à bascule, ou de prendre le thé autour de la table en osier avec ses poupées. Elle la voyait dans le petit lit, lovée contre son chat adoré, tentant de comprendre pourquoi elle se sentait si perdue et mal aimée. Soudain, un profond sentiment de solitude et de tristesse la submergea, comme si les émotions enfermées entre les murs de cette chambre venaient toutes d'être libérées en même temps. Ou alors c'était le fantôme de sa sœur qui était dans la pièce avec elle.

C'était plus que ce qu'elle pouvait supporter. Bouleversée par l'impression d'être coincée dans un cauchemar ou un film d'horreur, elle se précipita hors de la pièce, claqua la porte derrière elle et traversa le grenier. Après avoir passé la deuxième porte, elle se faufila à travers le labyrinthe poussiéreux de livres, de cartons et d'étagères jusqu'à l'escalier secret, en proie à une panique grandissante. Et si la petite porte en bas des marches était fermée à clé ? Et si elle restait coincée ici à jamais ? C'était absurde de penser ça, mais lorsqu'elle vit la faible lumière briller en bas des marches, le soulagement l'envahit. La porte secrète était toujours ouverte. Avec une main sur le mur poussiéreux pour garder l'équilibre et l'autre qui tenait fermement la lampe torche, elle descendit l'escalier, qui lui parut encore plus raide et étroit qu'avant. Arrivée en bas, elle referma la porte derrière elle et la verrouilla. Elle savait très bien qu'elle n'avait aucune raison de faire ça, mais une petite partie d'elle imaginait sa sœur vivant encore dans le grenier et se faufilant par la porte au milieu de la nuit. Et après toutes ces années passées toute seule là-haut, elle devait être folle à lier. Julia était consciente de son ridicule, mais cela dit, elle n'aurait jamais imaginé trouver une chambre secrète dans le grenier de sa maison d'enfance. Sans prendre la peine de remettre en place la tapisserie ni la petite table, elle sortit de la pièce et gagna le premier étage à la hâte.

Dans le bureau de son père, elle s'empara du journal sur le sous-main et tourna les premières pages d'une main tremblante. L'entrée qui évoquait la mort de sa sœur datait de l'année 1940. Julia avait alors deux ans. Elle se laissa tomber dans le fauteuil, l'estomac retourné et le cerveau allant à mille à l'heure. Alors que sa sœur était enfermée dans le grenier, elle-même était en bas, à jouer, à rire et à faire des siestes, sans avoir la moindre idée des horreurs qui se déroulaient quelques mètres plus haut. Il n'y avait pas de rats dans les murs de Blackwood Manor. Simplement une petite fille cachée dans le grenier.

C'était horrible. Inconcevable. Surréaliste.

CHAPITRE 29

Lilly

À minuit et demi, le jour suivant l'attaque de Pepper et la mort de Merrick, Lilly et Cole se faufilèrent hors de leur wagon, leurs valises à la main. Phoebe était profondément endormie et blottie dans une écharpe attachée autour de la poitrine de son père, inconsciente du fait que ses parents l'emmenaient vers un avenir plein d'incertitude. La nuit était calme, l'air humide, et une demi-lune projetait un éclat bleuté sur le train, le sol et les arbres. Elle éclairait juste assez pour qu'ils voient où ils allaient. Cole avait une lanterne dans son sac à dos, mais il n'osait pas l'utiliser tant qu'ils ne seraient pas suffisamment loin, par peur de se faire prendre.

Ils avaient passé des heures à discuter des conséquences pour eux trois si jamais ils choisissaient de sauver Pepper. Finalement, ils avaient décidé qu'en dépit des risques que ça impliquait de tout recommencer de zéro, avec rien d'autre que ce qu'ils avaient sur le dos et quelques économies, ils ne supporteraient pas de rester là sans rien faire. Cole espérait qu'ils trouveraient un autre cirque disposé à les accueillir ainsi qu'un éléphant gratuit, bien que « meurtrier ». Car sinon, où une albinos, un artiste de cirque et un éléphant auraient-ils l'opportunité d'un nouveau départ ? Si leur plan ne fonctionnait pas, Cole ne savait pas trop quoi faire ensuite. Mais Lilly avait insisté pour qu'ils essaient.

Après avoir pris leur décision, ils demandèrent à Hank de venir dans leur wagon afin de lui dire au revoir. Il était d'accord quant au fait qu'ils devaient sauver Pepper et voulait même partir avec eux, mais Cole refusa au cas où ils se feraient prendre. Hank leur fit promettre de trouver un moyen de lui dire où ils avaient atterri et s'ils allaient bien. Il prit Phoebe sur ses genoux et l'embrassa et la cajola jusqu'à ce qu'elle réclame sa mère. Lilly le serra dans ses bras et Cole lui promit qu'ils se reverraient bientôt, et que si une place se libérait pour un dresseur expérimenté dans leur nouveau point de chute, il le préviendrait. Lorsque Hank partit, ils étaient tous en pleurs.

À présent, Lilly suivait Cole le long de la voie ferrée. La peur et l'adrénaline couraient dans ses veines et une fine pellicule de sueur couvrait son front. Elle sursautait pour un oui ou pour un non. S'ils se faisaient prendre, qui sait ce qui leur arriverait. Lorsqu'ils atteignirent le wagon des éléphants, Cole s'arrêta et leva une main en l'air, la tête enfoncée dans les épaules. Lilly s'arrêta derrière lui et attendit tandis qu'il ouvrait lentement la porte, se crispant à chaque grincement métallique. Quand elle fut enfin ouverte entièrement, Cole fit le guet pendant que Lilly grimpait dans le wagon. Elle s'accroupit près de Pepper, en priant pour réussir à convaincre l'éléphante blessée au cœur brisé de la suivre sans faire de bruit. Pepper était allongée sur le flanc dans la paille, et les larmes avaient laissé des traces sur son visage ridé. Lilly caressa son immense oreille et Pepper ouvrit les yeux et releva la tête. Elle déroula sa longue trompe et attrapa le bras de Lilly.

— Debout, chuchota Lilly. Lève-toi, ma belle.

Pepper grogna et se leva péniblement. Flossie et Petunia tendirent le cou pour voir ce qui se passait, et reniflèrent et renâclèrent en voyant Lilly. Elle les caressa et leur murmura de se rendormir. Les éléphantes soupirèrent et baissèrent leurs trompes. Lilly détacha du mur la chaîne de Pepper et l'attacha autour de sa cheville. Puis elle se dirigea vers la sortie, en espérant que l'animal parviendrait à descendre du wagon sans utiliser la rampe. Autrement, l'opération prendrait trop de temps et ferait trop de bruit. Pepper la suivit hors de son box et Lilly descendit du wagon.

Une fois sur le seuil, Pepper hésita. Elle était certainement confuse, sans parler des douleurs causées par ses blessures. Lilly la pria silencieusement de descendre, frottant ses pattes et lui répétant que tout se passerait bien. Pepper oscillait d'avant en arrière, incertaine. Cole observait la scène avec inquiétude, et Lilly sentit la panique l'envahir. S'ils devaient avoir recours à la rampe, ils se feraient prendre à coup sûr. Enfin, Pepper sortit du wagon. Son immense corps gris vacilla quand sa patte avant toucha le sol. Un grondement monta dans sa gorge, mais elle continua à avancer, la croupe relevée, l'autre patte avant dehors. L'espace d'une seconde, le cœur de Lilly s'arrêta tant elle redoutait que Pepper ne fasse une chute. Mais l'éléphante réussit à sortir une patte arrière, puis l'autre, et Lilly recommença à respirer normalement.

Une fois Pepper sur ses quatre pattes, Cole referma doucement la porte et ils se dirigèrent vers la queue du train. Pepper suivait Lilly d'un pas lourd, s'arrêtant quand elle s'arrêtait, ralentissant quand elle ralentissait. Ils firent un grand détour pour passer aussi loin que possible du wagon de M. Barlow et du wagon de queue, puis suivirent la voie ferrée dans la direction opposée du Cirque des Frères Barlow. Tout ce que Lilly entendait, c'était son pouls et les battements de son cœur. Elle se retournait de temps en temps pour s'assurer que Pepper était toujours derrière eux. À la faible lumière de la lune, la silhouette de l'éléphante oscillait de gauche à droite et marchait lourdement le long des rails, telle une créature préhistorique.

Quand Lilly eut la certitude qu'ils s'étaient échappés sans se faire prendre, elle desserra les dents et son rythme cardiaque ralentit. Elle passa un bras sous celui de Cole et s'appuya contre son épaule tandis qu'ils longeaient les traverses. Phoebe dormait toujours aussi profondément et sa petite tête blonde dodelinait doucement contre le torse de Cole au rythme de ses pas. Lilly et Cole n'échangeaient pas un mot, chacun perdu dans ses pensées, ses peurs et ses doutes. La seule chose dont ils étaient certains, c'était qu'ils se dirigeaient vers la ville de Waverly, à l'ouest, où la rumeur disait que le Cirque Sparks World était en train de se faire évincer par Ringling. Si Ringling ne voulait pas d'eux, au moins ils pourraient s'ajouter aux restes de Sparks World et auraient davantage de chance de trouver un nouveau cirque avec eux que tout seuls. Lilly avait déjà imaginé un nouveau numéro avec Pepper, qui incluait Cole et Phoebe. Elle se mit à le répéter dans sa tête pour se calmer.

C'est alors qu'elle aperçut une silhouette sur les rails et se figea. Cole fit un pas de plus, puis s'arrêta à son tour. La personne était d'une stature imposante, avec une tête étonnamment grosse et de larges épaules, et elle se rapprochait d'eux.

Viktor.

Cole tira Lilly par le bras en direction d'une ligne d'arbres.

— Viens, dit Lilly à Pepper.

Pepper leur emboîta le pas, écrasant les buissons secs tel un char d'assaut.

— Arrêtez-vous ! cria Viktor. Cette sale bestiole ne va pas s'en tirer comme ça !

Il alluma une lampe torche et braqua le faisceau vers eux. Lilly et Cole s'immobilisèrent et elle s'agrippa à son bras, soudain glacée. Viktor était armé.

CHAPITRE 30

Julia

Le matin suivant la découverte de la mansarde, Julia s'extirpa de son lit et regarda par la fenêtre. À sa surprise, le soleil brillait et Claude avait déjà regroupé et empilé les branches cassées dans la cour latérale. Elle regarda l'horloge sur sa table de chevet. 9 h 30. Comment avait-elle pu dormir si tard ? Puis les souvenirs de la veille lui revinrent de plein fouet et elle se laissa retomber lourdement sur son lit. Elle avait l'impression d'avoir mille ans et d'être courbaturée de la tête aux pieds. Peut-être qu'elle couvait quelque chose ? Non. Après avoir appris qu'elle avait une sœur, trouvé la chambre cachée et spéculé pendant des heures sur ce que ses parents avaient fait, cela n'avait rien d'étonnant qu'elle ait eu besoin de sommeil. Ça faisait beaucoup de choses à digérer d'un coup. Elle aurait aimé tout oublier, mais elle devait continuer et mettre au jour la vérité. Elle n'avait pas le choix.

Elle s'habilla, descendit à la cuisine et resta plantée devant l'évier, à regarder par la fenêtre. Comment diable allait-elle parvenir à assembler toutes les pièces du puzzle ? Pourquoi sa sœur avait-elle été enfermée dans le grenier ? Et pendant combien de temps ? Qu'est-ce qui lui était arrivé ? Est-ce que ses parents avaient quelque chose à voir avec sa mort ? Où était-elle enterrée ? Y avait-il un certificat de naissance quelque part ? Un certificat de décès ? Était-ce possible que la femme albinos, Lilly, soit mêlée à tout cela, ou était-ce un problème totalement distinct ? Est-ce que la petite fille était la fille de Lilly, un bébé illégitime que l'on avait décidé de cacher honteusement quand Mère avait appris l'aventure de Père ?

Il y avait sans doute davantage de pistes dans le grenier, mais tout examiner prendrait des mois, et Julia ne pouvait pas attendre si longtemps. De plus, elle n'aurait pas su par où commencer. Ses parents avaient sans doute fait en sorte que personne ne sache qu'ils cachaient un enfant dans le grenier, ce qui voulait dire qu'il n'y avait probablement personne à interroger. Mais quelqu'un quelque part devait forcément savoir quelque chose. Soudain, elle percuta. Une personne avait bien été ici pendant tout ce temps.

Claude.

Elle enfila des bottes et un manteau, sortit et se dirigea en trombe vers la grange. Claude était assis dans le bureau, plongé dans des papiers. Il leva les yeux quand elle entra.

— Bonjour, dit-il avant de rebaisser aussitôt la tête.

— Bonjour.

Elle resta en face de lui, les mains dans les poches de son manteau pour cacher ses tremblements. Elle ne savait pas trop ce qu'elle redoutait le plus : qu'il lui dise la vérité, ou qu'il se ferme à nouveau comme une huître.

— J'ai vu que vous aviez nettoyé la cour.

— J'ai presque fini, répondit-il sans quitter les papiers des yeux. Il y a encore quelques branches ici et là, mais sinon, c'est prêt à être brûlé.

— Je peux m'en occuper.

— Faites comme vous voulez.

Il inscrivait des chiffres dans le livre de comptes, l'air concentré. Elle se mordit la lèvre, sans trop savoir comment aborder le sujet.

— Je sais que vous êtes occupé, mais est-ce que vous pourriez venir dans la maison une minute ? tenta-t-elle enfin.

— Pour quoi faire ?

— Je voudrais vous montrer quelque chose.

Il tourna la page et continua à annoter des chiffres dans les colonnes.

— De quoi il s'agit ? Je dois finir les comptes.

— Je n'en suis pas trop sûre, justement. C'est pour ça que j'aimerais bien que vous jetiez un œil.

Il daigna enfin lever les yeux.

— Pourquoi est-ce que vous ne demandez pas à Fletcher ? suggéra-t-il, les sourcils froncés. Il sera là dans quelques minutes.

Elle secoua la tête.

— Fletcher ne peut pas m'aider. Et je n'ai personne d'autre à qui demander. J'ai trouvé quelque chose dans la maison, quelque chose d'affreusement choquant… et… et je ne comprends pas ce que mes parents…

Sa voix se brisa et les mots restèrent coincés dans sa gorge. Elle pressa le bout de ses doigts contre sa bouche pendant un moment, tentant de contrôler les larmes qui lui montaient soudainement aux yeux.

— Je veux juste connaître la vérité, parvint-elle enfin à articuler.

Claude se laissa aller contre le dossier du fauteuil et scruta Julia d'un air dur, comme s'il la jaugeait ou qu'il réfléchissait à ses motivations. Elle ne baissa pas les yeux. S'il pouvait y lire sa détermination, alors tant mieux. Il fallait qu'il lui dise ce qu'elle savait.

Après ce qui lui parut une éternité, il se pencha en avant, retira sa casquette et passa la main dans ses cheveux grisonnants. Il posa la casquette sur le bureau et pressa ses doigts les uns contre les autres, visiblement en pleine réflexion. Puis il riva ses yeux aux siens. Elle crut qu'il allait refuser de lui venir en aide, une fois de plus, mais l'expression sur son visage se détendit et son regard se radoucit. Son air de défi se mua en ce qui ressemblait à de la tristesse, ou peut-être à des regrets.

— Vous avez trouvé un moyen d'accéder au grenier.

Ce n'était pas une question.

Elle sentit ses jambes flageoler.

— Et vous avez trouvé la chambre secrète.

Elle hocha la tête, approcha un tabouret et s'assit avant de tomber.

— Qu'est-ce que vous savez là-dessus ?

Il se gratta la nuque et fronça les sourcils, hésitant. Quand il prit enfin la parole, sa voix était dure, comme si les mots étaient douloureux à dire.

— Vos parents ont eu un autre enfant.

Elle acquiesça à nouveau.

— Elle n'était pas… elle n'était pas… normale.

Julia déglutit péniblement.

— Qu'est-ce que vous voulez dire ? Est-ce qu'elle était difforme ?

Il se leva, contourna le bureau et se dirigea vers la porte. Pensant qu'il allait partir, elle bondit sur ses pieds, prête à le supplier de rester. Mais il s'arrêta devant la fenêtre près de la porte, l'air profondément troublé. Elle se rassit et l'observa.

— C'est ce que les gens faisaient, à l'époque.

Sa voix était différente de d'habitude. Presque triste. Ou lasse.

— Je suppose que ça valait mieux que de la placer dans un asile quelconque.

— Peut-être que si quelqu'un lui était venu en aide…

— Ce n'étaient pas mes affaires, l'interrompit-il.

Elle eut envie de répliquer en lui demandant en quoi une enfant enfermée dans un grenier n'était pas ses affaires, mais elle se retint. Si elle le mettait en colère, il se braquerait à nouveau.

— Qu'est-ce qui n'allait pas chez elle ?

— Je ne suis pas sûr. Une espèce de maladie de peau, je crois, mais votre père disait qu'elle avait d'autres problèmes.

Julia se raidit. Une maladie de peau ? Quel genre de maladie ? L'albinisme ? Elle fut prise d'un vertige. Était-il possible que Lilly ait été sa sœur, et non pas la maîtresse de son père ? Était-ce pour cette raison que Père allait tout le temps au cirque ? Mais si sa sœur avait été enfermée dans le grenier, quand et comment en était-elle sortie ? Comment avait-elle rejoint un cirque ? Ça semblait tout bonnement impossible.

— Est-ce que vous l'avez vue ?

Claude pinça les lèvres et secoua la tête. Il mentait à nouveau. Ça se voyait.

— Est-ce qu'elle était albinos ? insista-t-elle.

— Je ne sais pas. Votre père ne parlait pas beaucoup d'elle. Lui et Mme Blackwood, ils…

— Ils avaient honte ?

Il tourna la tête vers elle.

— J'allais dire qu'ils étaient discrets. Et je n'en suis pas sûr, mais il est possible que leurs décisions aient eu quelque chose à voir avec les croyances religieuses de Mme Blackwood.

— C'est-à-dire ?

Il haussa les épaules.

— C'est juste l'impression que j'ai eue.

— Comment s'appelait l'enfant ?

— Je n'en sais rien.

— Est-ce qu'elle s'appelait Lilly ?

— Je ne suis pas sûr.

— Qu'est-ce qui lui est arrivé ?

Il haussa à nouveau les épaules et retourna s'asseoir.

— Est-ce qu'elle est morte ? insista Julia.

Il s'assit et fouilla dans ses papiers.

— Écoutez, c'est tout ce que je sais. Comme je vous l'ai dit, votre père ne parlait pas beaucoup d'elle. Je pense que c'était trop dur pour lui.

Il remit sa casquette et reprit son stylo, de nouveau sur la réserve.

— Maintenant, si ça ne vous dérange pas, j'ai du travail.

Julia enfonça ses ongles dans ses paumes pour tenter de garder son calme. Il ne lui disait pas tout, et elle ne savait pas pourquoi. Après tout, ils parlaient de sa maison, de ses parents, de sa sœur. Elle avait le droit de savoir ce qui s'était passé. La frustration et la colère grandissaient en elle et elle se sentait comme un autocuiseur sur le point d'exploser. Elle se leva et s'empara des papiers d'un geste brusque pour les mettre hors de sa portée.

— Je ne vous crois pas, asséna-t-elle. Si mes parents voulaient que personne ne soit au courant pour ma sœur, alors pourquoi mon père vous aurait-il raconté qu'elle était dans le grenier ? Il avait confiance en vous, il vous en a forcément dit plus.

Claude fronça les sourcils.

— C'était il y a longtemps. Peut-être qu'il avait juste besoin de se confier.

— Est-ce que vous avez prévenu la police ? Est-ce que vous avez essayé de la sortir de là ?

Il secoua la tête.

— Et pourquoi pas ?

— Lorsque votre père m'en a parlé, c'était…

Il se tortilla sur son siège.

— C'était quoi ?

— C'était trop tard.

— Trop tard pour quoi ?

Il serra les dents.

— Vous posez des questions auxquelles je n'ai pas les réponses.

Elle résista à une envie à peine contrôlable de lui jeter les papiers à la figure.

— Je ne comprends pas pourquoi vous mentez. Mes parents sont morts. Qui est-ce que vous protégez ?

— Je ne protège personne.

— Est-ce que ma sœur est morte là-haut ? J'ai besoin de savoir ce qui s'est passé !

— Je vous le répète, je n'en sais pas plus. J'ai pris soin de ne pas être mêlé à tout ça.

Elle laissa tomber les papiers sur le bureau. La tristesse et le dégoût lui donnaient envie de pleurer. Certains feuillets glissèrent sur les genoux de Claude, mais il n'esquissa pas le moindre geste pour les ramasser.

Elle se dirigea vers la porte, puis le fixa par-dessus son épaule d'un regard noir.

— Dans ce cas, vous êtes aussi coupable que mes parents, dit-elle.

Et elle s'en alla.

Chapitre 31

Lilly

— Je ne vais pas supporter ça longtemps, dit Lilly à Cole. Qu'est-ce que M. Barlow va nous faire pour nous punir d'avoir volé Pepper ?

Ils étaient assis sur le canapé, enfermés à l'intérieur de leur propre wagon, dont les portes et les fenêtres étaient gardées par les colosses et des manœuvres. Cela faisait presque quinze heures que Viktor les avait forcés à regagner le train sous la menace de son arme et, depuis, elle n'arrêtait pas de penser aux trois oiseaux dans le grand chapiteau pendant la tornade. Trois oiseaux, trois décès. Merrick était mort. À qui le tour, désormais ? Cole et elle ?

— Je n'en sais rien, répondit Cole. S'il avait voulu appeler la police pour nous faire arrêter, il l'aurait déjà fait à l'heure qu'il est. Le connaissant, il est en train de concocter sa propre punition.

Lilly serra sa fille contre sa poitrine et l'embrassa dans les cheveux, les yeux brûlants de larmes.

— S'il nous arrive quelque chose, qui va s'occuper de Phoebe ?

Cole passa un bras autour d'elle.

— Essaye de ne pas t'inquiéter. Je vais parler à M. Barlow. Peut-être qu'il acceptera de nous laisser travailler sans nous payer pendant quelques années, ou alors je peux être puni pour nous deux. Quoi qu'il arrive, tu ne seras pas séparée de notre fille, je te le promets.

Lilly ferma les yeux et enfouit son nez dans les cheveux soyeux de Phoebe. Qu'avaient-ils fait ? Non seulement ils n'avaient pas réussi à sauver Pepper, mais à présent, ils mettaient aussi en danger l'avenir de leur fille.

À cet instant, le souffle haletant d'une locomotive à l'approche se fit entendre dehors. Un train court passa devant les fenêtres de leur wagon puis un crissement métallique de freins retentit. Cole se leva et écarta le rideau pour voir ce qui se passait.

— Mon Dieu, dit-il dans un souffle.

— Qu'est-ce que c'est ?

Lilly posa Phoebe sur le canapé et le rejoignit.

De l'autre côté des voies secondaires, une foule de péquenauds s'était réunie autour du dépôt de locomotives. Des hommes, des femmes et des enfants se pressaient les uns contre les autres, occupant le moindre espace disponible, perchés sur le toit de wagons abandonnés, assis dans ceux qui étaient ouverts, debout sur les marches du château d'eau ou sur des tonneaux. Les adultes se bousculaient et se disputaient le meilleur poste d'observation tandis que des enfants mangeaient du pop-corn ou de la barbe à papa et que d'autres jouaient à chat. Une demi-douzaine d'hommes étaient en train d'installer des appareils photo.

— On peut dire que cet enfoiré a bien fait diffuser le message, constata Cole. Il a dû faire une annonce pendant le spectacle de cet après-midi.

— Est-ce que tu penses qu'il a fait payer ces gens ?

— Non, c'est un coup de pub.

Lilly cacha son visage dans ses mains.

— Pauvre Pepper.

Cole l'attira contre lui et le silence s'installa entre eux.

Quand Lilly parvint de nouveau à parler en dépit du nœud logé dans sa gorge, elle releva la tête.

— Comment penses-tu qu'il va s'y prendre ?

Cole hocha le menton vers la fenêtre, en direction de la locomotive qui venait juste d'arriver.

— Avec ça.

Lilly regarda dehors. La locomotive de tête était arrêtée en pleine voie à plusieurs centaines de mètres, à mi-chemin entre le train des Frères Barlow et le dépôt. Un seul wagon y était accroché : un wagon-grue équipée d'une de ces grues industrielles utilisées pour retirer des wagons des rails ou les poser dessus.

— Je ne comprends pas, dit Lilly. Comment…

Avant qu'elle ait le temps de finir sa question, une clé tourna dans la serrure de leur porte. Viktor entra, accompagné des hommes de M. Barlow.

— On y va, ordonna-t-il à Cole et Lilly.

— Où ça ? demanda Cole.

— M. Barlow veut que vous assistiez à l'exécution.

— Comment est-ce que tu peux le laisser faire ça ? cria Lilly. Pepper essayait simplement de protéger JoJo ! Même Glory l'a compris !

— Merrick m'a sauvé la vie. Et cette éléphante l'a tué.

— Tu crois vraiment que Merrick t'a sorti de l'asile parce qu'il en avait quelque chose à faire de toi ? S'il t'a sauvé, comme tu dis, c'était uniquement pour se faire de l'argent sur ton dos, tout comme il l'a fait avec moi.

— Boucle-la et avance.

— Non, rétorqua Lilly. Je ne peux pas. Je refuse.

— Laisse-la rester ici avec Phoebe. Moi, je viens, intervint Cole.

Là-dessus, un des colosses de M. Barlow se jeta sur Cole et lui tordit le bras dans le dos. Sur le canapé, Phoebe se mit à pleurer. Cole grimaça et se débattit pour se libérer.

— Qu'est-ce que vous faites, enfin ?

— M. Barlow veut que vous veniez tous les deux.

L'autre molosse s'approcha de Lilly.

— Laissez-la tranquille ! cria Cole.

Lilly recula et leva les mains en l'air.

— C'est bon, je viens. Inutile d'employer la force.

Elle prit Phoebe dans ses bras et la serra contre elle.

— Chut, ma chérie. Maman est là.

— J'ai dit que je coopérerais, alors lâchez-moi maintenant, s'énerva Cole.

L'homme le lâcha mais resta juste à côté de lui, prêt à l'empoigner de nouveau si nécessaire. Cole frotta son bras endolori et fixa Lilly, l'incitant en silence à obéir. Lilly soutint son regard, écrasée par le poids de la terreur et du chagrin.

Ensemble, ils suivirent Viktor le long du train, escortés par les hommes de M. Barlow. Mille pensées horribles traversaient l'esprit de Lilly, et elle avait la sensation que ses jambes et ses bras étaient en caoutchouc.

— Laisse-moi juste confier Phoebe à Glory, demanda Lilly à Viktor. Elle n'a pas besoin de voir ça.

Viktor ne répondit pas, mais il s'arrêta quand ils arrivèrent au niveau du wagon de sa sœur. Glory prit Phoebe avec les larmes aux yeux et serra Lilly et Cole contre elle, sans daigner accorder un regard à son frère.

— Tout va bien se passer, murmura-t-elle à l'oreille de Lilly. Ne t'inquiète pas.

Lilly hocha la tête et embrassa la joue douce de Phoebe, puis elle suivit Viktor de l'autre côté du train. Ils s'arrêtèrent en face du dépôt bondé, près d'un groupe de représentants des chemins de fer en costume et chaussures bien cirées, et du shérif qui avait tiré sur Pepper. Les péquenauds qui n'avaient encore jamais vu Viktor le montrèrent du doigt en le dévisageant, et de nombreux enfants allèrent se réfugier près de leurs mères, effrayés. Sur un terrain vague, à plusieurs centaines de mètres de là, trois cheminots étaient en train de creuser un trou géant avec une pelleteuse. Lilly s'accrocha à Cole, tremblante face à la mort imminente.

Une fois tout le monde en place, M. Barlow surgit de derrière le wagon-grue, souriant dans son chapeau haut-de-forme et sa veste rouge. Le menton fièrement relevé, il se plaça face au public et leva les mains, comme s'il était sur le point d'annoncer un numéro dans le grand chapiteau. Puis il agita un bras pour attirer l'attention des gens vers sa gauche. Un groupe de dresseurs firent sortir Pepper du train en lui donnant des grands coups d'aiguillon et de pique. À chaque coup, Pepper soulevait la trompe et barrissait de douleur avant de se dépêcher de faire un nouveau pas en avant. Du sang coulait le long de ses flancs et de ses pattes. Quand elle atteignit la grue, les dresseurs enchaînèrent une de ses pattes arrière aux rails adjacents puis s'éloignèrent.

Chaque battement du cœur de Lilly lui faisait l'effet d'une explosion dans sa cage thoracique. Elle n'en croyait pas ses yeux. M. Barlow allait réellement faire exécuter Pepper devant tous ces gens. Des gens qui étaient venus pour la voir se faire tuer. Et dire que c'étaient les humains qui disaient que les animaux étaient sanguinaires.

Pepper tremblait. Elle sentait qu'un malheur se préparait. Puis elle vit Lilly et leva la trompe. Elle barrit et tendit la trompe vers elle avec désespoir, ses grandes oreilles s'agitant d'avant en arrière. Lilly retint un sanglot et fit un pas vers elle. Il fallait qu'elle la rejoigne, qu'elle la réconforte et qu'elle s'excuse de ne pas en avoir fait davantage pour la sauver. Si Pepper s'apprêtait à mourir, alors il fallait qu'elle sache qu'elle était aimée. Viktor attrapa Lilly et la tira en arrière.

Cole retira la main de Viktor du bras de Lilly d'un geste brusque.

— Ne la touche pas.

— Alors dis-lui de se tenir tranquille.

Cole attira Lilly près de lui.

— Je suis désolé. Je sais que tu veux l'aider, mais tu ne peux rien faire.

Elle s'affala contre lui. Il avait raison, et le fait que Pepper puisse penser qu'elle et Cole avaient quelque chose à voir avec son exécution était comme un coup de poignard en plein cœur.

Un manœuvre lança une lourde chaîne autour du cou de Pepper, fit un nœud coulant et attacha le bout de la chaîne à un anneau en acier qui pendait au bout du câble de la grue. M. Barlow fit signe à l'opérateur de la grue et la foule se tut.

— Vous n'avez pas le droit ! cria Lilly. Vous ne pouvez pas faire ça !

— Tais-toi, gronda Viktor.

L'opérateur tira sur une poignée. Le treuil grinça et la chaîne cliqueta puis se resserra autour du cou de Pepper. Les genoux de Lilly manquèrent se dérober et elle se sentit pâlir. La chaîne se resserra davantage et, bientôt, souleva les pattes avant de Pepper du sol. Pepper se débattait et barrissait et agitait la tête d'avant en arrière, les yeux écarquillés par la terreur. De la bile monta dans la gorge de Lilly et, l'espace d'un instant, elle crut qu'elle allait s'évanouir. Puis un bruit de déchirure se fit entendre et Pepper hurla. Le public retint son souffle. L'opérateur fit redescendre Pepper et la chaîne se desserra autour de son cou. Deux manœuvres se précipitèrent vers elle et ôtèrent la chaîne attachée à sa patte arrière, mais c'était trop tard. Elle avait la cheville arrachée.

Une montée d'adrénaline parcourut les veines de Lilly. Elle s'arracha à l'étreinte de Cole et courut vers Pepper.

— Lilly, non !

Il voulut se lancer à sa poursuite, mais Viktor le retint.

Quand Lilly arriva près de l'éléphante terrifiée, elle ralentit. Pepper était totalement paniquée. Elle se balançait de gauche à droite et d'avant en arrière, agitant la tête et tentant de se débarrasser de la chaîne. Les manœuvres et les dresseurs s'écartèrent.

— Tout va bien, Pepper, dit Lilly en tendant la main. Je vais t'aider. Calme-toi.

Au début, Pepper ne réagit pas. Puis elle remarqua la présence de Lilly et cessa de se débattre. Une plainte lugubre monta dans sa gorge.

Du coin de l'œil, Lilly vit M. Barlow qui s'approchait d'elles à grands pas. Elle s'approcha davantage de Pepper.

— Allez, ma belle. Attrape-moi.

Pepper boita vers Lilly, enroula sa trompe autour d'elle et la souleva pour la déposer au sommet de sa tête. Lilly se positionna sur le dos de Pepper, attrapa le câble de la grue et tenta de détacher la chaîne de l'anneau en acier. Si elle parvenait à libérer Pepper de ce nœud coulant, ou même si elle n'y parvenait pas, elle resterait là jusqu'à ce que M. Barlow accepte d'interrompre l'exécution. Il ne tuerait pas Pepper pendant que Lilly était sur son dos, en tout cas pas en public. Elle n'avait pas la moindre idée de ce qui arriverait après ça, mais elle se devait de tenter quelque chose. Elle tira sur l'anneau, mais ne parvint pas à desserrer le câble et ôter la chaîne.

— À quoi tu joues, bon Dieu ? vociféra M. Barlow depuis le sol. Descends de là !

Derrière lui, un groupe de péquenauds se rapprocha. Cole avait réussi à échapper à Viktor et courait vers elle, avec Viktor sur les talons.

En dépit de la présence de Lilly, M. Barlow fit de nouveau signe à l'opérateur de la grue. Celui-ci mit le treuil en marche, tira sur la manette, et le câble se tendit. Lilly perdit l'équilibre et tomba à genoux. Elle faillit glisser du dos de Pepper, mais s'accrocha à la chaîne autour de son cou. Des femmes poussèrent des cris et attirèrent leurs enfants contre elles pendant que les hommes se tordaient le cou pour mieux voir. Cole courut jusqu'au wagon-grue, grimpa, saisit l'opérateur par le col de sa chemise et le jeta hors de la cabine. Puis il s'installa aux commandes, poussa la manette en avant, et le câble se détendit. Viktor monta sur le wagon à son tour, attrapa Cole par le cou et lui donna un violent coup de poing en plein visage. Cole tangua comme s'il s'apprêtait à perdre connaissance, puis il se redressa et lança son poing contre la mâchoire de titan de Viktor. Impassible, Viktor frappa Cole à nouveau, plus fort cette fois, puis il l'extirpa du siège de l'opérateur et prit sa place. Quatre manœuvres se jetèrent sur Cole, l'attrapèrent par les jambes pour le tirer à bas du wagon, et le plaquèrent au sol. Cole se mit à s'agiter dans tous les sens, jurant tandis qu'il tentait frénétiquement de se libérer. Un des molosses de M. Barlow lui donna un coup de pied dans la tête et le corps de Cole s'avachit, sa tête tournée d'un côté.

Aux commandes de la grue, Viktor poussa les leviers et tira sur la manette. La grue vira brusquement à gauche, tirant Pepper dans la même direction. Lilly bascula et se raccrocha de justesse au cou de Pepper. Quand la grue revint lentement à son point de départ, elle parvint à se lever et tenta de tirer l'anneau vers le bas tout en tirant la chaîne vers le haut. Viktor poussa la manette en avant et à gauche. La grue descendit et partit de l'autre côté. Le câble se détendit et Lilly en profita pour tirer sur l'anneau et tenter de défaire la chaîne. Un sifflement résonna au-dessus d'elle, qui lui fit lever la tête. Le bras de la grue descendit encore puis se dirigea droit sur elle.

Avant qu'elle ait le temps de réagir, le bras la percuta de plein fouet à l'estomac, écrasa sa cage thoracique et la fit décoller. Dans un mouvement qui semblait au ralenti, elle vola, les poumons vidés de leur oxygène, les jambes et les bras écartés comme ceux d'une poupée qu'on lançait en l'air.

Elle atterrit sur des rails à plusieurs mètres de là. Le bas de sa colonne se fracassa contre le métal et le bruit de ses os qui se brisaient résonna dans sa tête telle une explosion. Elle cria en s'écrasant au sol dans un bruit sourd, tout son corps figé par une douleur insoutenable. Quelque part dans le lointain, elle entendit la foule crier. Des larmes et du sang lui brouillaient la vue. Le souffle coupé, elle ferma les yeux et tenta de ne pas perdre connaissance. Sa poitrine brûlait comme si un incendie la dévorait.

Après ce qui lui sembla une éternité, ses vertiges s'apaisèrent et elle rouvrit les yeux. Elle gisait à terre, allongée sur le flanc, les bras et les jambes tordus à des angles étranges. De là où elle était, elle voyait le train du cirque. Plusieurs représentants des chemins de fer et le shérif couraient vers elle. Derrière eux, les hommes de M. Barlow étaient en train d'emmener Cole.

Elle serra les dents et tenta de s'asseoir. Ses bras fonctionnaient, mais elle ne parvenait pas à se relever. Jamais elle n'avait ressenti une telle douleur : à chaque respiration, c'était comme si on lui enfonçait mille lames de poignard dans la colonne vertébrale. Elle tenta de rouler sur le côté, mais en dépit de tous ses efforts, elle n'arrivait pas à bouger. Elle baissa les yeux : une barre maculée de sang sortait du bas de son ventre et elle saignait abondamment. Bizarrement, elle n'avait pas mal. Elle toucha la zone autour de la barre métallique et du sang poisseux couvrit ses doigts. *Une fois qu'on m'aura retiré ça, tout ira bien*, songea-t-elle.

Des chaussures et des bottes apparurent dans son champ de vision. Le shérif s'agenouilla à côté d'elle, visiblement alarmé.

— Ne bougez pas. Ça va aller.

Derrière elle, la grue recommença à bouger. Le treuil crissa et la chaîne fit un bruit de ferraille.

— Non, dit-elle en tendant sa main ensanglantée vers le shérif. Ne… Ne les laissez pas… tuer Pepper.

— Restez calme, on va chercher de l'aide.

Le shérif se leva et cria :

— Que quelqu'un aille chercher une ambulance !

Derrière Lilly, la grue grinça, le câble se tendit, et la foule rit et applaudit. Pepper barrit plusieurs fois, puis se mit à pousser des cris d'agonie. Lilly se boucha les oreilles, mais les plaintes de Pepper se faufilaient entre les doigts de ses mains tremblantes et assaillaient son cerveau. Elle commença à sangloter entre deux haut-le-cœur tandis que sa respiration s'emballait. Le fer et l'acier craquaient sous le poids de Pepper qui se débattait furieusement. Puis, petit à petit, le câble cessa de grincer et le silence s'installa dans l'assistance. Lilly s'affaissa et son champ de vision se rétrécit, comme si un rideau sombre se refermait autour d'elle. Tout se mit à tourner et le sentiment d'être condamnée la submergea. *C'est sûrement ce qu'on ressent quand on meurt*, pensa-t-elle. *Mais je ne peux pas... Phoebe a besoin de moi...* Puis elle eut l'impression de tomber et tout devint noir.

Chapitre 32

Julia

Après sa conversation avec Claude, Julia retourna au manoir, abasourdie. Elle avait passé sa vie à s'apitoyer sur son sort, à se désoler de la froideur de Mère et de la distance de Père en pensant qu'il devait y avoir quelque chose qui n'allait pas chez elle pour qu'ils la jugent indigne de leur amour. Et même si, au fond de son cœur, elle savait que l'accident de son père n'était pas sa faute à elle, elle s'était toujours blâmée. Certes, c'était lui qui avait choisi de prendre le volant alors qu'il avait bu, mais c'était elle qui était allée nager en cachette au lieu de se rendre à l'église.

À présent, elle comprenait qu'elle n'était coupable de rien du tout, et même qu'elle avait eu de la chance. Elle avait pu vivre une vie relativement normale et quitter Blackwood Manor, contrairement à sa sœur qui avait été retenue prisonnière à cause de son apparence. Aussi triste que cela puisse paraître, cela n'avait rien d'étonnant que Mère ait eu honte de sa première-née. Car en dépit de ses manières pieuses en privé, les apparences avaient toujours eu la plus haute importance à ses yeux, d'où les robes chics et les manteaux de fourrure qu'elle portait lorsqu'elle sortait, et la charade de la famille parfaite qu'elle jouait pour le monde extérieur.

Mais c'était inconcevable d'enfermer un enfant. C'était monstrueux, cruel et répugnant. Et Père était dans le coup. Pas étonnant qu'il ait sombré dans l'alcoolisme. Était-ce pour ça qu'il avait besoin du pardon de Dieu, ou à cause d'autre chose ?

Une fois dans la maison, Julia releva tous les stores, écarta tous les rideaux épais et ouvrit toutes les fenêtres. L'air frais et le soleil ne purgeraient jamais Blackwood Manor de ses horribles secrets et de ses mensonges, mais elle ressentait le besoin d'aérer les lieux. Si seulement elle avait pu en faire autant avec son esprit ! Malheureusement, l'image d'une petite fille enfermée dans une chambre au grenier était imprimée dans son cerveau à jamais. Elle alla chercher une boîte d'allumettes à la cuisine, enfila un gros manteau, des bottes et des gants et retourna dehors pour brûler le tas de branches cassées. Elle avait besoin de réfléchir et le travail physique l'aidait toujours dans ces cas-là.

Son père brûlait les feuilles mortes à l'automne. Elle le voyait encore assis sur une souche, à fumer des cigarettes à la chaîne et à boire du whiskey dans une flasque en argent. Dans ces moments-là, il avait l'air d'un homme condamné à vivre un véritable enfer et elle avait toujours eu peur en le voyant ainsi, les épaules avachies comme si un grand malheur était arrivé. Désormais, elle comprenait pourquoi il était comme ça. Les plus terribles secrets sont comme un poison qui vous ronge de l'intérieur.

La pile de bois faisait la taille d'une voiture. Entre ça et l'épaisse couche de feuilles mortes de l'automne précédent, cela ferait une belle flambée. Julia décida de parcourir la cour en quête de branches ou de bouts de bois oubliés pour les ajouter aux autres.

Lors de son premier tour de cour, elle s'arrêta à côté de l'abri de jardin et observa Blackwood Manor. Contrairement à l'avant et l'arrière de la bâtisse, qui comptaient huit lucarnes, ce côté de la maison n'en avait que quatre. Aucune d'elles n'appartenait à la chambre cachée, mais elle ne pouvait s'empêcher d'imaginer une petite fille pâle regardant par une de ces fenêtres moisies, seule et se demandant pourquoi elle n'avait pas le droit d'aller dehors. Cette pensée lui noua l'estomac et lui brûlait la poitrine. Même si elle vidait le manoir et refaisait complètement l'intérieur, comment pourrait-elle y vivre en sachant la douleur et la souffrance qu'avait endurées une enfant innocente entre ces murs ?

Elle jeta une poignée de bois supplémentaire sur la pile et alla dans l'abri de jardin. Le tas de vieux journaux conservés dans un cageot était toujours là, ainsi que le bidon d'essence en haut de l'étagère. Elle retourna au tas de bois, fourra des boules de papier journal entre les branches du bas de la pile, versa de l'essence sur le bûcher, puis alluma le papier et recula. Le feu se répandit immédiatement, remplissant l'après-midi silencieux de craquements secs. Les flammes orange et bleu crépitaient et s'élevaient rapidement vers le ciel.

Elle fixa le feu, envoûtée par les flammes qui noircissaient les branches et dévoraient les feuilles. Le feu grandissait et réchauffait son visage et ses mains. Si on l'avait vue à cet instant, on n'aurait sans doute pas imaginé le chaos qui régnait dans ses pensées. Comment ses parents avaient-ils pu enfermer leur propre fille ? Comment avaient-ils pu se regarder dans la glace en sachant que leur fille était prisonnière, sans jamais respirer l'air du dehors ou sentir le soleil sur sa peau tandis qu'eux allaient et venaient comme bon leur semblait ? L'avaient-ils cachée dans le grenier dès sa naissance ? Avaient-ils raconté à tout le monde qu'elle était mort-née ? Un souvenir apparut dans son esprit : une personne disant à quel point elle était heureuse que Julia soit en bonne santé après que Mère avait passé toute sa grossesse alitée. Qui était-ce ? Elle ne s'en souvenait pas. Est-ce que la personne était inquiète parce qu'on lui avait dit que Mère avait perdu son premier enfant ? Y avait-il un certificat de naissance quelque part dans la maison avec le nom du médecin de Mère ? Est-ce que Lilly était sa sœur ? Qu'est-ce qui lui était arrivé ? Est-ce qu'elle était morte ? Est-ce qu'elle était morte dans le grenier, ou s'était-elle échappée pour rejoindre le cirque ? Était-il possible que ce cirque soit encore en activité ? Comment l'appareil-photo de Lilly avait-il atterri dans le bureau de père ? Sans parler de sa brosse à cheveux et de ses bijoux. Des centaines de questions se bousculaient dans sa tête et lui donnaient la nausée.

Elle battit des paupières et recula. La peau de son visage brûlait comme si elle avait passé trop de temps au soleil. Soudain, la panique monta en elle. Pendant qu'elle était perdue dans ses pensées, le feu avait gagné en intensité. Il léchait désormais les branches les plus basses d'un arbre voisin et avait commencé à avancer dans le jardin, noircissant et dévorant l'herbe telle de l'eau érodant une plage de sable. Elle regarda autour d'elle en quête de quelque chose pour éteindre les flammes. Son père utilisait une pelle et une fourche pour contrôler le feu, mais elle se rendit compte trop tard qu'elle n'avait ni l'une ni l'autre. Elle se tourna vers la grange pour voir si Claude pouvait l'aider. Mais il n'était pas dans les parages.

En désespoir de cause, elle tenta de piétiner les flammes les plus proches, mais la chaleur lui brûla le visage et la gorge et la força à battre en retraite. Elle retint son souffle et réessaya, mais ne parvint pas à s'approcher durant plus d'une ou deux secondes. Puis la pile oscilla et s'effondra, et des braises et des étincelles jaillirent. Elle bondit sur le côté et inspecta la cour à la recherche de quelque chose susceptible d'arrêter les flammes. Elle ne vit rien. Il fallait qu'elle trouve Claude. Elle courut vers la grange en appelant à l'aide. En jetant un coup d'œil par-dessus son épaule, un éclat rouge attira son regard et elle s'arrêta pour regarder la maison.

Les flammes venaient de s'attaquer aux rideaux ornant une fenêtre ouverte.

Le bureau de Père.

Pendant une seconde, elle fut paralysée par l'horreur. Puis elle reprit ses esprits et se précipita dans la maison. Elle attrapa le tapis tressé devant l'évier de cuisine et courut jusqu'au bureau. La pièce était déjà envahie de fumée et les flammes avaient déjà détruit les rideaux et couraient le long du plafond, dont le bois sec ne tarda pas à s'embraser à son tour. Des piles de vieux papiers et de livres noircissaient à vue d'œil près de la fenêtre en feu. Julia retint son souffle et se mit à donner des coups de tapis sur les livres et les papiers, mais dès qu'elle éteignait un départ de feu, un autre naissait. Les flammes progressaient trop vite. La fumée lui brûlait les yeux et elle commença à tousser. Des braises tombant du plafond atterrirent sur son pantalon et son manteau.

Soudain, Claude apparut à côté d'elle, un extincteur dans les mains.

— Poussez-vous ! cria-t-il.

Elle recula, en proie à une violente quinte de toux. Claude retira la goupille de sécurité de l'extincteur et dirigea le tuyau vers les flammes. Pendant un bref instant, Julia crut que le feu allait s'éteindre. Jusqu'à ce que l'extincteur cesse de fonctionner. Claude appuya sur la gâchette, secoua le cylindre, tapa dessus, mais rien n'y fit. L'encadrement de la fenêtre céda, le pan de mur au-dessus de la fenêtre s'écroula, et des morceaux de poutres en feu se détachèrent du plafond. Avec davantage d'air pour alimenter les flammes, leur taille augmenta. Davantage de papiers prirent feu et tout un pan de plafond s'effondra dans un vacarme assourdissant, projetant une pluie d'étincelles. Claude attrapa Julia par le bras et la tira vers la porte.

— Il faut sortir d'ici ! hurla-t-il.

Dans le couloir, la fumée s'accumulait en une couche épaisse au plafond et commençait à s'étendre aux autres pièces. Claude et Julia traversèrent la cuisine en courant et sortirent par la porte du vestibule. Lorsqu'ils furent suffisamment loin de la maison, elle s'arrêta et fit volte-face, le visage couvert de suie et de sueur, une main tremblante plaquée sur la bouche. Des flammes et de la fumée s'échappaient en masse des fenêtres du bureau. Le feu léchait la façade et gagnait progressivement l'étage du dessus. Les jambes de Julia se dérobèrent sous elle. Qu'avait-elle fait ?

Les ruines de Blackwood Manor gisaient en une pile de poutres noires, de braises et de cendres. Seuls deux cheminées calcinées et des pans de murs se dressaient parmi les décombres. À l'arrivée des camions de pompiers, les flammes avaient déjà englouti la moitié de la maison. Julia et Claude n'avaient rien pu faire à part assister au désastre.

Quand la toiture s'écroula, Julia tomba à genoux. Claude se tenait près d'elle sans rien dire. Un curieux mélange de choc et de soulagement se lisait sur ses traits. Les pompiers se dirigèrent vers le bâtiment en courant armés de leurs lances au moment où les premier et deuxième étages s'effondraient dans un grondement. Tremblante, Julia les observa tandis qu'ils tentaient de maîtriser l'incendie, des larmes roulant sur ses joues. Elle avait le sentiment d'être déconnectée de la réalité, comme si c'était en train d'arriver à quelqu'un d'autre, ou que tout allait bientôt se terminer, tel un cauchemar ou une mauvaise blague. Quelqu'un ou quelque chose la réveillerait et elle se rendrait compte que ce n'était qu'un rêve, elle en était certaine.

Mais lorsqu'un pompier apporta deux couvertures et en enroula une autour de ses épaules, elle comprit que c'était bel et bien en train de lui arriver à elle. Elle avait causé un incendie à Blackwood Manor et le feu était en train de tout emporter, y compris les horribles secrets de ce lieu. Le pompier offrit l'autre couverture à Claude, mais celui-ci secoua la tête.

Le pompier s'agenouilla près de Julia.

— Est-ce que ça va, mademoiselle ?

Elle parvint à acquiescer.

— Est-ce que vous étiez à l'intérieur lorsque le feu s'est déclaré ?

Elle secoua la tête. Le pompier se tourna vers Claude.

— Et vous ?

— J'étais dans la grange.

Le pompier posa la main sur le bras de Julia.

— Venez. Ne restez pas là, il fait trop froid.

Julia le laissa l'aider à se relever et se redressa, les jambes mal assurées.

— Vous êtes sûre que vous n'êtes pas blessée ? L'ambulance arrive. Peut-être qu'il vaudrait mieux vous examiner.

Elle déglutit et tenta de retrouver l'usage de la parole. Lorsqu'elle y parvint, sa voix n'était qu'un murmure rauque.

— Je vais bien.

— D'accord. Si vous le dites. Mais n'hésitez pas à demander de l'aide si besoin.

Il la salua d'un bref hochement de tête et retourna aux camions pour assister ses collègues.

Quelques minutes plus tard, le pick-up de Fletcher surgit en trombe dans l'allée. Il traversa la cour et freina brusquement au niveau de Julia et Claude. Il sortit précipitamment, blanc comme un linge, les yeux écarquillés.

— Qu'est-ce qui s'est passé ? Est-ce que vous allez bien ?

— On n'a rien, répondit Claude. Mais elle aurait bien besoin de s'asseoir dans ton pick-up, ajouta-t-il en désignant Julia d'un hochement de menton.

— Venez, dit Fletcher. Vous êtes pâle comme une morte.

Il la prit par le bras. Claude les suivit et ouvrit la portière du côté passager.

— Qu'est-ce qui s'est passé, enfin ? demanda à nouveau Fletcher.

— C'est ma faute, répondirent Julia et Claude à l'unisson.

Julia se tourna vers Claude, bouche bée. Pourquoi voulait-il porter le chapeau ? C'était elle qui avait ouvert les fenêtres et allumé un feu dans la cour. C'était elle qui n'avait pas fait attention et avait laissé les flammes se propager. Une pensée traversa alors son esprit. Peut-être qu'elle avait secrètement espéré que cela arriverait. Peut-être que l'horrible vérité qu'elle avait découverte sur ses parents et les actes cruels perpétrés en ces murs étaient plus que ce qu'elle pouvait supporter. Non, ça n'avait pas de sens. Elle voulait des réponses qu'elle ne trouverait peut-être jamais. Et elle voulait que justice soit faite, pour elle-même et pour sa sœur. Mais désormais, elle n'avait même plus de preuves que sa sœur avait existé. Tout avait disparu.

— C'est ma faute, répéta Claude avec davantage de conviction.

Julia secoua la tête.

— Qu'est-ce que vous racontez ? C'est moi qui ai ouvert les fenêtres. C'est moi qui ai brûlé des branches et…

— J'étais au courant pour votre sœur, l'interrompit-il.

— Je sais. Vous me l'avez dit.

Claude se redressa et la dévisagea, comme s'il se préparait pour ce qu'il allait dire ensuite. Julia se mordit la lèvre et attendit la suite, tremblante.

— Sauf que je ne vous ai pas tout dit.

— Ça aussi, je le sais.

Il inspira bruyamment.

— Vous êtes sûre de vouloir connaître la vérité ?

Elle hocha la tête.

— D'accord. Dans ce cas, si vous vous en sentez la force, je veux vous montrer quelque chose.

Elle voulut descendre du pick-up, mais Fletcher posa délicatement la main sur son bras.

— Qu'est-ce que vous faites ? Je pense qu'il vaudrait mieux que vous restiez ici. Vous allez peut-être entrer en état de choc, et la police va vouloir vous poser des questions concernant l'incendie.

Elle lui sourit faiblement et descendit du véhicule.

— Ça va aller. Il faut que je le fasse.

Fletcher fronça les sourcils.

— Qu'est-ce qui se passe, ici, enfin ? Ça ne peut pas attendre ?

— On ne va pas loin, indiqua Claude. Quand la police sera là, dis-leur que l'incendie était un accident et qu'on arrive tout de suite. Est-ce que tu as une lampe torche ?

Fletcher soupira bruyamment et secoua la tête, clairement frustré et perplexe. Mais ça ne servait à rien d'argumenter avec Claude et il le savait. Il jura entre ses dents, sortit du pick-up et fouilla à tâtons derrière son siège. Il trouva une lampe torche qu'il tendit à Julia. L'inquiétude se lisait sur son visage.

— S'il vous plaît, Julia. Vous pouvez faire ça plus tard.

— Non, justement. Il faut que je fasse ça maintenant. Je vous expliquerai tout en revenant.

Elle enleva la couverture qu'elle avait toujours sur les épaules et se tourna vers Claude, les deux mains agrippées autour de la lampe.

— Je vous suis.

Claude se mit en route en direction des bois.

Julia suivit Claude à travers le jardin derrière les restes encore fumants de Blackwood Manor. Au fond se trouvait une sorte de couloir étroit entre des haies taillées. Ensemble, ils traversèrent un bout de terrain couvert de mauvaises herbes et de plaques de glace, avant d'entrer dans les bois. Il y avait suffisamment de lumière parmi les pins et les jeunes arbres frêles pour ne pas utiliser la lampe torche, mais Julia était contente qu'ils en aient une au cas où. Alors qu'ils longeaient ce qui ressemblait à une piste d'animaux qui s'enfonçait plus profondément dans la forêt, un souvenir lui revint.

Quand elle était enfant, elle n'avait pas le droit de quitter le jardin ni de se rendre dans les bois. Mais à quatorze ans, elle s'était aventurée dans la forêt sombre pour fumer sa première cigarette. Les premières bouffées la firent tousser et presque vomir, et elle se demanda ce que les autres au collège ou encore son père pouvaient bien trouver de si attrayant dans le fait de fumer. Elle éteignit la cigarette et revint sur ses pas. C'était le coucher du soleil, le ciel était devenu mauve par-dessus les feuillages et il ne lui avait fallu que quelques minutes pour se perdre et imaginer son père retrouver son corps sans vie, les bras et le visage grignotés par des animaux sauvages. Paniquée, elle avait couru dans les bois, l'avertissement de Mère répétant qu'un malheur arriverait si elle désobéissait tournait en boucle dans sa tête. Quand elle avait fini par retrouver son chemin, elle avait traversé la haie pour revenir dans le jardin, le visage couvert de larmes et d'égratignures, et s'était juré de ne jamais retourner dans les bois.

Tandis qu'elle suivait Claude sur le petit chemin sinueux entre racines d'arbres et rochers, elle eut le sentiment qu'elle aurait dû se souvenir d'autre chose, de quelque chose de plus que piquer une cigarette, désobéir à ses parents, avoir peur de se perdre et de se faire dévorer par des animaux.

Les branches de hauts conifères bruissaient au-dessus de leurs têtes, et l'odeur de calciné en provenance de la maison s'infiltrait jusque dans les bois. Là où le soleil passait à travers les branches, il éclairait le chemin où de la glace et de la neige persistaient ici et là, entre les broussailles et les buissons. Les dégâts de la tempête de glace avaient défiguré les grands arbres et des branches jonchaient le sol. Claude dégagea le passage à plusieurs reprises et ils durent escalader un vieux chêne déraciné par la tempête. Plus ils s'enfonçaient dans la forêt, plus la vieille peur de Julia de se perdre s'intensifiait. Les arbres détruits et l'odeur macabre de la fumée lui évoquaient une zone de guerre ou un terrain vague post-apocalyptique qui reflétait son état d'esprit. Sa vie avait été mise sens dessus dessous et réduite en miettes, et elle n'avait pas la moindre idée de là où elle allait.

Mais il était trop tard pour faire marche arrière désormais. Elle devait connaître la vérité. De plus, Claude semblait connaître la route, ce qui la rassura et raviva sa détermination. Près de ce qui ressemblait au bout du chemin, il écarta les branches d'un grand épicéa et fit un pas de côté pour la laisser passer. De l'autre côté, des aubépines et des genévriers encerclaient une clairière peuplée de touffes de hautes herbes, de feuilles mortes et de ronces prisonnières d'une couche de glace.

Au centre de la clairière, une clôture en fer entourait une pierre tombale.

Julia se figea et un autre souvenir, plus flou, lui revint. Son père l'emmenant dans les bois, eux deux plantant des fleurs le long d'une clôture puis cueillant des pissenlits et les disposant près d'une pierre grise carrée. Une vague d'effroi la submergea.

— Qui est-ce ? demanda-t-elle.

Claude ne répondit pas et avança vers la clôture. Il dégagea les feuilles mortes et les branches entassées devant la grille, souleva le battant et l'ouvrit. Les gonds en métal grincèrent dans la forêt silencieuse et un bruissement leur parvint, comme un petit animal qui se sauvait. Claude la dévisagea, un voile de fatigue sur le visage et les yeux. Elle déglutit, avança prudemment et lut l'inscription gravée au-dessus d'une croix sculptée dans la pierre.

À notre fille bien-aimée

Julia battit des paupières pour retenir ses larmes et s'approcha davantage, une main tremblante plaquée sur la bouche. Claude la rejoignit.

— Comment saviez-vous qu'elle était ici ? demanda Julia.

— J'ai aidé votre père à l'enterrer.

Elle retint son souffle. Un million de questions se bousculèrent aussitôt dans son esprit, mais elle devait faire attention et le ménager si elle voulait qu'il lui dise tout ce qu'il savait.

— Qu'est-ce qui lui est arrivé ?

— Je n'en ai jamais parlé à personne. Et j'ai dû vivre avec ça pendant toutes ces années.

— Vivre avec quoi ?

— Je travaillais tard ce soir-là car un acheteur venait tôt le lendemain matin et je devais préparer les chevaux.

— Quel soir ?

— Le soir où j'ai vu votre mère, je veux dire Mme Blackwood, faire sortir la fillette de la maison.

Julia sentit les poils dans sa nuque se hérisser. La fillette. Le sentiment d'être sur le point de découvrir une horrible vérité pesait sur elle comme un carcan de plomb.

— Donc, ma sœur est sortie du grenier. Et vous étiez au courant depuis le début. Combien de temps a-t-elle passé là-haut ?

Il leva une main.

— S'il vous plaît. Laissez-moi parler. Autrement je n'y arriverai jamais.

Elle serra les dents et attendit.

— Il était presque minuit, reprit-il. M. Blackwood était en voyage et j'étais en train de fumer une cigarette de l'autre côté de la grange. D'un coup, j'ai aperçu Mme Blackwood qui traversait la pâture nord en direction de la forêt, la petite sur les talons.

Il marqua une pause et déblaya les feuilles mortes sur le dessus de la pierre tombale.

— Qu'est-ce qui s'est passé ensuite ?

— Je n'avais pas la moindre idée de là où elles allaient et je ne savais pas quoi faire. Avec le recul, j'aurais dû intervenir, bien sûr. Mais à l'époque, je…

Il se frotta le front.

— Au bout d'un moment, j'ai vu Mme Blackwood ressortir de la forêt. Toute seule.

Les bras de Julia se couvrirent de chair de poule. Seigneur, qu'est-ce que Mère avait fait ?

— Le lendemain, M. Blackwood m'a dit que sa fille était morte. Je vous jure que c'était la première fois qu'il me parlait d'elle. Avant ça, j'avais toujours cru qu'elle était mort-née, vu que c'était ce qu'ils avaient raconté à tout le monde.

— Mon Dieu, dit Julia dans un souffle, les yeux rivés sur la tombe.

Est-ce que c'était là que sa sœur était morte, après avoir été enfermée dans le grenier ? Elle porta une main à sa poitrine. C'était comme si l'air n'entrait plus dans ses poumons.

— Quand il m'a avoué ça, je n'ai pas su quoi faire. Je n'arrêtais pas de me dire que j'aurais dû m'en mêler, faire n'importe quoi pour empêcher Mme Blackwood de faire ce qu'elle avait fait, quoi que ça puisse être. Je me suis fait porter pâle pendant deux jours car j'étais incapable de les affronter. Je ne savais pas si je devais appeler la police ou…

Il hésita, comme s'il cherchait ses mots, puis plongea son regard désespéré dans le sien.

— Il faut que vous compreniez, je devais subvenir aux besoins de ma femme et de mon fils et les bons postes se faisaient rares à l'époque. Alors je me suis dit qu'à ce stade, je ne pouvais plus rien y changer. Ce qui était fait était fait. Perdre mon emploi ne ramènerait pas cette petite fille. Alors je suis retourné au travail et j'ai fermé mon clapet. C'est là que M. Blackwood a commencé à boire.

Le sol sembla vaciller sous les pieds de Julia.

— Est-ce que vous êtes en train de me dire que ma mère… ma mère…

Elle fut incapable de finir sa phrase. Claude secoua la tête.

— Non, ce n'est pas ce que je suis en train de dire. J'ai retourné tout ça dans ma tête pendant de nombreuses années et je crois avoir compris ce qui s'était passé. Un cirque nous avait loué le terrain de l'autre côté des arbres, derrière la pâture nord. C'est après le départ du cirque le lendemain que M. Blackwood m'a dit que sa fille n'était plus là.

Elle fixa Claude bouche bée, en proie à un mélange de soulagement, de dégoût et de peur. Le soulagement d'apprendre que Mère n'était pas une meurtrière, le dégoût et la peur parce qu'elle savait ce qui allait venir ensuite.

— Est-ce que vous êtes en train de me dire que ma mère a donné ma sœur à un cirque ?

Il secoua à nouveau la tête.

— Non. Je pense qu'elle l'a vendue à un cirque.

Le rythme cardiaque de Julia s'accéléra. Elle avait vu juste. Lilly était sa sœur, pas la maîtresse de son père. C'était pour ça qu'il avait conservé les affiches et les billets du cirque. C'était pour ça qu'il avait découpé ces articles. Néanmoins, elle ne parvenait pas à en croire ses oreilles. Les questions naissaient trop vite dans sa tête pour qu'elle ait le temps de les assimiler.

— Mais pourquoi ? Pour se débarrasser d'elle ?

— Je ne sais pas trop.

— Ils n'avaient pas besoin de cet argent, pourtant.

— N'oubliez pas que c'était le début des années 1930, pendant la Dépression. Les Blackwood avaient des difficultés, comme tout le monde. Rien d'insurmontable, mais tout de même.

— Je m'en fiche ! Ce n'est pas une excuse pour…

— Laissez-moi vous raconter la suite, vous voulez bien ?

Elle se mordit la lèvre pour ne pas hurler. Le chagrin et la colère grandissaient en elle de seconde en seconde. Pas étonnant que ses parents aient eu besoin du pardon de Dieu.

— Environ une semaine après la disparition de la petite, les Blackwood ont acheté Blue Venture, le cheval qui est arrivé deuxième cette année-là aux courses hippiques des Belmont Stakes et du Kentucky Derby. Après ça, l'élevage a vraiment commencé à engranger de l'argent. Les Blackwood ont engagé un dresseur, gagné plusieurs courses, puis ils ont décidé d'utiliser Blue Venture comme étalon. Ce cheval a sauvé l'élevage Blackwood. Et c'est Mme Blackwood qui avait eu l'idée de l'acheter.

— Donc, ma mère a utilisé l'argent récolté en vendant ma sœur pour acheter un cheval ?

— Je crois, oui.

Julia ferma les yeux un moment, le temps de digérer cette information. Comment pouvait-on manquer de cœur à ce point ? C'était déjà assez horrible de garder sa fille prisonnière, mais la vendre à un cirque ? C'était tout simplement révoltant.

— Quel âge avait ma sœur quand Mère l'a vendue ?

— Neuf ou dix ans, je dirais, mais je n'en suis pas tout à fait sûr.

— Mon Dieu. Elle a enfermé sa propre fille dans un grenier pendant dix ans pour ensuite la vendre à un cirque ? Mais quel monstre.

Claude détourna le regard et une ombre passa sur son visage. Il se frotta à nouveau le front et soupira bruyamment, à croire qu'il aurait aimé être n'importe où sauf ici. Puis il affronta son regard, visiblement troublé.

— Il y a autre chose.

Elle se figea. Elle n'était pas sûre d'être capable d'en supporter beaucoup plus.

— Quoi ?

— Je suis désolé d'être celui qui vous annonce ça, mais Mme Blackwood n'était pas votre mère. Votre mère est ici, dans cette tombe.

Les jambes de Julia vacillèrent.

— Qu'est-ce que… Qu'est-ce que vous voulez dire ?

Elle secoua la tête.

— Non, ce… C'est impossible. Vous devez vous tromper.

— Je ne me trompe pas. J'ignore comment, mais votre mère a fini par revenir chez vos grands-parents. Et vous étiez avec elle.

— Mes grands-parents ?

Elle laissa tomber la lampe torche et s'effondra. Seigneur. Les gens qu'elle croyait être ses parents étaient en réalité ses grands-parents. Et Lilly était sa mère, pas sa sœur.

— Mais comment… pourquoi…

Elle avait un mal fou à trouver ses mots et à connecter ses pensées.

— Qu'est-ce qu'elle a bien pu revenir faire ici ?

Il haussa les épaules.

Elle fixa la tombe. Elle avait le tournis.

— De quoi est-elle morte ?

— M. Blackwood m'a dit que c'était une pneumonie.

— Est-ce que vous l'avez cru ?

— Je n'avais pas de raison de ne pas le croire.

— Quel âge j'avais ?

— Je ne sais pas trop. Vous étiez bébé.

— Mais comment…

Elle s'interrompit, soudain nauséeuse. Toutes ces histoires que « Mère » avait racontées quant au fait d'être alitée pendant sa grossesse, leur joie de constater qu'elle était en bonne santé lorsqu'elle était née… C'étaient des mensonges. Rien que des mensonges.

— Alors mes parents… je veux dire mes grands-parents… ont dit à tout le monde que j'étais leur fille ?

Il hocha la tête.

Comment ont-ils expliqué mon arrivée ?

— Ils n'ont pas vraiment eu besoin d'expliquer quoi que ce soit. Après que Mme Blackwood a vendu votre mère et que M. Blackwood a commencé à boire, les choses ont commencé à se détériorer. Les affaires étaient florissantes, mais leur vie était un désastre. Ils n'ont pas tardé à arrêter de voir leurs amis. Ils refusaient toutes les invitations et les seules personnes qu'ils recevaient étaient les clients de l'élevage. C'était facile de raconter aux gens que le médecin avait alité Mme Blackwood pendant sa grossesse et qu'elle n'était pas en mesure de recevoir des visites, surtout après l'histoire de votre sœur qui était mort-née. Après votre pseudo-naissance, ils ont dit que vous étiez trop fragile pour sortir de la maison et que personne n'avait le droit de venir jusqu'à ce que vous ayez pris des forces. Ils ont mis une pancarte sur la porte d'entrée indiquant aux visiteurs d'aller dans la grange et de demander Claude. J'avais pour ordre d'appeler la maison et de leur annoncer qui était là. Ils renvoyaient presque tout le monde, et sinon, votre père venait dans la grange. Vous étiez toute petite la première fois que je vous ai vue dehors.

Elle dissimula son visage dans ses mains. Bien sûr que ses grands-parents avaient dû mentir, autrement, ils auraient été obligés d'avouer ce qu'ils avaient fait à leur fille. Pendant tout ce temps, on l'avait rendue coupable de l'alcoolisme et de la mort de son « père ». Pendant tout ce temps, elle s'était demandé pourquoi elle n'était pas digne de l'amour de ses « parents ». Désormais, elle comprenait que tout ce qu'elle avait toujours cru sur ses « parents » était un tissu de mensonges. Elle était sous le choc, mais aussi étrangement soulagée à la fois. D'un côté, elle était heureuse de connaître la vérité. De l'autre, entre l'incendie et la révélation de l'identité de sa vraie mère, c'était presque plus que ce qu'elle pouvait supporter.

Elle inspira lentement et profondément pour tenter de se reprendre. Elle essuya les larmes sur son visage et toucha la pierre tombale, dont le froid lui mordit la peau. Sa mère était enterrée là. La mère qu'elle n'avait jamais connue. Une femme (albinos) qui avait été enfermée dans un grenier pendant son enfance puis vendue à un cirque. Cette découverte aussi incroyable que triste répondait à de nombreuses questions, à part une : comment ses parents, ou plutôt ses grands-parents, avaient-ils pu être aussi cruels ? Au fond d'elle, elle se demanda quelle vie elle aurait vécue si sa mère biologique n'était pas morte. Mais son cerveau était trop en bouillie pour visualiser une femme qu'elle n'avait jamais rencontrée dans le rôle de sa mère. Et c'était tout bonnement impossible pour elle de s'imaginer ce que ç'aurait été de grandir dans un cirque.

— Alors elle s'appelait Lilly ? demanda Julia.

— Oui.

— Et mon père ?

— M. Blackwood a dit qu'il était mort. Qu'il avait été tué dans un accident.

Julia se releva, mal assurée sur ses jambes.

— Et vous l'avez aidé à enterrer ma mère ?

— Oui.

— Vous l'avez aidé à transporter son corps dans les bois ?

— Oui.

— Où est-ce qu'elle était ?

— Comment ça ?

— Où était Lilly quand elle est morte ?

Il se frotta la nuque et plongea son regard dans le sien, l'air torturé.

— Dans le grenier.

CHAPITRE 33

Lilly

Un rayon de lumière matinale déchira l'obscurité, tirant Lilly d'un sommeil agité. Elle battit des paupières et ouvrit les yeux. Une douleur perçante martelait l'arrière de son crâne et elle avait la tête dans le brouillard. Tous ses muscles étaient douloureux et courbaturés. Elle n'avait pas la moindre idée de là où elle se trouvait, mais elle était allongée sur un lit. Le drap en dessous d'elle était froid et humide et l'endroit empestait l'urine, en plus d'une odeur métallique de sang. Un carré de lumière atterrissait sur un mur de briques de l'autre côté du lit, formant une silhouette qui ressemblant à une fenêtre étroite obstruée de branches ondulées. Elle plissa des yeux et tenta de comprendre ce qu'elle voyait. Puis une ombre trembla dans le bas de la silhouette. C'était un oiseau sur un rebord de fenêtre.

Elle inspira bruyamment. Tout était familier et étrange à la fois, comme quelque chose qu'elle aurait vu dans un rêve récurrent. Elle inspecta le plafond. Du papier peint fleuri recouvrait une alcôve arrondie au-dessus du lit. Le même papier peint que celui que son père avait posé dans son alcôve un siècle plus tôt. Son cœur s'arrêta, puis se mit à cogner comme un fou dans sa poitrine. Elle regarda autour d'elle.

Sa maison de poupées était là, de même que sa bibliothèque pleine de livres.

Son service à thé, avec le napperon en dentelle, le plateau en argent et les tasses en porcelaine.

Ses animaux de ferme miniatures, alignés sur l'étagère au-dessus de la bibliothèque, tous tournés dans la même direction.

Elle pressa ses paumes contre ses yeux qui se remplissaient de larmes.

Est-ce que c'est un cauchemar ?

Non. Tout était bien réel. Merrick, Glory, les éléphants, Cole.

Phoebe.

Elle porta une main à son cœur. *Je suis une femme à présent. Je suis mère.* C'était réel. Tout était réel. Un vent violent de panique souffla en elle. *Où est mon bébé ? Et comment ai-je fait pour me retrouver à nouveau dans cette pièce ?* Puis elle se rendit compte qu'elle portait une chemise de nuit d'hôpital et que des bandages enserraient sa taille. Elle se rappela avoir essayé de sauver Pepper, avoir été jetée au sol par la grue, quelqu'un qui disait qu'on l'emmenait à l'hôpital. L'image de Pepper accrochée au câble de la grue lui revint à l'esprit et une vague dévastatrice de chagrin la submergea.

Pepper était morte.

Il fallait qu'elle sorte d'ici. Il fallait qu'elle retrouve Cole et Phoebe. M. Barlow devait payer pour ce qu'il avait fait. Elle tenta de s'asseoir, mais n'y parvint pas. Une douleur insoutenable lui transperça le ventre et le dos et sa respiration devint sifflante. Elle ouvrit la bouche pour appeler à l'aide mais se mit à tousser à la place. Elle se couvrit la bouche et essaya d'arrêter, mais elle n'y arrivait pas. Chaque quinte augmentait la douleur atroce au niveau de sa taille et lui donnait le sentiment qu'on la coupait en deux. De la sueur perla sur son front. Quand elle put enfin prendre une respiration, des taches sombres de sang maculaient la paume de sa main et elle avait un goût métallique chaud dans la bouche. Elle tâta son front d'une main tremblante. Elle était brûlante de fièvre.

Une clé cliqueta dans la serrure, la poignée tourna et une femme entra dans la pièce.

Maman.

Le cœur battant, Lilly rassembla toutes les forces qu'elle avait en elle pour se redresser sur ses coudes. Elle n'avait pas changé, à l'exception de quelques cheveux gris dans son chignon parfait et des ridules autour de ses yeux et de sa bouche. Elle était élancée, les joues roses et les yeux brillants, avec le port plein d'assurance d'une femme qui avait vécu une vie heureuse et avait la conscience tranquille. La voir donna à Lilly l'impression qu'on lui brûlait l'estomac à l'acide. Maman s'approcha, son sempiternel anneau de clés attaché à son tablier, le visage dénué d'expression.

— Tu es réveillée, constata-t-elle.

— Où est ma fille ?

La voix de Lilly n'était qu'un murmure rauque, comme si elle avait avalé des bouts de verre. Elle recommença à tousser.

— Qu'est-ce que… je… fais ici ? parvint-elle à articuler.

— Ta fille va bien.

Lilly serra les dents et tenta de reprendre son souffle.

— Où est-elle ?

— En bas, avec son père.

Lilly poussa un cri.

— Cole ?

Maman secoua la tête.

— Non, elle est en bas avec ton père. Le père de ta fille, ton mari, ou que sais-je, est mort.

Pendant un instant terrifiant, Lilly crut que son cœur s'était arrêté. Elle eut la sensation de tomber dans un puits sans fond. Elle secoua la tête.

— Non. Tu mens.

Maman fronça les sourcils.

— Je ne mens jamais. M. Barlow a dit que ton mari était un voleur et un lâche. Au lieu d'affronter les conséquences de ses actes, il a sauté de son wagon alors que le train passait sur un pont au-dessus d'une rivière et il est mort.

— Non ! cria Lilly. Ce n'est pas vrai ! Cole n'aurait jamais fait ça ! S'il est mort, c'est parce que c'est M. Barlow qui l'a fait jeter du train !

Maman haussa les épaules.

— Qui sait. De toute façon, je ne crois pas un mot de ce que vous racontez, vous, les gens du cirque.

Lilly se laissa retomber contre son oreiller et dissimula son visage dans ses mains. Non. Pas Cole. *J'ai besoin de lui. Phoebe a besoin de lui !* Le visage de Cole se matérialisa dans son esprit et l'étau du chagrin se resserra autour de son cœur jusqu'à y laisser une marque indélébile. Elle se mit à pleurer et à tousser de nouveau, les épaules secouées par les sanglots. Qu'allait-elle devenir sans son mari et son meilleur ami ? Comment Phoebe et elle sortiraient-elles d'ici sans lui ? Elle avait l'impression d'être sur le point de mourir.

Non. Même si elle était dévastée par le chagrin et tremblante de peur, il fallait qu'elle se reprenne, pour Phoebe. Elle serra les dents et se força à respirer normalement, puis se tourna vers Maman.

— Comment est-ce que je suis arrivée ici ? Depuis combien de temps je…

— Depuis hier matin. Ton père et moi avons fait la route jusqu'à Nashville pour aller te chercher. Les médecins n'étaient pas sûrs que tu survivrais au voyage.

— Mais pourquoi…

— M. Barlow nous a appelés. Je n'étais pas étonnée lorsqu'il m'a expliqué que tu avais été une source d'ennuis depuis le premier jour. N'essaie pas de le nier. Il m'a tout raconté. Il en a assez de toi et ne veut pas se retrouver coincé à devoir payer tes frais d'hospitalisation et s'occuper de ta fille. Ton père a insisté, disant que le moins qu'on puisse faire était de te ramener ici. Et une fois que j'ai su que la petite était normale, j'ai compris qu'il fallait que quelqu'un s'occupe d'elle.

Les doigts glacés de la peur étreignirent la gorge de Lilly. Elle fusilla Maman du regard.

— Amène-la-moi.

Maman secoua la tête.

— C'est mieux comme ça.

Lilly se redressa sur ses bras tremblants. Il était absolument hors de question qu'elle laisse Maman élever Phoebe. Plutôt mourir. Il fallait qu'elle sorte de cette chambre. Il fallait qu'elle récupère sa fille et qu'elle quitte cette maison. Elle voulut sortir de son lit, mais ses jambes ne bougeaient pas. Horrifiée, elle se rendit compte qu'elle ne les sentait pas. Ses jambes étaient inertes. Elle étreignit ses genoux et se donna des tapes sur les cuisses, mais elle ne sentait rien du tout. Des larmes lui brouillèrent la vue et la panique monta dans sa poitrine.

— Tu es paraplégique, expliqua Maman. Les médecins ont dit que ce serait sûrement le cas si tu survivais.

Lilly se laissa retomber une nouvelle fois contre l'oreiller, avec le sentiment de perdre le peu de raison qui lui restait. Si elle ne parvenait pas à sortir de ce lit, elle ne sortirait jamais de cette chambre. Elle ne récupérerait jamais Phoebe. Comment était-ce possible ?

— S'il vous plaît ! Je vous en supplie. Il faut que je voie ma fille.

— Je ne crois pas que ce soit une bonne idée.

— Qu'est-ce que vous racontez ? C'est ma fille ! Elle a besoin de moi !

— Tu n'es pas en état d'être mère. Je dis toujours que les voies de Dieu sont impénétrables et que rien n'arrive sans raison. Et finalement, après tout ce que tu nous as fait subir, ton père et moi avons enfin la fille que nous méritons. Elle s'est tout de suite prise d'affection pour nous, et c'est bien normal. Nous sommes ses grands-parents, après tout.

La terreur et la rage brûlaient dans la poitrine de Lilly.

— Vous n'êtes rien pour elle ! Elle est à moi !

Elle toussa à nouveau et une douleur acérée la transperça, comme si des milliers de lames la poignardaient de toutes parts. Le corps agité par des haut-le-cœur, elle sentait ses forces l'abandonner de seconde en seconde.

— Je ne vous laisserai pas faire. S'il vous plaît. Vous devez me l'amener.

— Je suis désolée, mais ce qui est fait est fait.

Maman se dirigea vers la porte, les clés cliquetant contre sa hanche. La main sur la poignée, elle se tourna vers Lilly.

— Si j'étais toi, j'arrêterais de réclamer des choses que je ne peux pas avoir et je commencerais à faire la paix avec le Seigneur. Dieu sait que tu as commis ta part de péchés et plus encore.

Puis elle sortit et verrouilla la porte derrière elle.

Lilly ne savait pas vraiment combien de temps s'était écoulé depuis qu'elle s'était réveillée dans le grenier de Blackwood Manor. L'ombre de la lucarne bougeait lentement le long du mur de briques tandis que le matin laissait place à l'après-midi, puis au soir, puis à la nuit, avant de revenir à nouveau. Un sommeil profond empêchait ses pensées de trop la torturer, mais jamais pendant très longtemps. À intervalles réguliers, elle se réveillait en sursaut, en proie à une quinte de toux et aussitôt assaillie par la réalité : Cole était mort, Phoebe était avec Maman et elle était de nouveau coincée dans ce grenier. Chaque fois qu'elle ouvrait les yeux et se rappelait où elle était et pourquoi, une avalanche de chagrin et de colère menaçait de la submerger. Mais elle devait résister pour sa fille.

Entre deux phases d'inconscience et d'épuisement, elle utilisait toutes les forces dont elle disposait pour tenter de bouger les jambes, suppliant son cerveau de les faire fonctionner. Si elle parvenait à sortir du lit, elle pourrait assommer Maman, s'échapper et récupérer Phoebe. Mais chaque fois qu'elle attrapait ses cuisses pour tenter de les soulever, un éclair de douleur la transperçait et son visage se couvrait de sueur. Après chaque tentative, elle se laissait retomber sur le lit, exténuée et folle de désespoir. Elle était toujours brûlante de fièvre, ses lèvres étaient desséchées, ses draps sales et nauséabonds, et elle s'affaiblissait d'heure en heure.

— Je vous en supplie, Dieu, murmurait-elle. S'il Vous plaît. Si Vous êtes là, j'ai plus que jamais besoin de Vous.

Mais ça ne servait à rien. Ses jambes restaient sans vie.

Personne ne lui amenait d'eau ni de nourriture et elle commença à croire que Maman allait la laisser mourir de faim. Comment ses poumons réussissaient-ils encore à inspirer de l'air et comment son cœur brisé battait-il encore ? L'agonie l'engloutissait petit à petit.

Quelques heures après le lever du soleil, une clé cliqueta dans la serrure et la porte s'ouvrit. Phoebe entra dans la chambre en titubant sur ses petites jambes potelées, un doigt dans sa petite bouche en force de cœur, ses petits sourcils froncés par l'incertitude. Lilly poussa un cri et tendit ses mains tremblantes vers elle.

— Viens ici, mon bébé, dit-elle, les yeux pleins de larmes.

Quand Phoebe la vit, son visage s'illumina et elle se dirigea vers le lit en se dandinant. Avec le peu de forces qu'il lui restait, Lilly la souleva, ignorant la douleur atroce dans son ventre et son dos, et la posa sur un coin propre de sa couverture. Elle embrassa son front, ses joues et sa bouche, se délectant du parfum doux et chaud de la peau et des cheveux de sa fille. Phoebe avait l'air en bonne santé, propre et bien nourrie. Au moins, ses parents prenaient correctement soin d'elle.

— Tu m'as tellement manqué, dit Lilly. Et je t'aime plus que tout au monde. Est-ce que je t'ai manqué, ma chérie ?

Phoebe sourit et Lilly ramena une mèche de cheveux derrière sa petite oreille rose. Elle n'eut pas besoin de tourner la tête pour savoir que son père observait la scène depuis le seuil.

— Tu n'as pas peur de te faire prendre ? demanda-t-elle.

— Ta mère fait la sieste.

— Ce n'est pas ma mère, répliqua Lilly en le regardant. Et tu n'es pas mon père.

Il portait un plateau avec de la nourriture et une carafe d'eau. Des cheveux gris entouraient son visage et sa peau tannée avait un aspect de cuir craquelé. Il avait l'air d'avoir pris dix ans depuis le jour où il était venu dans la tente de la Voyante Albinos. Néanmoins, on discernait encore les vestiges de l'homme jeune et beau qu'il avait été dans sa mâchoire carrée et ses yeux bleu clair. Il s'approcha et posa le plateau sur sa table de nuit.

— Je suis désolé, dit-il d'une voix triste. Pour tout.

— C'est trop tard.

— Je tenais quand même à te le dire.

Il versa de l'eau dans une tasse qu'il lui tendit. Elle s'assit difficilement et porta la tasse à ses lèvres. Elle but une gorgée et faillit s'étrangler. Phoebe la dévisageait, inquiète. Quand elle s'arrêta de tousser, elle prit quelques gorgées de plus, puis se rallongea, trop fatiguée pour se tenir assise. Son père attrapa un demi-sandwich sur le plateau et le lui tendit également. Elle secoua la tête.

— Pas maintenant.

Phoebe se nicha dans le creux de son bras et posa la tête sur son épaule. Lilly lui caressa les cheveux. Sans quitter sa fille des yeux, elle s'adressa à son père.

— Je veux seulement savoir une chose. Pourquoi est-ce que tu l'as laissée faire ça ?

— J'étais en voyage, tu te souviens ? Ce n'est qu'à mon retour que j'ai appris que tu étais partie. Et à ce moment-là, c'était trop tard.

— Je ne parle pas du fait qu'elle m'a vendue au cirque. Je veux savoir pourquoi tu l'as laissée m'enfermer. Il n'y avait rien d'anormal chez moi. Ma peau était différente, c'est tout.

Il s'adossa au mur, le visage déformé par la tristesse et ce qui ressemblait à de la honte.

— Je n'ai pas eu le choix.

— On a toujours le choix.

Des larmes lui montèrent aux yeux.

— Tu ne peux pas comprendre. Cela faisait des années que ta mère et moi priions pour t'avoir.

— Arrête de me mentir. Je veux la vérité. Tu me dois bien ça.

— C'est la vérité. Coralline voulait désespérément devenir mère. Quand elle a découvert qu'elle était enceinte de toi au bout de quatre mois, elle a su que ses prières avaient été entendues.

— Jusqu'à ce qu'elle me voie.

Il inspira profondément et soupira, la tête basse, comme si dire la vérité était la chose la plus difficile qu'il ait jamais faite. Elle songea à lui faire remarquer que sa souffrance à lui n'était rien en comparaison de ce qu'elle avait traversé et de ce qu'elle traversait encore, mais elle ne le fit pas. Elle était trop lasse pour avoir cette discussion. Tout ce qu'elle avait besoin de savoir, c'était pourquoi. Elle fixa Phoebe, qui s'était endormie contre elle.

— Ce n'est pas si simple que ça. Un jour, après sa huitième fausse couche, ta mère a déclaré qu'elle serait prête à vendre son âme au diable pour avoir un bébé. Tu sais aussi bien que moi à quel point ça a dû lui coûter de dire une chose pareille. Le matin où le travail a commencé, il y avait un orage terrible. Les routes étaient inondées, des ponts avaient été emportés et elle était dans tous ses états parce que nous ne pouvions pas aller à l'hôpital et que le médecin ne pouvait pas venir jusqu'à nous. Elle a accouché toute seule dans notre chambre, sans jamais accepter mon aide. Ça a duré toute la journée jusque tard dans la nuit, et quand elle a arrêté de crier, j'ai cru qu'elle avait quitté ce monde. Je n'entendais que toi, qui hurlais de l'autre côté de la porte fermée à clé. J'étais sur le point de défoncer la porte quand elle a fini par me laisser entrer avant de s'effondrer sur le lit, près de ton couffin. J'ai cru qu'elle était en train de mourir. Puis elle m'a regardé, les yeux injectés de sang, et elle a dit : « Il faut qu'on s'en débarrasse. »

— C'est censé m'aider à me sentir mieux ?

— Tu ne comprends pas. Elle a cru que Dieu la punissait.

— De quoi ?

— D'avoir dit qu'elle serait prête à faire un pacte avec le diable.

— Alors elle m'a enfermée dans le grenier.

Il secoua la tête.

— Non. C'est moi qui t'ai mise là-haut.

Pendant une seconde, Lilly cessa de respirer. Elle n'en croyait pas ses oreilles. Pendant toutes ces années, elle avait rendu Maman responsable de tout. Pendant toutes ces années, elle avait cru que sa mère la détestait et que son père n'était qu'un sale lâche. Alors qu'en fait…

— Pourquoi ? réussit-elle à articuler.

— Elle voulait que je t'abandonne dans la forêt.

Lilly se mordit la lèvre et ferma les yeux. L'once de force qui lui restait sembla la quitter. Sa mère n'avait pas voulu l'enfermer : elle avait voulu la tuer. Elle était bien loin d'être simplement froide ou cruelle : elle était carrément prête à assassiner son propre enfant. Et désormais, elle lui avait volé Phoebe. Quand Lilly finit par retrouver l'usage de la parole, sa voix n'était qu'un murmure.

— Parce qu'elle pensait que j'étais un monstre et qu'elle avait honte de moi.

— Non. Elle croyait que Dieu la mettait à l'épreuve. Elle avait pactisé avec le diable et tu la terrifiais, pas parce que tu étais un monstre, mais parce que tu étais parfaite. Tu n'avais pas le moindre défaut. On aurait dit un agneau sacrificiel.

Il s'approcha davantage.

— Tu ne comprends pas. Je t'ai enfermée dans le grenier pour te sauver. Quand elle a découvert que tu étais encore en vie, tu avais quatre mois. Je l'ai menacée de dire la vérité à tout le monde si jamais elle te touchait. On avait raconté à tout le monde que tu étais mort-née. Il y avait même eu un enterrement et…

Il s'interrompit et pressa le bout de ses doigts contre ses tempes.

Des larmes coulèrent sur les joues de Lilly.

— Pourquoi ne pas avoir fait ce qu'elle voulait ? Pourquoi est-ce que tu ne m'as pas abandonnée dans les bois ?

— Parce que c'était de la folie. Je pensais qu'elle avait perdu la raison et qu'elle reprendrait ses esprits une fois le choc passé.

— Sauf que ça n'a pas été le cas. Alors tu m'as laissée dans le grenier.

Il acquiesça.

— Pourquoi est-ce que tu ne m'as pas cherchée après qu'elle m'a vendue au cirque ?

— Elle m'a dit que tu t'étais sauvée.

— Et tu l'as crue.

— Au début, j'avais peur qu'elle n'ait fait quelque chose…

Il hésita, avant de continuer.

— Je n'arrêtais pas de lui demander comment tu avais fait pour sortir et t'échapper. Elle répondait toujours que tu l'avais poussée et que tu t'étais enfuie.

— Elle mentait.

— Je l'ai compris quand j'ai vu une affiche de cirque en Pennsylvanie avec ta photo. Je…

— Alors tu savais où j'étais. Pendant tout ce temps, tu savais.

— Oui.

— Et tu n'avais pas envie de savoir si j'allais bien ? Si j'étais heureuse ?

Il soupira.

— Bien sûr que si. C'est pour ça que je suis venu te voir dans la tente de la Voyante Albinos.

— Ça faisait déjà six ans. Pourquoi as-tu mis aussi longtemps à venir me voir ?

Il secoua la tête.

— Tu te trompes. J'assistais à au moins une représentation par an. Tu n'as jamais su que j'étais là, mais je t'ai vue au musée des horreurs, je t'ai vue sur l'éléphant blanc…

Un sourire triste dansa sur ses lèvres.

— Tu étais si belle cette fois-là… et tu semblais si heureuse.

Lilly enfouit son visage dans ses mains. Elle avait été heureuse, c'est vrai. Mais ensuite, la tornade avait emporté le grand chapiteau et M. Barlow avait vendu JoJo et…

Elle ne sut pas quoi ajouter. Elle arrivait à peine à relier une pensée à une autre et plus ils parlaient, plus elle s'affaiblissait.

— Tu dois me détester, dit son père.

Elle baissa les mains et secoua la tête. Ça ne servait à rien de cacher ses larmes.

— Je t'aimais, et Maman aussi, parce que je ne savais pas. Mais quand je me suis vue dans une glace pour la première fois et que j'ai compris qu'il n'y avait aucune raison de m'enfermer, je vous ai haïs tous les deux. Pendant longtemps. Désormais, vous n'avez plus assez d'importance pour que je vous déteste.

— Je suis désolé, répéta-t-il. Je t'aime, tu sais. Je n'ai jamais cessé de t'aimer, pas un instant.

Elle se redressa péniblement, en prenant soin de ne pas réveiller Phoebe.

— Si tu m'aimes, alors emmène-moi à l'hôpital. Rends-moi ma fille. S'il te plaît. Tu ne peux pas laisser Maman me la prendre. Elle est tout ce qui me reste.

Il serra les dents.

— Et après, Lilly ? À ton avis, qu'est-ce que la police va faire s'ils apprennent qu'on t'a gardée prisonnière ? Qu'est-ce qui va se passer s'ils apprennent que ta mère t'a vendue à un cirque, selon toi ?

— Je ne dirai rien, gémit-elle.

Elle se relaissa tomber contre son oreiller à bout de souffle.

— Il faut que tu me laisses une chance de me battre. Tu me dois bien ça.

Il s'approcha du lit et secoua la tête.

— J'espère que tu pourras me pardonner un jour, mais tout ce que je peux faire à cet instant, c'est te promettre de donner à ta fille la vie que tu n'as jamais eue. Si on te la laissait et qu'il t'arrivait quelque chose, qui s'occuperait d'elle ?

Il se pencha par-dessus Lilly et attrapa Phoebe. Lilly tenta de s'accrocher à sa fille, mais elle était trop faible. Son père recula, les larmes aux yeux, Phoebe endormie dans ses bras.

— Tu ne voudrais tout de même pas qu'elle finisse à l'orphelinat, si ?

Avant que Lilly ait le temps de répondre, il sortit de la pièce et verrouilla la porte derrière lui.

Lilly bascula la tête en arrière et hurla jusqu'à avoir le goût du sang dans la bouche.

Chapitre 34

Julia

Les premiers signes du printemps se manifestaient lorsque la nouvelle maison de Julia fut terminée : un cottage modeste avec une véranda et des fenêtres qui donnaient sur la grange et la pâture. Les jonquilles étaient en train d'éclore, les pommiers étaient couverts de fleurs blanches et roses et les lilas bourgeonnaient. Les rouges-gorges sautillaient sur l'herbe et les hirondelles étaient perchées sur les clôtures et le toit de la grange.

Alors qu'elle traversait la pelouse pour gagner le chantier, Julia tourna la tête vers le soleil. Pour la première fois de sa vie, elle était pleine d'espoir quant à l'avenir. Une nouvelle grange était en cours de construction là où se dressait précédemment Blackwood Manor. De nouvelles clôtures allaient être posées et l'électricité devait être installée aujourd'hui. Elle songeait aussi à adopter un chien ou deux, peut-être un labrador sable et un autre chocolat.

Au final, la disparition du manoir dans l'incendie était un soulagement. Maintenant qu'elle connaissait la vérité, elle tenait plus que jamais à laisser le passé derrière elle et recommencer de zéro. En vivant dans le manoir, elle aurait eu l'impression d'habiter dans un mausolée. Tout lui aurait rappelé la tristesse et la peur qu'elle n'avait cessé de ressentir pendant son enfance, la culpabilité liée à l'alcoolisme de son « père » et, surtout, les souffrances que sa mère, Lilly, avait endurées. Elle ne se serait jamais sentie bien entre ces murs, sans parler de la difficulté d'habiter dans un endroit qui avait abrité tant de tristesse et de cruauté. De plus, elle aurait mis une éternité à tout trier, lire les papiers de son père, vendre les objets anciens, débarrasser le grenier… Ç'aurait été tout bonnement impossible de transformer en un foyer chaleureux la maison où sa mère avait été tenue prisonnière et trouvé la mort. Le feu avait tout détruit, mais il avait aussi tout purifié par la même occasion.

Même si elle essayait de l'éviter, elle pensait beaucoup à ses grands-parents. Lorsqu'elle avait tout raconté à Fletcher, il avait répondu que les personnes froides et agressives étaient des personnes malheureuses, qui traitaient les autres de la sorte parce qu'elles n'étaient pas heureuses avec elles-mêmes. Elle n'était pas sûre d'être de son avis : elle avait été malheureuse pendant presque toute sa vie et, pourtant, elle avait toujours essayé d'être gentille avec les autres, peut-être même trop. Elle connaissait aussi le proverbe selon lequel ceux qui blessaient les autres avaient été blessés eux-mêmes. Mais ça non plus, elle n'y croyait pas. Elle avait été blessée et savait combien c'était douloureux, et c'était précisément pour cette raison qu'elle tentait de ne pas blesser les gens autour d'elle. Peut-être que certaines personnes ne retenaient jamais la moindre leçon.

C'était difficile d'éprouver une quelconque sympathie pour son grand-père, qui avait laissé des choses aussi horribles se dérouler sous son toit avant de se réfugier dans l'alcool pour oublier ce qu'il avait infligé à sa fille. Et c'était encore plus dur d'en éprouver à l'encontre de sa grand-mère, qui s'était débarrassée d'une enfant pour en élever une autre sans amour. Elle en était arrivée à la conclusion que sa grand-mère ne savait pas comment aimer. C'était la seule explication sensée.

Elle pensait aussi souvent à Lilly. Chaque fois, son cœur se serrait à l'idée de ce qu'elle avait enduré et de la vie qu'elles auraient pu avoir ensemble si les choses s'étaient passées différemment. Elle aurait aimé avoir la photo d'elle bébé sur les genoux de sa mère, souriante avec son éléphant en calicot dans les mains, mais le cliché avait été détruit dans l'incendie. Claude n'avait pas la moindre idée de pendant combien de temps Lilly avait survécu dans le grenier après son accident, et Julia avait la nausée chaque fois qu'elle songeait qu'il s'était peut-être écoulé des semaines, des mois, voire des années entre son retour et sa mort. Et que peut-être, pendant tout ce temps, elle avait mangé et dormi et joué sans soupçonner un instant la misère de sa mère à l'étage du dessus. Elle se demandait quel genre de mère Lilly aurait été après avoir été traitée avec une telle cruauté par ses parents. Elle aimait l'imaginer comme une femme aimante et affectueuse qui, comme Julia, avait choisi la gentillesse et la douceur.

En attendant que la nouvelle maison soit finie, elle séjournait dans un motel. Tous les jours, elle venait travailler avec Claude, Fletcher et les chevaux. Samantha grandissait et prenait des forces à vue d'œil, tout comme Molly, la pouliche que Fletcher l'avait encouragée à recueillir. Julia envisageait de les garder toutes les deux indéfiniment. Et après avoir effectué des recherches sur les courses hippiques, elle avait décidé que l'élevage Blackwood ne vendrait plus de chevaux destinés à cette industrie.

Lorsqu'elle n'était pas avec les chevaux, elle était à la bibliothèque pour enquêter sur le Cirque des Frères Barlow et sur Lilly. En plus des articles qu'elle avait déjà trouvés dans le bureau de son grand-père, elle en dénicha un autre sur deux artistes de cirques qui avaient tenté de voler un éléphant. L'un des deux était un artiste nommé Cole Holt, et l'autre était sa mère, Lilly. Ils étaient mari et femme. Elle tomba sur un autre article effroyable portant sur l'exécution d'une éléphante prénommée Pepper, la même que celle que ses parents avaient essayé de dérober. Un autre article racontait que Lilly avait été blessée en tentant de la sauver. Mais elle ne trouva aucune information sur ce qui était arrivé à son père. Cole restait un mystère. Après avoir lu l'article expliquant que Lilly avait tenté de sauver Pepper, elle avait commencé à réfléchir à un moyen de rendre hommage au courage de sa mère. La solution lui était apparue quelques semaines plus tard.

Alors qu'elle approchait de la nouvelle grange, Fletcher arriva, un van à chevaux accroché à son pick-up. Elle marcha vers l'allée et attendit qu'il se gare en tentant d'ignorer le nœud dans son estomac.

Il sortit du pick-up et ferma sa portière avec un grand sourire aux lèvres.

— Ils sont là ?

— Pas qu'un peu. Et il y en a plein d'autres si vous voulez.

Il contourna le van, déverrouilla et baissa la rampe, et lui tendit la main. Julia sourit, accepta son aide, et monta sur la rampe. Puis, ensemble, ils regardèrent à l'intérieur.

Une dizaine de têtes duveteuses se tournèrent vers eux, et plusieurs museaux se dressèrent. Des poulains de tout âge et de toutes les couleurs (paille, alezan, châtain et même un petit maigrichon couleur cannelle) se tenaient les uns contre les autres, les pattes chancelantes.

Des larmes montèrent aux yeux de Julia.

— Ils sont magnifiques.

— Et ils sont en vie grâce à vous.

Elle sourit à nouveau et il l'attira à lui. Elle se laissa faire, pensant qu'il voulait la serrer dans ses bras pour la féliciter. Mais ensuite, il baissa la tête vers elle et l'embrassa sur la bouche. Surprise, elle recula au début, avant de lui rendre son baiser. Ce fut bref, mais l'affection que cet échange contenait ne faisait aucun doute. Quand ils se séparèrent, ils tendirent la main en même temps pour caresser les poulains et sourirent.

Julia sentit son cœur se gonfler de fierté et d'amour et de quelque chose qui ressemblait à de la joie. Pour la première fois de sa vie, elle était euphorique. C'était le début d'un nouvel avenir, et rien n'aurait pu la rendre plus heureuse que la perspective de passer sa vie à sauver ces créatures sans défense. Fletcher, Claude et elle secourraient des poulains de juments nourricières et d'autres chevaux pour honorer la mémoire de Lilly. Ils s'occuperaient d'eux et les dresseraient jusqu'à ce qu'ils soient assez grands pour être adoptés par des propriétaires aimants. Et en attendant, les chevaux seraient libres de courir, jouer, sauter et se rouler dans l'herbe, et de chasser les fantômes de Blackwood Manor.

Note de l'autrice

Pour l'écriture de *La vie qu'on m'a choisie*, je me suis appuyée sur les ouvrages suivants : *American Sideshow* de Marc Hartzman ; *Shocked and Amazed : On & Off the Midway* de James Taylor ; *Step Right This Way : The Photographs of Edward J. Kelty* ; et *Carny Folk : The World's Weirdest Sideshow Acts* de Francine Hornberger.

Remerciements

C'est avec une grande joie et une profonde admiration que je tiens à exprimer mes remerciements aux personnes qui m'ont aidée, soutenue et qui ont cru en moi pendant l'écriture de cet ouvrage, mon quatrième roman[1]. À tous mes lecteurs où qu'ils soient, mes supporters sur Internet et mes amis, merci pour votre enthousiasme inflexible et vos encouragements chaleureux. Merci pour vos cartes postales, vos lettres et vos e-mails, pour les nombreuses invitations à venir prendre la parole dans vos clubs de lecture, vos bibliothèques et vos rencontres. Merci également à tous ceux qui, en dépit de leurs emplois du temps chargés, ont trouvé du temps et parfois bravé des tempêtes hivernales pour participer à ces événements. Vous n'imaginez pas ce que ça fait de voir vos visages souriants et d'entendre vos gentils mots.

À mes amis et ma famille : merci de comprendre que l'écriture d'un roman requiert du temps et des efforts considérables, merci de m'encourager, merci de croire

1. Le premier paru en France. *(Note de l'éditeur.)*

en moi chaque fois que je perds confiance, merci de célébrer ma victoire et d'avoir toujours été là quand j'avais besoin d'une pause.

À mon mentor, William Kowalski : merci de m'avoir donné les outils me permettant de vivre de l'écriture. Ce livre, de même que les autres, n'existerait pas sans tes brillants conseils, ton aide bienveillante et ta confiance. Lorsque nous avons commencé à travailler ensemble il y a un siècle, jamais je n'aurais imaginé en arriver là un jour !

Merci à ma famille d'auteurs de m'aider à ne pas perdre la raison. Je n'aurais sûrement pas parcouru tout ce chemin sans vous.

Mille mercis et tout mon amour à Debra Battista, Beth Massey et Barbara Titterington d'avoir lu les trois premiers chapitres de ce manuscrit et de m'avoir rassurée quant au fait que j'étais sur la bonne voie. Vous n'imaginez pas ce que vos encouragements représentent.

Ma plus sincère reconnaissance va à mon formidable éditeur, John Scognamiglio. Merci de toujours croire en moi, merci pour l'enthousiasme que tu affiches face à mon travail, et merci d'avoir trouvé le titre de ce roman. Merci également à Kristine Mills pour une couverture d'exception, une fois de plus, et au reste de l'équipe Kensington pour votre dévouement et votre travail en coulisses. Vous êtes géniaux !

Michael Carr, mon grand ami et formidable agent, je ne trouverai jamais les mots pour te remercier de tout ce que tu fais pour moi. Depuis tes conseils toujours bien avisés concernant ma carrière jusqu'à tes retours toujours judicieux sur mes manuscrits, tu continues à être tout ce dont on peut rêver chez un agent. Dire que j'apprécie ta sagesse, ton aide et ton amitié est un euphémisme.

Comme toujours, les mots me manquent pour remercier ma famille adorée pour son soutien constant et sa foi en moi. À mes parents, mon frère et sa femme : votre amour inconditionnel est la fondation sur laquelle j'ai construit ma vie. À ma mère exceptionnelle, Sigrid, je ne sais pas comment exprimer combien je t'aime, t'admire et te chéris. Merci d'être ma plus grande fan et de m'aider à croire en moi. La meilleure partie de cette aventure a été de te rendre fière de moi. Si je suis la moitié de la femme, la mère et la grand-mère que tu es, alors je considérerai que ma vie est une réussite. À mon mari Bill : merci de t'aventurer sur ces montagnes russes avec moi, d'être mon plus grand champion et mon meilleur ami, et d'être toujours, toujours là quand j'ai besoin de toi. Je n'imagine pas faire ce voyage fou avec quelqu'un d'autre.

Enfin et surtout, je tiens à témoigner mon amour et ma gratitude éternels à mes enfants Ben, Jessica, Shanae et Andrew, et à mes précieux petits-enfants Rylee, Harper et Lincoln. Merci de m'aimer et de croire en moi, et de faire de moi la mère et la grand-mère la plus fière du monde. Vous êtes ma raison de vivre et ma plus grande réussite. Je vous aime de tout mon être.

Composition et mise en pages
FACOMPO, Lisieux

Imprimé en Espagne par
Liberdúplex
à Sant Llorenç d'Hortons (Barcelone)
en février 2022

POCKET - 92, avenue de France - 75013 Paris

S32027/01